더 디너

．

HET DINER
by Herman Koch

더 디너

HET DINER

헤르만 코흐 장편 소설 · 강명순 옮김

민음사

나이스 가이 에디

어서 돈 내놔.

미스터 핑크

난 팁 같은 거 안 주는데.

나이스 가이 에디

팁을 안 주다니, 대체 그게 무슨 말이야?

미스터 핑크

나는 그런 거 믿지 않는다고.

쿠엔틴 타란티노, 「저수지의 개들」 중에서

차례

아페리티프[*]

* Apéritif. 서양 요리의 정찬에서 식욕 증진을 위하여 식전에 마시는 술.

1

우리 부부는 레스토랑에서 약속이 있다. 레스토랑의 이름은 지금 밝히지 않겠다. 그걸 밝혔다가는 다음에 우리가 그곳을 방문할 때 혹시 우리를 볼 수 있을까 하는 호기심으로 찾아온 손님들로 발 디딜 틈도 없을 테니까. 예약은 늘 그렇듯 세르게가 했다. 거긴 적어도 석 달 전에 전화 예약을 해야 하는 곳이다. 어쩌면 여섯 달에서 여덟 달 전에 해야 하는지도 모르겠다. 아무튼 난 그런 정보에는 도통 관심이 없다. 석 달 후 저녁을 어디서 먹을 건지 미리 결정해 놓는 것은 절대 내 취향이 아니다. 하지만 그런 일을 대수롭지 않게 생각하는 사람들도 분명 있다. 수백 년 후의 역사가들이 21세기 초에 살던 사람들이 얼마나 미개했는지 알아보려면, 소위 스타 레스토랑이라고 불리던 식당 몇 군데의 컴퓨터만 살짝 들여다봐도 충분할 것이다. 그 컴퓨터에 정말 사소한 것까지 전부 저장되어 있다는 사실을 우연히 알게 됐다. 예를 들면, 미스터 L은 지난번에 창가 쪽 테이블을 석 달 전에 예약했는데 이번에는 화장실 옆에 있는 고양이 동반 가능 테이블을 다섯 달 전에 예약했음, 같은 내용들이다. 레스토랑들은 흔히 '고객 데이터 관리'라는 명목 하에 그런 정보들을 기록해 둔다.

하지만 세르게는 석 달 전에 미리 예약하는 법이 없다. 그는 언제나 당일에 예약한다. 언젠가 그는 이렇게 말한 적이 있다. "이건 나한테 일종의 스포츠 같은 거야." 세르게 로만 같은 사람을 위해 항상 테이블 하나쯤은 비워 두는 레스토랑들이 있는데, 이 레스토랑도 그중 하나였다. 사실 대부분의 레스토랑들이 그렇다. 수화기에서 '세르게 로만'이라는 이름을 듣고 놀라지 않을 레스토랑은 이 나라 그 어디에도 없을 것이다. 심지어 그는 직접 전화를 거는 것도 아니다. 그런 일은 당연히 여비서나 가까운 여자 동료의 몫이다. 며칠 전 그에게 전화를 걸었더니 이렇게 말했다. "너는 걱정할 필요 없어. 레스토랑 사장을 내가 좀 아는데, 테이블 하나쯤은 내줄 거야." 나는 그 레스토랑에 예약이 안 될 경우를 대비해 약속 장소를 확인하기 위해 다시 전화해야 하느냐고 물었다. 그러자 세르게의 목소리에서 나에 대한 연민이 묻어 나왔다. 세르게가 연민에 휩싸여 고개를 가로젓는 모습이 눈앞에 생생하게 그려졌다. 맞다. 일종의 스포츠라고 했지.

하지만 오늘은 정말이지 그 레스토랑에 가고 싶지 않았다. 당연히 그럴 만한 이유도 있다. 세르게 로만이 입구에서부터 레스토랑 사장이나 총지배인 같은 사람들한테 VIP로 깍듯한 환대를 받는 자리에 함께하기 싫다. 인사가 끝나면 아마 종업원이 우리를 전망이 제일 좋은 테이블로 안내할 테고, 세르게 로만은 모든 게 아주 당연하다는 듯이 거들먹거릴 것이다. 그는 뼛속까지 아주 정상적인 사람이라 자신과 비슷한 정상적인 사람들 사이에 있어야 편안함을 느끼는 그런 부류다.

실은 세르게가 보통 사람들이 즐겨 찾는 길모퉁이 식당에서 만나자고 했을 때 그의 제안을 물리치면서까지 이 레스토랑을 약속 장소로 정한 것도 바로 그것 때문이었다. 물론 세르게 로만은 다른 보통 사람들처럼 그 식당에 들어설 것이다. 하지만 그는 다양한 의미를 지닌 미소를 만면에 지을 것이고, 다른 보통 사람들은 애써 세르게 로만이 그곳에 없는 것처럼 행동하면서 계속 담소를 나눌 것이다. 하지만 솔직히 오늘 저녁만큼은 그 식당에서 세르게를 만나고 싶지 않았다.

2

레스토랑은 우리 집에서 몇 블록밖에 안 되는 거리였기 때문에 아내와 나는 걸어가기로 했다. 그러다 보니 어쩔 수 없이 세르게와는 절대 같이 가고 싶지 않았던 길모퉁이 식당 앞을 지나가게 됐다. 나는 아내의 허리에 팔을 두르고, 아내는 내 재킷 주머니에 손 하나를 넣은 채로 걸었다. 식당 출입문 위에 빨간색과 흰색의 생맥주 네온사인 광고가 걸려 있었다. "지금 가면 너무 일찍 도착할 것 같아." 내가 말했다. "아니, 지금 레스토랑으로 가면 너무 시간을 딱 맞추게 돼."

아내는 그렇게 말하지 말라고 했다. 내 아내의 이름은 끌레르다. 아내의 부모님은 그녀를 마리 끌레르라고 불렀다. 하지만 언젠가 아내는 질색하며 자신을 더 이상 여성지 이름으로 부르지 말아 달라고 했다. 그래서 나는 이따금 아내의 화를 돋우고 싶을 때만 마리라고 부른다. 또 간혹 있는 공식적인 대화 말고는 그녀를 '내 아내'라고 부르는 경우도 거의 없다. 예를 들어 "내 아내는 지금 전화를 받을 수 없습니다." 내지는 "내 아내 말로는 분명 바닷가 전망의 방을 예약했다고 했는데요." 같은 문장 말이다.

오늘 저녁, 끌레르와 나는 둘만 있을 수 있는 시간을 마음껏 즐긴다. 그럴 때는 모든 가능성이 열려 있다. 심지어 저녁 약속조차 뭔가 착오가 있었던 걸로 치고 둘이 어딘가로 훌쩍 떠날 수도 있다. 만약 누군가 내게 행복이라는 말을 정의해 보라고 한다면 틀림없이 이렇게 말할 것이다. 행복은 그 자체로 충분할 뿐, 결코 증인이 필요하지 않다고. "행복한 가정은 모두 모습이 비슷하고, 불행한 가정은 저마다 나름의 이유로 불행하다." 톨스토이의 『안나 카레니나』의 첫 문장이다. 여기에 한마디 덧붙인다면 나는 이렇게 말하고 싶다. 불행한 가정은? 그중에서도 특히 불행한 부부는? 결코 혼자서는 이 불행을 끝낼 수 없다고. 따라서 그럴 때는 증인이 많을수록 낫다. 불행은 늘 함께할 누군가를 찾는다. 불행은 결코 침묵을 견디지 못하기 때문이다. 특히 혼자 있을 때의 그 기분 나쁜 침묵을.

식당에 들어가 맥주를 시킨 뒤 끌레르와 나는 서로를 보며 미소 지었다. 이제 곧 로만 부부와 함께하게 될 저녁 식사를 떠올렸기 때문이다. 지금 이 식당에서 함께 있는 것이 오늘 저녁 우리한테 주어진 가장 아름다운 순간이고, 이후로는 계속 내리막길뿐이라는 사실을 잘 알고 있었다.

솔직히 말해 나는 그 레스토랑에서 식사하고 싶은 마음이 전혀 없었다. 집 밖으로 나오고 싶은 생각조차 없었다. 집을 나오자마자 이어지는 저녁 식사 약속은 내게는 지옥의 불길이나 마찬가지였다. 물론 오늘 저녁 자체가 내게는 지옥이다. 아침에 거울 앞에 섰을 때부터 벌써 지옥은 시작되었다. 무슨 옷을 입어야 할지, 면도는 꼭 해야 할지부터 고민거리였다. 저녁 식사 약속과 관련된 모든 일이, 마치 구멍이 숭숭 뚫리고 얼룩덜룩한 청바지를 빳빳하게 다림질한 깨끗한 셔츠로 변신시키는 일만큼 골치 아팠기 때문이다. 만약 하루 정도 수염을 안 깎은 얼굴로 나간다면 어떻게 될까? 너무 게을러서 면도할 시간조차 없는 사람처럼 보이겠지. 만약 이틀 동안 면도를 안 한 얼굴로 나간다면? 그때는 아마 곧장 이런 질문이 튀어나오겠지. "너, 수염 기르기로 작정했어?" 사흘, 혹은 그 이상 수염을 안 깎은 모습으로 나간다면? 그때는 아마 곧장 나를 폐인 취급하면서 이런 질문 공세가 이어질 것이다. 예를 들면 "너, 아무 문제 없는 거지?" 내지는 "혹시 어디 아프거나 무슨 일 생긴 거 아냐?" 같은 질문들 말이다. 사람들은 면도를 하느냐 하지 않느냐 같은 문제로부터 자유롭지 못하다. 그건 매너와 관련이 있기 때문이다. 아주 중요한 저녁 약속이 있을 경우 사람들은 분명히 정성껏 면도를 할 것이다. 면도에 대해 다른 사람들이 어떤 생각을 갖고 있는지 잘 알고 있기 때문이다. 면도를 하는 사람은 1점을 먼저 따고 들어간다.

그런 고민을 할 때마다 내 옆에는 늘 끌레르가 있다. 특히 오늘 저녁 같은 때, 그녀는 이게 정상적인 저녁 약속이 아니라는 사실을 일깨워 준다. 끌레르는 나보다 현명하다. 진심도 아니면서 일부러 페미니스트인 척하려고 하는 말이 아니다. 여자한테 잘 보이려고 하는 말은 더더욱 아니다. 나는 여자가 '대체로' 남자보다 더 현명하다고 주장할 생각이 전혀 없다. 여자가 감수성이 더 풍부하고 더 직관적이라고 말할 생각도 없다. 뭐 그렇다고 해서 "여자가 인생을 훨씬 더 현실적으로 살아간다." 내지는 "어처구니없는 짓을 하는 건 여자가 아니라 감성적인 남자다."라고 말하려는 것도 아니다.

아무튼 끌레르는 나보다 현명하다. 솔직히 고백하자면 이 사실을 공개적으로 인정하기까지는 시간이 좀 걸렸다. 사귀기 시작한 지 얼마 지나지 않아 그녀가 아주 지적인 여자라는 사실을 깨달았다. 그렇다고 성격이 까칠한 것도 아니었다. 주변에서는 다들 지적인 측면에서 그녀가 나하고 아주 잘 어울린다고 했다. 솔직히 나는 멍청한 여자하고는 한 달 이상 사귀어 본 적이 없다. 한 달이 지나서도 우리 만남이 지속될 수 있었던 것은 끌레르가 아주 지적이었기 때문이었다. 그리고 지금, 거의 이십 년의 세월이 흐른 지금도 나는 그녀만 보면 여전히 마음이 설렌다.

맞다. 끌레르는 나보다 현명하다. 그런데 이상하게도 오늘 저녁 그녀는 자꾸 내게 의견을 물었다. 어떤 귀고리를 할까? 머리를 위로 말아 올릴까, 아니면 그냥 늘어뜨릴까? 여자에게 귀고리는 남자의 면도만큼이나 중요한 의미를 갖는다. 귀고리가 클수록 그날 모임이 더 중요하고 격식 있는 자리라는 뜻이다. 끌레르는 다양한 모임에 어울리는 귀고리들을 갖고 있다. 자신의 차림새에 대해 확신이 없는 것은 지적인 사람이 취할 태도가 아니라고 말할 수도 있다. 하지만 나는 생각이 다르다. 뭐든 혼자서 결정할 수 있다고 생각하는 것이야말로 멍청한 여자의 특징이다. 멍청한 여자들은 대체 남자들이 그런 문제에 대해 뭘 알겠느냐고 무시하다가 결국 그릇된 선택을 하곤 한다.

나는 가끔 바베테가 세르게한테 그런 질문을 하는 경우를 상상한다. "내 옷차림 어때?" "머리가 너무 긴 것 같지 않아?" "이 구두 어때? 굽이 너무 낮지? 아니, 너무 높은가?" 그럼 세르게는 아내에게 뭐라고 말해 줄까?

하지만 그런 상상은 아무리 해 봐야 답을 구할 수 없다. 바베테는 늘 나의 예상을 뛰어넘는 여자다. 어쩌면 세르게는 이렇게 말할지도 모른다. "아니, 아주 완벽해." 하지만 그의 대답은 반은 건성이다. 세르게는 그런 문제에 아무런 관심도 없는 남자다. 게다가 남편이라면 아내가 설사 자리에 안 맞는 옷차림이라 하더라도 아내가 자기 앞으로 지나갈 때 고개를 돌려 쳐다보며 생각할 것이다. 아내로서 저 정도면 충분해. 여기서 뭘 더 바라겠어?

지금 우리가 들른 곳은 유명한 식당이 아니다. 따라서 시대에 앞서 가는 사람들은 들를 일이 거의 없는 식당, 미헬의 표현을 빌리자면 '후진' 식당이라 할 수 있다. 확실히 이곳에 오는 손님들은 대부분 평범한 사람들로, 특별히 나이가 많지도 그렇다고 적지도 않았다. 사실은 다양한 연령대의 손님들이 적당한 비율로 섞여 있는데, 언뜻 보면 아주 평범해 보이는 그런 사람들이다. 아마 대부분의 식당은 이와 비슷할 것이다.

하지만 분위기는 꽤 왁자지껄했다. 우리는 남자 화장실로 통하는 문가에 바짝 붙어 서 있었다. 끌레르는 한 손에 맥주잔을 들고 다른 손으로 내 손목을 꼭 붙잡았다.

"나는 잘 모르겠어." 끌레르가 입을 열었다. "그런데 아무래도 요즘 미헬의 행동이 뭔가 좀 수상쩍다는 생각이 들어. 딱 꼬집어서 말할 수는 없지만 평소와 다른 건 사실이야. 왠지 그 애한테서 거리감이 느껴지거든. 당신은 그런 생각 안 해 봤어?"

미헬은 우리 아들이다. 그 애는 다음 주면 열여섯 살이 된다. 맞다, 외동아들. 처음부터 아이를 하나만 가질 생각은 아니었다. 하지만 어느 날 문득 돌아보니 아이를 하나 더 가지기에는 때가 너무 늦어 버렸다.

"그래?" 내가 말했다. "어쩌면 그럴지도."

나는 끌레르의 얼굴을 쳐다볼 용기가 나지 않았다. 우리는 서로를 너무나 잘 알고 있다. 내 눈빛은 결코 속마음을 감추지 못한다. 그래서 나는 그냥 식당을 둘러보는 척 사방을 두리번거렸다. 보통 사람들이 활기차게 대화를 나누고 있었다. 세르게와의 약속 장소로 끝까지 레스토랑을 고집했던 게 다행이라는 생각이 들었다. 세르게가 이 식당 문을 밀며 안으로 들어서는 장면을 그려 보았다. 분명 그는 입꼬리를 말아 올린 채 활짝 미소를 지으며 들어설 것이다. 그러면 그를 본 보통 사람들은 애써 그를 외면한 채 자신이 하던 일에 집중할 것이다.

"혹시 미헬이 당신한테 이야기한 거 없어?" 끌레르가 물었다. "당신과 미헬은 그 애와 나 사이의 문제 빼고는 모든 이야기를 다 할 것 같은데. 혹시 여자애 문제라든지, 아니면 그보다 덜 심각한 다른 문제라도 말이야."

그 순간 남자 화장실 문이 열리는 바람에 우리는 옆으로 한 걸음 비켜서야 했다. 그 덕분에 아내와의 거리는 더 가까워졌다. 끌레르와 나의 술잔이 부딪힐 것 같았다.

"혹시 여자애 문제 아닐까?" 끌레르는 다시 물었다.

맙소사! 그 정도 일이라면 지금 내가 이렇게 골머리를 썩일 필요가 없지. 뭐, 처음에야 좀 놀라겠지만 그건 정말 지극히 정상적인 일이 아닌가. 사춘기 아이한테 일어날 수 있는 지극히 정상적인 일. "오늘 샨탈하고 메렐하고 로스, 우리 집에서 자고 가도 돼요?" "그 애들 부모님도 알고 계시니? 걔네들 부모님만 허락하시면 우리는 상관없어. 하지만 한 가지는 꼭 명심해 다오. 그러니까 내 말은 네가 한 가지는 꼭 신경 써야 한다는 뜻이야……. 내가 무슨 말하려는 건지 너도 잘 알지? 더 이상 말하면 잔소리가 될 테니 이쯤에서 그만두마. 알았지, 미헬?"

집으로 종종 여자아이들이 놀러 오곤 했다. 간혹 예쁘게 생긴 아이도 있었다. 내가 집에 들어서면 소파나 식탁에 앉아 있던 아이들이 공손하게 인사했다. "안녕하세요, 로만 씨." "너무 그렇게 꼬박꼬박 격식 차릴 필요 없어. 그냥 파울이라고 부르도록 해." 내 말을 들은 아이들은 딱 한 번, 나를 '파울'이라고 불러 주었다. 하지만 며칠 지나지 않아 다시 나는 '선생님' 내지는 '로만 씨'로 돌아와 있었다.

간혹 여자아이들한테서 온 전화를 받을 때가 있다. 그럴 때면 혹시 미헬한테 전할 말이 있느냐고 물어본 뒤 눈을 감고 전화선 너머에서 들려오는 여자아이의 목소리와(아이들은 대부분 자신의 이름을 밝히지도 않고 단도직입적으로 "미헬 있어요?"라고 묻는다.) 어울릴 만한 얼굴을 떠올려 보곤 한다. "아니, 뭐 그러실 필요는 없어요, 로만 씨. 그냥 미헬의 휴대폰이 꺼져 있어서 집으로 전화해 본 것뿐이에요."

언젠가 한번은 집에 들어선 순간 아이들한테서 뭔가 수상쩍은 분위기를 느낀 적이 있다. 미헬하고 같이 있던 여자아이들한테서 말이다. 아마 샨탈과 메렐 그리고 로스였을 것이다. 아이들은 뭔가 숨기는 듯한 표정으로 MTV의 「멋진 인생」이라는 프로그램을 시청하고 있었다. 얼핏 보기에는 방송을 시청하는 것 같았지만 못된 장난을 치던 중이었던 듯했다. 내가 들어오는 소리에 황급히 옷매무새와 머리를 매만졌을 수도 있다. 미헬의 뺨이 발그스레하게 달아올랐던 것을 보면 분명 무슨 일이 있기는 있었다. 아무튼 그때 나는 뭔가 뜨거운 열기 같은 것을 분명히 느꼈다.

하지만 솔직히 말하면 그건 내 추측에 불과하다. 어쩌면 정말로 아무 일도 없었을지도 모른다. 예쁘장한 여자아이들은 내 아들을 그냥 좋은 친구로만 여길 수도 있다. 꽤 잘생긴 다정한 친구, 파티에 갈 때 파트너로 데려가고 싶은 친구, 치근덕거리는 타입은 절대 아니라서 언제든지 믿을 수 있는 그런 친구 말이다.

"아니, 여자애 문제는 아닌 것 같아." 끌레르를 똑바로 바라보며 그렇게 대답했다. 이게 바로 행복의 이면이다. 모든 게 마치 책상 위에 펼쳐져 있는 책과 같다. 만약 내가 계속해서 눈길을 피하면 그녀는 분명 무슨 일이 있다는 사실을 눈치챌 것이다. 여자애 문제든, 그보다 더 나쁜 문제든.

"나는 오히려 학교에서 벌어진 문제가 아닐까 싶은데." 내가 말했다. "시험이 끝난 지 얼마 안 됐잖아. 시험 보느라고 몹시 지쳤을 거야. 10학년 때 시험이 얼마나 힘든지 우리가 그동안 까먹고 있었던 것 같아."

내 말이 꽤 그럴듯하게 들렸어야 할 텐데. 눈빛도 흔들리지 않았어야 하고. 끌레르의 눈동자가 내 오른쪽 눈과 왼쪽 눈 사이를 왔다 갔다 했다. 그러더니 그녀가 한 손을 들어 내 셔츠 깃을 매만졌다. 그대로 갔다가는 레스토랑에서 무슨 망신이라도 당할지 모른다는 듯이 내 옷깃을 매만진 다음 그녀는 미소 띤 얼굴로 손가락을 쫙 펼친 채 손을 내 가슴에 올려 놓았다. 손가락 두 개가 맨살에 닿았다. 셔츠의 첫 번째 단추가 풀려 있는 자리였다.

"그럴 수도 있겠네." 끌레르가 말했다. "나는 그냥 미헬이 우리한테 비밀을 만드는 날이 오지 않도록 신경 써야 할 것 같아서. 그렇게 되도록 그냥 내버려 두면 안 되잖아."

"당연하지. 하지만 그 나이 때는 약간의 비밀을 가질 권리가 있어. 우리가 미헬에 대해 모든 것을 알 필요는 없지. 그 정도도 허용하지 않으면 오히려 영영 입을 닫아 버릴 수도 있거든."

나는 끌레르의 눈을 응시했다. 문득 이 여자를 "내 아내"라고 부르지 못할 이유가 어디 있나 싶었다. 내 아내. 나는 그녀의 허리를 한 손으로 감싸며 바짝 끌어당겼다. 아내와 나. 비록 이 행복이 오늘 저녁에 끝난다고 해도 일단은 마음껏 즐기자고 마음속으로 다짐했다.

"지금 당신의 미소는 무슨 의미야?" 내 아내 끌레르가 물었다. 나는 맥주잔을 쳐다보았다. 내 잔은 벌써 비었고, 그녀의 잔은 아직 4분의 3 정도 술이 남아 있었다. 늘 그랬다. 아내는 늘 나보다 천천히 마셨다. 이것도 내가 아내를 사랑하는 이유 중 하나다. 하지만 오늘 저녁은 다른 날보다 약간 더 빨리 마신 것도 같다.

"의미는 무슨……. 아무것도 아니야." 내가 말했다. "나는……
나는…… 그냥 우리 생각을 했어."

이런 식으로 일이 너무 빨리 진행되면 안 된다. 나는 끌레르
를, 내 아내를 힐끗 쳐다봤다. 사랑이 듬뿍 담긴 눈길로, 그리고 기
쁨이 가득한 표정으로. 하지만 곧 눈가에 슬며시 눈물이 고이는
것을 느꼈다.

그것을 깨닫는 순간 나는 반사적으로 아내의 품에 얼굴을 파
묻었다. 무슨 일이 있어도 아내는 아무것도 눈치채서는 안 된다.
아내를 더 바짝 끌어당겨 체취를 흠뻑 들이마셨다. 샴푸 냄새가
났다. 샴푸 냄새에 다른 것이, 뭔가 따스한 것이 섞여 있었다. 아마
그건 행복의 냄새였을 것이다.

만약 내가 한 시간 전 그때, 그냥 1층에서 기다렸다면, 그러니
까 미헬의 방으로 올라가지 않고 그냥 아래층에 있었더라면 오늘
저녁은 어떤 모습이었을까?

만약 그랬더라면 앞으로 남은 우리의 인생은 또 어떻게 바뀌
었을까?

지금 내가 아내에게서 들이마시고 있는 것은 단지 행복의 냄
새뿐일까? 혹시 멀리 사라져 버린 과거에 대한 그리움은 아닐까?
어쩌면 잃어버렸을지도 모르는 행복했던 시간들에 대한 그리움
말이다.

3

"미헬?"

나는 아들의 방문 앞에 서 있었다. 문은 열려 있고, 방 안에는 아무도 없었다. 좋다. 솔직히 말하면, 미헬이 방에 없다는 사실은 이미 알고 있었다. 지금 미헬은 정원에서 자전거 뒷바퀴를 고치는 중이다.

일단 미헬이 방에 없는 게 이해가 안 되는 척했다. 분명히 방에 있을 거라고 믿고 있는 척 연기했다.

"미헬?" 이름을 부르면서 나는 반쯤 열려 있는 방문을 노크했다. 끌레르는 한 시간 내로 레스토랑으로 출발할 준비를 끝내야 하기 때문에 지금 침실에서 옷장을 뒤지는 중이다. 그녀는 아직도 검은색 부츠에 검은색 원피스를 입을지, DKNY 운동화에 검은색 바지를 입을지 결정하지 못하고 망설이는 중이다. 이제 잠시 뒤면 그녀는 내게 물을 것이다. "어떤 귀고리를 할까? 이게 좋아, 아니면 이게 좋아?" 그럼 나는 또 이렇게 대답할 것이다. "그 작은 귀고리가 당신한테 제일 잘 어울려. 그건 치마나 바지, 어느 쪽에도 잘 어울리는 것 같아."

지금 나는 그녀가 옷을 고르는 틈을 이용해 미헬의 방에 들어왔다. 그리고 원하던 것을 바로 발견했다.

우선 지금까지 나는 이런 짓을 한 번도 한 적이 없다는 사실을 분명히 밝혀 둔다. 미헬이 채팅을 하고 있을 때조차 나는 혹시라도 컴퓨터 화면이 보일까 봐 약간 옆으로 비켜서곤 했다. 그 정도로 나는 항상 조심했다. 그런 내 태도를 보고 미헬은 아빠가 어깨너머로 자신을 염탐할 생각이 전혀 없다는 사실을 분명히 알았을 것이다. 미헬은 또 휴대폰을 아무 데나 팽개쳐 두는 습관이 있는데, 가끔 휴대폰에 메시지가 들어왔다는 신호음이 울릴 때가 있다. 팬 플루트 소리와 흡사한데, 그럴 때면 미헬의 휴대폰을 살펴보고 싶은 충동이 이는 게 사실이다. 그것까지 부인할 생각은 없다. 미헬이 그 자리에 없을 때면 더더욱 그랬다. 대체 누가 우리 아이한테 메시지를 보냈을까? 친구일까, 아니면 여자친구일까? 무슨 내용일까? 호기심이 발동하는 건 사실이다.

미헬의 휴대폰을 집어 들고 고민을 한 적이 딱 한 번 있었다. 운동을 하러 나간 미헬이 한 시간 뒤에야 돌아올 거라는 것, 그리고 그 애가 깜빡하고 휴대폰을 집에다 두고 나갔다는 것을 알고 있었다. 아직 미헬이 구형 휴대폰을 쓸 때였는데, 바 형태의 소니 에릭슨 휴대폰이었다. 화면에는 편지봉투 아이콘 밑에 '메시지 1개'라고 떴다. "잠깐 아빠 머리가 어떻게 됐었나 보다. 하지만 미처 잘못을 깨닫기도 전에 글쎄 네 휴대폰이 아빠 손에 쥐어져 있더라고. 벌써 메시지도 읽었지 뭐야!" 이렇게 둘러대면 될 일이었다. 어쩌면 미헬이 그 사실을 눈치채지 못하고 그냥 넘어가거나 엄마한테 의심의 눈길을 돌릴 가능성도 있었다. 하지만 그럴 경우 우리 사이에는 미세한 균열이 생길 테고, 시간이 지남에 따라 균열은 더 깊은 심연으로 이어질 수 있었다. 나는 그만한 일로 행복한 우리 가정을 무너뜨리고 싶지 않았다. 그럴 수는 없었다.

창문 앞에 놓인 미헬의 책상까지 거리는 서너 걸음밖에 되지 않았다. 고개를 숙이자 정원에 있는 아들의 모습이 내려다보였다. 부엌문 앞에 있는 테라스에서 자전거 바퀴 수리에 몰두하고 있었다. 그 순간 미헬이 고개를 들었다면 아빠가 자기 방 창가에 서 있는 모습을 봤을 것이다.

나는 책상에서 휴대폰을 잽싸게 집어 들었다. 삼성에서 나온 검은색 최신 휴대폰이었다. 슬라이드를 밀어 올렸다. 순간 암호가 걸려 있으면 낭패인데, 하는 생각이 머리를 스쳤다. 다행히 금세 나이키 로고가 박혀 있는 흐릿한 사진이 액정 화면에 나타났다. 미헬이 애장하는 사진인 듯했다. 운동화 아니면 그 애가 늘 쓰고 다니는 모자일 것이다. 미헬은 푹푹 찌는 여름날은 물론이고, 집 안에서도 모자를 벗을 줄 몰랐다. 그리고 늘 모자를 눈썹까지 푹 내려쓰는 바람에 얼굴을 알아보기 힘들 정도였다.

나는 서둘러 휴대폰의 메뉴를 찾았다. 메뉴의 기본 구성은 내 휴대폰과 같았다. 비록 육 개월 전쯤에 나온 모델이라 이제는 완전히 구형이 됐지만 내 휴대폰도 삼성 제품이었다. 나는 버튼을 눌러 보관함으로 이동한 뒤, 다시 동영상 보관함으로 갔다. 그리고 생각보다 빨리 원하던 동영상을 찾아냈다.

그 동영상을 보는 동안 나는 머리가 천천히 식어 가는 듯한 느낌이 들었다. 뭔가 차가운 것, 얼음덩어리나 아주 차갑게 얼린 음료수 같은 것을 한 입 크게 삼킨 것 같은 한기를 느꼈다. 마음 깊은 곳에서 피어오르는 고통으로 인한 한기였다.

동영상이 더 있었다. 그것도 열어 보았다. 하지만 동영상이 몇 개나 더 저장되어 있는지 확인이 쉽지 않았다.

"아빠?"

아래층에서 미헬의 목소리가 들렸다. 벌써 계단을 올라오는 발걸음 소리가 들려왔다. 나는 잽싸게 슬라이드를 내리고 휴대폰을 다시 책상에 내려놓았다.

　미헬한테 들키지 않고 내 방으로 돌아가 옷장에서 셔츠나 재킷을 꺼내 입으며 거울 앞에 모습을 비춰볼 만한 여유가 없었다. 이제 최대한 긴장을 풀고 아주 자연스럽게, 마치 뭔가를 찾으러 왔다 나가는 것처럼 미헬의 방에서 빠져나가는 수밖에 없었다. 이를테면 미헬을 찾으러 들어왔던 것처럼.

　"아빠." 미헬이 2층으로 올라오는 계단 층계참에서 걸음을 멈춘 채 내 뒤쪽에 있는 자신의 방을 쳐다봤다. 그런 다음 그 애의 시선이 나를 향했다. 미헬은 나이키 모자를 쓰고, 검은색 아이팟 나노를 가슴에 꽂은 채 헤드폰을 목에 느슨하게 걸치고 있었다. 미헬에 대해서 한 가지 인정하고 칭찬해 줘야 할 점이 있다면, 몸에 지닌 물건으로 자기를 과시하지 않는다는 것이다. 미헬은 아이팟을 사고 나서 몇 주 지나지 않아 단지 음질이 더 좋다는 이유만으로 이어폰을 보통 헤드폰으로 바꿨다.

　행복한 가정은 모두 비슷하다는 말이 그날 저녁 처음으로 내 뇌리를 스쳤다.

　"어, 나는 널 찾으려고……." 나는 일단 그렇게 말을 꺼냈다. "네가 혹시 방에 숨어 있는 게 아닐까 싶어서."

　미헬은 태어날 때 거의 죽다시피 하다 살아났다. 제왕절개 수술 직후 인큐베이터 안에 들어 있던 자그맣고 시퍼런 몸뚱이, 주름이 자글자글하던 그 몸뚱이를 나는 요즘도 자주 떠올린다. 지금 살아 있다는 사실만으로도 미헬은 우리한테 선물이고 행복이다.

　"자전거를 수리하고 있었어요." 미헬이 말했다. "우리 집에 자전거펌프가 있나 해서 물어보려고 했는데. 아빠가 혹시 알지 않을까 해서요."

"자전거펌프라고?" 오히려 내 쪽에서 반문했다. 나는 자전거 같은 것을 직접 수리하는 사람이 아니다. 그런 생각조차 해 본 적이 없다. 아들은 그런 사실을 아주 잘 알고 있으면서도 아직 아빠에 대한 일종의 환상을 갖고 있나 보다. 아빠라면 자전거펌프가 어디 있는지 알고 있을 거라는 환상.

"그런데 아빠 지금 거기서 뭐 하는 거예요?" 느닷없이 미헬이 그렇게 물었다. "나를 찾았다고요? 왜요?"

나는 미헬의 얼굴을 쳐다봤다. 특히 모자챙에 가려져 있는 아들의 밝은 두 눈을. 언제나 성실해 보이는 그 눈은 우리 가정의 행복에서 절대적인 비중을 차지하고 있었다.

"그냥." 내가 말했다. "그냥 찾았어."

Ⅱ

예상대로 그들은 아직 도착하지 않았다.

레스토랑 위치에 대해서는 가급적 자세하게 언급하지 않겠다. 다만 한 가지, 길모퉁이에 나무들로 둘러싸여 있는 레스토랑이라는 사실은 밝힐 수 있다. 우리는 약속시간에 삼십 분이나 늦었다. 길 양편으로 횃불 모양의 가로등이 불을 밝히고 있는 자갈길을 따라 걸어왔다. 레스토랑 입구에 가까워지는 동안 아내와 나는 그들보다 우리 부부가 더 늦게 도착할 가능성이 과연 얼마나 될까 이야기했다.

"우리 내기할래?" 내가 물었다.

"내기는 무슨." 끌레르가 대꾸했다. "그들이 벌써 왔을 리가 있어?"

검은색 티셔츠에 발목까지 내려오는 검은색 앞치마를 두른 여종업원이 우리 겉옷을 받아 들었다. 똑같은 복장의 다른 여종업원이 황급히 스탠딩 데스크 위에 펼쳐져 있던 예약자 명단을 확인했다.

여종업원은 로만이라는 이름을 알아듣지 못했다. 하지만 표정이 어찌나 어색하던지 연기라는 것을 금세 눈치챌 수 있었다.

"로만 씨라고 하셨나요?"

여종업원은 한쪽 눈썹을 추켜올린 채 세르게 로만이 아니라 생판 얼굴도 모르는 낯선 두 사람이 자기 앞에 나타난 것에 노골적인 실망감을 드러냈다. 세르게 로만은 지금 오고 있다고 말해 주면 금세 해결될 일이었지만 그냥 모른 척했다.

예약자 명단이 펼쳐져 있는 스탠딩 데스크에는 갸름한 황동색 조명이 켜져 있었다. 아르데코 제품인데, 유행이 한참 지난 모델이었다. 여종업원은 입고 있는 티셔츠와 비스트로 앞치마만큼이나 새카만 머리카락을 뒤로 바짝 빗어 넘긴 다음 하나로 길게 땋아 내렸다. 이 레스토랑 직원들의 공식적인 머리 모양인 듯했다. 우리의 겉옷을 받아든 직원 역시 머리카락을 팽팽하게 빗어 넘겨 땋아 내렸다. 병원 수술실에서는 마스크를 쓰듯이 위생상의 이유로 복장 규정에 그렇게 지정되어 있을지 모른다는 생각이 들었다. 게다가 이 레스토랑은 '농약을 살포하지 않은 유기농법으로 재배한 재료'만을 사용하는 게 원칙이라고 했다. 육류는 물론 동물로부터 얻지만, 그 역시 '아름다운 삶'을 살았던 동물들의 고기만 사용한다고 했다.

나는 여종업원의 단정히 빗어 넘긴 새카만 머리카락 너머로 홀 안쪽을 힐끔 쳐다보았다. 입구에서는 홀 앞쪽에 놓인 서너 개의 테이블밖에 안 보였다. 출입문 왼쪽에 '개방형 주방'이 자리 잡고 있었다. 푸르스름한 연기와 불꽃이 높이 치솟는 걸 보면 지금 이 순간 조리대 위에 있는 뭔가에 브랜디를 붓고 불을 붙인 듯했다.

갑자기 모든 의욕이 사라졌다. 코앞에 닥친 저녁 식사 약속에 대한 심적 거부감이 어느새 육체로까지 전이되었다. 가벼운 구토 증상에 손가락이 뻣뻣해지더니 왼쪽 눈 뒤쪽에서부터 두통이 시작되었다. 하지만 아직은 컨디션이 급격하게 나빠지거나 당장 이 자리에서 쓰러질 정도는 아니었다.

손님이 홀 안으로 들어서기도 전에 스탠딩 데스크 앞에서 쓰러지면 검은색 앞치마를 두르고 있는 여종업원들은 과연 어떤 반응을 보일까? 우선 다른 손님들의 눈에 띄지 않도록 재빨리 옷 보관소 안으로 날 데려갈 것인지 고민할 것이다. 어쩌면 몹시 공손한 태도로 옷 뒤에 있는 의자에 앉아서 잠시 쉬라고 권할 수도 있다. 하지만 곧 택시를 불러 드릴까요, 하고 물어볼 것이다. 최대한 빨리 날 치워 버려야 할 테니까. 세르게를 오래 기다리게 만들 수만 있다면 그것도 그리 나쁘지 않을 것이다. 그 덕분에 오늘 모임이 취소될 수만 있다면 마음이 날아갈 듯 가벼울 텐데.

그렇게 될 경우 할 수 있는 일이 뭐가 있을까? 일단 아내와 같이 오는 길에 들렀던 그 식당으로 돌아가서 보통 사람들을 위한 '오늘의 요리'를 주문할 것이다. 아까 보니까 칠판에 분필로 오늘의 요리는 '감자튀김을 곁들인 스페어 립'이라고 적혀 있었다. 가격은 아마 오늘 우리가 이 레스토랑에서 1인당 식비로 낭비하게 될 금액의 10분의 1이면 충분할 것이다.

다른 가능성도 있다. 그냥 곧장 집으로 돌아가는 것이다. 돌아가는 길에 우리의 커다란 침대에 누워서 볼 수 있는 DVD를 하나 빌린다. 와인 한잔, 간단한 안주, 치즈 몇 조각(24시 편의점에서 사면 된다.). 이것들만 있으면 완벽한 저녁이 될 것이다.

나는 나를 완전히 희생하기로 마음먹었다. 말하자면, 영화의 선택권을 끌레르한테 넘긴다는 뜻이다. 그럼 아내는 분명 「오만과 편견」, 「전망 좋은 방」, 「오리엔트 특급 살인」 같은 여성 취향 영화를 고를 것이다. 그래, 그렇게 하자. 상태가 안 좋아서 그냥 집으로 돌아가야겠다고 하면 아무 문제 없을 것이다. 하지만 정작 내 입에서는 그 말 대신 다른 말이 튀어나왔다.

"세르게 로만이오. 정원 쪽 테이블로 주세요."

여종업원이 명단을 확인하고는 다시 나를 쳐다봤다.

"하지만 손님은 로만 씨가 아니시잖아요." 여종업원은 속눈썹 하나 깜빡하지 않고 그렇게 말했다.

그 말을 듣는 순간 모든 것에 짜증이 일었다. 이 레스토랑, 검은색 비스트로 앞치마를 두른 여종업원들, 이미 망쳐 버린 저녁 시간까지. 그중에서도 나를 제일 화나게 만든 것은 바로 세르게와 그가 강제적으로 밀어붙이다시피 한 이 저녁 약속이었다. 이제 껏 그는 우리와의 약속에 단 한 번도 제시간에 모습을 드러낸 적이 없었다. 심지어 의사당에서조차도 사람들은 그를 기다린다. 의회 사람들 모두 로만 씨처럼 할 일이 많은 사람은 늦을 수도 있다고 세뇌당했기 때문이다. 그래서인지 이제 그는 어떤 약속에든 당당하게 늦었다. 운전을 직접 하지도 않으면서 말이다. 당연한 일이다. 세르게처럼 재능이 탁월한 사람한테 운전이란 시간 낭비였다. 그 귀한 시간에 중요한 서류를 처리할 수 있도록 그에게는 전속 운전기사가 딸려 있다.

"맞아요, 로만." 내가 말했다.

내가 똑바로 얼굴을 쳐다보며 말하자 여종업원은 눈을 깜빡이며 뭔가 대꾸하기 위해 입을 오물거렸다. 드디어 승리의 순간이 도래했다. 하지만 패배의 쓸쓸함을 동반한 승리였다.

"나는 그의 동생이에요." 내가 말했다.

5

"오늘의 아페리티프로 샴페인 로즈가 준비되어 있습니다."

레스토랑 총지배인은 — 정확한 명칭은 모르겠지만, 아무튼 레스토랑에서 매니저, 관리자, 연회 담당자, 수석 웨이터 등의 이름으로 불리는 남자는 — 검은색 비스트로 앞치마 대신 조끼까지 갖춘 정장 차림이었다. 연녹색 바탕에 가느다란 청색 줄무늬 양복이었는데, 가슴 포켓 밖으로 손수건인지 포켓치프인지 모르겠지만 줄무늬하고 같은 청색 헝겊이 살짝 삐져나와 있었다.

남자의 목소리는 나직했다. 그런데 너무 작은 소리로 말하는 바람에 홀 안의 소음하고 뒤섞여 거의 알아들을 수 없었다. 테이블에 앉자마자(정원 쪽 테이블을 요구한 건 정말 탁월한 선택이었다.)

레스토랑 음향 시설에 뭔가 문제가 있다는 것을 깨달았다. 평소보다 크게 말해야만 서로에게 들렸다. 안 그러면 건물 자체의 분위기와 전혀 어울리지 않는, 다른 레스토랑보다 훨씬 높은 유리 천장으로 소리가 후드득 날아가 버렸다. 천장은 '정말 기괴할 정도로' 높았다. 어디선가 낙농장이나 배수 펌프장 같은 곳의 천장이 그렇게 높다는 글을 읽은 기억이 떠올랐다.

총지배인은 새끼손가락으로 우리 테이블 위의 뭔가를 가리켰다. 혹시 장식용 초를 가리키는 건가? 테이블마다 보통의 양초 대신 장식용 초가 놓여 있었다. 하지만 그의 새끼손가락이 가리키고 있는 것은 초가 아니라 올리브가 담긴 작은 접시였다. 방금 내려놓았나 보다. 나는 그가 정확히 언제 접시를 내려놓았는지 기억나지 않았다. 그가 우리 의자를 뒤로 빼 줄 때는 분명히 접시가 없었다. 대체 그는 언제 이 작은 접시를 내려놓은 거지? 순간적으로 공포가 밀려 왔다. 최근 들어 갑자기 어떤 부분이 기억나지 않는 현상이 더 빈번해졌다. 그 짧은 순간에, 즉 기억의 한 조각이 사라진 그 순간에 나는 분명 머릿속으로 딴 생각을 했을 것이다.

"여기 이건 펠로폰네소스반도에서 수입한 그리스 올리브입니다. 사르데냐 북부 지방에서 처음으로 수확한 최상급 엑스트라 버진 올리브오일을 몇 방울 떨어뜨린 뒤 로즈마리를 왕관 모양으로 장식했습니다. 이 로즈마리의 원산지는 ⋯⋯."

총지배인은 우리 테이블 위로 몸을 살짝 굽힌 자세로 말을 계속 이어 나갔다. 그럼에도 그의 말을 알아듣기 힘들었다. 심지어 뒷부분은 전혀 들리지 않았다. 결국 로즈마리의 원산지는 우리에게 제대로 전달되지 않았다. 사실 그런 거라면 오히려 내가 더 정확한 정보를 제공해 줄 수 있었다. 로즈마리는 루르나 아르데넨 지방에서 생산된다. 하지만 나는 이미 작은 접시에 담긴 올리브에 대한 총지배인의 장광설에 질릴 대로 질린 상태라, 그를 위기에서 구해 주고 싶은 마음이 털끝만큼도 없었다.

게다가 저 작은 새끼손가락은 뭐란 말인가. 뭔가를 새끼손가락으로 가리키는 게 제정신을 가진 사람이 할 몸짓인가. 혹시 저걸 우아한 동작으로 믿고 있는 건가. 혹시 가느다란 청색 줄무늬 양복과 엷은 청색 손수건이 한 세트인가. 그게 아니면 혹시 이 남자, 뭔가를 감추려고 하는 건가. 남자는 다른 사람이 손 안쪽을 들여다볼 수 없게 하려는 듯 새끼손가락을 제외한 나머지 손가락들을 전부 손바닥 쪽으로 모으고 있었다. 왠지 그럴 가능성이 충분해 보였다. 혹시 손바닥에 불치병 증상 같은 얼룩덜룩한 반점이라도 있는 건가.

"왕관 장식을 했다고요?" 내가 깜짝 놀란 목소리로 물었다.

"그렇습니다. 로즈마리로요. 왕관 장식을 했다는 말은 그러니까……."

"그게 무슨 뜻인지는 알겠어요." 나는 쇳소리로 날카롭게 받아쳤다. 옆 테이블에 앉아 있던 남자와 여자가 잠시 대화를 중단하고 우리 쪽을 힐끔거린 것을 보면 나도 모르게 목소리가 조금 커졌던 것 같다. 남자는 얼굴이 거의 가려질 정도로 수염이 덥수룩했고, 여자는 남자의 파트너로 보기에는 너무 어렸다. 기껏해야 이십 대 후반 정도 될까. 재혼을 한 사이거나 하룻밤 상대인 듯했다. 남자는 아마 거들먹거리고 싶어 여자를 이런 고급 레스토랑에 데려왔을 것이다. "왕관 모양으로 장식을 했다는 거 말인데요." 나는 목소리를 조금 낮추며 말을 계속했다. "각각의 올리브에 전부 왕관 장식을 했다는 소리가 아니라, 올리브들이 마치 왕이라도 된 양 도도하게 나를 올려본다는 뜻이잖아요."

양쪽을 힐끔 쳐다보니 끌레르는 나를 외면하고 있었다. 이건 결코 좋은 조짐이 아니었다. 저녁을 이미 망쳤는데 거기다 재까지 뿌릴 수는 없다. 특히 아내한테 그런 짓을 해서는 안 된다.

바로 그 순간, 총지배인이 도무지 이해할 수 없는 행동을 했다. 내 예상대로라면 그의 아래턱이 내려오면서 입이 벌어지는 동시에 얼굴에 홍조를 띠면서 아랫입술을 약간 떨어야 했다. 그런 다음 애매모호한 사과의 말을 늘어 놓아야 했다. ―「까다롭고 무례한 손님 대처법」 같은 책자에 일반적으로 적혀 있는 대로 말이다 ― 하지만 내 예상과는 달리 총지배인은 웃음을 터뜨렸다. 그건 진짜 웃음이었다. 연기도 아니고, 예의상 나온 것도 아닌 진짜 웃음.

"정말 죄송합니다." 한손으로 입을 가리며 그는 그렇게 말했다. 방금 전 올리브를 가리킬 때와 마찬가지로 이번에도 손가락들은 전부 안으로 오므린 채 새끼손가락 하나만 바깥쪽으로 뻗친 채로.

"저는 미처 그것까지는 생각을 못했습니다."

6

"대체 저 양복쟁이 녀석은 손가락으로 뭘 가리킨 거야?" 나는 하우스 와인을 주문한 뒤 총지배인이 사라지자 끌레르한테 물었다.

끌레르는 테이블 위로 손을 뻗어 내 뺨을 잠시 어루만졌다.

"여보……."

"알아. 아니, 내가 보기에 저 남자는 분명히 이상한 구석이 있어. 누구라도 그렇게 생각할 거야. 설마 나만 그렇게 생각하는 거라고 설득하려는 건 아니지?"

아내는 나를 향해 환한 미소를 지었다. 내가 별것도 아닌 일에 흥분할 때마다 아내가 보내는 선물이었다. 흥분하는 내 모습이 꽤 흥미롭기는 하지만 자신은 그걸 진지하게 받아들일 생각이 전혀 없다는 뜻이다.

"이 양초 꼴 좀 봐." 내가 말했다. "벨벳 헝겊으로 만든 봉제 인형이나 장송곡이랑 딱 어울릴 것 같지 않아?"

끌레르는 펠로폰네소스산(産) 올리브를 하나 집어 입안에 넣었다. "와우!" 그녀가 말했다. "맛있네. 로즈마리가 햇빛을 별로 못 받고 자란 것 같아 좀 유감스럽기는 하지만."

이번에는 내가 미소를 지어 줄 차례였다. 총지배인이 설명해 준 바로는 이 로즈마리는 레스토랑 뒤에 있는 정원에서 "직접 재배한" 것이었다. "당신 그거 봤어? 남자가 시종일관 새끼손가락을 쭉 뻗어서 뭔가를 가리키고 있던 거?" 나는 그 질문을 하면서 메뉴판을 펼쳤다.

대체 음식값이 얼마나 하는지 궁금했다. 이런 레스토랑의 음식값은 늘 내 호기심을 자극했다. 사실 나는 구두쇠하고는 거리가 먼 사람이다. 그렇다고 해서 돈이 전혀 문제가 안 된다는 뜻은 아니다. 아무튼 나는 절대 "집에서 훨씬 맛있는 음식을 만들어 먹을 수 있는데 레스토랑에 와서 돈을 낭비하는 건 정말 멍청한 짓이야."라고 생각하지 않는다. 그런 말을 하는 사람은 요리와 레스토랑에 대해 아무것도 모르는 사람이 분명하다.

내 호기심을 유발하는 건 다른 것이다. 간단히 말해 내 관심사는 요리와 요리의 대가로 지불해야 할 금액 사이의 간격이 얼마나 큰가 하는 것이다. 사실 이 두 가지 요소는 — 한쪽은 돈, 다른 한쪽은 요리 — 마치 완전히 딴 세상에 존재하는 것처럼 서로 아무런 관련이 없다. 하나의 메뉴판에 나란히 있어야 할 아무런 이유가 없다는 뜻이다.

내 원래 계획은 먼저 메뉴들을 읽고, 그다음에 옆에 적힌 가격을 보는 것이었다. 그런데 메뉴판 왼쪽에서 뭔가가 단박에 내 눈길을 사로잡았다.

나는 깜짝 놀라 잠시 멈칫했다가 다시 한번 메뉴판을 들여다본 다음 총지배인을 찾아 홀 안을 두리번거렸다.

"무슨 일인데 그래?" 끌레르가 물었다.

"여기 뭐라고 적혀 있는지 알아?"

아내는 의아하다는 표정으로 나를 쳐다봤다.

"여기 '하우스 아페리티프' 가격이 10유로라고 적혀 있어."

"뭐라고?"

"정말 어이없군." 내가 말했다. "아까 총지배인이 우리한테 오늘의 하우스 아페리티프는 샴페인 로즈라고 말했잖아. 그 말만 들으면 당연히 샴페인 로즈가 레스토랑에서 무료로 제공되는 서비스라고 생각하지 않겠어? 혹시 내가 잘못 생각한 거야? 레스토랑에서 '하우스'라는 이름을 붙여서 손님에게 제공할 때는 10유로를 낼 필요가 없는 거 아냐? 그건 공짜라는 뜻이잖아."

"잠깐만. 꼭 그런 뜻이 아닐 수도 있어. 메뉴판에 있는 '스테이크 알라 메종'이라는 메뉴는 말 그대로 해석하면 '하우스 스테이크'라는 뜻이야. 하지만 여기서 그 단어의 의미는 이 레스토랑 고유의 조리법에 따라 만든 스테이크라는 뜻이잖아. 아니, 이건 적절한 비유가 아닌 것 같네……. 그래, 맞아. 하우스 와인! 그건 레스토랑이 추천하는 와인이라는 뜻이지, 공짜 와인이라는 뜻은 아니야."

"좋아, 좋아. 이제 나도 알아들었어. 설사 그렇다 쳐도 여전히 이상한 구석이 있어. 우리가 미처 메뉴판을 들여다보기도 전이었잖아. 양복을 쫙 빼입은 남자는 의자를 뒤로 빼 준 다음, 기가 막힐 정도로 작은 올리브 접시를 테이블 위에 내려놓았어. 그리고 맨 처음 꺼낸 말이 오늘의 하우스 아페리티프였지. 그건 충분히 착각을 불러일으킬 만한 행동이었어. 무료로 제공되는 것 같은 뉘앙스였거든. 그 순간에 어떻게 그 아페리티프가 10유로짜리라고 생각할 수 있겠어? 가격이 자그마치 10유로야, 10유로! 당신이라면 그런 생각을 할 수 있어? 만약 맛도 없는 밍밍한 하우스 샴페인값으로 10유로나 내야 한다는 사실을 미리 알았더라면 과연 우리가 그걸 주문했을까?"

"아니겠지."

"내 말이 바로 그거야. 이건 '하우스'라는 단어를 사용해서 사람들을 현혹하는 짓거리란 말이지."

"맞아."

나는 아내를 쳐다보았다. 그녀는 진지한 표정으로 내 눈길을 받아냈다. "정말이야. 당신 놀리려고 하는 말이 아니야." 그녀가 말했다. "당신 말이 전적으로 옳아. 이건 하우스 스테이크나 하우스 와인하고는 차원이 달라. 당신이 무슨 뜻으로 한 말인지 알겠어. 정말 좀 이상하다는 생각이 드네. 마치 함정을 파놓고 사람들이 빠지나 안 빠지나 구경하는 것 같잖아."

"맞아. 정말 그렇지?"

멀리서 정장을 입은 남자가 주방 쪽으로 서둘러 들어가는 모습이 보였다. 우리 테이블로 와 달라는 신호로 그를 향해 손을 흔들었다. 하지만 내 손짓을 알아차린 사람은 비스트로 앞치마를 두른 여종업원 하나뿐이었다. 그녀가 우리 테이블로 급히 다가왔다.

"내 말 좀 들어 보세요." 나는 끌레르를 쳐다보면서 메뉴판을 들고 있는 여종업원을 향해 그렇게 말했다. 나를 응원하는 눈빛, 사랑과 이해심으로 가득 찬 눈빛을 기대하면서 하우스 아페리티프 같은 걸로 우리 두 사람을 골탕 먹이게 내버려둘 수는 없었다. 하지만 끌레르의 눈길은 내 머리 너머를 향해 있었다. 돌아보지 않고도 레스토랑 출입문이 있는 바로 그 지점이라는 걸 알았다.

"저기 그들이 왔어." 끌레르가 말했다.

1

평소에는 끌레르가 벽을 바라보고 앉았다. 그런데 오늘 저녁 우리는 평소와 다르게 자리를 잡았다.

"아니, 오늘은 당신이 여기 앉도록 해." 총지배인이 우리를 위해 의자를 뒤로 빼 주자 그녀가 습관적으로 정원이 내다보이는 자리에 앉으려고 했을 때 내가 그렇게 말했다.

보통 나는 정원을 등지고(혹은 벽이나 개방형 주방을 등지고) 앉았다. 이유는 간단하다. 나는 시야가 탁 트인 것을 선호했기 때문이다. 끌레르는 이런 나를 위해 늘 자리를 양보해 주었다. 그녀는 내가 벽이나 정원 같은 데 별로 관심이 없다는 것을 잘 알고 있다. 나는 그런 것보다는 차라리 사람을 관찰하는 쪽을 선호했다.

"당신이 여기 앉아." 끌레르가 말했다. 총지배인은 홀 전체가 훤히 보이는 쪽의 의자 등받이에 두 손을 올려놓고 기다리고 있었다. 원래 아내를 위해 뒤로 빼 놓은 의자였다. "항상 이쪽 자리를 선호했잖아."

끌레르가 이렇게 하는 게 꼭 나를 위한 희생이라고 생각할 필요는 없다. 그녀는 심리적 안정감 내지 마음의 여유가 있어서 눈앞에 벽이나 개방형 주방만 있어도 충분히 만족했다. 오늘 이 레스토랑처럼 천장까지 통유리로 되어 있을 때는 유리창 너머로 자갈이 깔린 오솔길, 사각형 모양의 연못, 야트막한 산울타리로 둘러싸인 잔디밭까지 볼 수 있으니 더할 나위가 없다. 아마 레스토랑 뒤쪽으로는 나무도 몇 그루 서 있을 것이다.

하지만 이미 날이 저물기 시작한 데다가 통유리에 가로등 불빛이 반사되는 바람에 더 이상 아무것도 형체를 알아볼 수 없었다. 하지만 그녀는 그것만으로도, 즉 그것과 내 얼굴을 보는 것만으로도 충분히 만족했다.

"오늘 저녁은 싫어." 내가 말했다. 오늘 저녁에는 당신 얼굴만 쳐다보고 싶다고 덧붙이고 싶었다. 하지만 줄무늬 정장을 입고 있는 총지배인이 지켜보는 가운데 그런 말을 꺼낼 수는 없었다.

아내의 다정스런 얼굴만 쳐다보고 싶은 마음 이외에 레스토랑 안으로 들어서는 세르게의 모습을 보고 싶지 않은 마음도 컸다. 그가 안으로 들어설 때 출입문 근처에서 벌어질 소동이 보기 싫었기 때문이다. 총지배인을 비롯해 비스트로 앞치마를 두른 여종업원들은 분명 비굴할 정도로 굽신거릴 테니까. 하지만 막상 그 순간이 오자 나는 의자 너머로 반쯤 고개를 들었다.

로만 부부의 등장은 당연히 모든 사람의 이목을 끌었다. 심지어 스탠딩 데스크 근처에서는 여종업원들이 바베테와 세르게의 안내를 맡겠다고 서로 경쟁하듯 나서는 바람에 잠시 소동이 벌어졌다. 총지배인 역시 스탠딩 데스크 근처에 서 있었다.

그런데 옆에 또 한 사람이 있었다. 희끗희끗한 머리를 짧게 자른 키 작은 남자. 남자는 정장 차림도 아니고 머리끝에서 발끝까지 검은색으로 뒤집어쓴 것도 아니었다. 그 남자는 그냥 청바지에 흰색 라운드 넥 스웨터 차림이었다. 아마도 사장인 듯했다.

맞다. 정말 사장이었다. 남자는 한 걸음 앞으로 나서며 로만 부부와 개인적으로 인사를 나눴다. "레스토랑 사장을 내가 좀 알아." 며칠 전 세르게는 분명 그렇게 말했다. 흰색의 라운드 넥 스웨터를 입은 남자와 개인적 친분이 있어 보였다. 사장이 손님이 올 때마다 주방에서 나올 리는 없을 것이다.

입구에서 그런 소동이 벌어지고 있는데도 다른 손님들은 마치 아무 일도 없다는 듯 행동했다. 하우스 아페리티프 한 잔에 10유로씩이나 하는 이런 고급 레스토랑에서 유명 인사가 나타났다고 해서 호들갑을 떠는 것은 예의가 아니라고 생각하는 듯했다. 사람들은 호들갑은커녕 오히려 그 순간 접시 쪽으로 고개를 좀 더 숙였다. 그리고 대화가 끊어져 어색한 침묵이 흐르지 않도록 기를 쓰며 무슨 말인가를 주고받았다. 그로 인해 순간적으로 레스토랑의 소음 정도도 현저하게 높아졌다.

총지배인이(흰색 라운드 넥 스웨터를 입은 남자는 다시 개방형 주방 안으로 사라졌다.) 세르게와 바베테를 안내하는 동안 레스토랑 안에는 거의 알아채기 힘들 정도로 나직한 속삭임이 물결처럼 일렁거렸다. 그렇기는 해도 5월의 미풍에 연못의 잔잔한 수면이 살짝 흔들리는 정도지, 그 이상은 아니었다.

세르게가 두 손을 비비고 만면에 미소를 지으며 우리 테이블로 다가오는 동안 바베테는 계속 종종걸음으로 남편 뒤를 쫓아왔다. 세르게의 민첩한 걸음걸이와 속도를 맞추기에는 바베테의 구두 굽이 지나치게 높았다.

"끌레르!" 세르게는 벌써 의자에서 절반쯤 몸을 일으키고 있는 내 아내를 향해 두 팔을 벌렸다. 두 사람은 뺨에 세 번씩 입을 맞췄다. 그대로 앉아 있으려면 구차한 설명이 뒤따라야 하기에 나도 자리에서 일어설 수밖에 없었다.

"바베테……."

나는 이름을 부르면서 형수의 팔을 살짝 잡았다. 나는 내심 그녀가 다만 의무적으로 세 번의 볼 키스를 할 거라고 예상했다. 먼저 내게 뺨을 내밀고, 그 다음에는 내 뺨에 입술이 닿지 않도록 허공에다 뽀뽀하는 식으로. 그런데 놀랍게도 바베테는 입술 자국이 남을 정도로 진하게 입을 맞췄다. 그녀는 처음에는 한쪽 뺨에, 그 다음에는 반대쪽 뺨에, 그리고 마지막에는 거의 내 입술에 닿을 정도로 입을 쭉 내밀었다. 아니, 정통으로 내 입술을 향한 게 아니라 입술에서 살짝 벗어난 지점, 입술이 서로 거의 닿을락 말락 한 지점을 향해서 말이다. 그러고 나서야 비로소 우리는 상대방의 얼굴을 쳐다봤다. 늘 그랬듯이 바베테는 오늘도 안경을 쓰고 있었다. 그런데 안경이 바뀐 것 같았다. 아무튼 색이 짙은 선글라스를 쓴 건 오늘이 처음이었다.

이미 말했다시피 바베테는 안경을 포함해 정말 뭐든 잘 어울리는 여자다. 하지만 낌새가 좀 이상했다. 잠시 자리를 비운 사이에 누군가 들어와서 꽃을 전부 치워 버린 방에 들어온 듯한 분위기랄까. 실내 장식에 뭔가 변화가 생긴 건 확실한데, 정작 쓰레기통에 처박혀 있는 꽃을 발견하기 전까지는 눈치채지 못할 그런 변화 말이다.

바베테의 체격을 소개할 때는 표현에 신중을 기해야 한다. 그녀의 체격은 간혹 남자들이 주눅 들거나 위협을 느낄 정도다. 뚱뚱하다는 뜻은 절대 아니다. 아니, 그녀의 몸매는 뚱뚱하다는 표현과 날씬하다는 표현, 그 어느 쪽도 적합하지 않다. 완벽한 비율을 자랑하는 몸매이기는 한데, 손과 발은 물론이고 머리까지 신체 부위 하나하나의 치수가 전부 크다. 하나같이 평균을 훌쩍 뛰어넘는 사이즈라서 어떤 남자들은 그녀를 보고 은밀한 부위의 치수에 대해 상상의 나래를 펼치거나 인간의 몸뚱어리가 얼마나 위협적일 수 있는지 생각했다.

고등학교 시절 친구 중에 키가 2미터가 넘는 아이가 있었다. 나보다 머리 하나가 더 큰 사람 옆에 서 있는 게 얼마나 고역이었는지 지금도 생생하게 기억난다.

그 친구 옆에 서 있으면 그림자에 가려서 햇볕조차 제대로 쬘 수 없었다. 그때마다 나는 내 몫으로 할당된 햇볕을 제대로 누리지 못하고 있다고 생각했다. 게다가 빈번히 발생하는 경련 때문에 내 목덜미는 거의 영구적 장애 판정을 받을 정도였다. 하지만 그건 약과였다.

어느 해 여름, 나는 반 친구들과 함께 수학여행을 떠났다. 그 친구는 단지 키가 컸을 뿐 뚱뚱한 건 아니었다. 그런데도 그의 옆 자리에 앉았을 때 나는 그의 팔다리의 미세한 움직임까지 전부 느낄 수 있었다. 또 밤에 침낭 밖으로 빠져나온 그의 발이 텐트를 안에서 밖으로 쭉 밀어냈을 때 나는 왠지 그게 나에 대한 무언의 비난처럼 느껴졌다. 공간이 너무 비좁아서 벌어진 일이었지만, 나는 육체적으로 완전히 진이 빠졌고 모든 게 꼭 내 탓인 것 같았다. 아침에 일어나 그의 두 발이 텐트 문을 넘어 밖으로 삐져나온 것을 보았을 때 나는 죄책감까지 느꼈다. 더 큰 텐트, 내 친구처럼 키 큰 사람도 머리부터 발끝까지 넉넉하게 수용할 수 있는 그런 텐트를 준비해 오지 못한 것에 대한 죄책감이었다.

바베테와 자리를 함께할 때면 지금보다 키가 좀 더 컸으면 좋겠다는 욕망에 사로잡히곤 했다. 그래선지 허리를 쭉 펴게 되고 자세까지 꼿꼿해졌다. 그래야 그녀의 눈높이에서 내 얼굴을 똑바로 쳐다볼 수 있을 테니까.

"얼굴이 좋아 보이네요." 한 손으로 내 팔을 살짝 누르며 바베테가 말했다. 외모에 대한 사람들의 칭찬, 그중에서도 특히 여자가 하는 칭찬은 대부분 예의상 하는 말이다. 하지만 수년간의 경험으로 나는 바베테의 경우 그건 관심에서 우러나온 말이라는 것을 안다. 그녀는 누군가의 안색이 안 좋아 보이면 면전에서 대놓고 그렇다고 말할 사람이었다.

그러니까 바베테의 "얼굴이 좋아 보이네요."라는 말은 진짜 내 안색이 좋아졌다는 의미일 수 있다. 또한 그렇게 말함으로써 내게도 자신의 얼굴에 대해 뭔가 코멘트를 해 달라는 무언의 압박일 수도 있다. 그것도 아니라면 최소한 지금보다 더 자신을 주목해 달라는 요구일 것이다.

그래서 선글라스 너머에 있는 그녀의 눈을 다시 한번 정확하게 살폈다. 안경 렌즈에 홀 내부가 거의 다 반사되어 있었다. 식사하는 사람들, 흰색 테이블보, 양초까지……. 맞다, 수십 개의 양초가 그녀의 안경 렌즈 속에서 반짝거리고 있었다. 방금 알아챈 바에 의하면 바베테의 선글라스는 위쪽은 까만색이었지만 아래쪽은 살짝 색을 입힌 정도라서 눈을 정확하게 들여다볼 수 있었다.

눈가가 새빨간 데다가 이상할 정도로 퉁퉁 부어 있었다. 조금 전까지 엄청나게 울었다는 명명백백한 증거였다. 그것도 서너 시간 전이 아니라, 방금 전에 울음을 터뜨렸던 게 분명했다. 자동차 안, 그러니까 레스토랑으로 오는 차 안에서 말이다.

그녀는 주차장에서 그 흔적을 지우느라 고생깨나 했을 것이다. 하지만 제대로 성공하지 못했다. 검은색 비스트로 앞치마를 두른 여종업원들, 정장 차림의 총지배인, 흰색 라운드 넥 스웨터를 입은 쾌활한 사장은 선글라스 덕분에 그걸 놓쳤을 수도 있지만 나는 그렇지 않다.

뜻밖에도 바베테는 내게 그 사실을 감출 생각이 전혀 없는 것 같았다. 오늘 그녀는 평소보다 훨씬 더 가까이 다가와 입술에 거의 닿을 정도로 키스했다. 그 바람에 나는 꼼짝없이 그녀의 눈을 들여다보게 되었고, 그때 그 사실을 눈치챘다. 바베테는 눈꺼풀을 몇 번 떨더니 어깨를 으쓱 들어올렸다. 유감스럽게도 나는 지금 기분이 별로예요, 하는 의미였다.

미처 내가 뭐라고 말을 꺼내기도 전에 세르게가 우리 사이에 끼어들었다. 그는 바베테를 옆으로 살짝 밀어낸 다음 내 손을 붙잡고 힘차게 흔들었다.

예전에는 이 정도로 힘차게 악수하지는 않았다. 지난 몇 년간 연습에 연습을 거듭해 힘 있는 악수를 통해 '이 나라 국민'과 만나는 방법을 터득한 게 분명했다. 기운이 하나도 없는 손에 표를 주고 싶은 국민은 절대 없을 것이다.

"파울." 세르게가 입을 열었다.

얼굴에는 여전히 미소가 가득했다. 하지만 그건 진심에서 우러나온 미소가 아니었다. 미소 자체로만 보면 정말 '백만 불짜리 미소'라고 부를 만했다. 하지만 그 미소 역시 악수와 마찬가지로 연습을 통해 터득한 기술이었다.

일곱 달 전쯤에 치러진 선거에서 이 두 가지 요소가 승리를 거두는 데 상당히 크게 이바지한 게 사실이다. 누군가 그의 얼굴에 썩은 달걀을 던졌을 때도 이 미소만은 온전하게 남아 있었다. 분노한 캠페인 지도자가 그의 얼굴에 끈적끈적한 생크림을 짓이겨 놓았을 때도 세르게는 미소를 잃지 않았다. 결국 유권자들한테 제일 먼저 각인된 것은 그의 미소였다.

"안녕, 세르게." 내가 말했다. "별일 없지?"

그 사이에 형의 뒤쪽에서는 끌레르와 바베테가 볼 키스로 인사를 나누고 있었다. 더 정확히는 내 아내가 바베테의 뺨에 키스하는 중이었다. 두 사람은 포옹을 한 뒤 상대방의 눈을 쳐다봤다.

내가 본 걸 끌레르도 봤을까? 바베테의 빨개진 눈가에서 절망의 그림자를 느꼈을까? 하지만 바로 그 순간 바베테는 큰 소리로 웃음을 터뜨렸다. 그러고는 끌레르의 뺨 옆쪽, 허공을 향해 키스했다.

드디어 우리는 자리에 앉았다. 세르게는 대각선으로 내 맞은편 자리, 즉 끌레르 옆자리에 앉았고, 바베테는 내 옆자리에 앉았다. 바베테가 의자에 앉을 때 총지배인이 거들었다. 세르게의 시중은 검은색 비스트로 앞치마를 두른 여종업원이 맡았다.

의자에 앉기 전 세르게는 한 손을 바지 주머니에 찔러 넣은 채 홀 안을 한번 둘러보았다.

"오늘의 하우스 아페리티프는 샴페인 로즈입니다." 총지배인이 말했다.

나는 숨을 깊이 들이마셨다. 정말로 아주 깊이. 끌레르는 여러 가지 의미가 담긴 눈빛으로 나를 보고 있었다. 그녀는 눈동자를 굴리지도 않았고, 느닷없이 잔기침을 하지도 않았으며, 테이블 밑에서 내 정강이뼈를 툭 치지도 않았다. 내가 허튼짓을 하려 들 때, 혹은 벌써 그런 일이 벌어졌을 때 아내는 보통 그런 식으로 경고를 보냈다.

그런데 이번에는 그런 신호 대신 그녀의 눈빛에 무언가 아주 미세한 움직임이 있었다. 다른 사람들은 거의 알아차릴 수 없을 정도의 작은 눈빛의 변화, 조롱과 진지함의 중간쯤에 해당되는 눈빛이었다.

"그만해." 아내의 눈빛이 그렇게 말했다.

"아, 샴페인." 바베테가 말했다.

"그거 괜찮겠군." 세르게가 말했다.

"잠깐만." 내가 말했다.

애피타이저

8

　"쑥과 양파를 넣어 만든 비네그레트소스를 곁들인 민물가재 요리입니다." 총지배인이 말했다. 그는 세르게 옆에 서서 새끼손 가락으로 접시 위의 뭔가를 가리켰다. "여기 이건 보주(Vosges) 지 방에서 생산된 버섯이고요." 그의 새끼손가락이 민물가재 뒤쪽, 반으로 자른 버섯을 가리켰다. 버섯은 땅에서 막 뽑아 낸 것처럼 보였다. 버섯 아랫부분에 흙이라고밖에 생각할 수 없는 뭔가가 묻 어 있었다.

　이 남자, 손 하나는 정말 깔끔하군. 총지배인이 세르게가 주문 한 샤블리스 화이트 와인의 코르크 마개를 따는 동안 내린 결론이 다. 아까 의심했던 것과는 달리 손바닥에는 아무것도 없었다. 손거 스러미 하나 일어나지 않은 말끔한 손가락, 짧게 깎은 손톱, 잘 손 질된 큐티클에 이르기까지, 그의 손은 정말 흠잡을 데 하나 없이 완벽했다. 무슨 질병을 앓았던 흔적 같은 것도 전혀 없었다. 그럼에도 불구하고 손이, 그것도 낯선 사람의 손이 음식에 너무 가까이 다가온 건 사실이었다. 총지배인의 손가락은 민물가재에서 겨우 2~3센티미터 정도 떨어져 있었다. 게다가 손가락을 약간 떨고 있어서 저러다 새끼손가락이 버섯에 닿지 않을까 몹시 불안했다.

저 손과 저 작은 새끼손가락이 내 접시 위에서 저런 식으로 오락가락한다면 나는 도저히 못 참을 것 같았다. 하지만 테이블의 전체적인 분위기를 생각하면 어쩔 도리가 없었다.

그래, 참아 보는 거야. 그 순간 나는 그렇게 결심했다. 참을 수 있어. 생면부지의 남자 손가락이 당연하다는 듯 내 접시 위로 다가와도 물속에서 숨을 참는 것처럼 참아 내 보는 거야.

하지만 내 신경을 자극하는 게 비단 그의 손가락만은 아니었다. 총지배인은 모든 동작에 쓸데없이 시간을 지체했다. 그는 샤블리스 와인을 서비스할 때부터 자꾸 시간을 허비했다. 일단 테이블에 와인 쿨러 ── 어린이용 의자처럼 테이블 가장자리에 두 개의 고리를 거는 방식이었다 ── 를 설치하느라 시간을 잡아먹더니, 와인 병의 라벨을 확인시켜 준다며 또 시간을 허비했다. 당연히 라벨은 세르게한테만 보여 주었다. 비록 우리의 동의를 구하기는 했지만 와인을 고른 사람은 세르게였다. 나는 마치 와인 전문가라도 되는 양 거들먹거리는 형의 태도가 몹시 거슬렸다.

대체 언제부터 세르게가 와인 전문가였단 말인가. 내가 아는 한, 어느 날 느닷없이 그렇게 되었다. 어느 날인가, 그는 레스토랑에서 와인 메뉴판을 제일 먼저 집어 들더니 알렌테호(Alentejo)에서 생산된 포르투갈 와인의 '토질'에 대해 아는 체했다. 그건 일종의 권력 쟁취나 다름없었다. 그날부터 항상 와인 메뉴판은 당연하다는 듯이 세르게 앞에 놓였다.

와인 라벨을 보고 세르게가 동의의 뜻으로 고개를 끄덕이자 총지배인은 코르크 마개를 뺐다. 코르크 마개를 빼는 것이 총지배인의 특기가 아니라는 사실은 곧 밝혀졌다. 그는 어깨를 한번 으쓱한 뒤 자신의 어설픈 실수를 웃음으로 적당히 얼버무리려 했다. 그리고는 마치 이런 일은 처음이라는 듯 더 당당한 표정으로 인상을 썼다. 하지만 그 표정이 그의 실력을 더 여실히 드러냈다.

"아무래도 코르크가 밖으로 나오고 싶지 않은가 봅니다." 코르크 마개가 중간에서 뚝 부러지면서 부스러기와 함께 절반만 딸려 올라왔을 때 그는 농담이랍시고 이렇게 말했다.

이제 그는 진퇴양난이었다. 우리의 따가운 눈총을 받으며 여기 이 자리에서 다시 한번 코르크 마개를 꺼낼 것인가, 아니면 와인 병을 개방형 주방으로 가져가 전문가의 도움으로 문제를 해결한 것인가, 선택의 기로에 선 것이다.

유감스럽게도 그는 가장 간단한 해결책을 미처 생각하지 못했다. 포크나 숟가락 끝으로 부러진 코르크 마개를 병 속으로 쑥 밀어 넣는 방법 말이다. 그렇게 되면 술을 따를 때 코르크 조각이 잔에 뜰 수 있지만, 그런들 뭐 대수겠는가. 샤블리스 와인 가격이 얼마였더라? 58유로였나? 하지만 가격 같은 건 아무 의미도 없다. 내일 제일 가까운 슈퍼마켓에 가면 똑같은 와인을 7.95유로에 구입할 수 있다.

"죄송합니다." 총지배인이 말했다. "새 병으로 바꿔 오겠습니다." 누군가 미처 대꾸를 하기도 전에 그는 재빨리 테이블 사이로 사라졌다.

"이거야 원. 딱 병원에 와 있는 기분이군." 내가 비꼬듯이 말했다. "아마 지금 주방에서는 여종업원들이 제발 피 뽑는 일은 의사가 아니라 간호사인 자신들에게 맡겨 달라고 빌고 있을 거야."

끌레르가 웃음을 터뜨렸다. 바베테도 웃었다. "와, 그거 참 슬픈 광경이겠네." 그녀가 말했다.

세르게 혼자만 생각에 잠겨 진지한 표정으로 앞을 응시했다. 그의 얼굴에 얼핏 슬픔 같은 게 내비쳤다. 자기 물건을 빼앗긴 사람의 표정이 저렇지 싶었다. 그의 표정은 딱 와인 이름과 생산연도, 생산지 등이 적혀 있는 장난감을 빼앗긴 어린아이였다. 아마 총지배인의 무신경함에 화가 났을 것이다. 어쨌든 마개가 불량인 샤블리스 와인을 선택한 사람은 바로 세르게 로만이었다. 물론 일이 이렇게 꼬일 줄 어찌 알았겠는가. 와인 병의 라벨을 읽고 고개를 끄덕여 동의를 표했으니 이제 총지배인이 코르크 마개를 뽑은 뒤 와인을 따라 주면 잔뜩 폼을 잡으며 시음만 하면 된다고 생각했겠지. 이제 그가 시음하는 모습을 지켜볼 수도, 시음하면서 입맛 다시는 소리도 들을 수 없게 됐다. 먼저 코로 향을 맡은 뒤 와인을 목구멍 쪽으로 넘겼다가 다시 입안에서 혀를 굴리며 맛을 음미하며 내는 소리 말이다. 세르게는 와인을 시음할 때 늘 혀를 앞뒤로 굴렸다. 거의 목구멍까지 깊숙이 머금었던 와인이 다시 입안으로 넘어올 때면 나는 늘 시선을 돌렸다.

"새 와인에서까지 이런 불상사가 일어나지는 않겠지." 세르게가 말했다. "샤블리스처럼 훌륭한 와인에서 이런 일이 일어난 건 정말 치욕이야."

그는 곤혹스러운 듯했다. 확실하다. 사장이 지인이라며 이 레스토랑을 선택한 건 바로 그였다. 흰색 라운드 넥 스웨터를 입은 남자가 그를 맞이하기 위해 개방형 주방에서 직접 나오지 않았던가. 만약 내가 선택한 장소였다면 어떻게 됐을까? 이 레스토랑이 아닌 다른 곳, 예를 들어 세르게가 한 번도 가 본 적이 없는 곳으로 예약했더라면? 그리고 그 레스토랑의 총지배인이나 웨이터가 첫 번째 시도에서 코르크 마개를 제대로 따지 못했다면? 그럼 세르게는 분명 한심하다는 표정으로 입술을 비죽이며 나를 쳐다봤을 것이다. 당연히 고개도 저었겠지. 맞다. 우리가 어디 어제오늘 봐 온 사이인가. 어쩌면 악의적인 눈빛으로 나를 비난했을 수도 있다. 파울, 네 녀석이 하는 짓이 늘 그렇지 뭐. 내 이럴 줄 알았어, 하는 표정으로.

　　우리 나라 유명 정치인들 중에는 취미로 직접 주방에 들어가 요리를 하는 사람도 있고, 만화책을 수집하는 사람도 있고, 개인 요트를 몰고 바다로 나가는 사람도 있다. 그런데 그들의 취미는 우리 일반 시민들이 평소 그들에 대해 갖고 있는 이미지와 너무 달라 사람들을 혼란스럽게 만들 때가 있다. 예를 들어, 늘 서류에 파묻혀 사는 일 중독자인 줄 알았던 정치인이 휴가 때면 프랑스에서 유창한 프랑스어를 구사하며 사람들과 어울리고, 털실로 짠 장갑을 끼고 철판 앞에서 프로방스 토속 음식인 고기 완자를 요리하는 사진이 대형 일간지 주말 판 1면을 가득 차지하는 경우 말이다. 그게 끝이 아니다. 그 일 중독자한테서 제일 눈에 띄는 것은 허리에 두르고 있는 툴루즈 로트레크[*]의 얼굴이 찍힌 앞치마가 아니라 유권자들한테 요리의 기쁨을 일깨워 주기 위해 짓고 있는, 믿을 수 없을 만큼 완벽한 미소다. 하지만 그건 사람들한테 미소가 아니라 오히려 공포로 인해 이빨을 모두 드러내고 있는 경악스런 표정으로 보인다. 뒤에서 달려오는 차에 치일 뻔했는데 가까스로 그 위기 상황에서 벗어났을 때 짓는 안도의 미소, 아니면 그냥 단순히 프로방스의 고기 완자 요리가 오븐 속에서 홀라당 타 버리지 않은 것에 대한 안도에서 나온 미소일 수도 있다.

세르게는 대체 무슨 생각으로 와인을 취미 생활로 택한 걸까? 돌이켜 보니 이제껏 그걸 물어본 적이 없다. 오늘 저녁이 그걸 물어볼 좋은 기회일지 모른다. 하지만 지금은 적절한 타이밍이 아닌 것 같아 일단 머릿속에 메모만 해 놓았다. 아직 시간은 충분하다.

아주 어렸을 적, 세르게는 늘 콜라만 마셨다. 그것도 몇 리터씩. 저녁 식사 때는 패밀리 사이즈 페트병 하나를 혼자 거의 다 비운 뒤 꺽꺽거리며 트림을 하곤 했다. 오죽하면 그로 인해 가끔 식탁에서 쫓겨나기까지 했을까. 세르게의 트림은 평균적으로 십 초 이상 지속되었다. 마치 땅속에서 뭔가가 부글부글 끓다가 한꺼번에 솟구치는 것처럼 그의 배 속에서 천둥소리와 트림이 동시에 터져 나왔다. 하지만 학교 운동장에서는 그걸로 꽤나 인기를 끌었다. 물론 남자아이들한테서만. 그 시절 세르게는 트림과 방귀로 여자아이들을 겁먹게 할 수 있다는 것을 분명히 알고 있었다.

세르게의 취미 생활 다음 단계는 창고를 와인 저장고로 개조하는 일이었다. 창고에 와인 병을 보관할 수 있는 선반들을 설치

---

01 앙리 드 툴루즈 로트레크(Henri de Toulouse-Lautrec, 1864~1901). 프랑스의 화가다.

했다. 그는 그걸 '와인의 숙성'이라고 불렀다. 그리고는 식사 때마다 자신이 마셔 본 와인에 대해 강연을 늘어놓았다. 바베테는 그 모든 것을 일종의 심심풀이 오락쯤으로 여겼다. 그녀는 세르게의 본심을 꿰뚫어 보는 몇 안 되는 사람 중 하나다. 그녀는 남편의 취미를 진지하게 생각하지 않았다. 언젠가 세르게한테 전화를 걸었다가 바베테와 통화한 적이 있었다. 형은 집에 없다면서, 바베테는 이렇게 말했다. "형님은 지금 프랑스 루아레에서 와인을 시음하고 있어요." 그녀의 말투는 마치 일 년 전부터 남편이 여비서와 바람났다는 사실을 잘 알고 있으면서 남편은 지금 야근 중이라고 말하는 아내 같았다.

끌레르는 나보다 현명하다는 말은 이미 앞에서 했다. 그녀는 자신의 수준에 못 미친다고 해서 절대 나를 무시하지 않는다. 이런 말을 하는 이유는 끌레르는 거만한 사람이 아니라는 것을 분명히 해 두고 싶어서다. 내가 뭔가를 바로 이해하지 못해도 끌레르는 절대 한숨을 내쉬거나 눈동자를 굴리지 않는다. 비록 내 추측이기는 하지만, 설령 내가 그 자리에 없어도 그녀는 다른 사람에게 나를 조롱하거나 비하하지 않을 것이다. "형님은 지금 프랑스 루아레에서 와인을 시음하고 있어요."라고 말할 때 바베테의 목소리에서 느껴지던 비아냥거림은 절대 없을 것이다.

바베테 역시 세르게보다 한 수 위라는 것은 이미 드러났다. 그걸 입증해 주는 수많은 사례들이 있지만 그냥 덮어 두겠다. 벌써 몇 가지 문제가 불거졌으니 그냥 우리가 식사하는 동안 내가 보고 들은 것만 이야기하도록 하겠다.

9

"여기 이 양의 지라는 사르데냐 오일에 루콜라와 함께 재워 두었던 겁니다." 어느새 끌레르의 곁으로 다가간 총지배인이 새끼손가락으로 두 개의 작은 고기 조각을 가리키며 말했다. "햇살을 듬뿍 받고 자란 이 토마토는 불가리아에서 수입된 겁니다."

끌레르의 접시에서 받은 첫인상은 접시가 너무 횅하다는 사실이었다. 맞다, 훌륭한 레스토랑은 양보다 질로 승부한다는 것을 나도 알고 있다. 하지만 그걸 인정한다 해도 끌레르의 접시는 이상할 정도로 허전했다. 이 레스토랑에서 제일 중요한 가치는 여백의 미인지도 모르겠다.

누구라도 이런 접시를 받게 되면 화를 내며 주방으로 달려가 바꿔 달라고 할 것 같았다. '그런데 당신은 그런 용기가 없군요!' 마치 접시가 우리를 조롱하듯 빤히 올려다보고 있었다.

대체 이 요리의 가격이 얼마였는지 기억을 더듬어 보았다. 제일 싼 애피타이저 가격이 19유로였다. 메인 요리의 가격은 대부분 28유로에서 44유로 사이였다. 그거 말고 선택 가능한 메뉴가 세 개 더 있었는데, 각각 47유로, 58유로, 79유로였다.

"이건 따끈하게 데운 염소젖 치즈입니다. 거기다 올리브 열매하고 호두가루를 곁들였습니다." 새끼손가락을 쭉 뻗은 채 총지배인의 손이 내 접시 위로 다가왔다. '알고 있어요. 내가 시킨 게 바로 그거니까.'라는 말이 목구멍까지 치밀어 올랐으나 꾹 참고 새끼손가락에 온 신경을 집중했다. 불현듯 그 손가락이 지금보다 더 가까이 다가온 적이 없었다는 생각이 들었다. 와인을 따를 때도 이렇게 가깝지는 않았다. 총지배인은 가장 무난한 방법을 택해 주방에서 새 와인 병을 갖고 돌아왔다. 그것도 이미 주방에서 코르크 마개를 절반쯤 뽑은 상태로.

지하 창고를 와인 저장고로 개조하고 루아레 지방으로 와인 시음 여행을 다녀온 다음 단계는 육 주간의 와인 세미나 참석이었다. 프랑스가 아니라 야간 학교의 빈 강의실을 빌려서 개최된 세미나라는 게 그나마 다행이었다. 세르게는 모두에게 자랑하기 위해 세미나 수료증을 자신의 집 복도에 걸어 놓았다. 그가 세미나 첫 수업 시간에 배운 바로는, 코르크 마개를 완전히 뽑은 뒤에 가져온 와인은 라벨에 붙어 있는 것과는 완전히 다른 물질을 함유하고 있을 가능성이 높다고 했다. 변조됐을 수 있다는 것이다. 이를테면 나쁜 사람이 와인을 물로 희석하거나 와인 병에 침을 한껏 뱉었을 수 있다고.

하지만 하우스 아페리티프 문제와 코르크 마개 사건 이후로 세르게 로만의 마음은 어디 딴 세상에 가 있는 듯했다. 더 이상 연극할 마음이 싹 사라진 사람 같았다. 그는 총지배인의 얼굴을 쳐다보지도 않고 냅킨으로 입을 닦은 뒤 그냥 이렇게 한마디만 던졌다. "아주 좋군."

그 순간 나는 재빨리 옆자리에 앉은 바베테를 힐끔 쳐다봤다. 짙은 선글라스 속에서 그녀의 두 눈이 남편을 바라보고 있었다. 다른 사람들은 거의 눈치채지 못했겠지만, 코르크 마개를 절반쯤 뽑아서 가져온 와인에 대해 남편이 코멘트할 때 바베테는 눈썹을 살짝 찡그렸다. 레스토랑으로 오는 자동차에서 그녀를 울린 원흉은 바로 세르게였다. 그 사이에 그녀의 눈은 부기가 거의 가라앉았다. 나는 내심 바베테가 앙갚음으로 남편한테 한마디 쏘아주기를 기대했다. 그녀는 그런 쪽으로 상당한 재능이 있었다. 사실 그녀는 비꼬는 말을 잘하기로 유명했다. "형님은 지금 프랑스 루아레에서 와인을 시음하고 있어요."라는 말은 제일 약한 조롱이라고 할 수 있다.

나는 마음속으로 그녀를 응원했다. 모든 불행한 가정은 각기 다른 사정이 있는 법이다. 엄밀하게 따져 보면 아직 메인 요리가 나오기 전에 세르게와 바베테 사이에 격렬한 다툼이 벌어지는 게 최선일 것이다. 통제가 전혀 불가능한 싸움 말이다. 그럼 나는 당연히 마음속으로는 바베테 편이지만, 어느 쪽 편도 들지 않을 거라고 둘러대면서 다툼을 말리는 척할 것이다.

그런데 코르크 마개에 대한 조롱은 참기로 했는지 유감스럽게도 바베테는 입을 꾹 다물고 있었다. 하지만 앞으로 남은 저녁 시간 동안 대격돌이 일어나기를 바라고 있는 내 소망을 충족해 줄 수 있을 만한 무슨 일인가 있었던 건 분명했다. 총이 나오는 연극을 상상하면 쉽게 이해할 것이다. 서막에서 총이 등장하면 관객들은 마지막 장에서 분명히 그 총이 발사될 거라고 장담할 수 있다. 그게 바로 드라마의 법칙이니까. 발사되지 않을 총이라면 애초에 등장할 이유가 없다.

"이건 상추를 곁들인 염소젖 치즈입니다." 총지배인이 말했다. 그 남자의 손과 손가락이 거의 1센티미터 거리에서 서너 개의 녹색 잎사귀와 염소젖 치즈 조각을 가리켰다. 몸을 살짝 숙이기만 해도 그의 손가락이 내 입에 닿을 것 같았다.

평소 염소젖 치즈는 전혀 안 먹는데, 대체 왜 내가 이걸 주문했을까? 상추도 그렇고, 게다가 양까지 신경에 거슬렸다. 끌레르의 접시만큼은 아니지만 내 접시 역시 휑해 보이긴 마찬가지였다. 상추 잎사귀 세 개는 한입에 쏙 들어갈 정도였다. 혹시 상추를 그냥 고명으로 얹어 놓은 건가? 그렇다 해도 이건 너무했다.

상추를 보면 나는 늘 초등학교 시절 교실 창문턱에 놓여 있던 햄스터나 모르모트가 기억난다. 당시 우리는 동물 보살피기를 배우는 중이었다. 당연히 보살피는 방법도 함께 배웠다. 아침마다 우리가 햄스터 우리의 창살 안으로 밀어 넣은 게 상추 잎사귀였는지는 확실치 않다. 아무튼 그 비슷한 채소였다. 햄스터나 모르모트는 뾰족한 이빨로 상추를 갉아먹었다. 그런 다음에는 하루 종일 우리 한구석에 조용히 웅크리고 있었는데, 어느 날 아침에 보니 죽어 있었다. 그것들보다 앞서서 죽은 거북이, 흰쥐 두 마리, 메뚜기처럼. 그 동물들의 높은 사망률을 보며 우리는 교과서에서 배우지 못한 교훈을 얻었다.

좋아하지도 않는데 왜 따끈하게 데운 염소젖 치즈와 상추가 담긴 접시가 내 앞에 놓여 있느냐는 질문의 답은 솔직히 아주 간단하다. 내가 맨 마지막에 주문한 탓이다. 우리는 사전에 무슨 음식을 주문할지 제대로 의논하지 못했다. 어쩌면 이야기를 나눴을지도 모른다. 아무튼 그때는 내 의견을 말할 기회를 놓쳐 버렸다. 그래서 경위는 정확히 모르겠지만, 나는 속으로 비텔로 토나토[02]를 주문하기로 마음먹고 있었다. 그런데 놀랍게도 바베테가 그 요리를 먼저 주문해 버렸다.

02   Vitello tonnato. 참치 소스를 곁들인 차가운 소고기 요리.

그건 정말 최악의 상황이었다. 하지만 나는 재빨리 차선책을 찾았다. 민물가재 요리. 끌레르 다음 차례는 세르게였다. 그가 민물가재를 주문했을 때 나는 궁지에 몰렸다. 똑같은 애피타이저를 먹지 않는다는 게 평소 내 소신이었기 때문이다. 다른 사람도 아닌 세르게하고 똑같은 애피타이저를 먹는다는 건 상상도 못할 일이었다. 뭐 순전히 이론적으로만 따지면 처음에 마음먹었던 비텔로 토나토로 다시 돌아갈 수 있었다. 하지만 이론은 이론일 뿐, 그건 별로 모양새가 좋지 않았다. 혼자서는 메뉴 하나도 제대로 못 고르는, 안목도 없는 한심한 녀석임을 입증하는 동시에, 형한테 형수와 한편이 되고 싶어 한다는 오해를 살 수도 있었다. 사실 속마음은 그렇지만 공개적으로 드러낼 일은 아니었다.

나는 이미 접시 옆에 내려놓았던 메뉴판을 다시 펼쳐 애피타이저 메뉴를 훑어 내려갔다. 머릿속으로 생각한 메뉴가 거기 있는지 없는지 찾아보는 척했지만 그러기에는 이미 시간이 늦었다.

"선생님께서는 뭘 주문하시겠습니까?" 총지배인이 물었다.

"나는 상추를 곁들인 따끈하게 데운 염소젖 치즈로 하겠습니다." 내가 말했다.

속도도 너무 빠르고 목소리 톤까지 약간 거만해서 그다지 신중한 선택이라는 인상은 주지 못했다. 다행히 세르게와 바베테는 이상한 낌새를 전혀 눈치채지 못했다. 하지만 테이블 반대쪽에 앉아 있던 끌레르는 살짝 놀란 듯했다.

나를 보호하고 싶었는지, 그 순간 끌레르가 말했다. "당신, 염소젖 치즈 별로 안 좋아하잖아!" 하지만 사람들의 시선이 한꺼번에 나한테로 쏠렸고, 그 바람에 나는 아내가 고개를 가로젓는 것을 '하지 말라'는 신호로 받아들일 시간적 여유가 없었다. 이제 와서 또 다른 모험을 시도할 수는 없었다.

"이 레스토랑의 염소젖 치즈가 유기농법으로 생산된 제품이라는 소문을 들었습니다." 내가 말했다. "목초지에서 자유롭게 방목해서 키우는 어린 염소의 젖으로 만든다는 소문이던데."

마침내 총지배인이 사라졌다. 우리는 비로소 다시 대화를 이어갈 수 있었다. 물론 총지배인은 테이블을 떠나기 전 바베테가 주문한 비텔로 토나토 — 최선의 경우 나의 비텔로 토나토가 될 수도 있었던 그 요리 — 에 대해 필요 이상으로 장황하게 설명했다. '대화를 이어간다'는 표현은 사실 그리 적절하지 않다. 어느 누구도 애피타이저가 나오기 전에 대화를 할 수 있을 거라고 믿지 않았기 때문이다. 이른바 스타 레스토랑이라고 불리는 최고급 레스토랑에서는 불쑥불쑥 이어지는 종업원들의 방해로 대화의 실마리를 놓치는 일이 비일비재하다. 이를테면 이런 것들이다. 접시에 담긴 온갖 재료에 대한 쓸데없이 상세한 설명, 시간이 한참 걸리는 와인 코르크 따기, 적절한 타이밍인지 아닌지 생각하지도 않고 손님이 요구하기도 전에 시도 때도 없이 따라 주는 와인 등등.

그렇게 계속 와인을 따라 줄 때는 이렇게 소리라도 지르고 싶다. "나도 외국을 포함해서 여기저기 웬만큼 다녀 봤는데, 세상 그 어디에서도 — 내가 '그 어디에서도'라고 말할 때는 정말로 '그-어-디-에-서-도'라는 뜻이다 — 손님이 요청하기도 전에 계속 술을 따라 주는 경우는 없었어."라고. 다른 나라에서 그건 예의에 어긋나는 일이었다. 그런데 유독 네덜란드의 종업원들은 수시로 테이블로 다가와 빈 잔에 술을 따라 준다. 어디 그 뿐인가. 술병이 다 비어 간다 싶으면 심지어 이맛살까지 찌푸리면서 손님에게 눈치를 준다. '이제 새 병을 주문할 때가 된 것 같은데요.'라는 무언의 압력이다.

예전에 네덜란드의 소위 스타 레스토랑에서 몇 년간 일한 친구가 있었다. 언젠가 그 친구가 이렇게 말했다. "까놓고 말해서 그건 손님이 최대한 술을 많이 마시게 만들려는 일종의 상술이야. 술은 적어도 구입가의 7배 정도 되는 가격으로 메뉴판에 올려 놓아. 애피타이저와 메인 요리 사이에 시간이 한참 걸리는 이유가 바로 그거야. 그래야 지루함을 못 참고 기다리는 시간을 때우기 위해서 와인을 더 마시게 되거든. 반대로 애피타이저는 대부분 아주 빨리 나오지. 안 그래? 애피타이저가 나오지 않으면 손님들이 괜스레 트집을 잡고 까탈을 부리기 시작하거든. 혹시 레스토랑을 잘못 골랐나 싶어 불안해지는 거지. 하지만 애피타이저와 메인 요리 사이에는 손님들이 이미 술을 많이 마신 상태라 시간이 지체돼도 거의 눈치를 못 채는 거야." 그 친구는 이미 준비된 메인 요리가 테이블에 있는 손님들이 재촉할 때까지 그대로 주방에 머물러 있던 사례를 여러 건 언급했다. 친구는 손님들의 대화가 끊기고 주변을 두리번거리기 시작하면 그때 비로소 접시들이 잽싸게 전자레인지 속으로 들어간다고 했다.

애피타이저가 나오기 전에 우리가 무슨 이야기를 했더라? 사실 그런 건 아무 상관없었다. 전부 시답지 않은 이야기였을 것이다. 그런데도 나는 와인 코르크 마개 사건과 음식 주문 후에 나눈 이야기는 기억이 나는데, 접시가 테이블 위에 놓이기 직전에 무슨 이야기를 나눴는지는 아무리 애를 써도 생각나지 않아서 화가 났다.

바베테가 새로운 피트니스 센터에 등록했다는 사실을 둘러싸고 이런저런 이야기를 나눈 기억이 났다. 몸을 움직이는 게 얼마나 좋은지, 또 각자 어떤 운동이 제일 잘 어울리는지 등에 대해 이야기했다. 끌레르도 피트니스 센터에서 운동하는 것에 관심을 보였다. 세르게는 피트니스 센터에서 틀어 대는 시끄러운 음악 소리를 도저히 못 참겠다면서 자기는 조깅을 시작했다고 했다. 그는 아주 진지한 표정으로, 혼자서 바깥에서 신선한 공기를 들이마시는 게 얼마나 좋은지 설명했다. 벌써 수년 전에 조깅을 시작한 사람을 코앞에 두고서, 그런 생각을 한 사람은 자기가 처음이라는 듯 아주 의기양양했다. 세르게는 '동생의 빠른 걸음걸이'를 단 한 번도 따라잡은 적이 없다는 사실을 의도적으로 숨겼다.

맞다. 우리는 내 취미에 대해 약간 자세하게 이야기를 나눴다. 무난한 이야깃거리였다. 레스토랑에서의 저녁 식사 모임에 아주 잘 어울리는 시작이었다. 하지만 그다음에는? 그다음에는 대체 무슨 이야기를 나눴지? 아무리 머리를 쥐어짜도 그다음 일이 도무지 생각나지 않았다. 세르게를 쳐다봤다. 이어서 아내를, 그리고 맨 마지막으로 바베테를 쳐다봤다. 바로 그 순간 바베테가 포크로 비텔로 토나토를 찍은 뒤 나이프로 한 조각 잘라서 입으로 가져갔다.

"잠시 대화가 끊겼네." 그렇게 말한 뒤 바베테는 포크를 입안으로 넣었다. "혹시 여기 우디 앨런의 새 영화를 본 사람 있어요?"

10

나는 화제가 너무 일찍 영화로 넘어가 김이 팍 샜다. 말하자면, 영화는 저녁 식사 모임에서 화젯거리가 다 떨어졌을 때 자리를 마무리하기에 아주 적합한 소재라는 뜻이다. 정확한 이유는 잘 모르겠으나 영화 이야기가 나오면 나는 늘 배 속이 부글부글 끓었다. 방금 침대에서 눈을 떴는데 밖은 벌써 다시 어두워지고 있는 것을 깨달았을 때의 기분처럼 말이다.

최악의 경우는 누군가 온갖 영화에 대한 감상평을 계속 늘어놓는 경우다. 의자에 아주 편안한 자세로 걸터앉아 영화를 묘사하는 데 십오 분씩 — 내 말은 한 편당 십오 분이라는 것이다. — 할애하는 사람들. 그런 사람들은 타인들이 그 영화를 보고 싶어 하는지, 아니면 이미 오래전에 그 영화를 본 건 아닌지에 대해 도통 관심이 없다. 그런 정보는 그냥 대충 무시하고 넘어가는 것이다. 그리고 어느새 영화 도입 장면 설명에 들어간다. 그럼 이야기를 듣는 사람들은 처음에는 예의상 관심을 보이다가 금세 골치가 아파지기 시작한다. 그럴 때면 하품을 하며 천장을 올려다보거나 의자를 앞뒤로 흔드는 식으로 영화 줄거리를 읊어 대고 있는 사람한테 지루함을 노골적으로 표현한다. 그래도 아무 소용없다. 이미 그 사람은 자신의 이야기에, 즉 영화에 대한 자신의 수다에 완전히 심취되어 외부에서 오는 모든 신호를 무시하기 때문이다.

우디 앨런의 새 영화에 대해 말을 꺼낸 사람은 분명 세르게였다. "정말 걸작이야." 그는 우리한테 — 그러니까 끌레르와 나한테 — 혹시 그 영화를 봤느냐고 물어보지도 않고 대뜸 그렇게 말했다. 바베테는 열심히 고개를 끄덕이며 남편의 말에 공감을 표했다. 지난 주말 기분 전환도 할 겸 둘이서 그 영화를 봤다고 했다. "진짜 뛰어난 작품이에요." 바베테가 말했다. "정말이에요. 두 사람도 꼭 봐야 할 영화예요."

그제야 끌레르는 우리도 벌써 그 영화를 봤다고 대답했다. "벌써 두 달 전에." 내가 덧붙였다. 솔직히 덧붙일 필요가 없는 말이었다. 하지만 바베테가 아니라 형에 대한 반감 때문에 꼭 그러고 싶었다. 지금 본인이 입에 침이 마르도록 칭찬하고 있는 작품을 본인이 더 늦게 봤다는 사실을 꼭 깨우쳐 주고 싶었다.

우리가 그런 이야기를 나누고 있을 때 비스트로 앞치마를 두른 서너 명의 여종업원이 애피타이저를 들고 나타났다. 그 뒤로 새끼손가락을 뻗치고 있는 총지배인이 나타나는 바람에 우리 대화가 잠시 끊겼고, 그러고 나서 한참 뒤에 바베테가 우리한테 그 영화를 벌써 본 거냐고 물었을 때 비로소 다시 대화가 이어졌다.

"나도 그 영화 괜찮았어요." 끌레르는 접시 위에 놓인, 올리브 오일에 푹 잠긴 토마토를 포크로 살짝 찍어 입으로 가져가면서 그렇게 말했다. "심지어 파울도 그 영화는 좋았다고 했어요. 그렇지 여보?"

이건 끌레르가 종종 써먹는 수법이다. 그런 식으로 느닷없이 나를 대화에 끌어들여 내가 딴 데로 빠져나가지 못하도록 사전에 봉쇄해 버리는 것. 이제 나도 그 영화를 괜찮게 생각한다는 사실을 모두 알게 되었다. '심지어 파울도'라는 말은 '우디 앨런의 영화는 말할 것도 없고 그 어떤 영화도 삐딱하게 보는 파울마저도'라는 뜻이다.

세르게는 나를 쳐다봤다. 그러고는 애피타이저 일부를 여전히 입안에서 우물거리면서 나를 향해 말했다. "그 작품, 정말이지 걸작이야. 안 그래? 끝내주더라니까." 세르게는 음식을 계속 씹다가 조금 삼켰다. "그리고 스칼렛 요한슨 말인데, 나라면 그런 여자는 절대 침대에서 밀어내지 못할 거야. 세상에 그런 미인은 처음 봤어."

괜찮다고 여겼던 영화인데도 세르게의 입에서 걸작이라는 말을 들으니 왠지 그가 입다 버린 옷을 걸친 것처럼 기분이 더러웠다. 세르게한테는 너무 작아서 내다 버린 헌 옷 말이다. 핵심은 그게 헌 옷이라는 거다. 이제 나한테는 우디 앨런의 영화가 걸작이라는 그의 의견에 동조하는 것 말고는 아무런 선택의 여지가 없었다. 그런데 그건 헌 옷을 걸치는 것만큼이나 기분이 찜찜했다. 그 '걸작'의 경매에 참가할 수 있는 권리를 처음부터 박탈당했기 때문이다. 내게 남은 유일한 일은 기껏해야 세르게가 그 영화를 제대로 이해하지 못했다는 사실을 입증해 보이는 것이다. 즉 그가 그 영화를 걸작으로 판단한 근거가 잘못됐다는 것을 밝히는 것이다. 하지만 그건 상당히 피곤한 일일 뿐 아니라, 그 과정에서 내 속셈을 들킬 우려가 있다. 특히 끌레르한테, 당연히 바베테한테도.

솔직히 말하면, 애초에 내게 남은 길은 하나뿐이었다. 우디 앨런의 영화를 처음부터 깎아내리는 것이다. 사실 그건 아주 쉽다. 그의 영화는 약점이 아주 많으니까. 우디 앨런의 영화를 좋아하는 사람들 눈에는 잘 안 띄겠지만, 궁지에 몰린 사람의 눈에 그의 영화는 깎아내리기 위해 끄집어 낼 수 있는 약점들이 무궁무진하다. 물론 내가 그렇게 하면 끌레르는 먼저 눈살부터 찌푸릴 것이다.

우리 둘 다 좋아했던 영화를 깎아내리는 것은 영화에 대해 쥐뿔도 모르면서 잘난 척하는 수다꾼에 맞서기 위한 나의 고육지책이라는 사실을 아내가 제발 이해해 주기를 바랄 뿐이다.

그전에 먼저 나는 샤블리스 잔을 움켜쥐고 술을 한 모금 마셨다. 그러면서 방금 머릿속으로 구상한 계획을 어떻게 실천에 옮기면 좋을지 생각했다. 그런데 문득 다른 해결책이 뇌리를 스쳤다. 방금 전 멍청한 형이 뭐라고 했더라? 뭐, 스칼렛 요한슨이 어떻다고? 절대 침대에서 밀어낼 수 없는…… 미인이라고? 나는 바베테가 남자들의 이런 농담을 어떻게 생각하는지 잘 알고 있다. 끌레르도 '탐스러운 엉덩이' 내지 '풍만한 가슴'이라는 말을 입에 달고 사는 남자들에 대해서는 늘 분개하는 편이다. 방금 형이 스칼렛 요한슨에 대해 발언할 때까지만 해도 나는 형을 쳐다보느라 여자들 반응에 관심을 두지 않았다. 하지만 솔직히 이건 굳이 여자들 표정을 쳐다볼 필요도 없는 일이 아닌가.

최근 들어 세르게는 갈수록 현실 감각이 떨어지는 듯하다. 일례로 그는 세상에 존재하는 스칼렛 요한슨 같은 여자들이 모두 그의 침대로 뛰어들고 싶어 할 거라고 철석같이 믿고 있다. 어쩌면 세르게한테 여자는 음식과 마찬가지로 그리 중요한 존재가 아닐지도 모르겠다. 요는 여자들이 전부 제 뜻대로 움직여 줄 거라는 그의 믿음이다. 그건 예전에도 그랬고, 현재도 그렇다. "나 배고파." 세르게는 배고플 때 늘 이런 식으로 말한다. 커다란 공원을 산책 중일 때, 혹은 나들목까지 거리가 한참 남은 고속도로를 달릴 때도 마찬가지다. 그럴 때 나는 이렇게 대꾸한다. "알았어. 그래도 지금 당장은 먹을 게 하나도 없어." 그럼 세르게는 또 이렇게 말한다. "나 배고파 죽겠다니까. 지금 당장 뭐라도 먹지 않으면 죽을 것 같다고."

사실 세르게는 배가 고프면 주변 사람을 포함해 모든 것을 까맣게 잊어버린다. 당장 자신의 허기를 어떻게 달랠 것인지에만 모든 관심이 쏠리는 것이다. 이런 그의 어리석은 모습은 조금 서글프기까지 하다. 눈앞에 있는 장애물을 못 알아보고 무작정 달려드는 동물 같다고나 할까. 일례로, 유리창을 보면서도 그게 단단한 물체라는 것을 인식 못하고 계속 머리를 부딪치는 새가 있다.

그러다 뭔가를 먹을 수 있는 기회가 오면 세르게는 앞에 놓인 게 치즈 빵인지 아몬드 빵인지 생각하지도 않고 차에 휘발유를 넣듯이 게걸스럽게 입에 쑤셔 넣기 바쁘다. 그리고는 최대한 빨리 위에 연료를 공급하기 위해 씹는 회수를 최소화하면서 대충 씹어서 꿀꺽 삼킨다. 연료 없이는 계속 갈 수 없으니까. 그런데 사실 진짜 풍성한 진수성찬은 한참 뒤에 나올 텐데 말이다. 와인에 대한 지식도 그런 식이다. 어느 날 문득 와인도 식사에 포함된다는 사실에 생각이 미친 것이다. 하지만 신속성과 효율성을 중시하는 버릇은 여전했다. 오늘도 세르게는 접시를 제일 먼저 비웠다.

나는 어떤 대가를 치르더라도 꼭 한번 확인해 보고 싶은 게 있다. 그건 바로 세르게와 바베테가 침실에서 사랑을 나누는 모습이다. 시각과 청각을 모두 동원해 꼭 한번 확인하고 싶다. 하지만 이런 장면을 머릿속으로 상상을 한다는 것만으로도 나 자신이 혐오스럽기 짝이 없게 느껴진다는 것도 사실이며, 그런 장면을 직접 보지 않아도 된다는 것이 다행스럽기도 하다.

"하고 싶어." 세르게가 이렇게 말하면 아마 바베테는 두통이

나 생리통을 핑계로 거절할 것이다. 어쩌면 그의 육체나 팔다리, 체취에서 아무런 욕망이 생기지 않는다면서 오늘 저녁에는 하고 싶지 않다고 대답할 수도 있다. "그래도 나는 지금 꼭 해야겠어." 세르게는 분명 섹스를 할 때도 음식을 먹을 때처럼 달려들 것이다. 그는 자신의 욕망을 달래기 위해 핫도그를 입안으로 쑤셔 넣듯이 여자의 몸속으로 그걸 억지로 찔러 넣을 사람이다.

"영화 보는 내내 스칼렛 요한슨의 가슴만 쳐다봤나 보군." 내 목소리는 원래 의도했던 것보다 더 차분했다. "혹시 걸작이라는 단어를 뭔가 다른 뜻으로 사용한 거 아냐?"

그 순간 찬물을 끼얹은 것처럼 테이블에 정적이 흘렀다. 레스토랑 같은 데서만 알아차릴 수 있는 정적. 갑자기 주변에 다른 사람들이 있다는 사실을 강하게 의식하게 되고, 새삼스레 주변의 소음이, 이를테면 서른 개 이상의 다른 테이블에서 웅성거리는 소리나 접시 위에서 포크와 나이프가 달가닥거리는 소리가 들리기 시작했다. 일 초 정도 바람마저 멎은 듯했고 그 틈을 타서 먼 곳의 소음이 전부 앞으로 밀려왔다.

정적을 맨 처음 깨뜨린 건 바베테의 웃음소리였다. 끌레르는 토끼눈을 하고 나를 쳐다봤다. 나는 곁눈질로 아내를 힐끔 쳐다본 다음 시선을 다시 세르게에게 돌렸다. 그는 어떻게든 웃음으로 상황을 넘기려 했으나 호탕한 웃음으로 이어지지는 못했다. 게다가 그의 입안에는 아직도 음식이 남아 있었다.

"이봐, 파울. 혼자만 그렇게 성인군자인 척하지 마!" 세르게가 말했다. "스칼렛 요한슨이 몸매 하나는 죽여주잖아. 남자라면 누구나 한번쯤 안아 보고 싶은 쭉쭉빵빵한 몸매 맞잖아. 안 그래?"

‘쭉쭉빵빵한 몸매’라는 표현은 분명 끌레르의 신경에 거슬렸을 것이다. 아내라면 ‘예쁜 얼굴’이라는 표현이면 모를까, ‘쭉쭉빵빵한 몸매’니 ‘터질 듯한 엉덩이’니 하는 표현을 용납할 리가 없다. 끌레르는 언젠가 이렇게 말한 적이 있다. “느닷없이 어느 날부터 파이프 담배를 피우거나 땅바닥에 침을 뱉는 여자들도 싫지만, 본인에게 어울리는지 안 어울리는지 생각하지도 않고 터질 듯한 엉덩이에 매달리는 여자들은 정말 꼴불견이야.”

　세르게는 뼛속까지 농사꾼 기질을 타고났다. 무례하고 거친 얼간이 기질이 있다는 뜻이다. 어린 시절 방귀를 뿡뿡 뀌어 대다가 식탁에서 쫓겨날 때부터 그런 조짐이 보였다.

　“물론 나도 그 여자는 아주 매력적인 여자라고 생각해.” 내가 말했다. “하지만 형 말은 그 영화에서 제일 인상 깊었던 게 바로 그 여자였다는 뜻으로 들렸어. 내 말이 틀렸으면 조용히 아니라고 하든가.”

　“어쨌거나 그 영국 남자, 그 테니스 코치 말이야, 그 남자하고 얽히면서 모든 게 잘못된 방향으로 흘러간 거야. 그 남자는 그녀를 머릿속에서 떨쳐 버릴 수 없었거든. 그러다 결국 자신의 계획을 실현하기 위해 여자한테 총까지 쏘게 된 거지.”

　“흥!” 바베테가 말했다. “이제 그런 얘기는 그만하는 게 어때? 영화 줄거리를 되짚어보는 건 진짜 재미없어!” 다시 짧은 정적이 흘렀다. 바베테는 그 틈을 이용해 처음에는 나를, 그다음에는 끌레르를 쳐다봤다.

　“이런, 젠장. 내가 또 깜빡했군. 너희 부부도 벌써 그 영화 봤다고 했지!”

11

이번에는 네 사람이 한꺼번에 웃음을 터뜨렸다. 긴장이 약간 풀렸다. 하지만 긴장을 완전히 푸는 건 바람직하지 않았다. 우리는 잠시 더 그 이야기를 이어갔다. 세르게 로만의 엉덩이도 꽤 탱탱하다는 말이 나왔고, 여자들은 다시 한번 그 사실을 인정해 주었다. 자신의 외모가 여자들한테 통했다는 게 기분이 좋았는지 세르게는 이의를 제기하지 않았다. 세르게는 실물보다 '사진발이 더 잘 받는' 얼굴이었다. 그의 얼굴에서 느껴지는 '야성적인 젊음'은 확실히 어떤 여자들한테는 매력으로 작용했다. 내가 보기에는 거칠어 보일 뿐, 세련미라고는 없는데 말이다. 물론 세련미보다 투박함에 더 끌리는 여자들이 있다. 스페인 북부나 이탈리아 피에몬테(Piemonte) 지방의 마구간 문에 사용된 오래된 나무처럼 '진짜 믿을 만한' 목재로 만든 의자나 탁자 같은 시골풍의 소박한 가구를 사랑하는 여자들.

젊은 시절, 세르게는 여자를 사귀면 대부분 몇 달도 안 돼 차였다. 처음의 매력이 시간이 지나면 서서히 시들해지다가 결국 질려 버렸기 때문이다. 여자들은 그의 '아름다운 얼굴'에도 금세 싫증을 냈다. 관계가 오래 지속된 여자는 바베테가 유일하다. 그게 벌써 십팔 년이나 됐다. 이건 거의 기적에 가깝다. 하지만 사실 그들은 십팔 년 전부터 다퉜다. 자세히 관찰해 보면 두 사람은 전혀 어울리지 않는다. 그런데도 결혼 생활이 유지되고 있다. 끊임없는 마찰은 오히려 결혼 생활의 윤활유가 되고, 싸움이 침대에서 화해의 순간을 맞이하기 위한 전희가 되는 그런 부부의 좋은 사례라고 할 수 있다.

어쩌면 결혼 생활이 유지되는 비결은 훨씬 더 단순할지 모른다. 바베테는 성공적인 정치인의 아내로 살아가기 위해 결혼 서약서에 사인했을 가능성이 있다. 그리고 지금 갈라서지 못하는 이유는 아마 그동안 투자한 시간이 아까워서일 것이다. 그건 별로 마음에 들지 않는 책을 읽는 것에 비유할 수 있다. 책을 절반쯤 읽고 나면 그동안 읽은 게 아까워서라도 중간에 포기하지 않고 끝까지 책을 붙들고 있는 것처럼 그렇게 세르게 옆에 머물고 있는 것이다. 어쩌면 마지막 장에서 그동안의 손실을 단번에 만회하려 들지도 모른다.

그들에게는 두 명의 사랑스러운 아이가 있다. 미헬과 동갑인 아들 릭과 열세 살짜리 딸아이 발레리다. 발레리는 자폐 증세를 약간 보이지만 인어공주처럼 예쁘장하고 해맑은 아이다. 그 두 아이 외에 베아우가 있다. 정확한 나이는 모르지만 아마 열여섯에서 열일곱 사이로 추정된다. 베아우는 아프리카의 부르키나파소 출신인데, 개발 도상국 지원 프로그램으로 형 부부와 인연을 맺었다. 제3세계 학령기 아동에게 경제적 도움과 교육 자료를 지원하는 프로그램인데, 그 프로그램 참가자들은 나중에 자신이 후원한 아이를 '입양'했다. 거리상의 문제로 처음에는 편지나 사진, 엽서 등으로 연락하다가 나중에는 실제로 만나 보고 그 후 일부 선택된 아이는 초청을 받아 네덜란드 가정에 한동안 머물렀다. 그리고 함께 지내기에 별 문제없다 싶으면 계속 머물 수 있었다. 물품 보관소나 동물 보호센터에서 데려온 고양이 같은 것을 상상하면 된다. 만약 그 고양이가 소파 가죽을 물어뜯거나 집 안 곳곳에 오줌을 질질 흘리고 다니면 다시 돌려보내면 그만인 것이다.

　부르키나파소에서 베아우가 보내온 사진과 엽서 몇 장이 내기억에 아직도 생생하게 남아 있다. 그중에서도 제일 인상 깊었던 사진은 함석지붕의 빨간 벽돌 건물 앞에 서 있는 베아우의 모습이다. 새카만 피부의 아이가 겨우 무릎까지 내려오는 줄무늬 잠옷 같은 바지를 입고 맨발에 고무 샌들을 신고 있었다. 사진 아래쪽에 어린아이 글씨체로 "우리 학교를 대신해 부모님께 정말 감사드려요."라고 쓰여 있었다.

　"정말 사랑스러운 아이예요. 안 그래요?" 당시 바베테는 감격에 겨운 목소리로 그렇게 말했다. 그 후 그들은 부르키나파소에 다녀왔고, 본인들 표현을 빌리자면 그 아이한테 홀딱 반했다. 두 번째 방문 이후 서류 수속이 진행되었고, 몇 주 뒤 베아우는 스히폴 공항[03]에 도착했다. "지금 본인이 무슨 일을 하고 있는지 분명히 알고 하는 거죠?" 아직 그 아이와 엽서를 주고받는 단계에 있을 때 끌레르가 그렇게 물은 적이 있다. 그 질문은 분노에 찬 반응으로 되돌아왔다. 그들은 태어난 나라에서 네덜란드에서와 같은 기회를 결코 가질 수 없는 아이를 도와주려는 것뿐이라고 반박했다. 맞다. 이 세상에는 오로지 자기밖에 모르는 이기주의자도 많은데 그들은 철저하게 그 사실을 인식하고 있었다.

　객관적으로 볼 때 그들의 행동은 사심이라고는 눈곱만큼도 없었다. 베아우를 입양할 때 릭은 세 살이었고, 발레리는 태어난 지 겨우 몇 달째였다. 그러니 자식을 가질 수 없어 아이를 입양하

03　네덜란드 암스테르담에 있는 공항.

는 사람들하고는 입장이 전혀 달랐다. 셋째아이를 가족으로 받아들인 것은 정말 이웃 사랑의 실천이었다. 자신들의 피를 물려받지 않은 아이, 몹시 열악한 환경에서 태어난 아이에게 보다 나은 삶을 제공하려는 순수한 의도였다.

하지만 정말 그게 다였을까? 그들이 진정으로 원한 건 뭐였을까?

세르게와 바베테는 다시는 그런 질문을 하지 말라고 분명하게 못 박았고, 우리는 더 이상 아무것도 캐묻지 않았다. 친부모가 있는 아이인지, 부모가 있다면 그들은 아이의 입양에 동의했는지, 혹시 고아인지, 이 세상에 핏줄이라곤 전혀 없는 천애고아인지 묻지 않았다. 세르게보다 바베테가 입양에 훨씬 더 적극적이었음을 밝혀 둬야겠다. 처음부터 그건 전적으로 바베테의 '프로젝트'였다. 비록 비용이 많이 드는 프로젝트였지만 바베테는 좋은 결과를 얻고 싶어 했다. 그래서 그녀는 입양아한테도 제 핏줄의 아이들과 똑같은 사랑을 베풀려고 애썼다.

언제부터인지 입양이라는 단어는 집안의 금기어가 되었다. "베아우는 그냥 우리 아이예요." 바베테는 그렇게 선언했다. "아무런 차이가 없다는 뜻이에요." 세르게 역시 고개를 끄덕여 아내의 말에 동의했다. "우리는 이 아이를 릭이나 발레리하고 똑같이 사랑해." 세르게가 말했다.

그게 진정 그들의 본심이었는지는 판단하고 싶지 않다. 하지만 부르키나파소에서 데려온 새카만 아이를 친자식들과 차별 없이 사랑한 것은 훗날 세르게한테 커다란 명예를 안겨 주었다. 기본적으로 입양은 세르게한테 와인과 마찬가지로 일종의 장식품이었다. 세르게 로만, 아프리카 출신의 아이를 입양한 정치가.

　이제 그는 더 자주 가족사진을 찍었다. 이미지 관리를 하는 데 상당한 효과가 있었기 때문이다. 세르게와 바베테는 소파에 앉고, 발치에는 세 아이가 나란히 앉는다. 베아우 로만은 세르게 로만이라는 정치인이 결코 이기주의자가 아니라는 것을, 또한 평생 적어도 한 번은 사리사욕에서 벗어난 행동을 했다는 것을 입증해 주는 살아 있는 증거였다. 다른 두 아이의 존재는 굳이 그가 부르키나파소에서 아이를 입양할 필요가 없었다는 사실을 아주 자연스럽게 부각시켜 주었다. 그리고 그건 세르게는 정치를 할 때도 사적인 이해관계만 쫓지는 않을 거라는 믿음으로 이어졌다.

　여종업원이 나와 세르게의 술잔에 다시 와인을 따라 주었다. 바베테와 끌레르의 술잔에는 아직 술이 절반쯤 남아 있었다. 여종업원은 상당한 미인인 데다가 머리색까지 스칼렛 요한슨과 흡사한 금발이었다. 그런데 와인을 따르는 데 시간이 상당히 걸렸다. 서빙하는 모습을 보아하니 경험이 별로 없어 보였다. 여기서 일한 지 얼마 안 된 신출내기일 것이다. 여종업원은 맨 먼저 와인 쿨러에서 병을 집어 든 다음 와인 쿨러 가장자리에 걸쳐 놓았던 하얀 냅킨으로 조심스럽게 물기를 닦아 냈다. 와인을 따르는 동작도 그다지 매끄럽지 않았다. 세르게의 의자 옆에 있는 구석자리에서 술을 따르던 여종업원은 팔꿈치로 끌레르의 머리를 툭 건드렸다.

　"어머, 정말 죄송합니다." 그녀는 새빨개진 얼굴로 말했다.

　끌레르는 즉시 괜찮다고 했다. 하지만 여종업원은 너무 당황한 나머지 세르게의 잔에 와인을 가득 따르고 말았다. 그것도 그리 나쁠 건 없다. 하지만 와인 전문가한테는 문제가 됐다.

"이봐, 아가씨." 세르게는 화를 냈다. "지금 나한테 고주망태가 되도록 술을 마시라는 얘기인가? 그게 아니라면 지금 이게 뭐하는 짓이지?" 세르게는 호들갑을 떨면서 엉덩이를 붙인 채 의자를 50센티미터쯤 뒤로 끌었다. 누가 보면 그냥 잔에 와인을 가득 따른 정도가 아니라 와인을 반병쯤 바지에 쏟은 줄 알겠다. 여종업원은 얼굴이 더욱 빨개지더니 속눈썹까지 파르르 떨었다. 저러다 울음이라도 터뜨릴까 봐 걱정될 정도였다. 다른 여종업원들과 마찬가지로 그녀도 규정에 따라 머리카락을 단정하게 뒤로 묶은 뒤 길게 땋아 내렸다. 하지만 금발이라 흑발보다는 덜 딱딱해 보였다.

게다가 얼굴 하나는 모두가 인정할 만큼 기막힌 미인이었다. 그녀가 밤늦은 시각, 레스토랑의 일과가 끝난 뒤 내내 땋아 내렸던 머리의 고무줄을 풀고 머리카락을 찰랑거리면서 친구한테(혹은 애인한테) 이야기하는 광경을 눈앞에 그려 봤다. "오늘 무슨 일이 있었는지 한번 맞혀 봐. 당연히 나한테 벌어진 일이지! 너도 와인 서빙이 얼마나 까다로운지 알지? 지켜야 할 에티켓이 뭐 그리 많은지. 아무튼 오늘 저녁 나는 완전히 일을 망쳤어. 아무리 그래도 아직 그 정도로 크게 실수한 적은 없었거든. 그런데 그 테이블의 손님이 누구였는지 알아?" 친구 혹은 애인은 그녀의 늘어뜨린 머리를 보면서 이렇게 말할 것이다. "글쎄, 누군지 짐작도 못 하겠는데. 대체 누구였는데 그래?" 그녀는 친구의 기대감을 잔뜩 높이기 위해 잠시 뜸을 들인 뒤 이렇게 대답할 것이다. "세르게 로만!" "누구였다고?" "세르게 로만, 수상 각하 말이야! 아, 아직은 수상이 아니지만, 누구를 말하는 건지 너도 알지? 어제 뉴스에서 그분이 이번 선거에서 승리할 거라는 예측이 나왔잖아. 그런데 내가 모든 걸 망쳐 버렸어. 글쎄, 그분 옆자리에 앉은 어떤 부인의 머리를 팔꿈치로 건드렸지 뭐야." "아, 그…… 그 사람! 그래서 어떻게 됐는데?" "아무 일도 없었어. 그분 정말 친절하시더라. 그래도 그때는 쥐구멍에라도 들어가고 싶은 심정이었어!"

정말 친절했다……. 맞다. 의자를 끌며 뒤로 50센티미터쯤 물러난 세르게는 그제야 고개를 들어 처음으로 여종업원의 얼굴을 봤고, 순식간에 태도가 돌변했다. 나는 아무도 눈치챌 수 없을 만큼 순식간에 그의 표정이 바뀌는 것을 알아차렸다. 세르게는 샤블리스 와인 서빙이 미숙한 데 대한 분노는 짐짓 장난이었다는 듯, 또한 이미 화는 다 풀려 버렸다는 듯 슬그머니 다정한 표정을 지었다. 봄눈 녹듯이 순식간에 말이다. 그럼 그렇지. 세르게가 방금 전까지 우리의 화젯거리였던 스칼렛 요한슨의 닮은꼴을 놓칠 리가 있겠는가. 그는 홍당무처럼 새빨개진 얼굴로 어쩔 줄 몰라 하며 자비로운 은총을 기다리는 '쭉쭉빵빵한 몸매'의 여종업원을 쳐다봤다.

"별일 아니니 괜찮아요." 세르게는 그렇게 말한 다음 술잔을 들어 민물가재 접시에 확 쏟아 버렸다. "또 다시 잔이 비었군."

"정말 죄송합니다." 여종업원이 다시 한번 말했다.

"수선떨 거 없어요. 그런데 몇 살이죠? 혹시 투표할 수 있는 나이가 됐나?"

처음에 나는 내 귀를 의심했다. 내가 이 불쾌한 상황의 목격자라는 사실이 믿기지 않았다. 바로 그 순간 세르게는 내 쪽으로 고개를 반쯤 돌리고는 보란 듯이 윙크했다.

"열아홉 살입니다."

"잘됐군. 만약 이번 선거에서 제대로 된 정당에 표를 준다면 서빙 실수는 그냥 눈감아 주도록 하지."

여종업원의 얼굴이 다시 빨개졌다. 아니, 빨갛다 못해 거의 자 줏빛이었다. 이러다 몇 분 사이에 두 번째로 울음을 터트리는 불상사가 일어날까 겁이 날 정도였다. 나는 재빨리 바베테의 표정을 살폈다. 그런데 그녀는 남편의 태도를 비난하는 기색이 전혀 없었다. 비난은커녕 오히려 이 상황을 즐기고 있는 것 같았다. 전국적으로 명성이 자자한 유명 정치인 세르게 로만. 다음 선거에서 당선이 유력한 제1야당의 수상 후보가 겨우 열아홉 살의 여종업원을 얼굴이 새빨개지도록 희롱하는 이 상황이 아무렇지도 않은 건가. 혹시 희롱이 아니라 친절이라고 생각하는 건가. 혹시 남편의 저항할 수 없는 매력을 다시 한번 확인했다고 믿는 건가. 그래서 자신이 세르게처럼 멋진 남자의 아내라는 사실에 자부심을 느끼는 건가. 하지만 그는 이 레스토랑으로 오는 차 안, 혹은 주차장에서 그녀를 울게 만든 장본인이 아닌가. 그럼 대체 그 눈물은 무슨 의미였을까? 결혼 생활 십팔 년 만에 느닷없이 남편을 버리기로 작정한 건가. 선거를 겨우 반년 앞둔 이 시점에서?

나는 어떻게든 끌레르와 눈을 마주치려 했다. 하지만 아내는 세르게의 넘치는 술잔과 여종업원의 더듬거리는 말투에 정신이 팔린 나머지 여종업원의 팔꿈치에 맞은 제 뒤통수를 — 보기보다 훨씬 더 아팠을 수도 있다. — 잠시 문지르고는 이렇게 물었다. "두 분 올 여름에도 프랑스에 갈 거예요? 아니면 아직 휴가 계획을 안 잡았어요?"

12

세르게와 바베테는 도르도뉴[04]에 별장을 한 채 갖고 있고, 해마다 아이들을 데리고 그곳을 찾았다. 프랑스와 관계된 거라면 사족을 못 쓰는 네덜란드 사람들이 있는데, 이 부부도 거기 해당된다. 그들은 크루아상부터 카망베르 치즈를 곁들인 바게트, 프랑스 자동차(그들의 자동차 역시 최고급 푸조다), 샹송, 프랑스 영화에 이르기까지 프랑스산이라면 무조건 최고로 여겼다. 그런데 정작 도르도뉴에 사는 프랑스인들은 네덜란드인들을 끔찍하게 싫어한다는 사실을 애써 외면했다. 도르도뉴에 가보면 거의 두 집 걸러 한 집 꼴로 담벼락에 네덜란드에 대한 악감정을 실은 구호가 낙서되어 있다. 상황이 그런데도 세르게는 그 정도는 '무시해도 되는 소수'의 문제라며 애써 외면했다. 물론 상점들에서는 하나같이 네덜란드인에게 친절했다.

"글쎄, 아직 상황이 어찌 될지 몰라서." 세르게가 말했다. "확실하게 결정하지는 못했어."

우리 가족은 일 년 전 셋이서 스페인으로 가던 길에 처음으로 그곳을 방문했다. "이게 처음이자 마지막이야." 사흘 후 그곳을 떠날 때 끌레르는 그렇게 말했다. 사실 형 부부는 오래전부터 꼭 한 번 들르라고 간청했지만 계속 무시하다가 더 이상 미루는 것은 예의가 아니다 싶어 들렀던 것이다.

그들의 별장은 언덕 위, 나무들 사이에 한 폭의 그림처럼 자리

---

04 Dordogne. 프랑스 남서부에 있는 주이다.

하고 있었다. 나뭇가지들 사이로 하늘과 계곡이 보였고, 옆으로는 도르도뉴강이 반짝거리며 흘러가고 있었다. 우리가 거기 도착한 날은 날씨가 정말 푹푹 쪘다. 바람 한 점 불지 않아 그늘에 있어도, 건물 뒤쪽 벽 뒤에 숨어 있어도 열기 때문에 쓰러질 지경이었다. 게다가 네덜란드에서는 구경조차 할 수 없는 딱정벌레와 금파리 같은 엄청난 크기의 곤충들이 나뭇잎들 사이에서 어찌나 크게 윙윙거리던지 귀가 다 따가웠다. 가끔은 그 곤충들이 엄청난 속도로 창문에 와서 부딪치는 바람에 창문이 흔들리기도 했다.

형 부부는 우리를 동네 주민들한테 소개시켰다. 정원에 야외 파티용 조리대 공사를 하고 있던 '우리의 미장공 아저씨'와 '빵집 여사장님', 도르도뉴강 지류의 어느 강변에서 '아주 평범한 레스토랑'을 운영하는 사장님 등이었다. '주로 지역 주민만 이용하는 레스토랑'이라는 말도 덧붙였다. 세르게는 사람들한테 나를 소개할 때 불어로 "몽 프티 프레르."[05]라고 불렀다. 그는 프랑스 사람들과 어울리는 게 몹시 만족스러운 듯했다. 그는 자신과 어울리는 사람들은 전부 평범한 보통 사람들이라고 했다. 네덜란드에서도 늘 평범한 사람들하고만 어울리던 그의 특수성에 비춰볼 때 프랑스라고 달라질 이유는 없었다.

물론 세르게는 그 보통의 프랑스 사람들은 그들 마을에 별장을 소유한 네덜란드인들 덕분에 돈을 벌고 있다는 사실과, 부분적으로는 바로 그것 때문에 네덜란드 사람들한테 최대한 공손한 태도를 보여 주고 있다는 사실을 깨닫지 못한 듯했다.

---

05 Mon petit frère. 프랑스어로 '내 남동생'이라는 뜻이다.

"이곳 사람들은 아주 친절해." 세르게는 그렇게 말했다. "정말 소박하다니까. 네덜란드 어디를 가도 이런 사람들은 만나기 힘들어." 하지만 실제 상황은 그의 말과는 달라 보였다. 아니, 어쩌면 알면서 애써 외면하고 있는 것일 수도 있다. 사실 '우리의 미장공 아저씨'는 야외 파티용 조리대 지붕에 올릴 기왓장 ── 그 사람 말로는 그 지역에서만 생산되는 특별한 기왓장이다. ── 가격을 터무니없이 높게 불렀다 거절당하자 코담배로 생긴 싯누런 가래를 테라스 타일 바닥에 한 움큼 뱉어 놓았고, '빵집 여사장님'은 세르게가 '내 남동생'을 소개했을 때 길게 줄 서 있는 프랑스 손님들을 맞고 싶어 하는 눈치였다. 그녀는 프랑스 손님들과 다양한 의미를 담은 눈빛을 교환했다. 눈빛과 윙크는 네덜란드인에 대한 프랑스인의 경멸을 그대로 담고 있었다. 호의적인 태도를 보이던 강변 레스토랑의 사장은 간신배처럼 우리 테이블 옆에 쪼그리고 앉아 연신 아부를 떨면서 방금 전 신선한 식용 달팽이가 들어왔다고 속삭였다. 그는 평소에는 절대 공급해 주지 않던 농부가 오로지 세르게와 그의 '호감 가는 가족들'을 위해 '특가'에 달팽이를 공급해 주었다고 너스레를 떨면서, 다른 어느 식당에서도 맛볼 수 없는 특별한 맛을 체험하게 될 거라고 장담했다. 주변 테이블에 앉은 프랑스인들은 그냥 메뉴판에 '오늘의 코스 요리'에 포함된 달팽이 요리를 그 절반 가격에 먹고 있다는 사실은 세르게한테 전혀 문제 되지 않는 듯했다. 그건 세 가지 요리가 연달아 나오는 평범한 일상 메뉴였다. 레스토랑에서 시음한 와인에 대해서는 더 이상 언급할 가치조차 없다.

끌레르와 나는 사흘 동안 거기 머물렀는데, 그사이에 와이너리도 방문했다. 그때 우리는 백여 명의 외국인이 길게 줄 서는 곳에 끼어 있었는데, 대부분이 네덜란드 사람들이었다. 우리는 안내인의 인솔에 따라 낡은 침대와 낡은 소파가 놓여 있는, 열기로 후끈후끈한 열두 개의 방을 차례로 구경했다. 그 일정 이외에는 대부분 뜨거운 햇볕이 쨍쨍 내리쬐는 별장 정원에서 시간을 보냈다. 끌레르는 책을 붙잡고 있었지만 나는 푹푹 찌는 열기 때문에 책을 펼칠 엄두도 못 냈다. 나는 책의 흰 여백만 봐도 눈이 따끔거렸다. 하지만 아무것도 안 하고 있자니 그건 그것대로 또 고역이었다.

세르게는 끊임없이 일거리를 만들었다. 일꾼들을 쓰지 않고 직접 해보겠다고 시작한 집수리 때문에 일거리는 널려 있었다. "이곳 사람들은 자기 집쯤은 직접 손볼 줄 아는 사람을 존경해." 세르게가 말했다. "그건 그냥 느낌으로 알 수 있어." 아무튼 세르게는 집수리를 하느라 거의 탈진했다. 1500미터쯤 떨어진 곳에 부려놓은 기왓장을 직접 손수레에 싣고 야외파티용 조리대 시설까지 마흔 번쯤 날랐으니 어찌 안 그렇겠는가. 그는 자신이 직접 나섬으로써 '우리의 미장공 아저씨'한테서 돈 벌 기회를 빼앗았다는 생각은 미처 하지 못했다.

세르게는 벽난로에 사용할 장작도 직접 팼다. 선거 캠페인용 홍보 사진에서 종종 본 장면이다. 세르게 로만. 국민을 위해 출마한 후보자. 손수레와 톱, 두꺼운 통나무를 잘 다루는 남자. 보통 사람들과 똑같은 남자. 다만 한 가지, 사소한 차이가 있다면 보통 남자들은 도르도뉴에 별장 같은 것을 소유할 수 없다. 세르게가 자신의 '농장'이라고 부르는 이 별장을 언론에 절대 노출시키지 않는 것도 그 이유 때문일 것이다. "이곳은 내 보금자리야." 세르게가 말했다. "여긴 내 가족을 위한 장소야. 그러니까 다른 사람들하고는 아무 상관없어."

세르게는 기왓장을 운반하거나 장작을 패지 않을 때는 구스베리와 나무딸기 수확에 매달렸다. 바베테는 남편이 수확한 딸기로 잼을 만들었다. 그녀는 농가 아낙네들이 즐겨 쓰는 수건을 머리에 두르고 며칠씩 잼 만드는 일에 몰두했다. 따끈하고 끈적끈적하고 달콤한 향내가 폴폴 풍기는 잼이 커다란 유리병에 가득가득 담겼다. 세르게가 기왓장을 나를 때 의무감으로 내가 나섰던 것처럼, 끌레르는 바베테를 돕는 것 말고는 달리 선택의 여지가 없었다. "도와줄까?" 세르게가 일곱 번째 수레를 끌고 왔을 때 나는 그렇게 물었다. "좋지. 안 될 이유가 없잖아." 그가 대답했다.

"대체 우리 언제까지 여기 있어야 해?" 마침내 저녁에 우리 둘만 남아 서로 몸을 밀착할 수 있게 되었을 때 — 하지만 날이 너무 무더워 완전히 밀착하지는 않았다. — 끌레르가 내게 물었다. 아내의 손가락은 딸기 때문에 시퍼렇게 물들어 있었다. 심지어 머리카락과 뺨에도 딸기의 흔적이 남아 있었다.

"내일." 내가 말했다. "아니. 내 생각에는 모레가 좋을 것 같아."

우리가 그곳을 떠나기 전날 저녁, 세르게와 바베테는 몇몇 친구와 지인들을 초대해 야외 바비큐 파티를 열었다. 프랑스 사람은 하나도 없고 네덜란드 사람 일색이었다. 모두 그 지역에 별장을 갖고 있는 사람들이었다. "크게 신경 안 써도 돼." 세르게가 말했다. "그냥 작은 사교 모임이야. 사람들도 전부 친절하고. 정말이야."

저녁이 되자 우리 가족 셋을 빼고 열여섯 명의 네덜란드 사람들이 손에 술잔과 접시를 들고 정원에 모여들었다. 그중에는 중년의 여배우(끌레르가 다음 날 아침에 알려준 정보에 의하면 '직업도 없고 남편도 없는 여자'다.), 직접 가져온 0.5리터짜리 비텔 생수만 마시는 비쩍 마른 몸매의 은퇴한 발레 안무가, 끊임없이 서로 생트집을 잡으며 입씨름하는 동성 작가 커플이 포함되어 있었다.

바베테는 샐러드와 프랑스 치즈, 소시지, 바게트로 뷔페를 준비했다. 그릴은 세르게가 맡았다. 그는 빨간색과 흰색이 교차하는 줄무늬 앞치마를 두르고 스테이크와 꼬치를 구워 냈다. "고기 굽는 비법은 불 조절에 달렸어." 파티 몇 시간 전에 세르게가 나한테 그렇게 말했다. "나머지는 전부 사소한 거야." 나는 마른 나뭇가지를 모아오는 임무를 맡았다. 세르게는 평소보다 술을 더 많이 마셨다. 그릴 옆에 와인 병이 담긴 바구니가 놓여 있었다. 말로는 아닌 척했지만 파티의 순조로운 진행에 대한 부담감이 꽤 큰 것 같았다. "요즘 네덜란드에서도 소스 바른 감자가 유행하고 있어." 세르게가 말했다. "우리 나라 사람들 머리에서는 절대 나올 수 없는 아이디어야. 여기 이런 게 바로 인생이지!" 세르게는 고기를 뒤집던 집게로 외부로부터 사람들의 시선을 차단해 주는 정원수와 관목 숲을 가리키며 그렇게 말했다.

그날 저녁 대화를 나눈 네덜란드 사람들은 다소 차이가 있긴 하지만 다들 똑같은 이야기를 늘어놓았다. 심지어 사용하는 단어들까지 똑같았다. 그들은 돈이 없어서, 혹은 다른 일을 하느라 고향 땅 네덜란드를 떠나지 못하는 사람들을 불쌍하게 여겼다. "우리는 여기 프랑스에서 거의 왕처럼 살고 있어요." 수년간 다이어트 제품을 생산하는 회사에서 일했다는 여자가 그렇게 말했다. 처음에 나는 농담하는 줄 알았다. 하지만 금세 그 여자는 아주 진지하게 그렇게 믿고 있다는 것을 깨달았다.

나는 손에 와인 잔을 들고 있는 사람들을 관찰했다. 세르게가 정원 곳곳에 달아 놓은 전구와 횃불의 황금빛 조명을 받아 와인 잔들이 반짝거렸다. 그걸 보고 있자니 십 년 전쯤에 — 아니, 어쩌면 이십 년 전일지도 모르겠다. — TV 광고에 나온 어느 늙은 연극배우의 목소리가 들리는 것 같았다. "맞아, 정말이야. 우리는 프랑스에서 거의 왕처럼 살고 있어. 코냑을 마시고 진짜 프랑스 치즈를 먹으면서……."

부르생 치즈 향이 코끝으로 밀려들었다. 누군가 짝퉁 프랑스 치즈 가운데 제일 냄새가 역한 치즈를 토스트에 발라 내 코끝에 들이민 것 같았다. 세르게와 바베테가 개최한 가든파티는 악취가 진동하고 시대에 역행하는 광고처럼 보였는데, 사실 그건 조명과 냄새가 고약한 부르생 치즈 냄새 때문이었다. 이십 년 전에 나온 치즈 모조품 광고가 문득 떠올랐던 것이다. 진짜 프랑스 치즈는 전혀 포함되지 않은 가짜 치즈. 바로 여기, 프랑스 도르도뉴 한가운데서 그들은 진짜 프랑스인은 하나도 없이 프랑스 숭배 놀이를 하고 있었다.

내가 네덜란드인에 대한 악감정을 드러낸 낙서나 구호에 대해서는 어떻게 생각하느냐고 물었더니 하나같이 그냥 어깨만 으쓱했다. "못된 젊은이들 짓이에요!" 일거리가 없는 여배우가 말했다. 네덜란드에서 운영하던 '회사'를 팔아치운 뒤 영구적으로 도르도뉴에 정착할 마음을 먹고 있는 카피라이터는 그건 전부 네덜란드 캠핑족들을 겨냥한 거라고 말했다. 먹을 걸 전부 집에서 싸 갖고 와서 이곳 상점에서는 돈 한 푼 쓰지 않는 캠핑족들 말이다.

"하지만 우린 다르죠." 그가 말했다. "우린 프랑스 레스토랑에서 식사하고 프랑스 술집에서 페르노주를 마시고, 프랑스 신문을 읽으니까요. 세르게 씨를 비롯해 수많은 네덜란드인들이 없었다면 아마 이 마을 미장공이나 함석장이는 벌써 실업자가 됐을 겁니다."

"와이너리는 또 어떻고!" 세르게가 술잔을 높이 치켜들면서 말했다.

"건배!"

멀리 뒤쪽, 어두컴컴한 정원 한 구석 관목 숲 근처에서 비쩍 마른 발레 안무가가 동성 작가 커플 중 젊은 쪽과 부둥켜안은 채 몸을 더듬고 있는 게 보였다. 안무가의 한 손이 젊은 남자의 셔츠 속으로 들어가는 것을 보고 나는 시선을 돌렸다.

프랑스인들이 벽에 써 놓은 구호가 단순한 경고가 아니면 어떡하지, 하는 생각이 문득 뇌리를 스쳤다. 이 유약한 네덜란드인들을 프랑스에서 줄행랑치도록 만드는 데는 그다지 많은 노력이 필요치 않다. 진짜 무력 앞에서는 금세 위축되어 버리는 게 네덜란드인이다. 처음에는 그냥 서너 개의 창문에 돌멩이만 던져도 충분하다. 그랬는데도 기대했던 효과를 거두지 못하면, 그때는 별장 두어 군데에 불을 지를 수도 있다. 모든 별장에 불을 지를 필요는 없다. 방화의 본래 목적은 별장을 프랑스인의 품에 되돌려 주는 것이다. 최근에 결혼식을 올린 젊은 부부들은 하루가 다르게 뛰어오르는 이 지역 주택 가격 때문에 부모님 집에 얹혀살아야 할 형편이다. 이 지역 부동산 가격을 천정부지로 뛰어오르게 만든 원흉이 바로 네덜란드 사람들이다. 그들은 심지어 폐가까지 터무니없는 가격에 마구 사들인 뒤 상대적으로 인건비가 저렴한 미장공

들을 고용해 집을 완전히 리모델링했다. 하지만 사실 그 집들은 거의 대부분 비어 있다. 곰곰이 생각해 보면 지금까지 큰 사건 없이 몇 건의 소소한 우발적 사건들로 그친 게 오히려 놀라울 지경이다. 어쩌면 그건 이 지역 프랑스 사람들이 네덜란드 사람들한테 보내는 경고문이었을지도 모른다.

어디선가 에디트 피아프의 노랫소리가 흘러나와 나는 시선을 잔디밭 쪽으로 돌렸다. 가든파티가 시작되기 직전 헐렁한 반짝이 블랙 원피스로 갈아입은 바베테가 에디트 피아프의 노래에 맞춰 술 취한 사람처럼 흐느적거리며 춤을 추고 있었다. "농, 쥬 네 리그레트 리앙……."[06]

나는 계속해서 상상의 나래를 펼쳤다. 만약 창문을 깨거나 불을 지르는 것으로도 원하는 걸 얻지 못하면 더 강력한 무기를 사용할 수도 있다. 겁쟁이 네덜란드 사람들로 하여금 어딘가에서 쥐도 새도 모르게 매를 맞을 수도 있다고 믿게 만들면 된다. 그럼 미적거리던 사람들도 걸음아 날 살려라 꽁무니를 뺄 것이다. 이를테면 옥수수밭 같은 데서 한두 대 맞는 정도가 아니라 몽둥이 찜질을 당할 수 있다는 소문을 퍼뜨리는 것이다. 어느 와이너리의 일꾼이 그런 짓을 아주 잘한다는 말까지 덧붙이면 금상첨화다.

그래도 안 되면 슈퍼마켓에서 바게트와 와인 병이 가득 담긴 장바구니를 들고 나와 집으로 돌아가는 네덜란드 사람을 길모퉁이에서 마치 실수인 것처럼 슬쩍 자동차로 받아 버리는 방법도 있

---

06 Non, je ne regrette rien. 프랑스어로 '아니, 나는 아무것도 후회하지 않아'라는 뜻이다.

다. 나중에 "모퉁이에서 갑자기 튀어나오는 바람에 미처 피할 새가 없었어요."라고 둘러대면 그만이다. 아니면 차로 친 사람을 로드킬 당한 토끼처럼 길가에 그냥 내팽개쳐 두고 집으로 돌아가 자동차 범퍼에 묻은 흔적들을 깨끗이 지워버릴 수도 있다. 경찰서에서 소환장이 날아올 때까지는 뭐든 할 수 있으니 계속해서 담벼락에 구호를 쓸 수도 있다. '너희는 이 나라 사람이 아니야! 그러니빨리 너희 나라로 꺼져 버려! 프랑스 숭배 놀이는 바게트와 치즈, 와인을 갖고 너희 나라로 돌아가서 하도록 해. 우리가 사는 이곳에서는 절대 그런 짓은 안 돼!'

"파울! 파울!" 잔디밭 한가운데서 바베테가 치마를 나풀거리면서 나를 향해 두 팔을 내밀었다. 장식용 양초 옆이라 상당히 위험해 보였다. "밀로르."[07] 다시 음악 소리가 들렸다. 춤. 프랑스 왕처럼 잔디밭 위에서 형수하고 추는 춤이라. 나는 절망적인 표정으로 끌레르를 찾았다. 그녀는 테이블에 앉아 치즈를 먹고 있었다. 어느 순간 우리 두 사람의 눈길이 마주쳤다.

일거리가 없는 여배우와 대화를 나누던 끌레르는 불행한 표정으로 나를 쳐다봤다. 네덜란드의 어느 파티에서 이런 눈길을 보냈다면 그건 '우리 이제 그만 집으로 돌아가면 안 될까?'라는 뜻이었다. 하지만 여기서는 돌아갈 수가 없다. 파티가 끝날 때까지 자리를 지켜야 하는 저주를 받은 우리는 내일이 돼야 떠날 수 있다. 도와줘. 끌레르의 눈빛은 지금 그렇게 말하고 있다.

---

07 Milord. 프랑스어로 귀족에 대한 경칭을 뜻하는 표현이다. 여기서는 에디트 피아프의 노래 제목이다.

바베테한테 몸짓으로 지금은 춤을 추고 싶은 기분이 아니라고, 나중에 꼭 그녀와 함께 잔디밭에서 춤을 추겠노라는 뜻을 전했다. 그런 다음 나는 아내의 테이블 쪽으로 다가갔다. "자, 웃어봐요, 밀로르⋯⋯." 에디트 피아프의 노래가 계속 흘러나왔다. 도르도뉴에 별장이 있는 네덜란드 사람들 중에는 도무지 말이 안 통하는 사람들도 있었다. 그들은 자신들이 이웃사람들이 원치 않는 침입자라는 사실을 외면하기 위해 귀를 틀어막고 머리를 모래 속에 처박은 채 여기저기서 보이는 불길한 조짐들을 애써 무시했다. 창문에 돌을 던지거나 집에 불을 지르는 것, 네덜란드 사람한테 몰매를 가하거나 차로 치는 것은 '무시해도 좋을 만한 소수'가 저지르는 일이라는 게 그들의 주장이었다. 나는 한심하고 멍청한 이 네덜란드 사람들을 단번에 정신을 확 차리게 만드는 보다 강력한 방법이 뭐 없을까, 생각했다.

「어둠의 표적」[08]과 「서바이벌 게임」[09] 같은 예전 영화들이 떠올랐다. 시골에 갈 때면 나는 늘 그 영화들이 생각나곤 했다. 그런데 이곳 도르도뉴의 언덕 위 별장, 세르게와 바베테가 '프랑스의 낙원'이라고 부르는 이곳 상황은 그 영화들보다 나쁘면 나빴지 좋을 게 없었다. 「어둠의 표적」은 스코틀랜드 시골에 아름다운 집을 한 채 장만해서 이사 온 사람들에게 마을 사람들이 가하는 폭력을 다루고 있다. 마을 사람들은 처음에 단순히 트집을 잡는 정도에서 시작해 나중에는 끔찍한 보복까지 감행한다. 「서바이벌 게임」에

---

08 1971년에 제작된 영국 걸작 누아르 영화. 원제는 'Straw dogs'이다.
09 1972년에 제작된 미국의 스릴러 영화.

서는 미국의 시골뜨기들이 카누를 타고 강을 탐사하러 온 도시 사람들을 완전히 해치워 버린다. 두 영화에서는 폭력과 살인이 거리낌 없이 자행된다.

여배우는 나한테 인사를 하기 전에 먼저 눈으로 내 머리끝에서 발끝까지 쭉 훑어보았다. "방금 부인한테 들었는데, 내일 이곳을 떠나신다면서요?" 목소리는 아주 달콤했는데, 왠지 부자연스럽게 느껴졌다. 다이어트 콜라나 당뇨병 환자를 위한 초콜릿에 들어 있는 감미료 같다고나 할까. 포장지에 살찔 염려가 없다고 크게 적혀 있는 성분 말이다. 나는 끌레르를 쳐다봤다. 그녀는 고개를 들어 별이 총총한 하늘을 올려다보고 있었다. "다음 목적지는 스페인이라면서요?"

「어둠의 표적」에서 내가 제일 좋아하는 장면을 떠올렸다. 만취한 프랑스 미장공 서너 명이 이 여자를 헛간으로 끌고 들어가면 이 어색한 목소리가 어떻게 변할지 문득 궁금해졌다. 술에 만취한 남자들은 허물어져 가는 폐허와 여자의 몸뚱이도 제대로 구별하지 못할 것이다. 이미 오래전에 쓸모없어진 여자의 그곳을 남자들이 고치려 들면 이 여자는 과연 어떤 목소리로 훈계를 늘어놓을까? 혹시 남자들이 자세를 바꿔 가며 온갖 체위를 시도하면 이 여자의 본래 목소리가 되살아날까?

그 순간 정원 끝에서 뭔가 시끌시끌한 소리가 들렸다. 관목 숲에 둘러싸인 어두컴컴한 구석이 아니라 발레 안무가가 나이 어린 작가 녀석의 몸을 더듬고 있던 곳, 그러니까 집하고 좀 더 가까운 오솔길 쪽에서 들려오는 소리였다.

오솔길로 대여섯 명쯤 되는 남자들이 걸어오고 있었다. 한눈에 프랑스 사람들이라는 것을 알아봤다. 어떻게 그렇게 금세 알아봤느냐고 묻는다면, 아마 약간 촌스러운 옷차림 때문이었을 것이다. 하지만 지금 이 정원에서 프랑스 숭배 놀이를 하고 있는 네덜란드 사람들처럼 단정치 못한 옷차림은 아니었다. 그중 한 남자는 어깨에 사냥총을 메고 있었다.

다음날 미헬이 주장한 바도 그렇고, 아마 아이들은 정말로 '마을을 구경하러 가도 괜찮다.'는 어른들의 허락을 받고 파티장을 떠났을 것이다. 아무튼 몇 시간 전부터 아이들의 모습이 보이지 않았던 건 사실이다. 세르게의 딸 발레리는 저녁 내내 부엌에 있는 TV 앞에 웅크리고 있다가 정확한 시간은 모르겠지만 우리 모두에게 굿나잇 인사를 하고 잠자리에 들었다. 물론 삼촌인 나한테도 두 번씩이나 뺨에 뽀뽀를 해 주었다.

하지만 지금 미헬은 고개를 숙인 채 두 명의 프랑스인 사이에 끼어 있었다. 여름이라 어깨까지 기른 흑발이 아래로 축 늘어져 있었다. 한 남자가 미헬의 팔을 꽉 붙잡고 있었다. 세르게의 아들 릭도 붙잡힌 상태였다. 미헬처럼 꽉 붙잡힌 것은 아니지만 아무튼 프랑스인 하나가 더 이상 움직이지 말라는 듯 릭의 어깨에 손을 올려놓고 있었다.

하지만 무엇보다 베아우가 문제였다. 부르키나파소에서 입양된 세르게의 아들 베아우는 '함석지붕의 학교 건물을 짓기 위한 후원 프로그램'의 일환으로 ― 부모님을 위한 일이기도 했다. ― 네덜란드에 머물다가 뒤늦게 도르도뉴에 합류한 상태였는데, 그는 마구 몸을 버둥거리면서 걸어왔다. 두 명의 프랑스인이 그의 양팔을 등 뒤로 꺾은 채 그대로 바닥에 내동댕이쳤다. 베아우의 얼굴이 정원 잔디밭에 그대로 처박혔다.

"무슈! 무슈!" 세르게가 다급한 목소리로 외치면서 남자들을 향해 걸어갔다. 하지만 이미 그 지역에서 생산된 와인을 꼭지가 돌 만큼 마신 터라 걸음걸이가 영 불안했다. "메시외! 크세 퀴 세 파?"[10]

13

나는 그사이 화장실에 다녀왔다. 그런데 그때까지도 아직 메인 요리가 나오지 않았다. 테이블 위에는 새 와인 병이 놓여 있었다.

화장실 시설은 신경을 많이 쓴 티가 났다. 하지만 'Toilette'나 'WC'라는 표기가 적절한지 의문이 들었다. 화장실 안에는 온통 물이 졸졸 흘렀다. 녹슬지 않는 특수강으로 제작된 소변기뿐 아니라 화강암 테두리를 두른 남자 키 높이의 거울 위로도 물이 흘러내렸다. 이 레스토랑에서 제일 중요한 원칙은 아마 일관성인 듯했다. 단정하게 땋아 내린 여종업원들의 머리 모양부터 검은색 비스트로 앞치마, 스탠딩 데스크 위에 놓여 있던 아르데코식 램프, 유기농 농장에서 생산된 식재료들, 총지배인의 줄무늬 양복까지 전부 뭔가 비슷한 인상을 불러일으켰다. 다만 한 가지 정확히 알 수

---

10 Messieurs! Qu'est-ce qu'il se passe? 프랑스어로 '여러분, 대체 무슨 일입니까?'라는 뜻이다.

없는 것은 대체 그 기준이 뭐냐 하는 것이다. 이건 마치 그것을 쓴 사람의 개성을 살려주기는커녕 인물의 외모를 깎아 먹는 유명 디자이너의 안경과 흡사하다. 그런 안경은 '나는 안경이야. 제발 그 사실을 잊지 말아줘!' 하면서 사람들의 관심을 일차적으로 안경 자체로 유도하기 때문이다.

솔직히 말하면 나는 영화나 휴가 계획에 관한 우리 테이블의 잡담에서 잠시 벗어나고 싶었을 뿐, 꼭 화장실에 다녀와야 할 필요는 없었다. 그런데 막상 특수강으로 제작된 소변기 앞에 서서 바지 지퍼를 내리니 졸졸 흘러내리는 물소리와 나지막한 피아노 선율에 갑자기 요의(尿意)를 강하게 느꼈다.

그 순간, 화장실 문이 열리고 누군가 안으로 들어오는 소리가 들렸다. 나는 같은 공간에 다른 사람이 있으면 오줌이 안 나오는 부류는 아니지만, 이상하게도 오줌을 누는 데 시간이 한참 걸렸다. 특히 첫 오줌발이 나올 때까지 유난히 시간이 길었다. 오죽하면 칸막이 화장실 안으로 들어가지 않은 나 자신한테 화가 날 정도였다.

화장실에 들어온 남자는 몇 번 헛기침을 하더니 노래까지 흥얼거리기 시작했다. 상당히 귀에 익은 멜로디였다. 「킬링 미 소프틀리」라는 노래라는 것을 금세 알아차렸다.

"킬링 미 소프틀리 위드 히즈 송." 그런데…… 이 노래를 부른 가수가…… 누구더라……? 젠장, 가수…… 이름이…… 뭐였지……? 로버타 플랙! 맞다! 나는 속으로 제발 그 남자가 칸막이 화장실 안으로 들어가게 해 달라고 빌었다. 하지만 곁눈질을 해 보니 남자는 나한테서 겨우 1미터쯤 떨어진 위치에 있는 벽 모양

소변기 앞에 서서 자연스럽게 바지 지퍼를 내렸다. 갑자기 특수강 소변기에서 경쾌한 소리가 울려 퍼졌다. 물이 흘러내리는 벽을 향해 남자의 오줌발이 힘차게 부딪치는 소리였다.

정말 세찬 오줌발이었다. 강인한 남성성을 과시하고픈 욕망이 노골적으로 드러나는 오줌발. 아마 저 남자는 일찍이 초등학교 시절부터 '오줌 멀리 쏘기 대회'에서 오줌발을 개울 건너편까지 포물선을 그리며 날려 보내 일등을 먹었을 것이다.

힐끗 곁눈질해 보니 잘난 주인공은 이번에도 수염이 덥수룩한 그 남자였다. 나이에 걸맞지 않게 새파랗게 젊은 여자와 함께 우리 옆 테이블에 앉아 있던 남자. 그 순간 남자도 내 쪽을 쳐다봤다. 우리는 고개를 끄덕여 인사를 나눴다. 1미터 정도 거리를 두고 나란히 서서 오줌을 눌 때 보통 그렇게들 하지 않던가. 남자는 입 꼬리를 살짝 올리면서 미소를 지었다. 세찬 오줌발을 지닌 남자의 전형적인 미소였다. 자기만큼 오줌발이 세차지 않은 남자들에 대한 조롱과 비웃음을 담고 있는 자신만만한 미소.

힘찬 오줌발은 남성성의 상징이고, 그런 오줌발을 가진 남자가 여자를 선택할 때 최우선권을 가지는 세상이다. 힘없이 한 방울씩 똑똑 떨어지는 오줌 방울은 아랫도리가 뭔가에 막혀 있다는 암시였다. 애당초 여자들이 오줌을 세차게 누는 남자가 아니라 똑똑 한 방울씩 떨어지는 오줌 방울을 가진 남자를 선호했다면 남자들이 발기 시간 같은 것에 목숨을 걸었겠는가.

소변기가 있는 쪽 벽에는 칸막이가 없어서 시선을 조금만 아래로 낮춰도 수염이 덥수룩한 남자의 그곳을 볼 수 있었다. 오줌발 소리로 미뤄 보건대, 엄청난 대물이 분명했다. 뻔뻔하다 싶을 정도로 커다란 물건일 것이다. 혈색은 좋지만 우툴두툴하고 거무튀튀한 피부 밑으로 굵고 시퍼런 핏줄이 울퉁불퉁하게 두드러진 물건. 그런 물건을 가진 남자들은 휴가를 나체 수영장에서 보내려 할 것이다. 아니면 적어도 아주 얇은 천으로 만든, 몸에 딱 달라붙는 수영복을 입을 것이다.

나는 우리 테이블의 대화 내용이 너무 지겨워 잠시 화장실로 도피한 참이었다. 휴가와 도르도뉴에 관한 대화에 이어 우리는 인종차별에 대해 이야기를 나눴다. 아내는 내 의견을 지지해 주었다. 다들 안 그런 척 시치미를 떼고 있지만 인종차별이라는 악행은 줄어들기는커녕 갈수록 더 확산되고 있다는 게 나의 주장이었다. 아내는 내 얼굴을 쳐다보지도 않고 무작정 내 편을 들었다. "나는 전적으로 파울 생각에 동의해요. 파울의 말이 무슨 뜻이냐 하면⋯⋯." 아내는 늘 그런 식으로 말을 시작했다. 자기도 전적으로 나와 같은 입장이고, 내 의견은 이러저러한 거라고 설명을 거드는 방식. 아내가 아니라 다른 사람의 입에서 그런 말이 나왔다면, 아마 내 생각을 조리 있게 설명하지 못한 데 대한 비난으로, 때로는 옹호나 격려로 받아들였을 것이다. 하지만 아내의 입에서 나온 "파울의 말이 무슨 뜻이냐 하면⋯⋯."이라는 표현은 정도의 차이는 있겠지만 상대방이 내 말을 제대로 이해하지 못했다는 의미였다. 내가 분명하고 명료하게 알아들을 수 있도록 설명했는데도 제대로 알아듣지 못한 사람들에 대한 답답한 심경을 표출한 것이다. 더불어 아내의 인내심이 서서히 사라지고 있다는 뜻이기도 했다.

그 뒤에도 우리는 한동안 영화 이야기를 나눴다. 끌레르는

「초대받지 않은 손님」[11]을 '역사상 가장 인종차별적인 영화'라고 했다. 그 유명한 영화의 내용은 대충 이렇다. 어느 부유한 백인 부부(스펜서 트레이시와 케서린 헵번이 연기했다.)의 딸이 새 약혼자를 집에 데려와 인사시킨다. 여자의 부모는 약혼자가 흑인(시드니 포이티어)이라는 사실에 몹시 놀란다. 식사를 하는 과정에서 약혼자는 아주 훌륭한 흑인이라는 사실이 드러난다. 그는 대학에서 학생들을 가르치는 사람, 제대로 된 양복을 입은 지적인 흑인이었다. 지적인 측면만 놓고 보면 오히려 약혼녀의 백인 부모보다도 수준이 월등히 높았다. 약혼녀의 부모는 평균을 약간 상회하는 정도의 중산층 백인이다. 그것도 흑인에 대한 편견으로 가득 찬 백인.

"정확히 그 편견들 속에 인종차별적 마각이 자리하고 있어요." 끌레르가 말했다. "여자의 부모가 텔레비전을 통해 알고 있는 흑인은 게으르고 폭력적인 우범자들이에요. 감히 그들이 들어가볼 엄두도 내지 못하는 슬럼가에 살고 있는 흑인들 말이에요. 그런데 그들의 사윗감은 다행스럽게도 순화된 흑인인 거예요. 어디 그뿐인가요. 그 흑인은 백인처럼 보이기 위해 조끼까지 갖춘 제대로 된 정장을 입고 있어요."

끌레르가 의견을 펼치는 동안 세르게는 착한 청중의 눈빛으로 귀를 기울였다. 하지만 여자, 특히 '쭉쭉빵빵한 몸매'나 '탱탱한 엉덩이', '침대에서 절대 밀어낼 수 없는 여자'의 범주에 속하지 않

---

11 1967년에 제작된 스탠리 크레이머 감독의 영화로, 원제는 'Guess who's coming to dinner'이다.

는 여자의 말에 귀를 기울이는 것은 세르게한테 몹시 힘든 일이라는 것을 그의 태도에서 충분히 알 수 있었다.

"순화되지 않은 흑인은 거의 영화가 끝날 때쯤에나 등장해요." 끌레르는 말을 계속했다. "야구 모자를 푹 눌러쓰고 알록달록한 색깔로 치장한 화려한 자동차를 탄 흑인, 슬럼가 출신의 조폭 같은 흑인 말이에요. 하지만 진짜 흑인은 바로 그런 사람이에요. 적어도 백인을 모방하는 짓 따위는 하지 않는 흑인이요."

세르게는 몇 번 헛기침을 했다. 그는 자세를 가다듬으며 마이크라도 찾고 있는 것처럼 테이블 쪽으로 몸을 더 숙였다. 정말 그렇게 보였다. 그의 모든 동작은 지방 유세를 다니면서 청중들 사이에 있는 어느 여성 유권자의 질문에 대답하려는 전국적인 정치인이자 유력한 수상 후보자의 태도였다.

"그런데 끌레르, 대체 순화된 흑인이 뭐가 문제라는 거요?" 세르게가 물었다. "당신 말은 흑인들은 원래의 모습대로만 살아가야 한다는 것처럼 들리는군. 이를테면 평생 슬럼가에서 마약에 찌들어 살아가는 인생 말이오. 흑인들은 애당초 발전이나 사회적 신분 상승의 기회는 꿈도 꾸지 말라는 뜻이오?"

나는 아내가 형에게 회심의 일격을 가해 주기를 기대하면서 그녀의 얼굴을 쳐다봤다. 공은 이제 페널티킥 지점에 놓여 있었다. 그냥 툭 차 넣기만 하면 되는 것이다. 지금 우리는 인간에 대해, 그리고 인간의 다양성에 대해 '간단히' 논의하고 있는데 세르게는 발전이니 사회적 신분 상승이니 하는 슬로건을 슬쩍 끼워 넣은 것이다. 그것들은 그의 정당에서 내세우는 슬로건이긴 하다. 하지만 그것들은 정당인들이 내세우는 단순한 구호에 불과하다.

그것들은 아무 내용 없는 속 빈 강정이라는 사실을 모르는 사람이 여기 누가 있다고.

"나는 지금 발전에 대해 이야기하는 게 아니에요, 세르게." 끌레르가 말했다. "나는 우리가 — 네덜란드 사람들과 백인 그리고 유럽인이 — 다른 문화에 대해 갖고 있는 이미지에 대해 말하는 거예요. 우리가 갖고 있는 두려움이오. 길을 걷다 혹시 맞은편에서 흑인 일행이 다가오면, 그리고 그 흑인이 우리 같은 옷차림, 이를테면 외교관이나 사무원들처럼 단정한 옷차림이 아니라 야구 모자에 에어쿠션이 달린 나이키 운동화를 신고 있으면 대부분 다른 길로 돌아가지 않나요?"

"나는 절대 다른 길로 돌아가지 않아. 오히려 우리 모두 동등한 자격으로 만나야 한다는 게 내 소신이오. 지금 우리가 두려움을 갖고 있다고 했던가? 그건 끌레르 당신 말이 옳소. 하지만 두려워하는 걸 멈추면 서로를 제대로 이해할 수 있는 기회를 갖게 될거요."

"세르게, 나는 지금 진보니 이해니 하는 공허한 개념들에 대해 논쟁을 벌이려는 게 아니에요. 그러고 싶은 생각은 눈곱만큼도 없어요. 나는 당신 동생의 아내고, 지금 여긴 우리밖에 없어요. 우린 친구이자 가족이에요. 그런데 이런 자리에서까지 꼭 그런 논쟁을 벌여야겠어요?"

"바보가 되고 싶다는데 누가 말리겠어?" 내가 한마디 거들었다.

그 순간 정적이 흘렀다. 이미 경험한 바 있는 정적이다. 다른 소음만 없으면 레스토랑 바닥에 바늘 떨어지는 소리도 들을 수 있는 그런 정적. 테이블에 앉아 있는 모든 사람들의 고개가 동시에 나를 향했다. 다들 말이 너무 심했다는 표정으로 내 얼굴을 주목했다. 바베테는 심지어 쿡쿡 웃기까지 했다. "파울!" 그녀가 나무라듯 내 이름을 불렀다.

"뭐, 내 말이 틀렸나? 제목은 기억이 안 나지만 몇 년 전에 본 텔레비전 방송이 문득 생각났거든." 내가 설명했다. 사실 제목을 알고 있었지만 그것까지 언급하고 싶지 않았다. 그렇게 되면 발언의 초점이 분산될 게 뻔했다. 제목을 들으면 세르게는 분명 네가 그런 프로그램을 보는 줄 몰랐네, 어쩌네 하면서 신랄하게 조롱하려 들 테고, 그럼 초장부터 대화가 꼬일 가능성이 높았다. "동성애자를 다룬 프로그램이었는데, 동성애자 커플의 집 아래층에 사는 어떤 여자를 인터뷰했어. 그들은 게이였는데, 가끔 그 이웃집 여자의 고양이를 돌봐 주곤 했지. 아랫집 여자는 인터뷰에서 이렇게 말했어. '그 두 젊은이는 정말 좋은 사람들이에요.' 하지만 여자가 정말로 하고 싶은 말은 이거였어. '그 남자들은 게이예요. 하지만 내 고양이를 돌봐 주는 걸 보니 나하고 별반 다르지 않네요.' 웅크리고 앉아 인터뷰를 하는 동안 아랫집 여자는 자기 말에 완전히 도취해 있었어. 자신은 마음이 아주 넓고 관용적인 사람이라는 것을 만천하에 알렸으니까. 위층의 두 젊은이는 비록 역겨운 짓거리를 하는 게이지만 아주 착한 사람들이라고 말이야. 사실 여자는 동성애를 자연의 섭리에 어긋나는 외설적인 행위라고 생각해. 한마디로 변태들이나 하는 짓거리라는 거지. 그런데 자기 고양이를 다정하게 보살펴 준다는 사실 하나로 그 모든 게 상쇄된 거야." 나는 잠시 말을 멈췄다. 바베테의 얼굴에 미소가 떠올랐다. 세르게는 벌써 여러 번 눈살을 찌푸렸다. 아내 끌레르는 기분이 좋아 보였다. 일이 어떻게 흘러가는지 잘 알고 있을 때 나오는 표정이었다.

"그 여자가 위층 젊은이들에게 한 말을 제대로 이해하려면," 아무도 입을 열지 않아서 내가 다시 말을 이었다. "상황을 이렇게 바꿔보면 돼. 진짜 마음씨 착한 그 게이 커플이 고양이한테 먹이를 주기는커녕 돌맹이를 던져 내쫓거나 독을 넣은 미끼를 발코니에 던져 놓았다면 과연 어땠을까? 그럼 아마 그들은 금세 다시 역겨운 게이가 됐을 거야. 끌레르가 「초대받지 않은 손님」을 예로 들어 말하고자 한 요점이 바로 그거야. 시드니 포이티어 역시 착한 남자였다는 사실. 그 영화의 감독은 방송 인터뷰를 한 여자랑 한 치도 다를 바가 없어. 사실 시드니 포이티어는 일종의 본보기 역할을 수행했어. 그는 다른 불쾌한 흑인들, 도둑이나 조폭, 마약 운반책 같은 위험한 흑인들에게 본보기로 이용당한 거야. 너희들도 시드니 포이티어처럼 멋진 양복을 차려입고 모범적인 사윗감처럼 행동하면 우리 백인들은 너희들을 품에 안아 줄 거다, 뭐 이런 식으로."

Ⅲ

수염이 덥수룩한 남자가 손을 닦았다. 그사이에 나는 바지 지퍼를 올렸다. 오줌 누는 소리는 전혀 안 났지만 나는 그냥 볼일을 끝낸 척하고 곧장 문을 향해 걸어갔다. 그리고 스테인리스 손잡이를 잡고 막 문을 열려는 순간 수염이 덥수룩한 남자가 내게 말을 걸었다. "친구분이 너무 유명 인사라서 레스토랑에서 식사하시려면 좀 성가시겠습니다."

나는 걸음을 멈추고 문손잡이를 그대로 잡은 채 남자를 향해 반쯤 몸을 돌렸다. 수염이 덥수룩한 남자는 종이 타월을 여러 장 빼서 손을 닦았다. 수염 사이로 그의 입꼬리가 다시 살짝 올라갔다. 하지만 이번에는 결코 승자의 여유로운 미소가 아니었다. 오히려 미소 뒤에 약간 위축된 기색이 엿보였다. '이런 말을 꺼내서 미안합니다.'라는 뜻의 미소였다.

"그 사람은 내 친구가 아닌데요." 내가 말했다.

순간 남자의 얼굴에서 미소가 사라졌다. 두 손도 얼어붙어 버렸다.

"실례인 줄 압니다만……." 그가 말했다. "당신이 그 테이블에 함께 앉아 있는 걸 봤습니다. 우리는, 그러니까 제 딸과 저는 아주 자연스럽게 행동하자고 생각했어요. 절대 그분을 쳐다보거나 하지 말자고요." 나는 아무 대꾸도 안 했다. 남자랑 같이 있던 여자가 딸이었다는 사실을 알고 나니 왠지 마음이 편해졌다. 수염이 덥수룩한 남자는 딴 남자들을 전부 기죽일 정도로 세찬 오줌발을 가졌음에도 서른 살쯤 어린 애인을 낚는 데는 성공하지 못한 것이다. 남자가 젖은 종이 타월을 스테인리스 쓰레기통에 버렸다. 뚜껑이 양쪽으로 왔다 갔다 하며 열리는 방식이라 한 번에 넣지 못하고 애를 좀 먹었다.

"저는 혹시 우리 딸아이가 로만 씨하고 사진 한 장 찍을 수 있는 영광을 누릴 수 있지 않을까 싶어서요. 딸아이와 저는 우리 나라에 변화의 바람이 불어와야 한다고 믿고 있습니다. 게다가 딸아이는 현재 대학에서 정치학을 전공하고 있고요."

남자는 재킷 주머니에서 두께가 아주 얇은 은색 카메라를 꺼냈다. "시간을 많이 빼앗지는 않을 겁니다." 그가 말했다. "물론 개인적인 식사 자리라는 것은 알고 있습니다. 그래서 방해할 생각은 추호도 없고요. 제 딸…… 딸아이는 제가 이런 부탁을 드린 것을 알면 아마 저를 용서하지 않을 겁니다. 그분을 보자마자 훌륭한 정치인을 식사 시간까지 귀찮게 해서는 안 된다고 했거든요. 짧은 여가라도 편안하게 보내시도록 배려해야 한다면서 절대 사진을 찍자고 괴롭혀서는 안 된다고 말입니다. 하지만 진짜로 세르게 로만 씨와 사진을 찍게 되면 몹시 기뻐할 겁니다. 그건 확실해요."

나는 남자의 얼굴을 쳐다봤다. 문득 사람들이 자기 아버지의 얼굴을 식별하지 못하게 되면 어떤 일이 벌어질까, 하는 의문이 들었다. 이런 아버지의 딸도 언젠가 한번쯤은 자제력을 잃어버리는 순간이 올까, 아니면 보기 흉한 카펫에 적응하는 것처럼 그냥 그런 상황에 적응하게 될까?

"그런 거라면 아무 문제없습니다." 내가 말했다. "로만 씨는 정당 지지자들과의 접촉을 아주 소중하게 생각하는 분이거든요. 하지만 지금은 중요한 대화를 나누는 중이라 좀 곤란하니까, 지켜보다가 제가 신호를 보내면 그때 우리 테이블로 오십시오. 사진을 찍어도 괜찮을 만한 타이밍을 알려 드리겠습니다."

15

화장실에서 돌아와 보니 우리 테이블에는 숨소리 하나 들리지 않을 만큼 정적이 흘렀다. 거기다 긴장감까지 더해졌다. 내가 자리를 비운 사이 뭔가 중요한 대화가 오간 게 분명했다.

나는 수염이 덥수룩한 남자하고 같이 홀 안으로 들어왔는데, 우리 테이블 근처에 이르렀을 때 그 남자는 분위기를 눈치채고 먼저 사라졌다. 하지만 내 눈에는 침묵보다 다른 게 먼저 눈에 들어왔다. 아내가 테이블 너머 대각선 자리에 앉아 있는 바베테의 손을 부여잡고 있는 장면이었다. 세르게는 자신의 빈 접시를 내려다보고 있었다.

자리에 앉은 나는 바베테가 울었다는 사실을 깨달았다. 소리 없는 흐느낌이었다. 그녀는 사람들이 거의 눈치채지 못할 정도로 살짝 어깨를 들썩거렸다. 그럴 때마다 끌레르가 붙잡고 있는 손도 같이 움찔거렸다.

나는 아내와 눈빛을 교환했다. 끌레르는 눈썹을 찌푸리면서 여러 가지 의미가 담긴 눈빛으로 세르게를 가리킨 후 다시 나를 쳐다봤다. 그 순간 세르게는 멍한 표정으로 나를 쳐다보더니 어깨를 으쓱했다. "너 마침 잘 왔다, 파울." 세르게가 말했다. "아니, 어쩌면 화장실에 좀 더 있는 게 좋았을지도 모르겠군."

바베테는 황급히 끌레르한테서 손을 빼내더니 무릎 위에 있던 냅킨을 집어 접시 위로 던졌다.

"당신은 정말 바보 천치야!" 바베테는 세르게한테 화를 벌컥 냈다. 그러고는 의자를 뒤로 빼낸 뒤 자리에서 벌떡 일어나 테이블들 사이를 지나 화장실로 사라졌다. 아니, 어쩌면 건물 밖으로 나갔을지도 모르겠다. 그래도 우리만 남겨 놓고 레스토랑을 완전히 떠나지는 않았을 것이다. 테이블 사이로 황급히 사라지는 바베테의 뒷모습은 제발 누군가 나를 좀 따라와 달라고 애원하고 있었다.

세르게가 의자에서 엉덩이를 떼며 일어서려는데, 끌레르가 그의 팔을 붙잡으며 만류했다. "내가 가 볼게요." 그 말과 함께 끌레르는 자리에서 일어나 서둘러 테이블 사이로 빠져나갔다. 바베테의 모습은 이미 시야에서 완전히 사라졌다. 화장실로 들어갔는지, 아니면 잠시 바람을 쐬러 밖으로 나갔는지 확인할 수 없었다.

세르게와 나는 서로 얼굴을 쳐다봤다. 세르게는 어떻게든 미소를 지어 보려 했으나 어정쩡한 표정이 되고 말았다. "이게 어떻게 된 거냐 하면……." 그가 입을 열었다. "네 형수는……." 세르게는 사방을 두리번거리더니 내 쪽으로 몸을 기울였다. "아무튼 지금 네가 생각하는 그런 문제는 아니야." 그런데 목소리를 너무 낮게 까는 바람에 그의 말을 정확히 듣지 못했다.

왠지 그의 머리가 이상해 보였다. 얼굴도 기이했다. 물론 평상시 모습과 다를 바가 없었다. 그런데도 그의 머리가 몸통에 붙어 있지 않고 혼자 허공에 둥둥 떠 있는 것 같았다. 생각이라는 게 전혀 들어 있지 않고 그냥 머리만 따로 놀고 있는 것 같았다. 언젠가 애니메이션에서 본 인물이 떠올랐다. 의자에 앉아 있는데 누군가 뒤에서 그의 의자를 차 버리는 바람에 잠시 허공에 떠 있다가, 뒤늦게 자신의 의자가 사라졌다는 것을 깨닫는 우스꽝스러운 캐릭

터였다.

만약 지금 같은 표정으로 시장에서 홍보물을 — 당연히 보통 사람들을 위한 정책들을 담고 있는 홍보물이다 — 나눠 주면서 다가올 총선에서 자기를 찍어 달라고 하면 사람들이 전부 그를 외면할 거라는 생각이 들었다. 그의 표정은 방금 자동차 매장에서 새 차를 몰고 나왔는데, 첫 번째 모퉁이를 돌다 벌써 차에 흠집을 낸 사람을 연상시켰다. 그런 자동차를 원하는 사람은 세상 어디에도 없을 것이다.

세르게는 의자에서 일어나 내 맞은편 자리로 옮겨 앉았다. 방금 전까지 끌레르가 앉아 있던 자리였다. 아직 의자에 남아 있을 내 아내의 온기를 엉덩이 밑에서 느끼려는 심산인가? 나를 미치게 하려는 속셈이 아니면 저건 대체 무슨 수작이지?

"좋아. 이제야 제대로 대화를 할 수 있겠어." 세르게가 말했다.

좀 더 그의 애간장을 좀 더 태울 요량으로 나는 아무 대꾸도 하지 않았다. 나는 그에게 구조의 손길을 내밀지 않았다.

"아내한테 최근에 문제가 좀 생겼어. 그걸 뭐라고 하더라. 좀 생소한 용어인데." 그가 말했다. "맞다, 갱년기 증상. 나는 그게 우리 집 여자들한테도 해당되는 말인 줄은 꿈에도 몰랐어."

세르게는 잠시 말을 멈췄다. '우리 집 여자들'이라는 표현을 쓴 걸로 봐서 나한테서 뭔가 호응을 기대하는 듯했다. 끌레르의 갱년기 증상에 대해 이런저런 말을 늘어놓기를 기다리는 건가? 하지만 그건 세르게와 아무 상관없는 일이다. 끌레르한테 무슨 일이 있든 없든, 그건 지극히 개인적인 문제였다.

"전부 호르몬 때문이야." 세르게가 말을 이었다. "글쎄 몸에 열이 올라 참을 수 없다면서 느닷없이 창문이란 창문은 죄다 열어 놓고 울음을 터뜨리지 뭐야." 세르게는 여전히 풀 죽은 표정으로 이리저리 고개를 돌렸다. 처음에는 화장실 쪽으로, 이어서 레스토랑 출입문 쪽으로. 그런 다음 그는 다시 나를 쳐다봤다. "아무래도 이런 문제는 여자들끼리 대화를 나누는 게 더 나을 거야. 너도 알다시피 여자들끼리는 이상하게 통하는 구석이 있잖아. 이럴 때 내가 끼어들면 오히려 일을 망칠 수 있어."

세르게는 입꼬리를 살짝 올리며 씩 웃었지만 나는 그의 미소에 호응하지 않았다. 그는 두 손으로 테이블을 잡고 손바닥으로 몇 번 툭툭 쳤다. 그러고는 다시 팔꿈치를 테이블 위에 올려놓고 손깍지를 낀 채 다시 한번 주위를 둘러보았다.

"우리가 진짜 이야기를 나눠야 할 문제는 다른 거라는 거 너도 알지, 파울?" 그가 말했다.

안 그래도 저녁 내내 그 문제로 명치끝에 돌멩이가 떡 하니 자리 잡고 있는 것처럼 갑갑했는데 그 말을 들으니 심장이 차갑게 얼어붙는 기분이었다.

"우린 아이들 문제에 대해 이야기를 나눠야 해." 세르게 로만이 말했다.

나는 고개를 끄덕였다. 그런 다음 슬쩍 곁눈질을 하면서 다시 한번 고개를 끄덕였다. 수염이 덥수룩한 남자가 계속해서 우리 테이블을 지켜보고 있었다. 확실히 하기 위해 나는 세 번째로 고개를 끄덕였다. 수염이 덥수룩한 남자가 알았다는 듯 나를 향해 고개를 숙였다.

그 남자는 나이프와 포크를 내려놓고 고개를 숙여 딸에게 뭐

라고 속삭였다. 딸은 재빨리 가방을 뒤적거렸다. 그사이에 그녀의
아버지는 재킷 안주머니에서 카메라를 꺼내 들고 자리에서 일어
섰다.

메인 요리

16

"이건 포도입니다." 총지배인이 말했다.

그의 새끼손가락이 딸기처럼 보이는 둥그런 과일들과 섞여 있는 작은 포도에 0.5센티미터 앞까지 다가와 있었다. 구스베리 딸기처럼 보이는데 확실치는 않다. 사실 딸기 종류에 대해서는 별로 아는 게 없다. 단지 대부분의 딸기 품종은 사람들이 먹을 수 없다는 정도의 정보만 알고 있었다.

총지배인이 가리키고 있는 '포도'는 진보라색의 양상추 옆, 그러니까 메인 요리로부터 약 5센티미터 정도 떨어진 곳에 있었는데, 그 사이 공간은 비어 있었다. "이건 아주 부드러운 독일산 베이컨으로 감싼 닭가슴살입니다." 아니나 다를까, 세르게의 접시 위에도 포도와 양상추가 놓여 있었다. 그는 메인 요리로 투르네도를 주문했다. 투르네도에 대해서는 고기 덩어리가 아주 작았다는 사실을 빼놓고는 언급할 게 별로 없다. 하지만 뭔가 설명이 필요했던지, 총지배인은 그 고기가 어떻게 생산됐는지 긴 강의를 늘어놓았다. 농약을 뿌리지 않은 '유기농 목초지'에서 '자유롭게' 방목하여 키운 소에서 얻은 고기라고 했다.

세르게는 갈수록 초조해하는 게 눈에 보였다. 그는 마치 혼자만 허기를 느끼는 것처럼 배고픈 사람의 전형적인 증상들을 보여 주었다. 배가 고플 때 그가 어떤 행동을 하는지 나는 알고 있다. 마치 애니메이션에 나오는 굶주린 개처럼 혀끝으로 윗입술을 핥고 두 손을 비벼 댔다. 그를 잘 모르는 사람들한테는 꽤 흥미로운 광경이겠지만 그걸 지켜보는 동생에게 그보다 큰 고역은 없다. 그는 자기 접시 위에 놓인 한 입 거리밖에 안 되는 투르네도를 빨리 먹어 치우지 못해 안달 나 있었다. 당장 그걸 못 먹으면 무슨 큰일이라도 날 것처럼 말이다.

나는 오로지 그런 세르게를 약 올릴 심산으로 총지배인에게 포도에 대해 물었던 것이다.

바베테와 끌레르가 아직 테이블로 돌아오지 않았는데도 세르게는 전혀 개의치 않았다. "금방 돌아올 거예요." 검은색 비스트로 앞치마를 두른 여종업원 넷이 총지배인의 인솔 하에 우리의 메인 요리를 들고 줄지어 나타났을 때 그렇게 말했다. 총지배인이 여자 손님들이 돌아오실 때까지 기다렸다가 음식을 내놓아야 할지 물었을 때 세르게는 단박에 거부했다.

"그냥 놓아 주세요." 그의 혀는 벌써 윗입술을 핥고 있었고 두 손 역시 음식을 먹을 채비를 끝낸 상태였다.

총지배인의 새끼손가락은 먼저 내 접시 위에 있는 독일산 베이컨으로 감싼 닭가슴살 요리를 가리켰다. 그다음 주위에 곁들여진 요리, 칵테일용 '가지와 리코타[12]'를 곁들인 꼬챙이에 둘둘 말려 있는 라자냐 면과 — 그건 마치 클럽 샌드위치의 미니어처처럼 보였다. — 세로 용수철에 꽂아 놓은 옥수수로 차례차례 옮겨갔다. 손을 더럽히지 말고 옥수수를 집어 들라는 뜻인 것 같은데, 아무리 그래도 상당히 우스꽝스러운 모양새였다. 아니, 우습다기보다는 일부러 장난을 치고 있는 듯한 느낌을 받았다. 이를테면 요리사가 손님한테 보내는 윙크 같다고나 할까? 크롬 도금을 입힌 용수철이 겉에 버터를 번지르르하게 바른 옥수수 양끝으로 약 2센티미터 정도씩 삐져나와 있었다. 이러나저러나 나는 옥수수는 먹지 않는다. 옥수수를 갉아먹는 모습이 늘 역겨워 보였기 때문이다. 입안으로 들어가는 것은 별로 없고 이빨 사이에 찌꺼기가 너무 많이 끼는 데다가 턱 밑으로 버터가 뚝뚝 떨어지는 모습이란! 하지만 사실 내가 옥수수를 안 먹는 가장 큰 이유는 일단 옥수수는 돼지 먹이라고 생각하기 때문이다.

총지배인은 유기농 목장의 환경 친화적이고 윤리적인 사육 방식에 대해 설명한 다음 — 세르게의 송아지 투르네도 스테이크가 바로 거기서 생산된 것이다. — 여자 손님들이 주문한 음식은 나중에 다시 와서 설명하겠다는 말을 남기고 막 테이블을 떠나려고 했다. 그 순간 내가 딸기에 섞여 있는 포도를 가리키며 물었다. "혹시 이거 구스베리 맞소?"

세르게는 벌써 포크로 투르네도를 누른 채 고기를 한 점 썰고

---

12 이탈리아 치즈의 일종.

있었다. 끝이 삐죽삐죽하고 날카로운 나이프를 든 그의 오른손이 벌써 접시 위에서 왔다 갔다 하는 중이었다. 우리 테이블에서 몸을 반쯤 돌렸던 총지배인이 다시 돌아왔다. 그의 새끼손가락이 포도에 가까워지는 동안 나는 세르게의 표정이 어떻게 변하는지 지켜보았다.

그는 걷잡을 수 없는 초조함에 사로잡혔다. 식사가 다시 지연되는 것에 대한 초조함과 분노였다. 처음에는 그도 끌레르와 바베테가 아직 자리에 돌아오지 않은 상태에서 스테이크를 먹을 생각은 없었을 것이다. 하지만 우리 접시 위로 낯선 이의 손가락이 자꾸 왔다 갔다 하며 식욕을 자극하는 바람에 결국 고기를 썹고 싶은 욕망에 굴복하고 만 것이다.

그는 정식으로 투르네도를 한 조각 썰어 입안으로 가져갔다. 고기를 썹는 데 십 초도 안 걸렸다. 세르게는 고기를 꿀꺽 삼킨 뒤에 고기가 위에 도달할 때까지 기다리는 것처럼 몇 초 동안 자신의 접시를 가만히 응시했다. 그런 다음 다시 포크와 나이프를 접시 위로 가져갔다.

나는 자리에서 일어섰다.

"왜? 또 무슨 일인데?" 세르게가 불평을 터뜨렸다.

"너무 오랫동안 안 돌아오잖아. 무슨 일인지 잠시 나가 봐야겠어." 내가 말했다.

17

나는 우선 여자 화장실로 갔다. 사람들이 놀라지 않도록 아주 조심스럽게 여자 화장실 문을 살짝 열었다.

"끌레르……?"

안을 들여다보니 벽에 설치된 소변기가 없을 뿐, 남자 화장실과 구조가 똑같았다. 스테인리스강, 화강암, 피아노 음악까지도. 유일한 차이라면 두 개의 세면대 사이에 하얀 수선화가 놓여 있었다. 흰색 라운드 넥 스웨터를 입은 레스토랑 사장의 모습이 떠올랐다.

"바베테……?"

사실 그 이름은 여자 화장실 문 앞에 서 있는 나 자신을 정당화시킬 겸, 혹시 안에 다른 사람이 있을 때를 대비해서 예의상 불러 보았다. 하지만 화장실에는 아무도 없는 듯했다.

이번에는 옷 보관소 쪽으로 갔다. 그리고 스탠딩 데스크 옆에 서 있는 여종업원을 지나 출입문을 나섰다. 바깥 날씨는 기분 좋게 포근했다. 나무들 사이로 보름달이 걸려 있었다. 사방에서 꽃 향기가 밀려들었다. 꽃 이름은 정확히 알 수 없었지만 향기를 맡고 있으니 왠지 지중해가 떠올랐다. 레스토랑에서 조금 떨어진 곳, 그러니까 공원이 끝나는 지점에서 도로를 달리는 자동차들과 전차의 전조등 불빛이 보였다. 조금 더 먼 곳으로 시선을 돌려보니 관목 숲 사이로 조명을 환하게 밝힌 다른 음식점의 유리창이 보였다. 보통 사람들이 스페어 립을 즐기고 있을 것이다.

횃불 모양의 조명이 불을 밝히고 있는 왼쪽 오솔길로 접어들었다. 레스토랑을 끼고 한 바퀴 빙 도는 오솔길에는 조약돌이 깔려 있었다. 오른쪽에는 자그마한 배수로 위로 다리가 있었는데 그 다리를 건너서 계속 걸어가면 큰 도로가 나오고, 도로변에 있는 그 음식점으로 갈 수도 있었다. 왼쪽에는 사각형 형태의 연못이 있었다. 어두컴컴해서 잘 보이지 않는 연못 뒤편에 뭔가 있는 듯했다. 처음에는 벽이 가로막고 있는 줄 알았는데, 자세히 살펴보니 남자 키 높이 정도의 산울타리였다.

다시 왼쪽으로 방향을 바꿔 연못을 끼고 걸었다. 레스토랑의 실내조명이 어두컴컴한 연못의 수면 위를 비췄다. 거기서는 홀 안에서 식사하고 있는 손님들의 모습이 한눈에 들어왔다. 나는 몇 발짝 더 걷다가 걸음을 멈췄다.

세르게와 나 사이의 거리는 약 10미터 정도였다. 나한테는 테이블에 앉아 있는 세르게의 모습이 보였지만 아마 그에게는 내 모습이 안 보일 것이다. 아까 기다리는 동안 혹시 여자들의 모습이 보일까 싶어 나는 수시로 출입구 쪽을 쳐다봤다. 하지만 이미 날이 어두워진 터라 바깥은 기껏 실루엣 정도만 알아볼 수 있었다. 반면 홀 안은 레스토랑 유리창에 전등 불빛이 아주 환하게 반사되고 있어서, 정원 한구석에서도 전부 확인할 수 있었다. 물론 세르게가 유리창에 얼굴을 바짝 들이댔다면 바깥에 서 있는 사람의 모습이 보였을 수도 있다. 하지만 설사 그랬다 해도 연못 건너편에 서 있는 시커먼 실루엣만 보고 나라는 것을 알아차렸을 것 같지는 않다. 나는 주위를 둘러보았다. 어둠 속에서 보이는 것이라고는 인적이 끊긴 공원뿐이었다. 끌레르와 바베테의 모습은 어디에서도 보이지 않았다. 세르게는 이제 포크와 나이프를 내려놓고 냅킨으로 입술을 닦고 있었다. 여기서 그의 접시까지 볼 수는 없지만 깨끗하게 비웠을 것이다. 내기를 해도 좋다. 허기를 달래기 위해 분명 전부 먹어 치웠을 것이다. 세르게가 술잔을 들어 한 모금 마셨다. 그 순간 수염이 덥수룩한 남자와 딸이 테이블에서 일어섰다. 출입구 쪽으로 가기 위해 세르게의 테이블을 지나칠 때 그들의 발걸음이 약간 느려졌다. 수염이 덥수룩한 남자가 인사라도 하듯이 손을 들어 올리는 모습이 보였다. 딸이 그를 보며 웃었다. 세르게는 답례의 뜻으로 술잔을 높이 들어올렸다.

그들은 아마 사진을 함께 찍어준 데 대한 감사 인사를 다시 늘어놓았을 것이다. 세르게는 시종일관 공손한 태도를 유지하면서 식사 중인 평범한 개인에서 전국적인 유명 인사로 아주 부드럽게 넘어갔다. 당신이나 나처럼 평범한 생활을 즐기는 전국적인 유명 인사, 그는 자신을 특별한 사람으로 생각하지 않기에 누구든지, 또 언제 어디서든지 말을 걸 수 있는 그런 사람의 역할을 아주 매끄럽게 수행했다.

사실 수염이 덥수룩한 남자가 "저기, 실례지만 옆에 계신 분이 별 문제없을 거라고 말씀해 주셔서 감히 용기를 냈는데, 혹시 저희가……."라며 말을 걸었을 때, 세르게의 양미간에 분노의 주름이 잡혔다는 사실은 나 말고는 아무도 눈치채지 못했다. 물론 주름살은 생기자마자 금세 사라졌고, 이후에는 누구나 쉽게 말을 걸어도 되는 세르게 로만의 모습을 되찾았다. 그는 보통 사람들하고 있을 때 더 편안함을 느끼는 유력한 수상 후보자 세르게 로만이 아닌가.

"물론입니다! 문제없다마다요." 수염이 덥수룩한 남자가 세르게를 향해 카메라를 내밀자 그는 아주 친절한 목소리로 그렇게 외쳤다. 그런 다음 남자의 딸을 가리키며 물었다. "이름이 뭐예요?" 그 학생은 그다지 예쁜 얼굴이 아니었다. 세르게의 눈에 은밀한 불꽃이 타오를 만한 타입은 아니라는 뜻이다. 와인 서빙에 몹시 서툴렀던, 스칼렛 요한슨을 닮은 신출내기 여종업원의 외모와 분명한 차이가 있었다. 하지만 내가 보기에는 정말 아름답고 지적인 얼굴을 가진 여자였다. 솔직히 세르게와 어울리기에는 너무나 지적인 얼굴이라는 표현이 낫겠다. "나오미예요." 그 아가씨가 대답했다.

"내 옆에 앉도록 해요, 나오미." 세르게가 말했다. 그녀가 옆에 있는 빈 의자에 앉자 세르게는 자연스럽게 그녀의 어깨에 팔을 둘렀다. 수염이 덥수룩한 남자가 몇 걸음 뒤로 물러섰다. "만약을 위해 한 장 더 찍겠습니다." 카메라 플래시가 터지는 순간 셔터를 누르며 남자는 그렇게 말했다.

사진을 찍느라 당연히 우리 테이블이 소란스러워졌다. 하지만 주변 테이블의 손님들은 애써 그 광경을 무시했다. 세르게가 처음 이 레스토랑에 들어올 때와 흡사한 일이 벌어진 것이다. 비록 아무 일 없는 척 행동해도 사실은 무슨 일인가 벌어지고 있는 상황. 그걸 더 자세하게 묘사하고 싶은 생각은 없다. 이를테면 사고가 일어나긴 했는데 피를 보고 싶지 않아서 그냥 지나칠 때의 마음이라고 해 두자. 아니, 더 간단하게 말하면 로드킬을 당해 길가에 널브러져 있는 짐승을 보는 심정과 흡사하다. 약간 떨어진 곳에 죽은 짐승이 있는 건 알았으나 피를 보고 싶지 않아서 고개를 돌려 외면할 때와 같았다. 혹은 구토가 나서 더 자세하게 들여다 볼 수 없어 허공을 올려다보거나 약간 떨어진 풀밭에 피어 있는 꽃을 바라보는 척하면서 외면할 때. 딱 한 군데, 로드킬 당한 짐승이 있는 길 가장자리만 빼놓고 이곳저곳을 두리번거릴 때의 심정 말이다.

세르게는 정말 더할 나위 없이 친절했다. 어린 여학생의 어깨에 팔까지 둘렀으니 뭘 더 바라겠는가. 그는 여학생을 자기 쪽으로 끌어당긴 뒤 고개를 살짝 그녀 쪽으로 기울여 주었다. 두 사람의 머리가 거의 닿을락 말락 할 정도로 아주 가까웠다. 분명히 멋진 사진, 수염이 덥수룩한 남자의 기대보다 훨씬 더 근사한 사진이 나왔을 것이다. 그런데 왠지 그 아가씨가 아니라 스칼렛 요한슨을 닮은 아가씨가 옆에 있었다면 세르게가 그렇게 매너 있는 태도를 취하지는 않았을 것 같은 인상을 받았다.

"정말 고맙습니다." 수염이 덥수룩한 남자가 말했다. "사적인 자리일 테니 이제 더 이상 귀찮게 하지 않겠습니다."

나오미는 아무 말도 하지 않았다. 단지 의자를 뒤로 빼고 아버지 옆에 섰다.

말을 그렇게 하면서도 그들은 금세 자리를 뜨지 않았다.

"이런 일이 종종 있으신가요?" 수염이 덥수룩한 남자가 몸을 약간 앞으로 숙이면서 물었다. 그 바람에 남자의 머리가 거의 우리 테이블 위에 와 있었다. 그런 다음 그는 더 작고 친밀한 목소리로 덧붙였다. "사람들이 사진을 같이 찍자고 요청하는 일이요."

세르게가 남자를 쳐다봤다. 양미간에 다시 주름살이 잡혔다. 그의 주름살이 물었다. 대체 이 사람들은 뭘 더 원하는 거지? 수염이 덥수룩한 남자와 그의 딸은 충분히 친절한 대접을 받았잖아.

이제 그만 물러나 줘야지, 라는 뜻이었다.

　이번에는 세르게의 말이 전적으로 옳다는 것을 인정한다. 종종 세르게한테 지나칠 정도로 오래 들러붙는 사람들이 있다. 작별 인사를 하고 나서도 자리를 뜨지 않고 미적거리면서 계속 옆에서 얼쩡거리는 사람들 말이다. 그들의 요구를 하나둘씩 들어주다 보면 정말 한도 끝도 없다. 사진 한 장, 사인 하나로는 만족하지 못하고 뭔가 특별한 대우를 원하는 것이다. 사진이나 사인을 갖고 있는 다른 사람들과는 다르게 자신을 특별하게 구별해 줄 수 있는 것. 그들이 원하는 건 바로 이야깃거리였다. 다음 날 모두에게 들려줄 만한 이야기를 찾는 것이다. 예를 들면, 어젯저녁에 내가 누굴 만났는지 한번 맞혀 봐. 맞아. 그 사람. 정말 친절하더라. 진짜 우리한테 물러나 달라고 할 줄 알았어. 그런데 그게 아니었어. 글쎄, 그분이 우리한테 자기 테이블에 앉으라고 하지 뭐야. 와인이나 한잔 하자면서. 그 정도로 유명하신 분이 어디 그러기가 쉬워? 그런데 그분은 그러더라니까. 그래서 시간이 꽤 늦어졌지 뭐야.

　세르게가 수염이 덥수룩한 남자를 쳐다보았다. 양미간의 주름이 더 깊어졌다. 하지만 그걸 잘 모르는 사람한테는 그냥 조명이 너무 강해서 자연스레 눈살을 찌푸린 걸로 보였을 것이다. 그가 접시에서 약간 떨어진 곳에 내려놓았던 나이프를 다시 집어 들었다. 딜레마에 빠진 게 분명했다. 전에도 이런 상황을 몇 번 목격한 적이 있다. 사실은 생각보다 그런 경우가 꽤 많았다. 내심 이제 그만 자신을 내버려두고 자리를 비켜주기를 바랐을 것이다. 수염이 덥수룩한 남자의 딸아이 어깨에 팔까지 두름으로써 인간적인 면모를 갖춘 보통 사람이라는 것을 이미 충분히 보여 주었으니까.

이제 그들은 답례로 이번 선거에서 그런 수상 후보자 세르게 로만에게 표를 던져 주면 될 일이다.

하지만 남자는 계속 미적거리며 우리 테이블을 떠나지 않았다. 수상 후보자와 조금 더 대화를 나누고 싶은 표정이 역력했다. 월요일에 회사에 출근해 동료들한테 떠벌릴 이야깃거리를 얻고자 하는 속셈이겠지. 세르게는 잠시 머뭇거렸다. 자칫하면 사소한 말 한마디나 거만한 태도로 모든 게 수포로 돌아갈 수 있기 때문이었다. 우호적인 마음은 순식간에 싸늘해지고, 힘들게 따 놓은 점수는 한 순간에 물거품이 될 수도 있으니까. 어쩌면 수염이 덥수룩한 남자는 월요일에 동료들한테 이렇게 말할지도 모른다. 세르게 로만이라는 작자 말이야, 정말 오만하기 짝이 없더라고. 남들이 떠받들어 주기만을 바라는 그런 남자더라니까. 딸아이하고 난 그 사람을 정말 털끝만큼도 성가시게 하지 않았어. 단지 사진 한 장 찍은 다음에는 사적인 모임에 방해가 안 되도록 곧장 자리에서 물러났다고. 남자의 말을 듣고 세르게 로만에게 투표하지 않겠다는 동료가 아마 두세 명쯤 생겨날 것이다. 맞다. 어쩌면 그 두세 명의 동료가 '가까이 다가가기 힘든 오만한 수상 후보자'에 대해 여기저기 떠들고 다닐 수도 있다. 그때부터는 소위 말하는 '눈덩이 효과'가 발생하게 된다. 소문이라는 게 원래 그렇듯이 두 번째 사람, 세 번째 사람, 네 번째 사람의 입을 거치면서 점점 더 그로테스크하게 변질될 것이다. 결국은 그게 도화선이 되어 세르게 로만이 누군가를, 그러니까 아주 공손하게 사진 한 장 찍기를 간청했던 지극히 평범한 아버지와 딸을 난폭하게 모욕했다는 소문이 요원의 불길처럼 번져 갈 것이다. 어쩌면 나중에는 수상 후보자가 두 사람을 무례하게 내쫓았다는 식으로 이야기가 변형될 수도 있다.

일견 자업자득인 측면이 없지 않지만 이 순간만큼은 세르게가 좀 안됐다는 생각이 들었다. 가끔 유명한 팝스타나 영화배우들이 클럽 앞 길거리에서 자신을 염탐하고 있는 파파라치한테 달려들어 카메라를 빼앗아 박살 내는 일이 있다. 그럴 때마다 나는 늘 오죽하면 그럴까, 하고 이해가 됐다. 지금 세르게가 팔을 들어 수염이 덥수룩한 남자의 혐오스럽고도 우스꽝스러운 얼굴에 주먹을 한 대 날린다고 해도 전적으로 응원할 작정이었다. 어디 그뿐인가. 반격하지 못하도록 저 남자의 두 팔을 등 뒤로 꺾고 꼭 붙잡아 줘야겠다는 결심까지 했다. 그래야 세르게가 수염으로 가려진 녀석의 맨 얼굴에 제대로 한 방 날릴 수 있을 테니까.

사람들의 관심에 대한 세르게의 태도는 완곡하게 표현해 이중적이라고 할 수 있다. 공개석상, 예를 들어 지방으로 유세를 다니면서 구민회관 같은 데서 연설을 끝낸 후 '지지자들'의 질문에 답할 때나 TV 카메라나 라디오 마이크 앞에서 연설할 때, 바람막이 점퍼 차림으로 시장에서 홍보물을 나눠줄 때, 박수갈채를 받으며 연단에 서 있을 때의 그는 정말 빛이 났다. 내가 말하는 박수갈채란 전당대회 같은 데서 몇 분씩 계속되는 열렬한 환호를 말한다.(무대 위로 꽃이 막 쏟아지는, 말로는 자연발생적인 환호라고 하지만 내막을 알고 보면 사전에 잘 짜인 각본인 그런 상황 말이다.) 그럴 때 그에게서는 일종의 아우라 같은 게 느껴졌다. 그건 기쁨이나 자기만족 때문도 아니고 이 세상에 널리 이름을 알리고 싶은 정치가로서의 욕망 때문도 아니었다. 내일이면 선거전이 끝나고 승리의 월계관을 쓰게 될 정치인이라서 그런 것도 아니었다. 세르게한테서는 일종의 후광처럼 저절로 빛이 뿜어져 나왔다.

세르게의 그런 변신을 지켜볼 때마다 나는 늘 감탄과 놀라움을 금치 못한다. 무례하기 짝이 없으면서도 어찌 보면 순진한 구석도 있는 남자. "지금 먹어야겠어."라고 말한 뒤에는 맛도 음미하지 않고 투르네도를 단 세 번 만에 꿀꺽 삼키는 남자, 모든 것에 금방 싫증을 내는 멍청이, 별로 관심 없는 주제가 나오면 금세 주의가 산만해지는 남자. 그런 내 형이 연단에 올라 화려한 스포트라이트를 받기만 하면 말 그대로 온몸에서 빛이 뿜어져 나왔다. 한마디로 크리스마스 구세주 같은 정치인으로 변신하는 것이다.

"그게 바로 그분의 후광 효과예요." 청소년 방송국의 한 사회자가 나중에 어느 여성지와의 인터뷰에서 그런 말을 한 적이 있다. "그분 근처에 있으면 뭔가 힘 같은 게 느껴진다니까요." 나는 우연히 TV 채널을 돌리다 그 방송을 봤는데, 방송에서는 세르게한테서 어떻게 후광 효과가 나타나는지 아주 자세하게 밝혔다. 첫 번째 요소는 바로 미소였다. 솔직히 연습으로 익힌 미소라 눈은 따라 웃지 않았다. 자세히 보면 그게 진짜 미소가 아니라는 사실을 알아차릴 수 있을 정도였다. 그런데도 그 미소가 사람들 마음을 사로잡는 데 도리가 없지 않은가. 다음 요소는 바로 자세였다. 인터뷰 하는 내내 그는 두 손을 전부 바지 주머니에 찔러 넣고 있었다. 그런데 이상하게도 그게 밋밋하거나 건방져 보이기는커녕 오히려 학교 운동장에 서 있는 것처럼 편하고 소탈해 보였다.(사실 '학교 운동장'이라는 표현이 딱 어울린다. 왜냐하면 그 방송 자체가 조명도 시원치 않은 시끌벅적한 어느 청소년 시설에서 촬영한 것이었기 때문이다.) 세르게는 물론 그곳에 학생으로 들어가기에는 나이가 너무 많았지만 제일 친절한 선생님일 것 같은 인상을 주었다. 아이들한테 신뢰감을 주는, "젠장", "쿨한데" 같은 말을 쓰는 선생님, 넥타이 따위는 매지 않고, 파리로 수학여행을 가면 호텔 바에서 술도 한 잔 걸칠 줄 아는 선생님. 세르게는 간간이 한 손을 바지 주머니 밖으로 꺼냈는데, 주로 소속 정당의 특정 슬로건을 강조할 때였다. 그 모습은 마치 여성 사회자의 머리를 쓰다듬거나 머릿결이 정말 아름답다고 말하는 듯한 인상을 주었다.

하지만 사적인 자리에 참석했을 때 세르게의 태도는 공적인 자리에서와는 백팔십도 달랐다. 유명 인사들 대부분이 그렇듯이, 세르게 역시 사적인 자리에서는 절대로 사람들을 정면으로 쳐다보는 법이 없었다. 특정한 사람에게 눈길을 고정시키지 않고 산만하게 여기저기, 이를테면 천장도 한번 올려다보고, 천장에 매달려 있는 전등이나 책상, 의자며 벽에 걸린 그림 같은 것들도 쳐다보면서 부산스럽게 눈동자를 굴렸다. 하지만 실은 그가 제일 좋아하는 것은 어느 것도 쳐다보지 않는 것이었다. 그러면서 그는 입꼬리를 말아 올린 채 미소를 지었다. 사람들의 눈길이 자신을 향하고 있다는 것을 — 혹은 사람들이 자신을 애써 외면하고 있다는 것을 — 정확히 인식하고 있는 사람의 미소였다. 기본적으로 그 두 가지는 아무런 차이가 없었다. 공적인 영역과 사적인 영역을 구별하는 게 때로는 몹시 번거로운 일이라는 것을 그도 잘 알고 있었다. 그러면서도 사적인 영역에서 표를 얻을 수 있는 기회가 왔을 때, 그 기회를 빨리 붙잡는 것도 그리 나쁘지 않다고 생각했다. 이를테면 오늘 저녁 이 레스토랑에서처럼.

그는 먼저 수염이 덥수룩한 남자를 쳐다본 뒤 내게 눈길을 돌렸다. 깊이 찌푸렸던 이맛살이 펴져 있었다. 그는 윙크를 하면서 상의 주머니에서 휴대폰을 꺼내 들었다.

"실례합니다." 세르게는 휴대폰을 들여다보며 그렇게 말했다. "꼭 받아야 할 전화라서요." 수염이 덥수룩한 남자한테 사과의 의미를 담은 미소를 보내며 통화 버튼을 누른 다음 귀에 가져다 댔다.

사실 아무 소리도 들리지 않았다. 기본 전화벨 소리는 물론이고 개인적으로 다운받은 벨 소리조차 울리지 않았다. 주변의 소음이 심했으니 못 들었을 가능성도 있다. 수염이 덥수룩한 남자도 어쩌면 주변의 소음 때문에 자신이 아무 소리도 못 들었을 거라고 생각할지도 모른다. 벨 소리를 진동으로 맞춰 놓았을 수도 있다. 어느 쪽이 진실인지 과연 누가 알겠는가. 아무튼 수염이 덥수룩한 남자는 아무런 눈치도 못 챈 듯했다. 이제 남자는 다시 한번 조용히 물러날 기회를 가진 셈이다. 물론 남자가 세르게의 전화에 의심을 품었을 가능성도 완전히 배제할 수는 없다. 그럴 경우 자기를 바보 취급했다고 생각할 수도 있다. 하지만 내 경험상 사람들은 대부분 그런 식으로 생각하지 않는다. 그렇게 될 경우 자기 이야기에 흠집이 생길 테니까. 이대로라면 네덜란드의 차기 수상과 사진을 찍었고 그 남자와 몇 마디 대화까지 나눴다, 하지만 그는 너무 바쁜 사람이었다는 이야기로 완성할 수 있을 것이다.

"알겠소." 세르게가 휴대폰에 대고 말했다. "어디라고?" 그의 눈길은 이제 더 이상 수염이 덥수룩한 남자와 딸이 아니라 바깥쪽을 향하고 있었다. 그들의 존재를 벌써 잊어버린 것이다. 세르게의 연기가 꽤 그럴듯하다는 생각이 들었다. "난 지금 식사 중인데." 시계를 보며 그가 말했다. 레스토랑의 이름도 언급했다. "12시

전에는 나갈 수 없소." 그가 말했다.

이제 수염이 덥수룩한 남자는 내 담당이었다. 환자를 출입문까지 배웅해 주는 일은 인턴인 내가 할 일이었다. 의사는 다음 환자를 진료해야 한다. 내 쪽에서 미안하다는 태도를 보일 필요는 없었다. 단지 그들이 이제 미안해 할 필요 없이 자리를 떠도 된다는 신호를 보내기만 하면 충분했다.

"꼭 이런 짓까지 하면서 살아야 하는지 회의가 들 때가 있어." 다시 우리 둘만 남겨졌을 때 세르게는 신음을 토하면서 휴대폰을 다시 주머니에 집어넣었다. "빌어먹을! 저런 사람들이 제일 싫어! 사람을 이렇게 성가시게 하다니. 여자애가 상냥하기라도 했으면 그나마 좀 봐주겠는데……. 이런! 미안하다. 파울, 네가 저런 인기 없는 여자애들 편이라는 사실을 깜빡했네." 그가 살짝 윙크했다.

세르게는 자기가 한 농담에 스스로 도취되어 킥킥 웃어댔다. 나도 같이 따라 웃으면서 혹시 그 사이에 끌레르와 바베테가 나타났는지 출입구 쪽을 쳐다봤다. 뜻밖에도 세르게는 예상보다 빨리 표정이 진지해지더니 팔꿈치를 테이블 위에 괴고 손깍지를 끼었다. "자, 이제 우리 무슨 얘기가 더 남았더라?"

그 순간 그들이 메인 요리를 들고 나타났다.

18

그리고 지금은? 지금 나는 레스토랑에서 멀리 떨어진 곳에 서서 테이블에 혼자 남아 있는 세르게를 쳐다보고 있다. 남은 시간도 계속 여기 머물고 싶은 유혹을 느꼈다. 아무튼 다시 안으로 들어가고 싶지 않았다.

어디선가 전자음 소리가 났다. 처음에는 어디서 나는 소리인지 알지 못했다. 그런데 한동안 빽빽 소리가 이어지더니 멜로디로 바뀌었다. 휴대폰 벨 소리라는 것을 깨달았다. 하지만 내 휴대폰 벨 소리는 아니었다.

그런데 내 재킷 주머니에서 소리가 났다. 오른쪽 주머니에서. 나는 왼손잡이라 늘 휴대폰을 왼쪽 주머니에 넣고 다니는데. 손을 — 물론 오른손을 — 재킷 주머니에 넣었다. 손에 익은 현관 열쇠와 함께 뭔가 딱딱한 물체가 만져졌다. 촉감만으로도 먹다 남은 껌이라는 걸 알 수 있었다. 그것 말고 다른 게 또 있었다. 휴대폰이라고밖에 할 수 없는 물건이었다.

계속해서 울리는 휴대폰을 주머니에서 꺼내기도 전에 나는 상황을 파악했다. 미헬의 휴대폰이었다. 그게 어떻게 내 재킷 주머니에 들어가게 됐는지는 정확히 기억나지 않았지만, 일단 간단한 사실에 직면했다. 미헬한테 누군가 전화를 걸어온 것이다. 미헬의 휴대폰으로. 재킷 주머니에서 벨 소리가 어찌나 크게 울리던지 난 혹시 이 소리가 공원까지 들리지 않았을까 덜컥 겁이 났다.

"빌어먹을!" 욕설이 튀어나왔다.

일단은 휴대폰 벨 소리가 저절로 멎을 때까지 그냥 내버려두는 게 최선이었다. 하지만 나는 당장 벨 소리를 멈추고 싶었다.

게다가 어느 쪽을 택하든 전화 건 사람이 누구인지 몹시 궁금했다.

혹시 아는 이름일까 궁금해 하면서 휴대폰 액정화면을 들여다봤다. 하지만 고민할 필요가 없었다. 액정화면이 어둠 속에서 반짝거렸다. 얼굴 윤곽이 상당히 흐릿했지만 금세 알아볼 수 있었다. 바로 아내였다.

무슨 이유인지 모르겠지만 끌레르가 아들한테 전화를 한 것이다. 이유를 알아낼 방법은 하나밖에 없었다.

"끌레르?" 휴대폰의 슬라이드를 밀어 올린 다음 그렇게 물었다.

침묵. "끌레르?" 다시 한번 물으면서 동시에 주위를 둘러보았다. 아내가 금방이라도 나무 뒤에서 튀어나올 것만 같았다. 어쩌면 이건 내가 아직 제대로 이해하지 못한 농담일 수도 있었다.

"아빠?"

"미헬? 너 어디 있는 거야?"

"집이에요. 난…… 난…… 그런데 아빠는 지금 어디예요?"

"레스토랑이다. 우리가 너한테 그 얘기를 안 했나 보구나. 그런데 대체 어떻게……."

'대체 어떻게 내가 네 휴대폰을 갖고 있는 거지?'라고 묻고 싶었다. 하지만 순간적으로 그건 좋은 질문이 아닐 것 같은 생각이 들었다.

"그런데 왜 아빠가 내 휴대폰을 갖고 있어요?" 오히려 미헬이 나한테 그 질문을 던졌다. 화난 것 같지는 않았다. 그 애도 나처럼 놀란 듯했다.

외출하기 전, 미헬의 방, 책상 위에 있던 그의 휴대폰……. "그런데 지금 여기서 뭐 하시는 거예요? 날 찾았다고요? 왜요?" 미헬이 했던 말이 떠올랐다. 그때 나는 미헬의 휴대폰을 계속 손에 쥐고 있었던가, 아니면 그의 책상에 다시 올려놓았던가? "그냥, 그냥 찾았어." 그게 내 대답이었다. 어쩌면 그때 주머니에 집어넣었을…… 가능성이 있다. 그렇다면 그때 벌써 이 재킷을 입고 있었다는 말인데, 뭔가 앞뒤가 맞지 않았다. 나는 절대 집 안에서 재킷을 입고 돌아다니지 않는다. 대체 왜 내가 재킷까지 입고 2층 미헬의 방으로 올라갔는지 기억을 되살리려 애써봤지만 소용없었다. "모르겠다. 아빠도." 최대한 무심함을 가장하며 말했다. "나도 너처럼 깜짝 놀랐어. 사실 우리 휴대폰 모양이 좀 비슷하기는 하지. 그런데 정말 모르겠구나. 어떻게 이게……."

"그거 찾느라고 집 안을 얼마나 샅샅이 뒤졌는지 아세요?" 미헬이 내 말을 끊었다. "아무리 찾아도 안 보이기에 결국 전화해 본 거예요. 혹시 어딘가에서 벨 소리라도 울리지 않을까 해서요."

그럼 액정화면에 끌레르의 사진이 뜬 건 뭐지? 그러고 보니 미헬은 집 전화로 자기 휴대폰에 전화를 걸었다. 그래서 그의 휴대폰 액정화면에 아내의 얼굴이 뜬 거였다. 집과 연결되었을 때 아내의 사진이 뜨도록 설정되어 있었던 것 같다. 내 사진 혹은 우리 부부의 사진이 아니라는 데 충격을 좀 받았다. 하지만 생각해보니 그것도 상당히 우스울 것 같았다. 부모가 거실 소파에 나란히 앉아 있는 사진, 웃으면서 팔짱을 끼고 있는 행복한 한 쌍의 부부 사진. 아빠와 엄마가 나한테 전화를 건다. 아빠와 엄마가 나한테 할 이야기가 있다. 아빠와 엄마는 세상 그 누구보다 나를 사랑한다.

"미안하구나, 미헬. 아빠가 실수로 네 휴대폰을 주머니에 집어넣었던 것 같다. 정신이 깜빡깜빡하는 걸 보니 아빠도 이제 정말

늙었나 보다." 집에는 엄마가 있다. 우리 집에는 끌레르가 있다. 그러니 그것 때문에 소외감을 느낄 필요는 없다고 결론 내렸다. 그렇게 생각하니 마음이 좀 진정됐다. "여기 그리 오래 있지 않을 테니, 한두 시간 뒤면 네 휴대폰을 돌려줄 수 있을 거야."

"그런데 지금 어디 있는 거예요? 아, 맞다. 저녁 약속이 있다고 했죠? 공원에 있는 그 레스토랑, 우리가 자주 가는 그 식당 맞은편에 있는 곳. 그 레스토랑 이름이 뭐였더라……?" 미헬이 우리 단골 식당의 이름을 언급했다. "멀지 않네요, 뭐."

"걱정하지 마라, 곧 돌려줄 테니까. 한 시간이면 충분해." 내 목소리가 여전히 편안하게 들렸을까? 기분 좋은 목소리로 들렸어야 할 텐데. 미헬이 직접 휴대폰을 찾으러 레스토랑까지 오는 걸 내가 별로 반기지 않는다는 걸 목소리로 눈치챈 건 아니겠지?

"나한테는 너무 긴 시간이에요. 지금 당장 휴대폰이 필요하거든요……. 전화번호 때문에요. 전화를 걸어야 할 사람이 있어요." 잠시 말이 끊어졌다. 미헬이 뭔가 망설이기 때문인지 아니면 잠시 전화 연결 상태가 좋지 않아서인지 알 수 없었다.

"아빠가 대신 금방 찾아 줄게. 누구 전화번호를 찾는 건지 말해 주기만 하면……."

아차, 싶었다. 이젠 목소리 톤까지 완전히 어색하게 들렸다. 나는 절대 정신 나간 아빠가 되고 싶지는 않았다. 부자간에는 절대 '비밀'이 없어야 한다며 아들의 휴대폰을 마구 뒤져도 된다고 생각하는 그런 아빠 말이다. 미헬이 나를 '파울'이라고 부르지 않고 여전히 '아빠'라고 부르는 것만 해도 정말 고마운 일이었다. 난 일곱 살짜리 꼬마 녀석이 아빠는 '요리스', 엄마는 '월마'라며 부모 이름을 함부로 부르는 게 끔찍할 정도로 귀에 거슬렸다. 그런 식의 못된 버르장머리는 제대로 교육을 받지 못해 생기는 일이어서, 결국은 부모한테 비난의 화살이 돌아가게 되어 있다. 부모를 '요리스'나 '월마'라고 부르는 관계에서는 이런 식의 대화만이 가능하다. "내가 땅콩버터 달랬잖아, 요리스?" 그러면 초콜릿으로 장식한 버터 빵은 결국 부엌의 쓰레기통으로 직행해 버린다.

내 주변만 해도 그런 사람들이 부지기수다. 자기 아이들이 그런 식으로 나오면 그들은 당혹스러워하며 "참, 요즘 아이들은 우리 때보다 훨씬 일찍 사춘기에 접어드는 것 같아요."라면서 아이들을 두둔하고 나선다. 내심 아이들이 아빠나 엄마보다는 요리스와 월마를 더 오랫동안 좋아해 주기를 기대하는 것 같다. 그들은 너무 근시안적이라서, 혹은 너무 두려워서 자신들이 끔찍한 관습에 얽매여 있다는 사실을 인정하지 못하는 것이다.

나는 지금 열다섯 살짜리 아들의 휴대폰을 들여다보고 있다. 휴대폰을 한 번만 슬쩍 뒤져 보면 전화번호부에 여자아이들의 이름이 몇 개나 저장되어 있는지, 액정화면에는 또 얼마나 자극적인 사진이 저장되어 있는지 확인할 수 있다. 하지만 나는 그럴 수 없다. 아들과 나는 각자의 비밀이 있고, 우리는 서로의 사생활을 존중한다. 방문이 닫혀 있을 때면 우리는 늘 노크를 했다. '요리스'와 '월마' 가족이 흔히 하듯이, 우리 사이에 감출 게 뭐 있느냐는 식으로 수건을 몸에 두르지도 않고 맨몸으로 욕실에서 나온 적도 없다. 우리한테 그런 일은 절대 있을 수 없다.

그런데도 나는 벌써 미헬의 휴대폰을 열었다. 그리고 절대 들여다봐서는 안 되는 것들을 확인했다. 미헬의 입장에서 생각하면,

미헬의 휴대폰이 필요 이상으로 오래 내 손안에 머문다면 그는 이미 죽은 목숨이나 마찬가지였다.

"아니에요, 아빠. 그럴 필요 없어요. 그냥 내가 가지러 갈게요."

"미헬." 다시 한번 그의 이름을 불렀다. 하지만 벌써 전화가 끊긴 후였다.

"빌어먹을!" 오늘 저녁 이 말을 뱉은 게 벌써 두 번째였다. 바로 그 순간 끌레르와 바베테가 사람 키 높이의 울타리 뒤에서 걸어 나오는 게 보였다. 아내가 바베테의 어깨에 팔을 올려놓고 있었다.

나도 모르게 순간적으로 한 걸음 뒤로 물러나 관목 숲에 몸을 숨기려 했다. 그 순간 퍼뜩 정원에 나온 이유가 생각났다. 끌레르와 바베테를 찾으러 나온 게 아닌가. 하지만 지금 그들과 부딪치면 상황이 더 복잡해질 것 같았다. 미헬의 휴대폰을 귀에 대고 통화하고 있는 내 모습을 아내가 본다면 대체 왜 밖에서, 레스토랑 건물 앞에서 '몰래' 통화를 하는 거냐고 물어 올 게 분명했다.

"끌레르!" 나는 손을 흔들며 두 사람을 향해 다가갔다.

바베테는 여전히 손수건으로 콧물을 닦고 있었다. 하지만 눈물은 멈춘 게 분명했다.

"파울⋯⋯."

아내는 이름을 부르면서 내 얼굴을 쳐다봤다. 그런 다음 시선을 허공으로 향하며 한숨을 푹 내쉬었다. 무슨 뜻인지 알 것 같다. 그런 모습을 본 적이 있다. 장모님이 요양원에서 수면제를 다량으로 삼켰을 때의 광경이 떠올랐다.

그녀의 눈빛과 한숨은 생각했던 것보다 훨씬 더 상황이 안 좋다는 뜻이었다.

이제 바베테도 손수건을 확 구기면서 나를 쳐다봤다. "오, 파울." 그녀가 말했다. "오, 오, 파울……."

"저기…… 메인 요리가 벌써 나왔어요." 내가 말했다.

19

남자 화장실에는 아무도 없었다.

세 개 있는 칸막이 화장실 문을 전부 열어 보았지만 거기도 사람이 없었다.

레스토랑 입구에서 끌레르와 바베테한테 화장실에 들렀다가 금방 따라갈 테니 먼저 들어가라고 말했다.

입구에서 제일 멀리 떨어져 있는 칸막이 안으로 들어가 문을 잠갔다. 일부러 바지까지 내리고 변기에 앉았다. 물론 속옷은 그대로 입고 있었다.

주머니에서 미헬의 휴대폰을 꺼내 슬라이드를 밀어 올렸다.

화면에 뭔가 나타났다. 방금 전까지, 그러니까 정원에서는 눈에 띄지 않았던 것이다.

화면 아래쪽에 있는 흰색 창이 반짝거렸다.

부재중 전화 2통

파소

파소? 대체 파소라는 빌어먹을 녀석이 누구지?

마치 실제로는 존재하지 않는 가명 같았다.

그 순간 문득 뇌리를 스치는 게 있었다. 그래, 맞다! 파소는 그 입양아의 별명이었다. 이제 정식으로 미헬의 사촌 형이자 릭의 형이 된 그 아이. 그의 출신 국가, 그리고 베아우라는 이름 때문에 만들어진 별명이었다.

베아우 파소. 부르키나파소에서 온 B. 파소.

아이들은 몇 년 전부터 베아우를 그렇게 부르기 시작했다. 아무튼 내 기억으로 그 별명으로 부르는 걸 들은 게 벌써 몇 년 전이었다. 끌레르의 생일파티에서였는데, "그렇게 생각하지 않아, 파소?" 팝콘이 가득 든 빨간색 플라스틱 통을 베아우의 코밑에 갖다 대면서 미헬이 그렇게 물었다.

근처에 있다가 그 말을 들은 세르게가 말했다. "제발 그렇게 부르지 마라. 그런 이름으로 부르면 안 돼. 이 애 이름은 베아우란 말이야."

하지만 정작 베아우는 그런 이름으로 불려도 아무렇지 않은 듯했다. "괜찮아요, 아빠." 그가 동생을 향해 그렇게 말했다.

"아니, 괜찮지 않아." 세르게가 말했다. "네 이름은 베아우야. 파소라니! 왠지 그 이름은…… 아무튼 그 이름은 아빠 마음에 안 드는구나."

아마도 세르게는 "왠지 그 이름은 인종차별적인 느낌이 든다."고 말하고 싶었을 것이다. 하지만 결국 그 말을 입 밖으로 꺼내진 못했다.

"하지만 누구나 별명 하나쯤은 갖고 있어요, 아빠."

누구나. 맞다, 베아우가 원한 것은 단지 그거였을 것이다. 다른 사람들하고 같아지는 거.

그 후로는 다른 사람들이 있는 자리에서 미헬과 릭이 그 별명을 부르는 것을 들어본 적이 없다. 하지만 미헬 휴대폰에까지 그 이름이 저장되어 있는 걸 보면 그게 지금까지 이어진 게 분명했다.

왜 베아우 파소가 미헬한테 전화했을까?

혹시 무슨 메시지를 남겨 놓았는지 확인하기 위해 음성 메시지 보관함을 열어볼 수도 있었다. 하지만 그렇게 되면 내가 자기 휴대폰을 뒤졌다는 것을 미헬이 금세 눈치챌 것이다. 우리는 둘 다 보다폰 통신사이기 때문에 나는 메시지 보관함의 음성 안내를 빤히 알고 있었다. "새 메시지가 한 개 있습니다." 메시지를 일단 듣고 난 뒤에는 안내 음성이 바뀐다. "보관 중인 메시지가 한 개 있습니다."

나는 메뉴 버튼을 눌렀다. '멀티미디어'로 찾아 들어간 뒤 다시 '동영상 보관함'으로 이동했다.

1 동영상 2 다운로드한 동영상 3 즐겨 보는 동영상 이렇게 세 가지 항목이 있었다.

몇 시간 전(까마득한 옛날 일처럼 느껴졌다.) 미헬의 방에서 그랬던 것처럼 3 즐겨 보는 동영상 버튼을 눌렀다. 동영상이 뜨는 데는 시간이 오래 걸리지 않았다.(까마득한 옛날 일은 절대 아니었다.) 오히려 군사 분계선을 넘어 전쟁을 일으킬 때처럼 속전속결이었다.

맨 마지막 동영상의 스크린샷은 파란색 테두리가 둘러져 있었다. 아까 집에서 본 동영상이었다. 그래서 그 앞에 있는 것을 선택했다. 옵션을 선택한 다음 시작 버튼을 눌렀다.

역. 선로. 지하철역 같았다. 맞다. 지하철의 지상 역사가 분명했다. 시 외곽 지역이었다. 배경에 보이는 노숙자들의 모습으로 추측건대, 아마도 남동쪽이나 슬로터바르터 지역인 듯했다.

사실 나는 동영상 속의 역사가 어느 지하철역인지 금세 눈치 챘다. 어느 구역에 있는 역인지, 어느 노선에 속하는지도. 다만 그걸 크게 떠벌리고 싶지 않을 뿐이다. 역 이름을 밝히는 건 아무에게도 도움이 되지 않을 테니까.

땅바닥을 향한 카메라가 일정한 속도로 선로 위를 걸어가고 있는 흰색 운동화를 뒤따르고 있었다. 그러다 어느 순간 카메라 렌즈가 다시 위로 올라가면서 한 남자의 얼굴이 화면에 잡혔다. 늙수그레한 남자였다. 그런 사람들의 경우 나이를 알아맞히는 게 아주 힘들지만 대충 육십 대 정도로 보였다. 하지만 운동화의 주인은 그 남자가 아니었다. 카메라가 더 가까이 다가가자 면도도 안 한, 뗏자국이 얼룩덜룩한 얼굴을 알아볼 수 있었다. 거리를 떠돌며 사는 노숙자 같았다.

갑자기 온몸에 한기가 느껴졌다. 아까 초저녁에 미헬의 방에서 느낀 것과 똑같은 한기였다.

노숙자의 머리 옆으로 이번에는 릭의 얼굴이 화면에 잡혔다. 세르게의 아들이 카메라를 향해 씩 웃으며 외쳤다. "테이크 원. 액션!"

그런 다음 릭은 다짜고짜 노숙자의 얼굴을 손바닥으로 내리쳤다. 손바닥이 귀를 절반쯤 가렸다. 그런데 얼마나 격렬하게 따귀를 후려쳤는지 노숙자의 머리가 퍽퍽 옆으로 돌아갔다. 남자가 얼굴을 일그러뜨리며 조금이라도 방어하려는 듯 두 손으로 귀를 막았다.

"이 거지 새끼야. 꺼져 버려, 꺼지란 말이야, 병신 새끼야!" 릭이 소리 질렀다. 영어로 욕설을 퍼붓는 릭의 말투가 미국 영화나 영국 영화에 나오는 네덜란드 배우의 억양을 닮아 있었다.

카메라가 더 가까이 다가가 면도를 하지 않은 노숙자의 얼굴만 아주 크게 클로즈업했다. 피가 철철 흘러내리는 눈을 껌뻑거리며 노숙자가 알아들을 수 없는 소리로 중얼거렸다.

"뭐라고 말 좀 해 봐, 이 거지 새끼야." 새로운 목소리가 들렸다. 화면 밖에서 들리는 소리였다. 내 아들의 목소리라는 것을 금세 알아챘다.

노숙자의 얼굴이 화면에서 사라지고 다시 릭의 얼굴이 잡혔다. 내 조카가 카메라를 보며 일부러 바보 같은 표정을 지었다. "집에서는 절대 흉내 내지 마세요."라고 말하면서 릭은 손을 들어 올렸다. 다시 구타하기 위해서라는 것을 알 수 있었다. 하지만 맞는 사람은 보이지 않았다.

"어디 씨불여 보라니까, 개새끼야." 다시 미헬의 목소리였다.

남자의 머리가 다시 화면에 잡혔다. 멀리 뒤에 보이던 다른 노숙자들의 모습이 화면에서 사라지고, 보이는 건 단지 회색의 선로뿐이었다. 그런데 바로 거기, 선로 위에 그 노숙자가 쓰러져 있었다. 두 눈을 감은 채 입술을 부르르 떨면서.

"개…… 새…… 끼……." 노숙자가 말했다. 그 장면에서 동영상이 끝났다. 갑자기 정적이 시작되면서 소변기 벽을 타고 물 흘러내리는 소리가 들렸다.

"우린 아이들 문제에 관해 이야기를 나눠야 해." 세르게가 그렇게 말했었다. 대체 시간이 얼마나 흐른 거지?

한 시간? 두 시간?

차라리 내일 아침까지 화장실에 그대로 웅크리고 있다가 청소부들한테 발견되었으면 좋겠다는 생각이 들었다.

하지만 나는 이내 자리에서 일어섰다.

20

홀 안으로 들어설 때 나는 잠시 멈칫했다.

혹시 미헬이 휴대폰을 가져가기 위해 벌써 들이닥친 게 아닐까 불안했기 때문이다.(다행히 아직 도착하지 않은 듯했다. 홀 안으로 몇 발짝 들어갔을 때 그걸 확인할 수 있었다. 우리 테이블에는 끌레르와 바베테, 세르게 세 사람뿐이었다.)

나는 재빨리 한 걸음 옆으로 비켜서 커다란 야자나무 뒤로 몸을 숨겼다. 야자나무 뒤에 숨어서 살펴보니 그들은 아직 나를 못 본 게 분명했다.

출입구나 옷 보관소 앞에서 미헬을 기다리고 있다가 만나는 게 여러모로 낫겠다 싶었다. 그보다 더 나은 것은 당연히 레스토랑 바깥에 있는 정원에서 보는 것일 테고. 맞다, 정원으로 나가야 한다. 그럼 나 혼자서 미헬을 만날 수 있고, 거기서 아무한테도 방해받지 않고 휴대폰을 넘겨주면 모든 게 해결된다. 다시 말해 미헬이 엄마나 큰아버지, 혹은 큰어머니의 눈에 띄지 않고, 불필요한 질문도 받을 필요 없이 모든 게 해결되는 것이다.

결국 나는 돌아서 스탠딩 데스크 옆에 서 있는 여종업원을 지나 밖으로 나왔다. 앞으로 어떻게 할 건지, 미헬을 만나면 대체 무슨 말을 할 건지 미리 계획한 건 없었다. 일단 그냥 기다리기로 했다. 어쩌면 그 아이가 먼저 말을 시작할 가능성도 있으니까. 만약 그렇게 되면 그땐 미헬의 눈을 똑바로 쳐다봐야겠다고 생각했다. 이렇게 지독하고 심한 거짓말을 아무렇지도 않게 할 수 있는 그 아이의 '진짜' 눈빛을 보고 싶었다.

횃불 모양의 조명으로 불을 밝힌 조약돌 오솔길을 내달렸다. 그런 다음 아까 초저녁에 그랬던 것처럼 왼쪽으로 방향을 꺾었다. 미헬도 우리가 왔던 길을 따라 단골 식당에서 레스토랑으로 건너오는 그 다리로 올 가능성이 높았기 때문이다. 물론 다른 길도 있었다. 원래는 그게 정문이었다. 하지만 그쪽으로 오려면 어둠 속에서 꽤 먼 거리를 자전거를 타고 와야 했다.

나는 다리 위에서 걸음을 멈추고 사방을 둘러보았다. 아무도 보이지 않았다. 횃불 조명의 불빛이 여기까지는 닿지 않아서 촛불 몇 개 켜놓은 것처럼 어둑어둑했다.

어쩌면 어둠이 더 나을지 모른다는 생각이 들었다. 서로의 눈을 들여다볼 수 없는 어둠 속에서 더 쉽게 진실을 털어놓을 수도 있을 테니까.

하지만 그다음에는? '진실'을 알고 난 다음에는 대체 어쩔 것인가? 나는 눈을 비볐다. 아무튼 지금은 미헬한테 정신이 말짱한 것처럼 보여야 한다. 두 손을 모아 입김을 불어서 냄새를 맡아 보았다. 맞다. 맥주나 와인 같은 술 냄새가 나는지 확인해 본 것이다. 대충 계산해 보니 통틀어 다섯 잔밖에 안 마셨다. 오늘 저녁에는 더 이상 마시지 말아야겠다고 결심했다. 세르게한테 계속 득점 찬스를 줄 수는 없는 일이다. 귀찮기도 하고 벌써 지치기도 했다. 레스토랑에서의 '디너'라는 드라마가 내 예상과는 영 딴판으로 흘러갈 것 같은 조짐도 보였다. 게다가 결말 장면에서 아이들 이야기가 나올 때쯤이면 세르게한테 대항할 수 있는 에너지가 더 이상 나한테 남아 있지 않을 거라는 걸 알고 있었다.

다리 건너편으로 시선을 돌렸다. 도로 반대쪽 관목 숲 뒤로 우리 단골 식당의 조명 불빛이 보였다.

전차 한 대가 멈춰 서지 않고 정류장을 지나쳤다. 다시 사방이 조용해졌다.

"제발 이제 좀 나타나라!" 큰 소리로 외쳤다.

정확히 그 순간, 그러니까 내가 내 목소리를 들은 그 순간 — 내 목소리에 정신이 번쩍 들었다고 하는 게 더 정확하겠다 — 뭘 해야 할지 퍼뜩 깨달았다.

미헬의 휴대폰을 꺼내 슬라이드를 밀어 올렸다.

그리고 '통화' 버튼을 눌렀다.

두 개의 목록이 남아 있었다. 첫 번째는 전화번호였다. 전화번호만 뜬 것은 아무런 메시지도 남겨 놓지 않았다는 뜻이었다. 두 번째 역시 똑같은 번호였는데, **첫 번째 새 메시지**라고 쓰여 있었다.

두 메시지가 도착한 시간을 비교했다. 두 메시지는 겨우 이 분 차이로 도착했다. 공원에서 미헬과 잠시 통화한 게 약 십오 분 전쯤이었다.

나는 버튼을 두 번 더 눌렀다. 처음에는 '옵션' 버튼, 그 다음에는 '삭제' 버튼이었다.

휴대폰을 돌려받자마자 미헬이 부재중 통화 목록을 확인해 보지는 않을 거라 생각했다. 그럼 메시지 보관함을 확인해 볼 이유도 없을 것이다. 아무튼 일단은 그렇게 믿기로 했다.

"요!"

메시지 도착을 알리는 귀에 익은 여자 음성이 새 메시지가 한 개 있다고(그리고 두 개의 보관 중인 메시지가 있다고) 말한 뒤에, 바로 그 목소리가 들렸다.

"요! 다시 전화했네. 왜, 무슨 할 말이라도 있어?"

'요!' 약 반년 전까지만 해도 표준 네딜란드어와 미국 흑인들이 쓰는 속어 같은 '아메리칸 흑인' 스타일을 추종했다. 그는 아프리카 출신이다. 그리고 얼마 전까지만 해도 표준 네딜란드어를 유창하게 구사했다. 그것도 평범한 네딜란드 사람들이 아니라 세르게나 바베테 같은 상류층 사람들이 사용하는 네딜란드어, 즉 사투리 악센트가 들어가지 않은 표준 네딜란드어를 구사했다. 하지만 솔직히 실생활에서는 상류층 사람들이 쓰는 네딜란드어보다는 테니스장이나 하키 클럽 대기실 같은 데서 보통 사람들이 쓰는, 천여 개의 악센트가 들어간 네딜란드어가 훨씬 잘 통한다.

모르긴 몰라도 아프리카는 베아우한테 가난과 궁핍의 동의어였을 것이다. 언젠가 베아우는 거울을 똑바로 들여다보면서 자신은 진짜 아프리카인이 아니라는 결론을 내렸을 것이다. 그렇지만 고급 네딜란드어를 아무리 유창하게 구사한다 해도 진짜 네딜란드 사람이 될 수도 없었다. 그러니 결국 자신의 정체성을 다른 곳에서 찾을 수밖에 없었으리라. 그런 면에서 그가 대서양 건너편, 뉴욕과 로스앤젤레스 외곽 지역에 있는 흑인 집단 거주지에서 자신의 정체성을 찾은 것은 충분히 이해가 간다.

하지만 그런 사정을 전부 감안한다 해도 이런 식의 정체성 찾기 놀이는 처음부터 내 신경을 몹시 거슬렀다. 형이 입양한 그 아이를 보면 왠지 기분이 찜찜했다. 누구나 인정하는 그 선량한 얼굴로 자신을 입양해 준 부모, 그 부모의 친아들과 친딸, 친척이 된 사촌 동생과의 외모 차이를 이용해 교활하고 음험하게 뭔가 이득을 꾀하고 있는 것 같은 의심이 들었기 때문이다. 오래전, 아주 어렸을 때 그는 릭이나 발레리보다도 훨씬 자주 '엄마'의 무릎을 찾았다. 울음보를 터뜨리는 것은 기본이고 가끔은 악까지 쓰면서. 그럴 때마다 바베테는 그 아이의 새카만 머리카락을 쓰다듬으며 달래 주었다. 그리고 베아우를 울린 책임을 물을 희생양을 찾았다.

늘 제일 가까운 곳에 있던 사람이 희생양이 되었다.

"베아우가 왜 이러는 거지?" 사랑스러운 친아들에게 그녀는 나무라듯 물었다.

"나는 아무 짓도 안 했어요, 엄마." 언젠가 릭이 그렇게 대답하는 것을 들은 적이 있다. "그냥 쳐다본 것뿐이에요."

"당신은 뼛속까지 인종차별주의자야." 언젠가 베아우에 대한 혐오감을 털어놓자 끌레르는 그렇게 말했다.

"절대 그렇지 않아!" 내가 대꾸했다. "겉으로만 선량한 척하는 아이를 단지 피부색이나 출신 때문에 친절하게 대한다면 그거야 말로 인종차별이지. 긍정적인 차별. 입양된 조카 아이의 거짓 선량함에 분노해 아프리카, 그중에서도 특히 부르키나파소에 대해 어떤 편견을 갖게 되면 그때야말로 비로소 인종차별주의자가 되는 거라고."

"그냥 농담으로 해 본 말이야."

자전거 한 대가 다리 위에 나타났다. 헤드라이트가 켜져 있어 타고 있는 사람의 모습은 실루엣밖에 안 보였다. 하지만 분명 미헬이었다. 설사 어둠 속에서 천여 명의 아이들하고 섞여 있어도 나는 미헬을 알아볼 수 있다. 솜씨 좋은 사이클링 선수처럼 자전거 핸들 위로 몸을 숙이는 모습, 좌우로 자유자재로 핸들을 돌리는 모습만 봐도 미헬이 틀림없었다. 마치 한 마리 맹수 같네, 하는 생각이 나도 모르게 불쑥 떠올랐다. "마치 운동선수 같네."라고 말하려던 참이었다고 애써 생각을 바꿨다. 스포츠맨 말이다.

미헬은 축구와 테니스를 했다. 반년 전에는 헬스클럽에도 등록했다. 그는 담배도 안 피우고 술도 거의 안 마실뿐더러 마약에 대해서 여러 번에 걸쳐 혐오감을 표시한 바도 있다. 가벼운 것이든 심각한 것이든 전부. "멍청한 자식들!" 미헬은 대마초를 피는 학교 친구들을 그렇게 불렀다. 우리는, 그러니까 끌레르와 나는 불량기라고는 전혀 없어 보이는 우리 아들이 몹시 자랑스러웠다. 결석은 거의 없고, 숙제도 꼬박꼬박 잘해 가는 우리 아들이었다. 미헬은 그리 뛰어난 학생도 아니고, 그렇다고 죽기 살기로 공부만 파는 아이도 절대 아니다. 솔직히 그는 꼭 필요한 만큼만 노력했다. 그렇다고 해서 아이를 혼낸 적은 없었다. 성적표나 증명서에는 대부분 '보통'이라고 적혀 있었다. 다만 한 가지, 체육만큼은 늘 '수'를 받았다.

"보관 중인 메시지." 휴대폰 안내 음성이 흘러나왔다.

그제야 내가 아직도 미헬의 휴대폰을 귀에 대고 있다는 사실을 깨달았다. 미헬은 벌써 다리 중간쯤에 도달해 있었다. 나는 모습을 들키지 않으려고 뒤돌아선 뒤 다시 레스토랑을 향해 발걸음을 내디뎠다. 아무튼 잽싸게 휴대폰을 끄고 다시 주머니 속에 집어넣어야 했다.

"나는 오늘 저녁에 시간 괜찮아." 릭의 목소리였다. "우리, 그 일 오늘 저녁에 해치우자. 메시지 듣는 대로 전화해 줘. 연락 기다릴게." 다시 메시지 보관함의 안내 음성이 흘러나왔다. 메시지가 남겨진 시간과 날짜였다.

뒤에서 미헬이 다가오는 소리가 들렸다. 자전거 바퀴가 조약돌에 부딪쳐 삐걱거렸다.

"보관 중인 메시지." 안내 음성이 다시 한번 흘러나왔다.

미헬이 내 옆을 그냥 스쳐 지나갔다. 미헬은 나를 뭐라고 생각했을까? 한가롭게 공원을 산책하는 아저씨? 휴대폰을 귀에 대고 통화 중인 남자? 혹시 그게 아빠라는 사실을 알아차렸을까? 내가 휴대폰을 들고 있는 걸 봤을까, 못 봤을까?

"사랑하는 아들, 안녕?" 아들이 내 옆을 스쳐 지나가는 바로 그 순간, 귀에서 끌레르의 목소리가 들렸다. 미헬은 조명등이 켜진 오솔길 끝에 도달해서야 자전거에서 내렸다. 그런 다음 뒤를 한번 힐끗 돌아보고 레스토랑 출입문 왼쪽에 있는 자전거 보관대로 향했다. "엄마는 한 시간쯤 뒤에 집에 도착할 거야. 아빠하고 나는 저녁 7시에 레스토랑에서 저녁 약속이 있어. 아마 자정 전에는 집에 못 돌아갈 거야. 그러니 너희는 반드시 오늘 저녁에 그 일을 처리해야 해. 아빠는 아무것도 몰라. 물론 앞으로도 계속 몰라야 하고. 그럼 끊는다, 아들. 이따 보자. 뽀뽀!"

미헬이 자전거를 보관대에 세우고 자물쇠를 채운 다음 레스토랑 입구로 걸어갔다. 메시지 보관함의 안내 음성이 날짜와(오늘) 시간(오후 2시)을 말했다. 보관함에 남겨진 마지막 메시지였다.

'아빠는 아무것도 몰라.'

"미헬!" 아들 이름을 불렀다. 그리고 재빨리 휴대폰을 주머니에 쑤셔 넣었다. 미헬이 걸음을 멈추고 내 쪽으로 고개를 돌리더니 손을 흔들었다.

'물론 앞으로도 계속 몰라야 하고.'

미헬이 조약돌이 깔린 오솔길을 뛰어왔다. 우리는 오솔길이 시작되는 지점에서 만났다. 조명이 환하게 켜져 있었다. 필요 이상으로 불빛이 밝다는 생각이 들었다.

"아빠." 미헬이 말했다. 머리에는 검은색 나이키 모자를 쓰고 목에는 헤드폰이 걸려 있었다. 헤드폰 선은 재킷의 깃 속으로 들어가 있었다. 돌체 & 가바나의 초록색 패딩 재킷이었다. 얼마 전에 옷 사 입으라고 준 용돈으로 미헬이 직접 고른 건데, 양말과 팬티 살 돈까지 탈탈 털어서 보탰다.

"안녕, 아들." 내가 말했다. "너를 마중 나온 길이었어."

아들이 내 얼굴을 쳐다봤다. 나는 아들의 '진짜' 두 눈을 응시했다. 하지만 눈빛이 너무 투명해서 아무것도 알아차릴 수 없었다. '아빠는 아무것도 몰라.'

"아빠 방금 통화 중이었죠?" 미헬이 물었다.

나는 아무 대답도 하지 않았다.

"누구랑 통화했어요?"

최대한 담담한 어투로 말하려 애쓰는 게 눈에 보였다. 하지만 나는 그의 목소리에서 강력한 요구를 읽을 수 있었다. 전에는 한 번도 들어본 적 없는 강한 톤이었다. 갑자기 목덜미의 솜털이 쭈뼛 곤두서는 느낌이었다.

"막 너한테 전화 걸려던 참이었어." 내가 말했다. "한참이 지났는데도 네가 안 나타나서 말이야."

21

사건의 전말을 정리하면 대략 이러했다.

어느 날 밤, 한 달 아니면 두 달 전쯤 일이다. 남자아이 셋이 파티가 끝나고 집으로 돌아오는 길이었다. 세 아이 중 두 아이가 다니는 김나지움[13]의 카페테리아에서 열린 파티였다. 그 두 아이는 형제인데, 한 아이는 입양되었다.

나머지 한 아이는 다른 학교 학생으로, 두 아이의 사촌이다.

사촌은 원래 거의 혹은 전혀 술을 안 마시는데, 그날 저녁에는 그 두 아이와 어울려 맥주를 몇 잔 마셨다. 사촌지간인 두 아이는 여자아이들과 춤도 추었다. 정해진 파트너가 있는 건 아니었다. 최근에는 사귀는 여자친구가 없었기 때문에 그들은 여러 여자아이와 두루 어울렸다. 사귀는 여자친구가 있던 입양된 아이는 파티 내내 그 여자친구하고 칸막이 뒤쪽의 어두컴컴한 구석에서 시시덕거리며 놀았다.

세 아이가 파티장을 떠날 때 그 여자친구는 따라나서지 않았다. 남자아이들은 모두 새벽 1시까지는 귀가하겠다고 부모님과 약속했었고, 여자아이는 파티장에 남아 아버지가 데리러 올 때까지 기다려야 했기 때문이다.

13   인문계 중고등학교.

사실 그때는 이미 새벽 1시 30분이 넘은 시각이었다. 하지만 아이들은 부모님께서 그 정도는 충분히 눈감아 줄 거라는 사실을 알고 있었다. 또 두 형제는 사촌을 자기들 집으로 데려가 재워 주기로 약속한 터였다. 며칠 전 부모님께서 파리에 가셨기 때문이다.

집으로 돌아가는 길에 그들은 어딘가에 들러 맥주를 한잔 더 마시자는 데 의기투합했다. 하지만 당장 수중에 돈이 없었기 때문에 일단 돈을 인출해야 했다. 몇 블록 더 걸어가다가 파티장과 집의 중간쯤 되는 곳에서 ATM기를 발견했다. 자그마한 부스 안에 설치된 것으로 유리문이 닫혀 있었다.

형제 중 한 아이가, 입양된 아이 말고 친아들이라고 불리는 아이가 돈을 찾기 위해 안으로 들어갔고, 입양된 아이와 사촌은 밖에서 기다렸다. 하지만 그 아이는 금세 다시 밖으로 나왔다. 두 아이가 물었다. "벌써 찾은 거야?" "안에 누가 자고 있어. 침낭을 뒤집어쓰고. 빌어먹을! 까딱 잘못했으면 그 자식 머리통을 밟을 뻔했지 뭐야."

그다음에 무슨 일이 벌어졌는지, 특히 누가 그 위험한 아이디어를 먼저 냈는지에 대해서는 진술이 엇갈린다. 세 아이의 말이 일치하는 것은 ATM기가 설치된 그 작은 부스 안의 냄새가 정말 고약했다는 것이다. 똥 냄새, 땀 냄새, 거기다 정체를 알 수 없는 온갖 냄새까지 뒤섞인 지독한 악취였다고 했다. 아이들은 이구동성으로 그걸 '시체 썩는 냄새'라고 묘사했다.

그게 핵심이다. 악취. 악취를 풍기는 사람한테 동정심을 느끼는 경우는 거의 없다. 악취는 사람들의 판단력을 흐리게 만들 수 있다. 그 악취가 사람한테서 나는 것이냐 아니냐는 하나도 중요하지 않다. 악취는 피와 살로 이루어진 사람의 얼굴까지도 안 보이게 만들 수 있다. 그러니 그로 인해 벌어진 사건에 대해서는 아무런 변명도 할 필요가 없다. 그렇다고 해서 그냥 간단히 지나칠 수도 없는 노릇이긴 하지만.

남자아이 셋이 돈을 인출하려 한다. 많지도 않은, 푼돈밖에 안 되는 돈, 겨우 맥주 한 잔 정도 마실 수 있는 돈이다. 그런데 도무지 악취를 견뎌낼 재간이 없다. 십 초도 안 돼 속이 뒤집어지면서 구토가 밀려오기 때문이다. 입구가 열린 채로 여기저기 찢어진 쓰레기봉투들 속에 있는 기분이다.

그런데 그곳에 누군가 누워 있다. 숨을 쉬는 사람. 맞다. 그 사람은 호흡이 곤란한 듯, 심지어 코까지 드르렁드르렁 골면서 자고 있다. "그냥 가자. 가서 다른 ATM기를 찾아보자." 입양된 아이가 그렇게 말한다. "안 돼." 다른 두 아이가 말한다. 지독한 악취를 풍기면서 잠에 취해 ATM기 부스를 차지한 사람 때문에, 돈을 인출할 수 없다는 건 말이 안 된다는 게 두 아이의 생각이었다. "가자, 다른 데로 가자니까." 입양된 아이가 다시 말한다.

하지만 나머지 두 아이는 그건 너무 한심한 짓이라고 말한다. 그들은 다른 ATM기를 찾으려면 자전거를 타고 얼마나 더 가야 할지 알 수 없는 일이라며, 이곳에서 꼭 돈을 인출해야겠다고 고집을 부린다. 이번에는 사촌이 안으로 들어가 잠들어 있는 쓰레기 자루를 끌어내려 한다. "어이, 이봐요. 일어나 봐요. 일어나보라고요!"

"나는 갈래." 입양된 아이가 말한다. "나는 여기서 이러고 싶은 마음 전혀 없어."

"왜 그래? 지금 한창 재미있어지려고 하는데." 두 아이가 말한다. "금방 끝날 거야. 그런 다음 다 같이 맥주 마시러 가자." 하지만 입양된 아이는 다시 한번 분명하게 거절한다. "나는 정말 이러고 싶은 마음 없어. 게다가 솔직히 너무 피곤해서 맥주 생각도 없고." 그렇게 말한 다음 그는 정말로 자전거를 타고 그곳을 떠난다.

동생은 그를 더 붙잡아 두려 한다. "기다려!" 그는 형의 등 뒤에 대고 외친다. 하지만 입양된 아이는 손을 흔들며 그냥 모퉁이 뒤로 사라진다. "그냥 가게 내버려 둬." 사촌이 말한다. "재미없는 자식. 이래서 모범생은 안 되는 거야. 정말 지루하기 짝이 없는 멍청이 자식이야."

이제 남은 두 아이만 안으로 들어간다. 동생이 침낭을 잡아당기며 말한다. "어이, 일어나 봐요! 이런 젠장, 냄새 한번 지독하네." 사촌이 침낭 끝을 발로 밟는다. 시체 썩는 냄새보다는 오히려 쓰레기 냄새에 더 가깝다. 음식찌꺼기, 살을 전부 발라먹은 닭 뼈, 곰팡이가 피어 있는 커피 필터 같은 걸로 가득 찬 쓰레기봉투. "일어나라니까!" 두 아이의 행동이 점차 거칠고 집요해진다. 그들은 꼭 이곳에서 돈을 인출해야겠다는 결심을 다진다. 이곳이 아니면 아무런 의미가 없다는 듯이 절박하게 매달린다. 물론 그들은 파티장에서 맥주를 몇 잔 마신 상태다. 아이들의 행동은 딱 음주 상태에서 운전대를 잡겠다고 고집을 피우는 운전자들이나 다른 사람의 생일파티에서 눈치도 없이 끝까지 자리를 지키면서 집요하게 "맥주 한 잔 더!"라고 외치는 그런 사람들을 닮았다.

"일어나 봐요. 여긴 ATM기 부스란 말이에요." 아직까지는 그런대로 태도가 공손하다. 눈에서 눈물이 쏙 나오게 만드는 심한 악취에도 불구하고 아직까지는 존댓말을 쓴다. 모르는 남자, 얼굴도 안 보이는 남자는 분명 그들보다 나이가 많을 것이다. 노숙자가 분명하지만, 그래도 어른이니까.

그 순간 처음으로 침낭 속에서 무슨 소리가 들린다. 이런 상황에서 들을 거라고는 짐작도 못 했던 소리. 신음, 한숨 소리, 그리고 알아들을 수 없는 웅얼거림이 섞여 있었다. 이건 뭔가 살아 있는 존재라는 뜻이다. 어찌 들으면 어린아이의 소리 같기도 하다. 학교를 땡땡이치고 빈둥거리며 누워 있겠다고 투정을 부리는 어린아이의 소리. 그런데 소리에 이어 꿈틀거리기까지 한다. 뭔가가 혹은 누군가가 마치 무슨 준비를 하는 것처럼 몸을 쭉 뻗는다. 머리 내지는 다른 신체 부위를 침낭 밖으로 내밀려는 준비 운동 같다.

아이들은 사전에 어떤 구체적인 시나리오를 갖고 있었던 게 아니다. 단지 너무 늦게 깨달았을 뿐, 어쩌면 본인들도 침낭 속에 뭐가 숨어 있는지 전혀 알고 싶지 않았을지도 모른다. 아무튼 그 직전까지 침낭은 단순한 방해물에 불과했다. 악취가 너무 심해 거기 있어서는 안 될 물건이라 당장 치워 버려야 할 방해물일 뿐이었다. 그런데 이제 아이들은 자기 의지와 상관없이 잠과 꿈으로부터 강제로 분리된 뭔가와(혹은 누군가와) 직접 대면해야 할 상황이었다. 냄새나는 노숙자가 대체 무슨 꿈을 꾸던 중이었는지 누가 알겠는가. 어쩌면 지붕이 있는 집, 따뜻한 식사, 아내와 아이들, 차고, 스프링클러 시설이 갖춰진 잔디밭을 가로지르며 쪼르르 달려오는 귀여운 강아지 꿈을 꾸고 있었을 수도 있다.

"당장 꺼져, 새끼야!"

그런데 아이들을 놀라게 한 것은 정작 욕설이 아니라 그 목소리였다. 예상을 완전히 뒤엎는 목소리. 아이들은 면도도 못해 수염이 거뭇거뭇한 남자가 침낭 속에서 불쑥 고개를 내밀 거라고 예상했다. 땀범벅이 되어 마구 떡진 머리, 거의 다 빠지고 뿌리만 몇 개 남은 썩은 이빨. 그런데 방금 그건 여자 목소리였다!

바로 그 순간 침낭이 다시 꿈틀거리기 시작한다. 손이 하나 나오고, 이어서 다른 손이 나온 뒤 팔 전체가 드러난다. 그런 다음 머리가 쑥 올라온다. 하지만 아직은 정체를 알아볼 수 없다. 원래부터 그랬는지는 모르겠는데, 군데군데 머리카락이 듬성듬성 빠져 있다. 검은색 머리카락이 빠진 곳에는 투명한 회색빛 두피가 그대로 드러나 있다. 좀 요상하기는 하지만 아무튼 대머리라고 할 만했다. 얼굴은 꽤 무시무시하다. 면도도 안 한 얼굴이다. 아니다, 수염이 있기는 한데 남자들의 수염과는 분명 뭔가 다르다. 파리라도 쫓으려는지 한쪽 팔로 자신의 몸뚱이를 툭툭 친다. 두 아이는 서로의 얼굴을 쳐다보다가 그곳에서 달아났다.(고 말했다.) 나중에 그 순간을 떠올리면서 아이들은 침낭 속에 누워 있던 사람이 여자였기 때문에 모든 게 달라졌다고 말했다. 동생이 여기서 나가자고 말한다. 바로 그 순간 여자가 비명을 지른다. "젠장. 당장 꺼져. 꺼져 버리란 말이야, 개새끼야."

"입 닥쳐!" 사촌이 말한다. "입 닥치라고 분명히 말했다!" 사촌은 침낭을 향해 발을 들어 올린다. 하지만 디딜 곳이 마땅치 않아 발을 그대로 들고 있다가, 균형을 잃고 몸이 휘청거린다. 그 바람에 결국 운동화 끝이 침낭에, 그것도 여자의 코에 정통으로 부딪친다. 여자가 손으로 얼굴을 감싼다. 통통 붓고 때가 새카맣게 긴 거친 손이다. 코피가 흐른다. "이런 빌어먹을 놈의 개자식!" 여자의 입에서 욕설이 터져 나온다. 점점 더 크고 날카로운 욕설이 부스 안에 울려 퍼진다. "살인자! 후레자식!" 동생이 사촌을 문 쪽으로 잡아당긴다. "이제 그만 돌아가자!" 그들은 문밖으로 나와 부스 안에서 들려오는 저주에 가득 찬 욕설을 듣고 있다. 아까보다는 조금 약해졌지만 여전히 다음 골목에서도 들릴 정도로 쩌렁쩌렁한 목소리다. 다행히 아주 늦은 시각이라 인적은 없고 다만 쇼윈도 진열장에 조명등 몇 개만 켜져 있다.

"그럴 생각은 아니었어⋯⋯." 사촌이 말한다. "그냥 미끄러진 것뿐이야. 빌어먹을! 그런데 뭐 저런 거지같은 여자가 다 있어!" "그래, 맞아." 다른 아이가 말한다. "너는 분명히 일부러 그런 게 아니었어. 빌어먹을, 저 여자 입 좀 닥치게 할 수 없을까!" ATM기 부스 안에서는 아직도 무슨 소리가 들렸다. 하지만 문은 벌써 닫혔고, 그 덕분에 소리는 상당히 약해졌다. 끝없는 욕설, 알아듣기조차 힘든 상스러운 욕설이 계속 이어진다.

그런데 다음 순간 아이들 입에서 느닷없이 웃음보가 터진다. 나중에 아이들은 그때 상황을 더 정확히 기억해 낸다. 자신들은 그때 몹시 분노하고 흥분했었다고 했다. 비록 약해졌다 해도 유리문 안에서는 계속해서 욕설이 들려오는데, 이상하게도 웃음보가 터지더라고. 아이들은 몸까지 부르르 떨면서 낄낄거린다. 도저히 참을 수 없는 웃음이 연속적으로 터져 나오는 바람에 벽에 몸을 기대야 할 정도였다. 아이들은 서로의 몸을 꽉 붙잡아 껴안는다. 하나가 된 그들의 몸이 웃음소리와 함께 마구 흔들린다. "후레자식!" 아이들은 여자의 목소리를 흉내 내며 쇳소리로 외친다. 사촌이 바닥에 쪼그려 앉았다가 결국 땅바닥에 벌렁 드러눕는다. "그만! 제발 그만해! 너무 웃겨 죽을 것 같아."

가로수에 쓰레기봉투 몇 개가 폐품들과 서로 기대어 놓여 있다. 쓰레기 배출 장소로 지정된 곳이다. 바퀴 달린 사무용 의자, 대형 TV 포장 박스, 탁상용 스탠드, 브라운관 TV 등이다. 그것들 가운데 사무용 의자를 집어 들고 ATM기 부스를 향해 걸어갈 때까지도 아이들의 얼굴에는 웃음기가 사라지지 않는다. "이 거지 같은 년, 더러운 노숙자 년아!" 아이들은 좁은 부스 안에서 사무용 의자를 최대한 높이 치켜들었다가 여자가 몸을 웅크리고 있는 침낭을 향해 냅다 팽개친다. 이어서 사촌은 문을 붙잡고 있고, 다른 아이는 탁상용 스탠드와 쓰레기로 가득 찬 봉투 두 개를 가져온다. 여자의 머리가 다시 침낭 밖으로 불쑥 솟구친다. 머리카락이 마구 엉클어져 있다. 여자인데도 수염까지 보인다. 아니면 때가 묻은 건가? 여자는 사무용 의자를 치우려고 팔을 휘둘러 보지만 성공하지 못한다.

첫 번째 쓰레기봉투가 여자의 얼굴에 정통으로 맞는다. 머리가 뒤로 젖혀지면서 벽에 걸려 있는 철제 쓰레기 바구니에 얼굴을 부딪친다. 이번에는 사촌이 탁상용 스탠드를 던진다. 전등갓이 둥그렇고 팔이 기다란 구형 모델이다. 전등갓이 여자의 코를 향해 곧장 날아간다. 이제 여자는 비명도 지르지 않는다. 여자의 갈라진 쉿소리가 들리지 않자 아이들은 왠지 찜찜한 기분이 든다. 두 번째 쓰레기봉투를 머리에 맞은 여자는 벌써 완전히 정신을 잃은 것 같다. "더러운 거지 년아! 다른 곳에 가서 자란 말이야! 아니면 일을 하든가!" "아니면 일을 하든가."라고 말할 때 다시 아이들의 웃음보가 터진다. 두 아이가 동시에 외친다. "딴데 가서 일을 하란 말이야! 일을 하란 말이야! 일을 하란 말이야!" 사촌이 다시 쓰레기봉투가 있는 가로수로 향한다.

　대형 TV 포장 박스를 옆으로 밀치자 석유통이 보인다. 군용차량용 석유통이다. 지프차 뒤에 매달려 있는 녹색 석유통. 사촌이 그 석유통을 집어 든다. 통은 비어 있다. 그럼 뭐 안에 석유가 들어 있을 거라고 기대했을까 봐? 석유가 들어 있는 통을 길가에 버릴 멍청이가 어디 있겠는가. 정말 그런 것을 기대한 건 아니다. "그걸로 뭘 하려고?" 사촌이 석유통을 들고 불쑥 나타나자 다른 아이가 묻는다. "아무것도. 이건 그냥 빈 통이야. 대체 너 무슨 생각을 하는 거야?" 그사이에 여자의 정신이 다시 돌아온다. "이 못된 녀석들, 너희 행동이 부끄럽지도 않니?" 느닷없이 여자가 아주 교양 있는 목소리로 꾸짖는다. 노숙자로 전락하기 전의 목소리일 것이다. "여긴 악취가 너무 심해." 사촌이 말한다. "연기를 피워서 악취를 몰아 내야겠어." 아이는 그렇게 말한 뒤 석유통을 높이 치켜든다. "그거 괜찮은 생각이구나. 그럼 나는 이제 다시 자도 되겠지?" 여자가 말한다. 코피는 벌써 말라붙어 있다. 사촌이 빈 석유통을 집어던진다. 석유통은 여자의 머리에서 살짝 벗어난 지점에 떨어진다. 일부러 그랬는지는 확인할 길이 없다. 아무튼 그 순간 쾅 하는 소리가 들린다. 쓰레기봉투 내지는 탁상용 스탠드가 떨어질 때만큼 기분 나쁜 소리는 아니다. 그런대로 들어줄 만한 소리다.

　이후에 ── 그로부터 몇 주 뒤에 ──「사건파일 XY」에서 내보낸 동영상은 그 장면을 고스란히 담고 있다. 두 아이가 석유통을 던진 다음 밖으로 도망치는 모습까지 방송되었다. 아이들은 꽤 오랫동안 유리문 밖에 머물러 있다. ATM기 부스 안에 설치된 CCTV에는 침낭 속 여자 노숙자의 모습은 단 한 번도 잡히지 않는다. 카메라는 출입문을 향해, 돈을 찾으러 오는 사람들을 향해 고정되어 있었다. 아무튼 그 CCTV는 고정식 카메라라서 오로지 돈을 인출하는 사람들의 모습만 잡을 뿐, 나머지는 전혀 화면에 잡히지 않는다.

그날 저녁, 그러니까 끌레르와 내가 처음으로 그 동영상을 본 날 저녁, 미헬은 2층 자기 방에 있었다. 우리 부부는 신문과 저녁 식사 때 마시다 남은 와인을 한 잔씩 들고서 거실 소파에 나란히 앉아 있었다. 그 사건은 한동안 모든 신문의 지면을 장식했고, 벌써 여러 번에 걸쳐서 기획 기사까지 나온 터였다. 하지만 동영상 자료를 보여준 것은 그때가 처음이었다. 화면이 많이 흔들리고 실루엣까지 흐릿했기 때문에 보자마자 즉시 CCTV 화면이라는 것을 알 수 있었다. 사실 그전까지 사람들은 그 사건에 대해 매우 흥분해서 핏대를 올렸다. 대체 세상이 어찌 되려고 이러는 거야? 어떻게 무방비 상태의 여자한테……. 아이들한테…… 엄중한 처벌을 내려야……. 심지어 사형 제도를 도입해야 한다는 목소리까지 나왔다.

「사건파일 XY」가 나오기 전까지 상황은 그랬다. 충격적인 사건인 건 분명하지만 시간이 지나면 점차 흥분이 가라앉는 그런 기사에 불과했다. 한동안은 사람들의 이목을 끌겠지만 결국에는 다시 사람들의 기억에서 사라질, 그렇고 그런 스캔들 기사에 불과했다. 모든 사람의 기억 속에 확실하게 자리 잡을 만큼 중요한 사건은 아니었다.

하지만 CCTV 화면이 모든 걸 바꿔 버렸다. 비록 화질이 떨어지고 두 아이 모두 모자를 눈썹까지 푹 내려 쓰고 있어 얼굴을 제대로 알아볼 수 없었지만, 아이들의 얼굴이 — 사건을 저지른 아이들의 얼굴이 — 문제였다. 이제 시청자들은 사건을 완전히 다른 시각에서 보게 됐다. 아이들이 재미 삼아 그런 짓을 했다는 것을 알게 된 것이다. 무방비 상태의 누군가에게, 즉 보이지 않는 희생자를 향해 아이들이 연속적으로 물건을 던진 뒤 — 맨 처음에는 사무용 의자, 그다음에는 쓰레기봉투와 탁상용 스탠드, 그리고 맨 마지막으로 빈 석유통을 던진 뒤 — 거의 데굴데굴 구르다시피 하면서 웃고 있는 광경이 고스란히 동영상에 담겨 있었다. 흔들리는 흑백 화면에는 아이들이 쓰레기봉투를 던진 다음 하이파이브를 하면서 서로 격려하는 모습까지 담겨 있었다. 게다가 비록 소리는 녹음되지 않았지만, 아이들은 화면에는 잡히지 않은 피해자를 향해 엄청난 욕설까지 퍼부었다.

그중에서도 유독 사람들의 눈길을 끈 것은 아이들의 웃음이었다. 웃고 있는 아이들의 모습이 사람들의 집단 무의식에 확고하게 각인된 것이다. 아마도 사람들한테 절대 잊을 수 없는 장면 10개를 뽑으라고 한다면 웃고 있던 그 아이들이 8위 정도는 차지했을 것이다. 베트콩의 머리에 총알을 쏜 베트남 육군 대령의 모습이 7위라면, 자유와 인권을 요구하는 시민을 장갑차로 억누르려는 중국인이 9위라면, 아마 그 사이 정도에.

하지만 그 정도로 높은 순위를 차지하게 된 데는 다른 요소도 영향을 미쳤다. 바로 두 아이가 쓰고 있는 모자였다. 그건 누가 봐도 부잣집 아이들이나 갖고 있을 법한 물건이었다. 게다가 백인 아이들이었다. 어떻게 알았는지는 모르겠지만, 아무튼 사람들은 아이들이 제대로 된 교육을 받은 아이들이라는 것을 알아챘다. 아마도 아이들의 옷과 행동거지가 힌트가 되었을 것이다. 그들은 인종 간 갈등을 격화시키기 위해 자동차에 불을 지르는 그런 부류의 아이들이 아니었다. 경제적 여유가 있고 고등 교육을 받은 부모를 가진 아이들, 우리 주변에서 흔히 볼 수 있는 아이들, 우리 조카나 아들 같은 아이들이었다.

TV 화면 속 아이들이 조카나 아들 같은 아이들이 아니라 진짜 우리 아들이라는(그리고 조카라는) 사실을 깨달았던 순간이 나는 아직도 생생하게 기억난다. 그 순간 죽음 같은 차가운 전율이 온몸을 훑고 지나갔다. 나는 곧바로 옆에 앉아 있던 끌레르를 힐끗 쳐다보았다. 하지만 아직 수사가 완전히 종결된 사건이 아니므로, 사무용 의자와 쓰레기봉투를 노숙하는 여자한테 폭격하듯 퍼부은 아이가 내 아들이라는 것을 어떻게 알아차렸는지 지금 여기서 밝히지는 않겠다. 기가 막혔다. 이제 더 이상 자세한 언급은 하지 않겠다. 순전히 이론적으로는 아직 모든 것을 부인할 수 있기 때문이다. 화면 속 아이가 미헬 로만이 맞나요? 혹시 그런 질문을 받게 되면 나는 지금까지의 수사 상황에서는 고개를 가로저을 수 있다. 글쎄요. 꼭 그렇다고 단정 짓기는 좀 어렵겠네요……. 화면이 너무 흐릿해서요. 맹세코 미헬이라고 말할 수는 없겠어요.

계속해서 화면이 이어졌다. 이번에는 몽타주였다. 인적이 드문 장소들이 정지된 화면으로 하나씩 이어졌다. 그런 다음 두 아이가 다시 ATM기 부스 안으로 들어가 물건들을 던지는 모습이 담긴 화면들이 나왔다.

맨 마지막 장면이 최악이었다. 이 세상 사람들 거의 절반이 본 문제의 장면이다. 석유통을 — 빈 석유통을 — 던지는 장면이 나온 다음, 부스 밖으로 나갔던 아이들이 되돌아오더니 뭔가를 휙 집어던졌다. 화면상으로는 무엇인지 파악하기 어려웠다. 라이터? 성냥갑? 아무튼 그 순간 갑자기 섬광 같은 불꽃이 일어나더니, 그 불빛으로 인해 삽시간에 주변이 환해지면서 몇 초 동안 아무것도 보이지 않았다. 화면이 뿌옇게 변했다. 그러다 다시 화면이 보였을 때 아이들이 도망치는 모습이 잡혔다. 그 뒤로 아이들은 되돌아오지 않았다. 그 이후의 CCTV 화면은 거의 알아볼 수 없었다. 연기도 없고, 화염도 없었다. 석유통의 폭발이 화재로 이어지지는 않았다. 그러나 아무것도 보이지 않는 화면이 오히려 더 사람들의 공포심을 자극했다. 정작 제일 중요한 장면이 제대로 나오지 않으니 사람들은 마음껏 상상의 나래를 펼쳤다.

노숙하던 여자는 죽었다. 아마도 그 자리에서 즉사했을 것이다. 석유통에서 새어나온 벤젠 가스가 그녀의 얼굴 앞에서 폭발하던 바로 그 순간에. 그게 아니라면 몇 분 뒤에 죽었을 것이다. 어쩌면 그 사이에 침낭에서 빠져나오려고 발버둥을 쳤을 수도 있다. 물론 아닐 수도 있고. 어쨌든 화면에는 아무것도 잡히지 않았다.

앞에서 말했다시피, 우리 아들이라는 것을 알아챈 순간 나는 고개를 돌려 끌레르의 얼굴을 힐끗 쳐다봤다. 그녀 역시 내 쪽으로 고개를 돌리면 나랑 똑같은 것을 봤구나, 생각할 참이었다.

그런데 정말로 그 순간 끌레르가 고개를 돌려 나를 쳐다봤다.

나는 숨을 멈췄다. 아니, 더 정확히 말해 숨을 크게 들이마셨다. 무슨 말인가 해야 할 것 같았다. 어떤 단어를 선택해야 할지는 모르겠지만, 아무튼 그로 인해 우리 인생이 완전히 뒤바뀔 수도 있다.

그런데 그 순간 끌레르는 와인 잔을 집어 높이 들어 올렸다. 술이 조금밖에 남아 있지 않았다. 기껏해야 반 잔 정도였다.

"와인 더 마실래?" 그녀가 물었다. "아니면 차라리 병 하나를 새로 딸까?"

22

미헬은 두 손을 재킷 주머니에 찌른 채 서 있었다. 내 거짓말을 눈치챘는지 아닌지 판단하기 어려웠다. 미헬이 고개를 옆으로 돌리자 레스토랑의 불빛이 미헬의 얼굴로 쏟아졌다.

"엄마는 어디 있어요?" 미헬이 물었다.

엄마. 끌레르. 내 아내. 엄마는 아들에게 이렇게 말했다. '아빠는 아무것도 몰라. 물론 앞으로도 계속 몰라야 하고.'

아까 여기 오는 길에 들른 음식점에서 아내는 요즘 미헬의 행동이 뭔가 좀 수상쩍다는 생각이 안 드느냐고 물었다. 그때 아내는 '거리감이 느껴진다'는 표현을 사용했다. 우리 두 사람이, 그러니까 우리 부자가 미헬과 자기 문제 빼고는 모든 문제에 대해 이야기를 나누는 것 같은데, 혹시 그게 여자애 문제는 아니냐는 질문도 했다.

그렇다면 미헬의 태도에 대한 끌레르의 걱정은 전부 연기였단 말인가? 내가 얼마나 알고 있는지 알아보려는 속셈이었던 걸까? 우리 아들과 조카가 집에 돌아오는 길에 벌인 일에 대해 내가 어렴풋이 짐작만 하고 있는 건지, 아니면 진실을 알고 있는지 확인해 보려는 유도 신문이었던 걸까?

　"엄마는 안에 있어. 지금……." 내가 말했다. '세르게 삼촌하고 바베테 숙모랑 같이'라고 말할 참이었다. 하지만 최근의 사건들을 감안해 볼 때 문득 그건 적절한 표현이 아니라는 생각이 들었다. 세르게 '삼촌'과 바베테 '숙모'는 과거에 속했다. 우리가 아직 행복했던 아득한 과거. 혹시 말을 할 때 입술이 떨릴까 봐 나는 이를 꽉 깨물었다. 그리고 눈가가 촉촉해진 것을 미헬이 눈치채지 못하도록 재빨리 문장을 끝맺었다. "세르게하고 바베테랑 같이. 지금 막 메인 요리를 먹는 중이야."

　내 착각이었는지 모르겠지만 미헬이 뭔가를 찾아 재킷 주머니를 뒤적거리는 것 같았다. 혹시 휴대폰을 찾는 건가? 미헬은 시간을 알고 싶을 때면 늘 휴대폰으로 확인하는 버릇이 있었다. 끌레르는 미헬한테 우리가 자정까지는 집에 못 돌아갈 거라고 하면서, 그러니까 너희들은 오늘 저녁 그 일을 처리해야 한다는 메시지를 남겨 놓았다. 혹시 그것 때문에 지금 메인 요리를 먹는 중이라고 했을 때 정확한 시간을 확인해 보려는 건가? 그들이 일을 다 처리해야 하는 '자정까지' 과연 시간이 얼마나 남았는지 확인하기 위해서?

　삼십 초 전까지만 해도 위협적으로 들리던 미헬의 목소리가 엄마는 어디 있냐고 물어볼 때는 완전히 솜사탕이었다. '삼촌'이나 '숙모'라는 단어는 생일날 "너 이다음에 커서 뭐가 되고 싶어?"라는 질문만큼이나 유치하다. 하지만 '엄마'는 엄마다. 엄마는 죽을 때까지 엄마다.

　일단 그 문제는 제쳐 두고 미헬의 휴대폰을 꺼냈다. 그가 먼저 내 손을 쳐다본 뒤 고개를 들었다.

"혹시 휴대폰 열어 봤어요?" 미헬이 물었다. 위협적이던 말투는 어느새 사라지고, 오히려 지치고 체념한 듯한 목소리였다.

"응." 나는 대답과 함께 어깨를 으쓱 들어올렸다. 어쩔 도리가 없었다는 뜻으로 사람들이 흔히 하는 동작이었다. "미헬……." 나는 말을 시작했다.

"뭘 봤어요?" 미헬은 내 손에 있던 휴대폰을 잽싸게 낚아채더니 슬라이드를 밀어 올렸다가 다시 내렸다.

"음, 그게 그러니까…… ATM기 영상하고…… 선로에 쓰러진 부랑자…… 동영상……." 나는 그렇게 대답하며 미소를 지었다. 대체 지금 내가 뭘 하고 있는 건가, 하는 생각이 문득 들었다. 이 상황에서 미소라니, 이런 멍청한 짓이 있나. 미소는 지금 이 상황에 전혀 어울리지 않았다. 하지만 그건 나름대로 궁리 끝에 나온 행동이었다. 나는 약간 멍청한 척하며 말을 시작하고 싶었다. 아둔한 아빠, 이를테면 아들 녀석이 부랑자를 구타하고 노숙자한테 불을 질러도 아무 문제점도 못 느끼는 그런 아빠가 되기로 한 것이다. 맞다. 이럴 때는 차라리 어수룩한 척하는 게 최상의 방책이다. 아둔한 척 연기하는 건 별로 어렵지 않았다. 원래부터 나는 그런 사람이었으니까. "아이구, 이 자식아……." 나는 미소를 지으며 그렇게 말했다.

"엄마도 알아요?" 미헬이 물었다.

나는 고개를 저었다. "아니." 내가 말했다.

솔직히 말하면 대체 뭘 엄마가 아는데, 라고 미헬한테 되묻고 싶은 심정이었다. 하지만 아직은 그럴 때가 아니었다. 그날 저녁

이 떠올랐다. ATM기 부스의 동영상이 처음으로 TV에 나온 날. 그때 끌레르는 나에게 남은 와인을 마실 건지, 와인 병을 새로 딸 건지 물어본 다음 정말로 부엌으로 사라졌다. 「사건파일 XY」의 여성 진행자는 그 사이에 시청자들에게 수사에 도움이 될 만한 정보를 갖고 있으면 (화면 하단에 있는) 전화번호로 연락해 줄 것을 간절히 호소했다. "물론 가까운 경찰서로 연락해 주셔도 좋습니다." 라는 말도 덧붙였다. 그 말을 전하는 여성 진행자의 눈빛은 딱 이거였다. '대체 세상이 어떻게 되려고 이런 일이 벌어진 걸까요?'

끌레르가 책을 한 권 들고 침대에 누웠을 때 나는 미헬의 방으로 올라갔다. 방문 아래쪽 틈새로 불빛이 새어 나왔다. 그때 일 초 정도 복도에 그대로 서 있던 기억이 아직도 생생하다. 내가 입을 다물고 있으면 아무 일도 없었던 것처럼, 그냥 계속 살아간다면 일이 어떻게 전개될지 진지하게 고민했다. 그리고 행복에 대해 생각했다. 행복한 부부와 내 아들의 눈빛에 대해서.

하지만 그 순간 다른 사람들이 떠올랐다. 그 방송을 보았을지도 모르는 다른 사람들. 예를 들어 릭과 베아우가 다니는 김나지움 학생들, 그날 학교에서 열린 파티에 참석했던 아이들도 나처럼 TV를 봤을 가능성이 있었다. 이 지역 주민들, 이웃에 사는 사람들은 또 어떤가. 이웃집 사람들과 가게 주인들도 틀림없이 과묵하지만 늘 예의 바른 그 소년이 자신들의 집 앞을 지나다니는 모습을 봤을 것이다. 스포츠 가방에다 패딩 재킷을 입고 모자를 쓴 소년이 지나가는 모습을 말이다.

마지막으로 세르게를 떠올렸다. 그는 이제 제일 현명한 사람이 아니었다. 어떤 면에서는 약간 덜떨어진 사람으로 치부해도 될 정도였다. 하지만 만약 여론 조사가 맞다면 그는 다음 선거에서 우리의 새로운 수상으로 선서하게 될 것이다. 만약 그가 TV를 봤다면? 바베테가 TV를 봤다면? 제삼자라면 TV에 나온 CCTV 화면만으로 그들이 우리 아이들이라는 것을 알아볼 수는 없었을 거라고 애써 마음을 진정시켰다. 하지만 부모라면 사정이 달랐다. 설사 천 명의 아이들 속에 섞여 있어도 자기 아이는 알아볼 수 있는 게 부모였다. 인파로 가득한 해변이나 놀이공원에서는 물론 윤곽이 흐릿한 흑백 동영상 화면이라 해도 말이다.

"미헬? 아직 안 자니?" 노크를 하자 미헬이 문을 열었다 "어, 웬일이에요, 아빠?" 미헬이 깜짝 놀라며 소리쳤다. "무슨 일 있어요?"

그다음에는 모든 게 일사천리였다. 내 예상보다 일이 빨리 진행됐다는 뜻이다. 어찌 보면 미헬은 이제 비밀을 공유하는 사람이 하나 더 생겼다는 사실에 마음이 상당히 가벼워진 듯했다. "이런." 미헬은 몇 번씩이나 그렇게 말했다. "이런. 음…… 아빠랑 그 문제에 대해 이야기를 나누고 있으니까 기분이 정말 묘해요."

그는 정말 몹시 이상한 일을 하고 있다는 듯한 뉘앙스로 그렇게 말했다. 예를 들면 학교에서 열리는 파티 때 어느 여학생한테 접근할 거냐는 문제를 놓고 아빠랑 시시콜콜한 것까지 전부 의논할 때처럼 어색한 느낌이 들었을 것이다. 솔직히 말하면 미헬의 말이 전적으로 옳았다. 지금까지 나는 농담으로라도 그런 문제를 한 번도 입 밖으로 꺼낸 적이 없었다. 처음부터 그런 문제에는 이상하리만큼 확실하게 선을 그었다. 비밀을 털어놓는 게 고통스러운 일일 경우 아빠인 나한테 모든 걸 털어놓지 않아도 될 자유가 있다는 것을 인정해 준 것이다.

"정말 우리는 짐작도 못 했어요" 미헬은 맹세했다. "석유통 안에 뭔가가 들어 있을 수도 있다는 거요. 대체 그걸 어떻게 알 수 있었겠어요? 석유통은 비어 있었어요. 맹세라도 할 수 있어요. 정말 그 통은 비어 있었어요."

미헬과 릭이 빈 석유통이 폭발할 줄은 상상도 못했다고 맹세한들, 대체 그게 무슨 의미가 있을까? 혹시 우리 아이들이 멍청한 척 연기하는 건 아닐까? 벤젠이나 휘발유 가스가 들어 있는 석유통 옆에 성냥 같은 인화 물질을 놓아두면 안 된다는 것은 누구나 다 아는 상식 아닌가. 그렇기 때문에 주유소 근처에서는 휴대폰 사용도 자제하라고 하지 않던가. 휘발유에서 새어 나온 가스가 폭발할 위험이 있기 때문에.

그게 맞는 말 아닐까?

하지만 나는 그 모든 의혹을 말로 표현하지 않았다. 미헬의 말에 의문을 제기하지도 않았고, 무죄를 주장하며 펼치는 그의 논리의 허점을 지적하지도 않았다. 대체 이 아이는 죄가 있을까, 없을까? 사람의 머리에 탁상용 스탠드를 던지는 것은 죄가 아니고, 실수로 그 누군가 몸에 불을 붙인 것은 죄가 되는 걸까?

"엄마도 알아요?" 맞다. 미헬은 그렇게 물었다. 그때도 미헬은 그렇게 물었다.

고개를 저었다. 그때 우리는 방 안에서 한동안 아무 말 없이 서로를 마주 보며 서 있었다. 두 사람 모두 손을 바지 주머니에 찔러 넣은 채로. 나는 더 이상 아무것도 묻지 않았다. 대체 무슨 생각으로 그런 짓을 한 거야, 대체 너랑 릭은 노숙하는 여자의 머리에다 물건을 집어던져도 된다는 생각을 어떻게 할 수 있어, 같은 질문들을 하지 않았다.

돌이켜 생각해 보니 내가 결심을 굳힌 것은 바로 그때였다. 정확히 우리가 두 손을 바지 주머니에 찔러 넣은 채로 서 있던 그 몇 분 사이에 나는 결심했다. 그때 오래전 미헬이 공을 차다 자전거 가게의 유리창을 깨뜨렸던 일이 문득 내 머리에 떠올랐다. 미헬이 여덟 살 때의 일이었다. 그때 나는 미헬을 데리고 자전거 가게 주인한테 가서 충분한 보상을 해 주겠다고 제안했다. 그런데 가게 주인은 물질적 보상만으로는 성에 차지 않았는지 우리한테 일장 연설을 늘어놓기 시작했다. '코흘리개 말썽꾸러기들'이 날이면 날마다 가게 앞에서 축구를 했을 뿐만 아니라 '일부러' 공을 가게 유리창을 향해 날렸다는 게 요지였다. 정확한 시점을 몰랐을 뿐, 언젠가 분명히 이런 일이 일어날 거라고 예측했었다는 말도 덧붙였다. 내기를 걸어도 좋을 만큼 확실한 예측이었다면서 말이다. 그리고 그는 "이 꼬마 악당들이 작당하고 저지른 일이 분명해요."라는 말로 끝맺었다.

가게 주인이 말하는 동안 나는 계속해서 미헬의 손을 꼭 붙잡고 있었다. 죄의식에 사로잡힌 여덟 살짜리 아들은 뚫어져라 바닥만 쳐다보고 있었다. 가끔 붙잡고 있는 내 손을 힘껏 누르기도 하면서.

가게 주인은 연신 미헬을 꼬마 악당 중 한 놈으로 몰아붙였고, 내 아들 역시 분명히 자신의 죄를 인정하는 태도였다. 그런 못마땅한 상황이 내 머리꼭지를 돌게 했다.

"어이, 잠깐만. 그 아가리 좀 닥치지 그래!" 내가 말했다.

계산대 뒤쪽에 서 있던 가게 주인은 처음에 내 말을 못 알아들은 척했다. "방금 뭐라고 하셨죠?" 그가 물었다.

"귓구멍이 막혔어? 못 들은 척하기는. 이 멍청한 자식아. 내가 여기까지 아들을 데리고 온 이유는 축구하는 아이들에 대한 네 녀석의 말도 안 되는 궤변을 들으려던 게 아니라 깨진 유리창 값을 변상해 주기 위해서야. 근데 대체 뭐가 문제야, 이 멍청한 새끼야? 요는 창문이 깨진 거잖아. 그거 하나 깨뜨렸다고 여덟 살짜리 꼬마를 이런 식으로 모욕해? 원래는 좋은 마음으로 피해 보상을 해줄까 해서 찾아온 건데, 네놈 말본새를 보아하니 그런 마음이 싹 달아났어. 어떡해야 돈을 받을 수 있는지 몰라? 머리가 그렇게도 안 돌아가?"

"이보세요, 손님. 나는 지금 당신한테 이런 모욕을 당할 이유가 없어요." 가게 주인은 계산대 뒤에서 앞으로 뛰쳐나오려 했다. "유리창을 깬 건 이 말썽쟁이 녀석이지, 내가 아니란 말이오."

계산대 근처에 스탠드형 자전거펌프가 세워져 있었다. 받침대까지 있는 고급형 모델이었다. 자전거펌프는 나무로 된 받침대에 나사로 꽉 조여 있었다. 나는 몸을 숙여 그 펌프를 집어 들었다.

"그냥 거기 있는 게 좋을 텐데." 나는 목소리를 착 내리깔면서 말했다. "더 이상 유리창 깨지는 꼴을 보고 싶지 않으면 말이야."

내 목소리에서 강한 힘 같은 게 뿜어져 나왔다. 아무튼 그게 효과가 있었는지, 가게 주인은 멈칫하며 한 걸음 물러선 뒤 다시 계산대 안으로 들어갔다. 내 목소리는 정말 이상하다 싶을 만큼 차분했다. 정신이 나갔던 건 아니었다. 자전거펌프를 꽉 움켜쥐고 있는 손도 전혀 떨리지 않았다. 가게 주인은 내게 존댓말을 썼다. 내가 강자라는 것을 깨달은 듯했다. 솔직히 그건 아니었는데.

"제발 진정하십시오, 손님." 가게 주인이 말했다. "우리, 지금 여기서 이런 멍청한 짓을 할 필요는 없을 것 같은데요, 안 그렇습니까?"

미헬의 손이 내 손가락을 꽉 움켜잡고 있는 게 느껴졌다. 미헬은 다시 내 손을 눌렀다. 조금 전보다 더 세게. 나도 같이 손에 힘을 주었다.

"유리창 값은 얼마야?"

가게 주인이 눈을 껌뻑거렸다. "분명히 말씀드리는데……." 그가 말했다. "제 의도는……."

"그걸 물어본 게 아니야. 내가 알고 싶은 건 유리창 값이라니까."

"100…… 150굴덴입니다. 기타 비용까지 합치면 200굴덴이고요. 유리창 교체하는 데 드는 인건비까지 포함해서요."

나는 바지 주머니에서 돈을 꺼내기 위해 미헬의 손을 놓아야만 했다. 100굴덴짜리 지폐 두 장을 계산대 위로 던졌다.

"이거면 됐지?" 내가 말했다. "내가 여기 온 목적은 바로 이거야. 내 자식 축구하는 문제에 대해 이러쿵저러쿵하는 네놈의 훈계 따위를 들으러 온 게 아니라고."

그런 다음 나는 자전거펌프를 다시 원래 자리에 내려놓았다. 완전히 탈진한 기분이었다. 분노와 피로감이 한꺼번에 몰려왔다. 테니스공을 제대로 못 받아쳤을 때의 기분이랄까. 멋지게 받아칠 생각으로 힘껏 테니스 라켓을 휘둘렀으나 허공의 바람만 갈랐을 뿐, 정작 공은 빗나갔을 때의 허탈감이 밀려왔다.

문득, 가게 주인이 너무 빨리 꼬리를 내렸을 때 마음 한 구석에서 아쉬움이 꽤 컸다는 것을 확실히 깨달았다. 그때의 기분이 지금도 생생하게 느껴진다. 자전거펌프를 다시 제자리에 돌려놓았을 때 나는 아직 싸울 힘이 충분히 남아 있었다.

"오늘 우리 아주 멋지게 일을 처리했어. 그렇지 않니, 아들?" 돌아오는 길에 나는 미헬한테 그렇게 말했다.

미헬은 다시 내 손을 붙잡았다. 하지만 아무 대답도 하지 않았다. 얼굴을 쳐다보니 그 애의 눈가에 눈물이 그렁그렁하게 맺혀 있었다.

"왜 그래, 아들?" 내가 물었다. 나는 걸음을 멈추고 미헬 앞에 웅크리고 앉았다. 그 순간 애써 입술을 깨물고 있던 미헬이 진짜로 울음을 터뜨렸다.

"미헬!" 나는 아이를 달래려 했다. "미헬, 아빠 말 좀 들어 봐. 슬퍼할 거 하나도 없어. 그 아저씨는 정말 나쁜 사람이고, 아빠는 그걸 깨닫게 해 준 거야. 너는 잘못한 게 하나도 없어. 그냥 공을 차다가 유리창을 깨뜨린 것뿐이야. 그건 실수였어. 실수는 언제든지 할 수 있어. 그까짓 실수 좀 했다고 너를 그런 식으로 대한 게 나쁜 거야."

"엄마." 미헬은 훌쩍이면서 말했다. "엄마……."

갑자기 뭔가 울컥하는 기분이 들었다. 아니, 더 정확히 표현하자면 마음속에서 전혀 예상하지 못했던 감정이 마구 솟구치는 것 같았다. 정확히 설명할 수 없는 감정이었다. 울타리, 천막, 혹은 우산 같은 게 활짝 펼쳐지는 느낌이었다. 이러다 다시는 건강을 회복하지 못하는 게 아닐까, 하는 두려움이 밀려왔다.

"엄마? 엄마한테 가고 싶어?"

미헬은 격렬하게 고개를 끄덕이면서 눈물로 뒤범벅된 뺨을 손으로 훔쳐 냈다.

"그럼 우리 빨리 엄마한테 갈까?" 내가 물었다. "엄마한테 가서 전부 다 말할까? 우리 둘이서 무슨 일을 했는지?"

"응." 미헬이 울음 섞인 목소리로 대답했다.

다시 일어서려는데, 내 몸 어딘가에서 뚝 부러지는 소리가 들리는 것 같았다. 척추에서 나는 소리 같기도 하고, 더 깊은 곳 어딘가에서 나는 소리 같기도 했다. 나는 미헬의 손을 붙잡고 계속 걸어갔다. 우리 집이 보이는 길모퉁이에 이르렀을 때 보니 미헬의 얼굴은 여전히 새빨갛게 달아올라 있었다. 울음은 그친 상태였다.

"그 아저씨가 벌벌 떨던 거, 너도 봤지?" 내가 말했다. "사실상 우리는 아무것도 할 필요가 없었어. 어쩌면 유리창 값을 안 물어줘도 됐을지 몰라. 하지만 그래서는 안 돼. 뭔가를 망가뜨리면 설사 일부러 그런 게 아니라고 해도 피해 보상은 꼭 해 줘야 하는 거야."

현관문 앞에 도착할 때까지 미헬은 아무 말도 하지 않았다.

"아빠?"

"응?"

"정말 그 아저씨를 때릴 작정이었어? 자전거펌프로?"

이미 열쇠를 현관문에 꽂은 상태였지만 나는 다시 미헬 앞에 웅크리고 앉았다. "내 말 잘 들어, 미헬." 내가 말했다. "그 아저씨는 신사가 아니야. 그냥 쓰레기 같은 작자야. 축구하는 아이들을 좋아하지 않는 인간쓰레기일 뿐이지. 아빠가 정말로 자전거펌프로 그 녀석의 머리통을 갈기려고 했느냐는 중요하지 않아. 충분히 그럴 만한 상황이었으니까."

미헬이 진지한 표정으로 나를 쳐다봤다. 그 애가 또다시 울음을 터뜨리지 않도록 나는 단어 하나하나를 아주 신중하게 골랐다. 하지만 이제 아이의 눈가는 말라 있었다. 주의 깊게 내 말을 듣던 미헬은 고개를 끄덕였다.

나는 미헬의 양팔을 붙잡고 앞으로 잡아당겼다. "우리, 엄마한 테는 자전거펌프 이야기를 안 하는 게 어떨까?" 내가 물었다. "그 건 우리 둘만의 비밀로 하는 거야. 좋지?"

미헬이 다시 고개를 끄덕였다.

그날 오후 미헬은 옷을 사기 위해 끌레르를 따라 시내에 나갔 다. 저녁 식탁에서 미헬은 전보다 훨씬 더 조용하고 진지했다. 윙 크를 보내 봤지만 미헬은 내 윙크에 아무런 반응도 보이지 않았다.

아이를 재울 시간이 됐을 때 끌레르는 소파에 앉아 늘 보고 싶 다던 영화를 보고 있었다.

"당신 혼자 편안하게 보도록 해. 미헬은 내가 재울게."

미헬과 나는 나란히 침대에 누워 잠시 이야기를 나눴다. 축구 이야기나 최근에 새 컴퓨터 게임을 사기 위해 열심히 돈을 모으고 있다는 등의 아주 일상적인 이야기들이었다. 나는 미헬이 먼저 말 을 꺼내기 전에는 다시는 자전거 가게에 대해 이야기하지 않겠다 고 결심했다.

미헬이 내 쪽으로 돌아누우며 두 팔로 내 목을 감싸 안았을 때 나는 그 애의 볼에 뽀뽀한 다음 불을 끄고 나갈 생각이었다.

그런데 뜻밖에도 미헬은 두 팔에 힘을 주었다. 전에는 이런 식 으로 포옹한 적이 한 번도 없었다. 미헬은 머리를 내 가슴에 힘껏 들이밀면서 이렇게 말했다.

"아빠." 그가 말했다. "사랑해요, 아빠."

23

"이 일을 어떻게 처리하는 게 제일 좋을까?" 그날 밤 미헬한테서 모든 이야기를 듣고 나서, 그리고 릭과 미헬은 결코 그 사람에게 불을 지를 의도가 없었다는 사실을 재확인하고 나서 내가 물었다. "그건 그냥 장난이었어요. 진짜 그건……." 구역질이 확 올라오는 듯한 표정으로 미헬이 말했다. "아빠도 그 냄새를 한번 맡아 봤어야 하는데."

나는 고개를 끄덕여 주었다. 이미 나는 아빠로서 할 수 있는 일을 하기로 결심을 굳힌 상태였다. 내 아들의 입장이 되어 보기로 한 것이다. 학교 파티에서 집으로 돌아오는 길은 어땠을까? 릭이랑 베아우와 함께 돌아오는 길, 돈을 어디서 찾으려 했고, ATM기 부스까지는 어떻게 갔고, 또 부스 안에서 누군가 누워 있는 것을 발견했을 때의 기분은 어땠을까 생각했다.

나는 미헬의 입장이 되어 생각했다. ATM기 부스 안에서 방해물을 발견했을 때, 누군가 침낭을 뒤집어쓰고 떡 하니 자리를 차지하고 있을 때, 나라면 과연 어떤 식으로 반응했을까? 악취에 대해서는? ATM기 부스를 자기 잠자리로 독차지해도 좋다는 생각을 하는 사람(이제부터는 노숙자나 부랑자라는 표현 대신에 사람이라는 표현을 사용하도록 하겠다.)에 대해서는? 두 아이가 그러면 안 된다고 설득하려 들자 분노의 욕설부터 내뱉는 사람에 대해서는? 잠자리를 방해받자 몹시 흥분했을 뿐만 아니라 고약한 악취까지 풍긴 사람에 대해서는? 간단히 말해 그 사람의 시건방진 태도에 대해서는? 어디서나 그런 식의 태도를 보이는 사람에 대해 나라면 과연 어떤 반응을 보였을까 생각해 봤다.

　노숙하던 여자는 '교양 있는' 말투였다고 미혤이 말하지 않았던가? 좋은 가정에서 제대로 된 교육을 받은 것 같은 교양 있는 말투의 여자였다고? 사실 그 전까지는 죽은 노숙자가 어떤 배경을 갖고 있는지 거의 알려진 게 없었다. 그러고 보면 미혤의 말이 영 터무니없는 말이 아닐 가능성도 있었다. 부유한 가정, 아랫사람을 호령하는 게 아주 자연스러운 가정에서 자란 이단자였을 수도 있는 것이다.

　하지만 그건 앞뒤가 안 맞는 이야기였다. 그 사건은 뉴욕의 브롱크스가 아니라 네덜란드에서 벌어졌다. 우리는 요하네스버그나 리우데자네이루의 슬럼가에 살고 있는 게 아니다. 네덜란드는 사회 안전망이 잘 구축되어 있어서 ATM기 부스 안에서 다른 사람을 방해할 필요가 없는 나라였다.

　"이 일을 어떻게 처리하는 게 제일 좋을까?" 내가 말했다. "우리, 이쪽에서 이 일을 그냥 덮어 두는 거야. 아무 일도 일어나지 않는 동안은 정말 아무 일도 일어나지 않은 거니까."

　미혤은 몇 초 정도 나를 바라봤다. "사랑해요, 아빠."라고 말하기에는 이제 너무 컸다는 생각이 들었다. 하지만 그 애의 눈빛에서 두려움뿐만 아니라 고마움도 느낄 수 있었다.

　"아빠 생각은 그거예요?" 망설이는 목소리로 미혤이 물었다.

24

그리고 지금 우리는 다시 레스토랑 정원에서 아무 말 없이 마주 서 있다. 미헬은 휴대폰 슬라이드를 몇 번 올렸다 내렸다 하다가 재킷 주머니에 집어넣었다.

"미헬……." 내가 말을 시작했다.

미헬은 내 얼굴을 똑바로 쳐다보지 못하고 어둠에 잠긴 공원을 향해 고개를 반쯤 옆으로 돌리고 있었다. 미헬의 얼굴도 어둠에 잠겨 있었다. "시간이 별로 없어요. 이제 그만 가 봐야 해요."

"미헬, 왜 나한테 아무 말도 안 했니? 그 동영상들 말이야. 적어도 그때 그 사건이 벌어졌을 때, 그것들에 대해서는 말을 했어야지."

미헬은 코를 문지르면서 흰색 운동화로 조약돌을 툭툭 찼다. 그런 다음 어깨를 으쓱 들어 올렸다.

"미헬?"

미헬은 계속 바닥만 쳐다보고 있었다. "상관없는 일이잖아요." 미헬이 말했다. "왜 상관이 없어?" 하마터면 나는 버럭 소리지를 뻔했다. 하지만 그러기에는 때가 너무 늦었다. 기차는 벌써 오래전에 떠나 버렸다. 방송이 나온 날 밤, 그의 방에 갔을 때 그렇게 했어야 했다. 아니, 어쩌면 그러기에는 때가 너무 이른 거였는지도 모르겠다.

며칠 전, 세르게가 전화해 레스토랑에서 만나자는 약속을 잡았을 때 인터넷으로 「사건파일 XY」를 다시 한번 봤다. 레스토랑에서의 만남을 위한 준비로 그보다 나은 것은 없을 것 같아서였다.

"너하고 꼭 해야 할 이야기가 있어." 세르게가 말했다.

"무슨 이야기인데?" 내가 물었다. 그러는 게 나을 것 같아서 나는 일부러 아무것도 모르는 척했다.

전화선 끝에서 세르게는 깊은 한숨을 내쉬었다.

"너한테 지금 이 이야기를 털어놓아야 할지 말아야 할지 판단이 잘 안 선다." 그가 말했다.

"바베테도 아는 이야기야?" 그냥 아무 질문이나 던졌다.

"당연하지. 그러니까 넷이 만나자는 거잖아. 우리 네 사람 모두에게 관련된 일이니까. 그 애들은 우리 자식이니까 말이야."

세르게는 끌레르도 그 사실을 알고 있느냐고 묻지 않았다. 당연히 알고 있을 거라고 전제했을 수도 있고, 어쩌면 그건 그다지 중요한 문제가 아니라고 생각했을 수도 있다. 세르게는 약속 장소로 어떤 레스토랑의 이름을 언급했다. 유명한 레스토랑이라서 일곱 달 전에 예약해도 자리를 잡기 힘든 레스토랑이라고 덧붙였다.

문득 끌레르도 혹시 이 사실을 알고 있나 하는 의문이 들어 미헬을 쳐다보았다. 미헬은 정말로 자전거에 올라타고 막 출발하려던 참이었다.

"미헬, 잠깐만." 내가 말했다. 다른 집 아빠 같았으면 아마 '우린 얘기를 더 해야 돼.'라고 말했을 것이다. 하지만 나는 그런 아빠가 아니었다.

세르게와 약속을 잡고 나서 나는 인터넷으로 그 방송을 다시 봤다. 웃고 있는 소년들, 화면에 잡히지 않은 여자 노숙자를 향해 탁상용 스탠드와 쓰레기봉투를 던지는 아이들, 맨 마지막으로 가스 폭발로 인해 생긴 섬광, 재빨리 도망치는 아이들, 제보할 수 있는 전화번호와 가까운 경찰서.

그런 다음 나는 다시 한번 그 동영상을 돌려 봤다. 특히 마지막 부분, 석유통하고 같이 뭔가를 던지는 장면을 보기 위해서였다. 다시 보면서 확인한 바로는 그건 라이터였다. 안전 마개가 달린 지포 라이터. 마개가 탁 소리를 내며 닫혀야만 불이 꺼지는 가스라이터. 담배를 피우지도 않는 아이들이 대체 왜 그런 라이터를 갖고 있었던 걸까? 나는 의도적으로 몇 가지 질문은 하지 않았다. 별로 중요해 보이지 않는다는 단순한 이유 말고도 자세한 내막을 아는 게 오히려 안 좋을 것 같아서였다. 하지만 이 질문은 도저히 참을 수가 없었다. "담뱃불을 붙여 주려고요." 미헬은 일순의 망설임도 없이 바로 그렇게 대답했다. "여자아이들한테요." 뜻밖의 대답에 잠시 멍한 표정으로 쳐다보고 있는데, 미헬은 그렇게 덧붙였다. "여자아이들이 너한테 담뱃불을 붙여 달라고 한단 말이야? 조인트나 말보로 라이트 같은 담배에? 그럴 때 라이터를 갖고 있지 않으면 좋은 기회를 날릴 수 있다는 거야?"

이미 말했다시피 나는 마지막 부분을 두 번이나 돌려 봤다. 섬광이 일어난 직후 두 아이는 유리문을 열고 도망쳤다. 문이 천천히 닫히는 장면이 찍혀 있었다. 그런 다음 영상이 중단되었다.

그런데 두 번째로 볼 때 처음에는 눈에 띄지 않았던 사실을 깨달았다. 나는 미헬과 릭이 유리문을 나와 도망치는 장면이 나올 때까지 화면을 재빨리 돌린 다음, 유리문이 다시 저절로 닫히는 장면부터 면밀히 살펴보았다. 그런 다음에는 다시 천천히, 한 장면씩 끊어가며 살펴보았다.

그 사실을 깨달았을 때 내 몸에서 어떤 반응이 일어났는지까지 굳이 설명할 필요는 없을 것이다. 하지만 내 몸의 반응 그 자체로 내가 얼마나 놀랐는지를 입증할 수 있다. 심장이 두근거리고, 입술과 혓바닥이 바짝바짝 타 들어가고, 뒷머리가 곤두서고, 누군가 뾰족한 바늘로 목뼈를 콕콕 찔러 대는 느낌이었다. 게다가 두개골은 뼈와 연골이 모두 사라진 채 함몰된 것 같았다. CCTV 동영상의 맨 마지막 장면에서 화면을 멈췄을 때 거기 모든 게 담겨 있었다.

거기, 화면 하단 오른쪽 구석에 뭔가 허연 게 있었다. 아주 흐릿하게. 처음 보는 사람들은 아마 별로 주목하지 않았을 것이다. 이미 앞에 나온 영상들이 제일 끔찍하다고 생각했을 테니까. 전기 스탠드, 쓰레기봉투, 석유통……. 그럼 이제 남은 건 고개를 가로저으며 분노의 말을 토하는 것뿐이다. 요즘 아이들, 세상, 무방비, 살인, 비디오 클립, 컴퓨터 게임, 일터, 엄중한 처벌, 사형 등등의 말만 뱉으면 그만이었다.

화면이 정지됐을 때 내 눈에 흰색 물체가 보였다. 유리문 바깥은 완전히 깜깜한 상태였는데, 유리문 안쪽에 ATM기 부스의 실내 모습이 일부 반사되어 있었다. 회색빛 타일 바닥, 버튼과 모니터가 있는 ATM기, ATM기에 붙어 있는 은행 로고 같은 것들이 보였다.

순전히 이론적으로만 따져볼 때, 그 흰색 물체는 반사체일 가능성이 높았다. 조명등 불빛에 원래 부스 안에 있던 물건 혹은 아이들이 여자한테 던진 물건 중 하나가 반사되었을 가능성이 다분했다.

하지만 그건 정말로 순전히 이론일 뿐, 그 흰색 물체는 유리문 바깥쪽에 있었다. 그건 바깥쪽, 그러니까 길거리의 모습이 화면에

잡힌 것이었다. 직접적인 관련이 없는 사람들의 눈에는 아마 보이지 않았을 것이다. 「사건파일 XY」 때도 그랬으니까. 나처럼 동영상을 한 장면씩 끊어서 자세하게 들여다봐야만 겨우 알아차릴 수 있었다.

그런데 만약 사람들이 이걸 알아보게 되면 그땐 정말 큰일이었다. 내가 본 게 뭔지 나는 알 수 있었다. 화면을 들여다보자마자 화면의 흰색 물체가 무엇인지 바로 알아차렸기 때문이다.

'확대' 버튼을 클릭하자 화면이 커졌다. 대신에 윤곽이 뭉개지면서 화면이 약간 더 흐릿해졌다. 그 순간 미켈란젤로 안토니오니 감독의 영화 「욕망」[14]이 떠올랐다. 영화에서 보면 어떤 사진작가가 사진을 확대했다가 덤불 숲 속에서 권총을 들고 있는 남자를 발견한다. 나중에 밝혀진 바에 의하면 그 권총은 살인에 사용된 무기이다. 하지만 지금 컴퓨터에서 확대하는 일은 무의미했다. 나는 다시 '축소' 버튼을 클릭한 다음 책상 위에 있던 돋보기를 집어 들었다.

돋보기를 사용할 때는 최적의 거리를 찾아내는 것이 관건이다. 나는 화면에 돋보기를 더 가까이 가져갔다 뗐다 하면서 화면이 제일 선명하게 보이는 거리를 찾았다. 더 선명하고 큰 화면을 찾으려고 안간힘을 썼다. 결국 내가 방금 발견했던 것을 다시 확인할 수 있었다. 그건 바로 운동화 한 짝이었다. 흰색 운동화. 수많은 사람이 신고 다니는 운동화. 내 아들과 조카도 바로 그 운동화를 신었다.

---

14 1966년 제작된 영화로 원제는 'Blow-up'이다.

운동화가 화면에 비친 시간은 길어야 10분의 1초 정도였다. 당연히 그것과 똑같은 운동화를 신은 사람 수만 명이 용의선상에 오를 수 있다. 하지만 곰곰이 생각해 보면 그런 운동화를 신은 용의자 수만 명 중에서 진짜 범인을 찾아내는 것은 불가능에 가깝다. 그래서 나는 그 문제는 그리 오래 고민하지 않았다. 내 관심사는 딴데 있었다. 이 화면의 의미, 더 정확히 말해 ATM기 부스의 유리문 바깥쪽에 있는 흰색 운동화가 갖는 의미가 중요했다. 다시 말해, 대체 그 운동화가 왜 거기 있었느냐 하는 문제에 대해 고민했다.

나는 한 번 더 자세히 화면을 들여다보았다. 돋보기를 가까이 가져갔다 뗐다 하면서 확인해 보니, 운동화 위에 살짝 얼룩이 묻어 있었다. 바깥쪽 거리는 어둠이 더 짙어졌다. 화면에 잡힌 것은 아마도 운동화를 신고 있는 사람의 바지 입은 다리였을 것이다.

그 화면의 첫 번째 의미는 아이들이 되돌아왔다는 것이다. 두 번째 의미는 「사건파일 XY」와 사전에 약속이 되어 있었는지는 모르겠지만, 경찰이 마지막 몇 장면을 방송에 내보내지 않도록 조치를 취했다는 사실이다.

물론 다른 가능성도 충분히 있었다. 그 운동화가 미헬이나 릭의 것이 아니라 우연히 그 앞을 지나가던 다른 사람의 것일 가능성도 있다. 두 아이가 ATM기 부스를 떠난 지 삼십 초쯤 뒤에 행인 하나가 그곳을 지나갔을 수도 있다. 하지만 솔직히 말해 그 늦은 시간에 그렇게 외진 곳을 누군가 지나갔을 가능성은 거의 제로에 가깝다. 만약 누군가 지나갔다면 그 사람은 분명히 아이들을 봤을 것이다. 방송에서 연락해 주기를 간절히 호소했던 목격자인 셈이다.

결국 흰색 운동화를 설명해 줄 수 있는 유일한 가능성은 하나밖에 없었다. 범인들이 현장에 되돌아왔다는 사실. 미헬과 릭이 자신들이 저지른 짓을 자신들의 눈으로 똑똑히 확인해 보기 위해 되돌아왔다는 것이다.

그건 정말 걱정스러운 상황이었다. 하지만 더 큰 문제는 「사건파일 XY」에서 그 화면을 내보내지 않았다는 사실이다. 대체 그들은 왜 그 화면을 방송에 내보내지 않았을까? 혹시 미헬이나 릭이(혹은 두 아이 다) 범인이라는 것을 입증해 줄 결정적인 증거라서 내보내지 않은 걸까? 아니, 그렇다면 오히려 방송에 내보냈어야 하는 게 아닌가!

혹시 별로 중요하지 않은 장면이라고 생각해서 편집한 걸까? 삼 초 정도 절망감에 허우적대면서 나는 온갖 상상의 나래를 펼쳤다. 너무 시시한 장면이라서 시청자들의 관심을 끌지 못할 거라고 생각한 걸까? 아니다. 절대 그럴 리 없다. 그들이 현장에 되돌아왔다는 사실 하나만으로도 '절대 놓쳐 버릴 수 없는' 아주 중요한 장면이다.

결론은 그들이 그 장면에서 뭔가를 알아냈다는 것이다. 시청자들에게는 보여 줄 수 없는 것, 경찰과 범인만 알고 있는 뭔가를.

경찰은 공개수사에 앞서 몇 가지 세부 사항에 대해 침묵을 지키고 있는 듯했다. 그런 정황이 속속 드러났다. 경찰은 정확한 살해 도구, 범인이 희생자 근처 혹은 희생자 몸에 남겨 놓았을지도 모르는 증거 등에 대해 침묵을 지키고 있었다. 아마도 미친 사람들이 자신이 범인이라며 거짓 자수를 하거나 모방 범죄가 일어날 가능성 때문일 것이다.

처음으로 나는 미헬과 릭이 과연 그 CCTV 영상을 봤을까 생각해 봤다. TV에서 「사건파일 XY」가 방송되던 날 저녁, 나는 미헬한테 그 이야기를 했었다. CCTV에 그들이 찍혔는데, 형체를 거의 알아볼 수 없는 상태라고. 그러니까 당분간은 아무 일도 일어나지 않을 거라는 말도 했었다. 그 이후로 우리는 CCTV 영상에 대해 이야기를 꺼내지 않았다. 그 문제는 더 이상 건드리지 않는 게, 그러니까 나와 아들 사이의 비밀을 다시 끄집어내지 않는 게 제일 좋을 거라고 판단했기 때문이다.

시간이 흐르면 사람들의 관심이 사그라질 테고, 그럼 결국 사람들의 기억에서 지워질 거라고 기대했다. 어디에선가 전쟁이 발발했다는 새로운 뉴스거리가 등장하면 석유통이 폭발한 사건 같은 건 사람들의 집단 무의식에서 사라질 거라고 말이다. 어쩌면 테러 공격이 더 나을지도 모르겠다. 시체가 줄줄이 나오고 다수의 시민 희생자도 발생해서 누구나 고개를 절레절레 흔들 만한 사건. 속속 도착했다가 떠나는 구급차들, 기차나 전차의 구겨진 철판들, 폭발로 인해 전면이 거의 다 날아가 버린 10층짜리 고층 빌딩. 아마 그 정도 사건은 일어나야 ATM기 부스 안에서 죽은 여자 노숙자 사건이 묻힐 수 있을 것이다. 작은 사건이 더 큰 사건의 그림자 속으로 사라지는 현상이 일어나는 것이다.

처음 몇 주 동안은 정말 그렇게 될 거라고 기대했다. 새로운 사건이 일어나면 이 사건은 묻혀버릴 거라고. 반년 뒤, 늦어도 일년 뒤에는 분명 그렇게 될 거라고 생각했다. 그때쯤이면 경찰들 역시 더 급한 사건들을 해결하느라 이 사건에 신경 쓸 여유가 없을 거라고. 그럼 오래된 미제 사건에 투입된 수사 인력도 줄어들 거라고. 상부의 지시가 없어도 혼자서 몇 년씩 미제 사건을 끈질기게 파고드는 집요한 수사관 같은 건 걱정하지 않았다. 그건 단지 TV 드라마 속에서만 존재한다고 생각했으니까.

그럼 반년 뒤 혹은 일 년 뒤에는 행복한 가족으로 계속 살아갈 수 있을 것이다. 물론 어딘가에 상처는 남겠지만 그 상처가 우리 행복의 걸림돌이 되지는 않을 거라고 믿었다. 그래서 그때까지라도 나는 최대한 사람들의 이목을 끌지 않을 작정이었다. 아주 평범하고 정상적인 행동만 하기로 마음먹었다. 가끔 레스토랑이나 극장에 가거나 축구장에 가는 정도가 내가 생각한 행동반경이었다. 저녁때면 나는 식탁에서 아내의 표정을 관찰했다. 그녀가 혹시 CCTV 영상과 우리 가정의 행복 사이에 어떤 연관이 있다는 사실을 알고 있는지 아닌지 확인하기 위해서.

"왜? 무슨 일 있어?" 어느 날 그녀가 그렇게 물었다. 아무래도 내가 지나칠 정도로 아내의 얼굴을 뚫어지게 쳐다본 듯했다. "대체 왜 그렇게 내 얼굴을 빤히 쳐다보는 거야?"

"일은 무슨. 아무 일도 없어." 내가 대답했다. "내가 당신을 그렇게 쳐다봤단 말이야?"

그때 끌레르는 분명 웃었다. 그리고 내 손에 자기 손을 올려 부드럽게 감쌌다.

그런 와중에 나는 필사적으로 아들 쪽으로는 얼굴을 돌리지 않으려고 노력했다. 미헬한테 이해심 가득한 눈길을 보내지 않았다. 윙크도 하지 않았다. 우리 둘이서만 어떤 비밀을 공유하고 있다는 은밀한 유대감을 느끼게 하고 싶지 않아서였다. 나는 모든 게 평소 같기를 바랐다. 우리 둘만 비밀을 공유하는 것은 끌레르,

미헬의 엄마이자 내 아내를 어떤 식으로든 배제하는 것이고, 그건 ATM기 부스 안에서 벌어진 엄청난 사건보다 훨씬 더 우리 행복에 위험이 될 수 있었기 때문이다.

뭔가 은밀한 눈길을 주고받지 않으면, 즉 눈을 깜빡거리거나 윙크를 하지 않으면, 비밀은 없는 거나 마찬가지라는 생각이 들었다. 우리는 결코 ATM기 부스 안에서 일어난 사건을 완전히 잊을 수는 없을 것이다. 하지만 세상일이란 게 늘 그렇듯이 그 사건에 대한 기억도 시간이 지나면 우리한테서 멀어질 것이다. 하지만 정말로 우리가 잊어버려야 할 것은 바로 그 비밀이었다. 둘이서만 알고 있는 비밀. 망각은 일찍 시작할수록 효과가 큰 법이다.

25

나의 원래 계획은 그랬다. 하지만 「사건파일 XY」를 다시 보면서 흰색 운동화를 발견한 뒤 모든 것이 달라졌다.

다음 단계는 순전히 직관에 따라 이루어졌다. 어쩌면 어딘가에 또 다른 동영상 자료들이 있을지도 모른다는 직관. 아니, 더 정확히 말하면 알려지지 않은 자료들이 의도적으로, 혹은 실수로 다른 사이트에 올라가 있을지도 모른다는 생각이 문득 뇌리를 스친 것이다.

나는 맨 먼저 유튜브에 접속했다. 가능성은 아주 희박했지만 시도해 볼 만한 가치가 있었다. 검색어 창에 ATM기가 속한 은행 명을 입력했다. 그런 다음 '노숙자', '죽음', '홈리스'라는 단어를 연속해서 넣었다.

　서른네 개의 동영상 자료가 검색됐다. 사진을 따라 아래쪽으로 쭉 훑어 내려갔다. 첫 화면은 대부분 똑같았다. 모자를 푹 눌러쓴 채 웃고 있는 두 소년. 단지 동영상 제목과 간략한 내용 소개만 약간씩 달랐다. '네덜란드 소년들의 ……은행 살인 사건'이라는 타이틀은 그나마 애교스러운 편이었다. '집에서는 절대 따라하지 말 것 — 화염 폭탄으로 노숙자 살해하는 방법'이라는 타이틀도 있었다. 동영상마다 조회 수가 엄청났다. 수천 명의 사람들이 동영상을 봤다는 뜻이었다.

　무작위로 아무 동영상이나 클릭해 봤다. 속도를 약간 빨리해서 편집하기는 했지만 사무용 의자와 쓰레기봉투, 석유통을 던지는 장면을 담고 있는 것으로, 이미 몇 번씩이나 본 영상이었다. '……시, 관광객을 매료시키는 가장 핫한 도시: 당신의 돈을 불길 속으로!'라는 제목의 몽타주 영상에는 장면마다 웃음소리가 효과음으로 삽입되어 있었다. 노숙하는 여자한테 물건을 던질 때마다 웃음이 축포처럼 터져 나왔다. 맨 마지막 장면, 석유통에 섬광이 일어날 때는 히스테릭한 웃음으로 변했다가 우레와 같은 박수갈채와 함께 끝났다.

　대부분의 동영상은 흰색 운동화가 보이는 장면을 담고 있지 않았다. 보통 석유통에서 퍼져 나오는 섬광, 그리고 달아나는 소년들 장면에서 동영상은 끝났다.

　지금 돌이켜 봐도 대체 내가 왜 그다음 동영상을 클릭했는지 이유를 모르겠다. 다른 동영상들과 별다른 차이가 없어 보였는데 말이다. 첫 화면 역시 동일했다. 모자를 푹 눌러쓴, 웃고 있는 두 소년. 다만 이 동영상에서는 아이들이 벌써 사무용 의자를 높이 치켜들고 있었다.

어쩌면 '맨 인 블랙 III'라는 타이틀 때문이었을 것이다. 다른 동영상들과 마찬가지로 그리 재치 있는 제목이라고는 할 수 없었다. 하지만 그건 사건 자체가 아니라 그 사건을 일으킨 당사자들을 가리키는 첫 번째이자 (나중에 알고 보니) 유일한 타이틀이었다.

'맨 인 블랙 III'는 사무용 의자를 던지는 장면부터 시작했다. 쓰레기봉투들과 탁상용 스탠드, 그리고 석유통이 날아갔다. 그런데 다른 동영상들과 확연한 차이가 하나 있었다. 바로 아이들이 (혹은 한 아이가) 조금이라도 분명하게 화면에 잡힐 때 화면의 속도가 느려졌다는 점이다. 게다가 그때마다 불행을 예고하는 듯 음산한 음악이 깔렸다. 보다 정확히 말하면 음악이라기보다는 일종의 효과음이었는데, 마치 목구멍 깊은 곳을 가글하는 것처럼 꾸룩 꾸룩 하는 소리였다. 물 속 혹은 배 안에서 일어난 재난을 다룬 영화가 연상되는 소리. 이런 효과음을 입힌 덕분에 동영상을 보는 사람들의 관심은 주로 미헬과 릭한테로 쏠렸다. 당연히 상대적으로 물건들을 던지는 행위 자체에 대한 관심은 줄어들었다.

대체 이 아이들은 누구지? 불행을 암시하는 효과음을 입힌 화면은 자연스레 그런 의문이 들게 만들었다. 그렇게 하도록 유도하고 있다는 말이 더 적절하다. 아이들은 자신이 무슨 짓을 하는지 알고 있었어. 그런데 대체 이런 짓을 하는 아이들은 누구지? 하는 의문을 불러일으키는 것이다.

제일 충격적인 것은 맨 마지막 장면이었다. 섬광이 번쩍이는 것과 동시에 문이 닫힌 뒤 화면은 완전히 검은색이었다. 그래서 다른 동영상을 보기 위해 빠져나가려는 순간, 화면 하단에 '맨 인 블랙 III, 2분 58초'라는 자막이 떴다. 이제까지 진행된 것은 2분 28초인데 말이다.

나머지 시간 동안 계속 검은색 화면만 이어질 거라고 예상한 나는 막 그 동영상 창을 닫으려 했다. 그 순간 갑자기 음악 소리가 다시 커졌다. 제작자 소개가 나오려는 건가? 대체 그거 말고 뭘 더 기대하겠는가?

만약 그 즉시 그 동영상 창을 닫았더라면 오늘 저녁 레스토랑에서의 우리 만남은 다른 때와 똑같았을 것이다. 나는 아무것도 모르는 채 앉아 있었을 거라는 뜻이다. 맞다. 상대적으로 지금보다는 정보가 훨씬 부족한 상태로 앉아 있었겠지. 그럼 아마 나는 며칠이나 몇 주, 아니, 어쩌면 몇 달 동안 계속 행복한 가정을 꿈꾸며 살아갈 수 있었을 것이다. 뭐, 하루쯤은 우리 가정을 세르게의 가정과 비교했을지도 모르겠다. 바베테는 애써 선글라스 너머로 눈물을 감추려 드는데 세르게는 무덤덤한 표정으로 고기를 세 번 만에 꿀꺽 씹어 삼키는 장면을 지켜보다가 아내하고 천천히 산책을 즐기며 집으로 돌아갔을 것이다. 서로 얼굴은 쳐다보지 않고 아내의 허리에 팔을 두른 채로. 행복한 부부는 서로 얼굴이 닮았다는 사실을 우리 둘 다 이미 잘 알고 있었으니까.

그 순간 갑자기 화면이 검은색에서 회색으로 바뀌었다. 그리고 화면에 ATM기 부스의 문이 보였다. 그런데 이번에는 바깥쪽에서 잡은 화면이었다. 화질은 약간 더 나빴다. 퍼뜩 이건 휴대폰으로 찍은 영상이라는 생각이 들었다.

그리고 하얀 운동화.

아이들이 되돌아왔다.

그들이 돌아온 것이다. 자신들이 저지른 일을 촬영하기 위해서.

"이런 젠장!" 화면 밖에서 목소리가 말했다.(릭)

"쳇! 빌어먹을!" 다른 목소리가 말했다.(미헬)

카메라는 이제 침낭의 발끝 쪽을 향하고 있었다. 푸르스름한 연기가 피어올랐다. 감질날 정도로 천천히 카메라가 침낭의 발끝에서 머리 쪽으로 움직였다.

"이제 그만 가자."(릭)

"이젠 냄새가 그리 역하지 않네."(미헬)

"미헬…… 그만 가자니까……."

"자, 옆에 서 봐. 거기 서서 '이 거지 년아!' 하고 외쳐 봐. 그 말을 아까 했었어야 하는데, 아쉽다."

"나는 갈래……."

"안 돼. 바보같이 왜 이래. 거기 서!"

침낭의 머리 부분에서 카메라가 멈췄다. 화면이 정지되고 다시 검은색 화면으로 변했다. 빨간 글자로 자막이 떠올랐다.

맨 인 블랙 III

후편

개봉박두

나는 며칠 동안 기회를 엿봤다. 미헬은 종종 방을 비우기는 했지만 휴대폰은 꼭 몸에 지니고 다녔다. 그러다 오늘에서야 비로소 기회를 잡았다. 오늘 저녁, 레스토랑으로 출발하기 직전에 미헬이 정원에서 자전거를 고치고 있는 동안 나는 미헬의 방에 들어갔다.

솔직히 말하면 나는 미헬이 벌써 그 동영상을 삭제했을 거라고 생각했다. 정말 그랬기를 바라기도 했고, 내기를 한다면 '지웠다' 쪽에 승부를 걸고 싶었다. 자신은 없지만 인터넷에 떠도는 그 동영상이 마지막 동영상이기를 진심으로 바랐다. 제발, 더 이상 다른 동영상은 나오지 않기를. 그게 나의 간절한 바람이었다.

그런데 그게 끝이 아니었다.

불과 몇 시간 전에 나는 다른 동영상들도 보았다.

26

"미헬." 나는 벌써 반쯤 돌아서 출발을 서두르는 아들을 다급하게 불러 세웠다. 미헬은 아무 상관없는 일이라고 말했다. "미헬, 그 동영상들을 빨리 삭제해야 돼. 벌써 오래전에 그걸 지웠어야 하는데. 하지만 지금이라도 늦진 않았어."

미헬이 멈춰 섰다. 그리고 다시 흰색 나이키 운동화로 조약돌을 툭툭 찼다.

"아빠……." 미헬이 입을 열었다. 뭔가 할 말이 있는 듯한 표정이었다. 하지만 그는 아무 말 없이 고개를 가로저었다.

두 개의 동영상을 통해 나는 미헬이 릭을 마음대로 조종하는 것을 확인했다. 때로는 호통까지 치면서 미헬은 릭을 몰아붙였다. 세르게가 늘 내게 하는 것과 똑같이. 아마 오늘 밤에도 세르게는 분명 그런 식으로 나를 몰아세울 것이다. 미헬이 릭을 나쁜 길로 끌어들인 거라고. 나는 늘 그렇지 않다고 강변해 왔다. 그건 세르게가 자기 아들이 저지른 짓에 대한 책임을 쉽게 모면하려는 술책처럼 보였다.

하지만 몇 시간 전부터(아니, 실은 아주 오래전부터) 나는 세르게의 말이 옳다는 사실을 알고 있었다. 주동자는 미헬이었다. 뭘할지, 어떻게 할지 결정을 내린 사람은 미헬이었고, 릭은 용감하게 그 지시를 따랐을 뿐이다. 실은 두 아이의 역학관계가 그런 식인 게 몹시 자랑스러웠다. 그 반대였다면 기분이 몹시 상했을 것이다. 미헬은 학교에서는 결코 화를 내지 않는 아이였다. 그리고 주위에 계속 붙어 다니고 싶어 하는 친구들한테 둘러싸여 있었다. 자식이 학교에서 따돌림을 당하는 것 때문에 속을 끓이는 부모들이 얼마나 많은지 알지 않는가. 하지만 나는 단 한 번도 그런 적이 없었다. "네가 어떻게 했어야 하는지 알아?" 내가 말했다. "사람들이 절대로 찾아낼 수 없는 곳에 네 휴대폰을 버렸어야 했어." 나는 주변을 둘러보았다. "예를 들면 저런 곳." 미헬이 방금 자전거를 타고 건너온 다리 쪽을 가리켰다. "물속 말이야. 너만 좋다면 월요일에 아빠랑 같이 가서 새 휴대폰을 사도록 하자. 그 휴대폰 산 지 꽤 됐잖아? 사람들한테는 그냥 누가 훔쳐 갔다고 하면 돼. 약정 기한은 그대로 연장하면 되고. 그럼 너는 월요일에는 최신 휴대폰을 가질 수 있어. 삼성이나 노키아 제품으로. 혹시 다른 회사 제품을 원하면……."

미헬을 향해 나는 손바닥을 위로 해서 손을 내밀었다.

"아빠가 대신 버려 줄까?" 내가 물었다.

미헬은 내 얼굴을 쳐다봤다. 지금까지 늘 보아 오던 아들의 눈을 봤다. 하지만 앞으로도 계속 보고 싶던 그 눈빛이 아니었다. 눈빛에 뭔가 다른 게 섞여 있었다. 별것도 아닌 일에 왜 이렇게 호들갑을 떨어. 내가 어련히 알아서 할까. 골칫덩어리 아빠 때문에 정말 성가셔 죽겠네, 라고 미헬의 눈빛이 말했다. 그건 딱 파티 끝나고 몇 시쯤 집에 돌아올 건지 알고 싶어 안달이 난 아빠를 쳐다보는 눈빛이었다.

"미헬, 이건 결코 사소한 문제가 아니야." 그럴 작정은 아니었는데 말이 더 빨라지고 목소리도 높아졌다. "네 미래가 달린 문제야!" 미래. 또 추상적인 단어가 튀어나오고 말았다. 나는 곧바로 그런 단어를 사용한 걸 후회했다. "대체 너희는 무슨 생각으로 그 빌어먹을 동영상을 인터넷에 올린 거냐?" 제발 욕설을 사용하지 말라며 나 자신을 다독였다. 만약 지금 욕설을 퍼붓기 시작하면 내가 평소에 그토록 증오하던 삼류 연극배우들과 다를 게 없을 테니까. 그러나 나는 어느새 벌써 소리치고 있었다. 스탠딩 데스크나 옷 보관소 근처 테이블에 앉은 사람들이 우리 목소리를 들었을 가능성이 있었다. "그게 그렇게 멋있어 보였어? 자제할 수도 없을 만큼 큰 유혹이었어? 그런데 그 일을 상관없는 일이라고 말하는 거야? 맨 인 블랙 III라니! 너희가 얼마나 엄청난 짓을 벌였는지 알기나 해?"

미헬은 재킷 주머니에 두 손을 찔러 넣은 채 고개를 숙였다. 모자를 푹 눌러쓴 채 겨우 눈으로만 위쪽을 힐끔거렸다.

"그건 우리가 한 짓이 아니에요." 미헬이 말했다.

레스토랑 문이 열렸다. 왁자지껄한 웃음소리와 함께 사람들이 밖으로 나왔다. 남자 두 명과 여자 한 명이었다. 정장 차림의 남자들은 두 손을 바지 주머니에 찔러 넣고 있었고, 등이 거의 다 드러나는 은색 드레스를 입은 여자는 같은 색상의 숄더백을 메고 있었다.

"정말 그렇게 말했어요?" 여자가 깔깔대면서 비틀비틀 몇 발자국 떼었다. 구두 역시 은색 하이힐이었다. "휴고한테?"

한 남자가 주머니에서 열쇠고리를 꺼내 공중으로 휙 집어던졌다. "그럼 안 돼?" 남자가 그렇게 말하면서 팔을 쭉 뻗어 떨어지는 열쇠를 받아 들었다. "당신 미쳤구나!" 여자가 쇳소리로 외쳤다. 우리 곁을 지나갈 때 여자의 구두가 조약돌과 부딪쳐 삐걱거렸다. "운전할 수 있는 사람?" 다른 남자가 물었다. 그 질문에 세 사람이 동시에 웃음보를 터뜨렸다.

"오케이, 기다려!" 조약돌이 깔린 오솔길 끝에 도달한 일행이 다리가 있는 왼쪽으로 꺾어졌을 때 내가 말했다. "너희는 노숙하는 여자한테 불을 붙였어. 그런 다음 네 휴대폰으로 그걸 촬영했어. 지하철역에서 알코올 중독자를 찍었을 때처럼." 문득 선로 위에서 구타당한 그 남자를 지금 내가 알코올 중독자로 만들었다는 사실을 깨달았다. 그것도 내 입으로. 물론 그게 사실일 가능성도 있다. 하루에 많아야 두세 잔 정도 술을 마시는 사람보다 알코올 중독자에 대한 매질이 훨씬 정당화될 수 있을지도 모른다. "그런데 그 동영상이 갑자기 인터넷에 떴어. 너희가 원했던 일이겠지? 최대한 많은 사람한테 자랑하고 싶었을 테니까." 혹시 아이들이 알코올 중독자의 동영상도 유튜브에 올려놓은 게 아닐까 하는 생각이 문득 뇌리를 스쳤다. "혹시 그 남자의 동영상도 벌써 인터넷에 올린 거야?" 의문은 금세 질문이 되어 입 밖으로 튀어나왔다.

미헬은 한숨을 내쉬었다. "아빠! 아빤 왜 내 말을 안 듣는 거예요!"

"내가 네 말을 안 듣는다고! 오히려 너무 잘 들어 탈이지. 나는……."

다시 레스토랑 출입문이 열리더니 양복 차림의 한 남자가 주변을 둘러본 다음 조명이 미치지 않는 곳까지 몇 걸음 걸어가서 담배에 불을 붙였다. "빌어먹을, 젠장!" 내가 말했다.

미헬이 돌아서서 자전거를 향해 걸어갔다.

"미헬, 대체 어딜 가려는 거야? 아빠 말 아직 안 끝났어."

하지만 미헬은 내 말을 무시하고 계속 걸어갔다. 그리고 주머니에서 열쇠를 꺼내 자물통에 넣자 딱 소리가 나며 자물통이 열렸다. 입구에서 담배를 피우고 있는 남자를 힐끗 쳐다봤다. "미헬." 작지만 절박한 목소리로 불렀다. "그냥 달아나서는 안 돼. 지금 당장 우리가 어떻게 해야 할지 생각해야 한단 말이야! 혹시 아빠가 놓친 동영상들이 또 있는 거야? 유튜브에서 아빠가 직접 찾아볼까, 아니면 네가 지금 나한테 털어놓을래? 혹시 그런……?"

"아빠!" 미헬이 갑자기 뒤로 휙 돌아서며 내 팔을 붙잡더니 아주 힘껏 나를 잡아당겼다. "그만해요, 아빠. 제발 그 입 좀!"

나는 너무 놀라 아들의 눈을 쳐다봤다. 눈빛은 정직했다. 더 이상 그 문제를 거론하는 것은 의미 없다는 것을 깨달았다. 그의 눈빛에는 증오심만 가득했다. 나는 슬쩍 담배를 피우고 있는 곳을 곁눈질했다.

그리고 애써 미헬을 향해 미소를 지었다. 직접 확인하지는 못했지만 내 미소가 얼마나 어색했을지 충분히 짐작할 수 있었다. "좋아. 입을 다물도록 하지." 내가 말했다.

미헬이 팔을 놓아주었다. 그런 다음 아랫입술을 깨물면서 고개를 저었다. "젠장! 대체 아빠는 언제쯤 정상으로 돌아올 거예요?"

누군가 대바늘로 내 심장을 쿡쿡 찔러 대는 느낌이었다. 다른 아빠 같았으면 이런 상황에서 분명 이렇게 호통 쳤을 것이다. '적반하장도 유분수지. 지금 여기서 정상인 사람이 누군데 그래? 말해봐, 누가 정상인지. 지금 나한테 언제 정상으로 돌아올 거냐고 말한 거야?' 하지만 나는 다른 아빠들과 달랐다. 아들이 그런 말을 한 의도를 너무나 잘 알고 있었다. 미헬을 품에 꼭 끌어안고 싶었다. 하지만 그러면 아마 혐오스러운 눈빛으로 나를 밀어낼 게 뻔했다. 아들이 그 정도로 심한 거부 반응을 보이면 아마도 내 눈에서는 금세 눈물이 쏟아지고 말 것이다. 그리고 절대 그 눈물을 멈추지 못할 것이다.

"사랑하는 아들." 내가 말했다.

제발 침착해야 해. 그리고 미헬의 말에 귀를 기울이도록 해. 나는 마음속으로 몇 번씩 그 말을 되뇌었다. 미헬이 방금 내가 자기 말을 안 듣는다고 했던 게 퍼뜩 떠올랐다. "아빤 늘 귀를 열어 놓고 있어." 내가 말했다.

미헬이 다시 고개를 저으며 자전거 보관대에서 자전거를 내렸다.

"기다려!" 내가 외쳤다. 절대 흥분하면 안 돼. 나는 죽을힘을 다해 내 마음을 다독였다. 일단 길을 가로막을 생각이 없다는 것을 보여주기 위해 옆으로 한 걸음 비켜섰다. 하지만 나도 모르는 사이에 벌써 한 손이 미헬의 팔에 올라가 있었다.

미헬은 마치 징그러운 벌레라도 떨어졌다는 듯이 내 손을 쳐다봤다. 그러더니 고개를 들어 내 얼굴을 쳐다봤다.

지금 이 위기를 잘 넘겨야만 해. 나는 다시 마음을 다잡았다. 결정을 내려야 할 마지막 순간이었다. 이제는 되돌릴 수도 없었다. 나는 아들의 팔에서 손을 뗐다.

"미헬, 할 말이 또 있어." 내가 말했다.

"아빠, 제발."

"너한테 전화가 왔었어."

미헬은 나를 바라봤다. 그 순간 내 얼굴로, 그러니까 윗입술이나 내 코 쪽으로 주먹이 날아왔다고 해도 놀라지 않았을 것이다. 그럼 아마 피가 흘러내렸겠지만 그걸로 몇 가지 사실이 아주 확실해지는 셈이니까 나쁠 건 없다.

하지만 아무 일도 일어나지 않았다. "언제?" 미헬이 차분한 목소리로 물었다.

"미헬, 아빠를 용서해 줘. 그러면 안 되는 거 아빠도 알아. 하지만…… 그 동영상은 문제가 있어. 나는 네가……. 아빤 그냥 알고 싶었던 것……."

"언제냐고요?" 페달에 올려놓았던 발을 다시 땅바닥에 내려놓았던 미헬이 이제는 두 발로 오솔길 위에 서 있었다.

"한참 전에 메시지가 와 있었어. 아빠는 그걸 들었고."

"누구한테서 온 건데요?"

"베아…… 파소한테서." 어깨를 으쓱 들어 올리며 킥킥거렸다. "너희, 그 애를 그렇게 부르지 않니, 파소라고?"

미헬의 표정이 단박에 굳어진 것을 보면 한 점 의혹도 없는 분명한 사실이었다. 비록 조명이 흐리기는 했지만 미헬의 얼굴이 약간 창백해진 듯했다. 맹세할 수도 있다.

"뭐라고 했는데요?" 미헬의 목소리는 차분했다. 아니, 차분하지 않았다. 미헬은 별일 아닌 것처럼 보이려고 애쓰고 있었다. 입양된 사촌 형이 오늘 느닷없이 전화한 것에 큰 의미를 부여할 필요는 없다는 듯이 말이다.

하지만 이미 속마음은 드러났다. 분명 뭔가 꺼림칙한 게 있어 보였다. 예를 들어 아빠가 자신에게 온 메시지를 확인했다는 것도 보통 일은 아닐 것이다. 대부분 아빠들은 그런 상황에 부딪혔을 때 두 번쯤 생각한다. 나 역시 두 번 생각했다. 미헬은 분명 화를 낼 거라고. 어쩌면 괴성을 지를 수도 있다고. 하지만 나는 그의 메시지를 반드시 들어야 할 이유가 있었다. 이런 상황에서는 너무나 당연한 일이었다.

"아무 말 안 했어." 내가 대답했다. "그냥 너한테 전화해 달라고 하더라." 하마터면 '평소처럼 친절한 말투로'라고 덧붙일 뻔했다.

"알았어요." 미헬은 그렇게 말하더니 짧게 고개를 끄덕였다. "알았어요." 그 말을 반복했다.

그 순간 퍼뜩 무슨 생각이 떠올랐다. 자신의 휴대폰에 전화를 걸었을 때 미헬은 분명 꼭 필요한 전화번호가 있다고 했다. 그 전화번호 때문에 휴대폰을 가지러 오겠다고. 이제야 그게 누구 번호인지 알 것 같았다. 하지만 미헬한테 캐묻지는 않았다. 다른 생각이 또 퍼뜩 뇌리를 스쳤기 때문이다.

"너는 아빠가 네 말을 듣지 않는다고 했지?" 내가 말했다. "하지만 그 동영상을 유튜브에 올린 게 너희냐고 물었을 때 나는 네 말에 귀를 기울이고 있었어."

"알아요."

"그럼 그게 너희가 올린 게 아니란 말이지?"

"네."

"그럼 대체 누가 한 짓이지? 대체 누가 그걸 거기 올렸다는 거야?"

종종 우리는 질문하는 과정에서 스스로 답을 깨달을 때가 있다. 나는 아들의 얼굴을 쳐다봤고 미헬은 내 얼굴을 쳐다봤다.

"파소야?" 내가 말했다.

"네." 미헬이 대답했다.

27

일순 침묵이 흘렀다. 그러자 공원과 연못 너머에 있는 거리의 소음이 더 뚜렷하게 들렸다. 나뭇가지 사이로 날아다니는 새들, 질주하는 자동차들, 교회 종탑의 시계 소리까지. 종소리가 한 번 울렸다. 숨 막힐 것 같은 침묵 속에서 아들과 나는 서로의 얼굴을 응시했다.

확실한 것은 아니지만 미헬의 눈가에서 얼핏 눈물을 본 듯했다. 미헬의 눈빛이 모든 것을 말해 주었다.

'이제야 이해하겠어요?' 아들이 눈빛이 그렇게 말하고 있었다.

갑자기 적막을 깨뜨리며 내 재킷 왼쪽 주머니에서 전화벨이 울렸다. 사실 나는 지난 몇 년 동안 귀가 조금씩 어두워졌다. 그래서 전형적인 전화벨 소리를 설정해 놓았다. 검은색 구형 휴대폰을 연상시키는 벨 소리인데, 그 소리라면 어떤 상황에서도 절대 전화를 놓치는 일이 없기 때문이다.

나는 주머니에서 휴대폰을 꺼냈다. 화면에서 발신자 이름을 확인하는 순간 전화를 외면하고 싶었다. 끌레르였다.

"응, 나야."

미헬한테 아직 떠나지 말라는 손짓을 했다. 미헬은 갑자기 출발을 서두를 필요가 없어진 사람처럼 팔짱을 끼며 자전거 안장에 걸터앉았다.

"당신 어디야?" 아내가 물었다. 소곤거리는 목소리였다. 전화기에서 레스토랑의 소음이 아내 목소리보다 더 크게 울렸다. "어디서 뭘 하느라 아직 안 들어오는 거야?"

"밖이야."

"거기서 뭐 하는데? 우리는 메인 요리를 거의 다 먹었어. 당신 금방 들어올 줄 알았는데."

"지금 미헬하고 같이 있어."

원래는 '우리 아들하고'라고 말할 작정이었지만, 그렇게 하지 않았다.

짧은 침묵이 흘렀다.

"내가 나갈게." 끌레르가 말했다.

"아니, 안에서 기다려! 금방 갈 거야……. 미헬은 곧 돌아가야 해."

하지만 전화는 벌써 끊어졌다.

'아빠는 아무것도 몰라. 물론 앞으로도 계속 몰라야 하고.' 아내의 말이 떠올랐다. 그녀는 곧 레스토랑 밖으로 나올 것이다. 그럼 대체 어떤 표정으로 맞아야 할까. 아니, 더 정확히 말하면, 몇 시간 전 식당에서 아내가 내게 미헬이 최근에 좀 수상쩍지 않았냐고 물었을 때처럼 그녀를 쳐다볼 수 있을까?

아주 잠깐 동안 나는 우리가 아직도 행복한 가족인지 자문했다.

내 생각은 다시 불타고 있는 노숙자를 담은 동영상으로 향했다. 대체 그게 어떻게 유튜브에 올라가게 된 거지?

"엄마가 나온대요?" 미헬이 물었다.

"그래." 내 추측일지도 모르지만 '엄마'가 나오는 거냐고 묻는 미헬의 목소리에서 심리적 압박감이 상당히 줄어든 것 같은 느낌을 받았다. 아빠하고는 이제 더 이상 볼일이 없다는 뜻인가? 아빠는 자기를 위해 아무것도 해 줄 수 없다는 뜻인가? 엄마가 나와? 엄마가 나온다. 나는 서둘러야 했다. 아직 내가 할 수 있는 일이 남아 있는 영역에서라도 미헬을 보호해야 했다.

"미헬." 이름을 부르면서 다시 손을 미헬의 팔에 올려놓았다. "대체 베아…… 파소는…… 뭘 알고 있는 거지? 어째서 파소가 동영상에 대해 알고 있는 거야? 그 애는 먼저 집으로 돌아갔잖아? 내 말은……."

미헬이 레스토랑 입구를 힐끗 쳐다보았다. 엄마가 빨리 모습을 드러냈으면, 그래서 아빠랑 같이 있는 고통으로부터 자기를 구해 줬으면 하는 표정이었다. 입구의 모습이 뭔가 달랐다. 하지만 그게 뭔지는 알 수 없었다. 대체 뭐가 바뀐 거지? 순간 담배를 피우던 남자가 떠올랐다. 그 남자가 사라지고 없었다.

"어쩌다 보니 그렇게 됐어요." 미헬이 말했다. 어쩌다 보니 그렇게 됐다. 이건 미헬이 자주 하는 대답이었다. 재킷을 잃어버렸을 때, 축구장에 갔다가 깜빡하고 책가방을 놓아두고 왔을 때, 설명을 요구하면 미헬은 늘 그런 식으로 대답했다. 어쩌다 보니 그렇게 됐어요……. 그냥 거기 두고 왔어. "릭한테 메일로 동영상을 보냈는데, 파소가 그걸 본 거예요. 파소가 릭의 컴퓨터에서 그 자료들을 전부 다운받아 일부를 편집해서 유튜브에 올렸어요. 그리고는 지금 당장 돈을 주지 않으면 다른 자료들도 전부 인터넷에 올릴 거라고 우리를 협박하고 있어요."

나는 물어보고 싶은 게 너무 많았다. 다른 아빠라면 대체 뭘 물어볼까, 일 초 정도 생각했다.

"얼마나?" 내가 물었다.

"삼천."

미헬을 쳐다봤다.

"스쿠터를 한 대 갖고 싶어 해요."

28

"엄마." 미헬은 두 팔로 끌레르의 목을 감싼 뒤 얼굴을 푹 파묻었다. "엄마." 그러고는 다시 한번 엄마를 불렀다.

엄마가 왔다. 아내와 아들의 모습을 지켜보며 나는 행복한 가족을 떠올렸다. 미헬과 아내의 그런 모습을 종종 본 적이 있다. 그럴 때마다 나는 단 한 번도 두 사람 사이를 비집고 들어갈 생각을 하지 않았다. 그것 역시 중요한 '행복의 요소'였으니까.

아내가 미헬의 등과 검은색 모자를 쓴 머리를 잠시 쓰다듬었다. 그런 다음 고개를 들어 날 쳐다봤다.

대체 당신은 뭘 알고 있지? 아내의 눈빛이 그렇게 묻고 있었다.

전부 다. 나 역시 눈빛으로 그렇게 대답했다.

거의 전부, 라고 눈빛을 수정했다. 아들의 휴대폰에 저장돼 있던 끌레르의 메시지가 떠올랐기 때문이다.

그 순간 끌레르가 미헬의 어깨를 붙잡고 이마에 입을 맞췄다.

"우리 아들, 왜 여기 있는 거야?" 그녀가 물었다. "너, 오늘 약속 있는 거 아니었어?"

미헬의 두 눈이 나를 찾았다. 그 순간 끌레르는 동영상에 대해서는 아무것도 모르고 있다는 사실을 분명히 깨달았다. 아내는 내 생각보다 훨씬 많은 것을 알고 있지만 동영상에 대해서는 아무것도 모르는 게 확실했다.

"돈 받아 가려고 온 거야." 미헬의 얼굴을 바라보면서 나는 그렇게 말했다. 끌레르가 눈살을 찌푸렸다. "내가 미헬한테 돈을 좀 빌렸거든. 오늘 저녁 외출하기 전에 돌려주기로 했는데, 깜빡 잊어버렸지 뭐야."

미헬은 고개를 숙인 채 조약돌을 밟고 있는 흰색 운동화를 내려다봤다. 아내는 나를 쳐다보았지만 아무 말도 하지 않았다. 나는 바지 주머니 속을 뒤졌다.

"여기 있다. 50유로." 나는 미헬한테 지폐를 내밀면서 그렇게 말했다.

"고마워요, 아빠." 미헬은 돈을 받아 재킷 주머니에 집어넣었다.

끌레르는 한숨을 내쉬면서 미헬의 손을 붙잡았다. "너 혹시…… 그거……." 그녀는 나를 쳐다봤다. "우린 안으로 들어가는 게 좋겠어. 아까부터 당신 왜 이렇게 오랫동안 자리를 비우냐고 형님 부부가 수상쩍게 생각하고 있어."

우리는 아들을 껴안았다. 끌레르는 작별 인사로 미헬의 뺨에 세 번 뽀뽀했다. 그리고 자전거를 타고 오솔길을 지나 다리 쪽으로 가는 미헬의 뒷모습을 함께 지켜보았다. 다리 중간쯤에 이르렀을 때 미헬은 우리한테 손이라도 흔들려는지 고개를 살짝 돌릴 것 같더니 그냥 허공을 향해 팔만 쭉 들어 올렸다.

미헬이 길을 건너 관목 숲 사이로 사라졌을 때 끌레르가 물었다. "당신은 언제부터 알고 있었던 거야?"

그러는 당신은 대체 언제부터 알고 있는데, 라며 되묻고 싶은 것을 애써 억누르며 대답했다. "「사건파일 XY」 나왔을 때부터."

아내는 미헬의 손을 붙잡았을 때와 똑같이 내 손을 붙잡았다.

"아, 여보." 끌레르는 한숨을 내쉬었다.

아내의 얼굴을 보기 위해 고개를 약간 돌렸다.

"그러는 당신은?" 내가 물었다.

아내는 나머지 한 손으로도 내 손을 붙잡고는 근심 어린 얼굴에 애써 미소를 지으며 나를 쳐다봤다. 그 미소가 양심의 가책을 느끼는 와중에도 우리를 잠시 옛날로 데려다주었다.

"여보, 이것만은 알아줘. 항상 당신을 제일 먼저 생각했다는 거." 그녀가 말했다. "당신한테 알리고 싶지 않았어……. 감당하기 힘든 일일 거라 생각했거든. 너무 두려웠어……. 혹시 당신이 다시…… 그렇게 될까 봐. 당신도 알잖아."

"언제부터 알았냐니까?" 나는 조용히 다시 물었다. "대체 당신은 언제부터 그 사실을 알고 있었던 거냐고?"

끌레르는 붙잡고 있는 손에 힘을 주었다.

"그날 밤에." 그녀가 말했다. "아이들이 ATM기 부스에 들렀던 그날 밤에."

나는 아내를 바라봤다.

"미헬이 나한테 전화했었어." 끌레르가 말했다. "사건이 벌어진 직후에 곧바로. 이제 어떡하면 좋냐고 미헬이 나한테 물었었어."

29

내가 아직 일을 하던 시절, 학교에서 수업을 하다가 교실을 한 번 둘러 본 적이 있었다. 스탈린그라드 전투를 설명하던 중이었다.

머리가 참 많기도 하군. 문득 그런 생각이 들었다. 뭔가를 집어넣어도 금세 까먹어 버리는 멍청한 머리들이 참 많기도 많았다.

"히틀러는 스탈린그라드에 매우 집착했다." 내가 말했다. "전략적으로는 곧장 모스크바로 진격하는 게 훨씬 유리했음에도 불구하고, 그는 스탈린그라드로 쳐들어갔다. 그 도시의 이름이 그만큼 중요했기 때문이다. 스탈린그라드는 히틀러의 위대한 맞수인 이오시프 스탈린의 이름을 딴 도시였으니까. 히틀러는 그 도시를 최초로 정복하는 사람이 되고자 했다. 그 도시를 정복하는 것은 스탈린을 정복하는 것과 맞먹는 심리적 효과를 거둘 수 있었으니까."

나는 잠시 말을 멈추고 다시 교실을 훑어보았다. 내가 하는 말을 필기하는 몇 명 빼고 나머지 아이들은 나를 쳐다보고 있었다. 관심을 갖고 지켜보는 아이들도 있고, 냉정한 시선들도 있었다. 냉정한 시선보다는 관심을 보이는 눈길이 더 많다고 생각했다. 하지만 어느 쪽이든 상관없었다.

나는 아이들의 인생을 생각했다. 아이들의 인생은 앞으로도 쭉 계속되겠지.

"가끔은 이런 부조리한 이유 때문에 전쟁에서 이기기도 하고……." 내가 말했다. "지기도 한다."

'내가 아직 일을 하던 시절'이라는 표현을 쓸 때면 늘 마음이 아프다. 그 이유를 지금 여기서 상세하게 밝힐 수는 없다. 한때는, 그러니까 아주 오래전에는 나도 다른 인생을 꿈꿨었다. 하지만 그 이야기는 아껴 두도록 하겠다. 그때는 지금과는 다른 계획들이 있었다. 정확히 어떤 계획이었는지 말하는 건 지금 아무런 의미가 없다. '내가 아직 일을 하던 시절'이라는 표현은 '내가 아직 교단에서 아이들을 가르칠 때' 내지는 '내가 아직 교직에 종사하던 시절'이라는 표현보다 낫다고 생각한다. 전직 교사 중에서 가장 형편없던 작자들이 제일 선호하는 게 맨 마지막 표현이다.

학교에서 내가 무슨 과목을 가르쳤는지는 기꺼이 밝히고 싶다. 하지만 이 사건과는 아무런 관련이 없으니 이 문제는 간단하게만 언급하고 넘어가겠다. 흔히들 이렇게 말한다. 아, 그 사람은 XX 교사야, 라고. 이 문장은 몇 가지 의미를 담고 있다. 하지만 과연 이 문장이 정확히 뭘 의미하느냐고 질문하면, 대답은 그리 간단하지 않다. 나는 역사를 가르쳤다. 그러다 약 십 년 전 그 일을 그만두었다. 아니, 그만두어야 했다. 그때도, 또 지금도 나는 '그만두었다'는 표현과 '그만두어야 했다'는 표현이 당시 상황을 백 퍼센트 정확하게 담아내지 못한다고 생각한다. 진실은 한마디로 표현하기 어려운 법이다. 하지만 아무렴 어떠랴. 어느 쪽이 진실이든 결과는 마찬가지였을 것이다.

그 사건의 시작은 베를린행 열차 안에서였다. 어쩌면 끝의 시작이라는 표현이 더 적절할지 모르겠다. 일을 그만두는 것(그만둬야 했던 것)이 그때 시작되었으니까. 돌이켜 생각해 보면 과정 전체는 겨우 두세 달밖에 걸리지 않았다. 하지만 일단 시작된 후에는 급속하게 진행되었다. 굳이 비유를 들자면, 암 진단을 받았는데 남은 목숨이 육 개월이라는 선고를 들었을 때와 비슷하다.

나중에는 오히려 그렇게 된 게 기쁘기도 하고 마음도 홀가분했다. 사실 가르치는 일은 할 만큼 했다. 승객이 거의 없는 객실에서 나는 혼자 창문 옆자리에 앉아 창밖을 내다봤다. 처음에는 창밖으로 삼십 분 동안 자작나무만 보였다. 그런 다음 어느 도시의 외곽 지역을 통과했다. 주택과 고층 빌딩이 나타났다. 가끔은 선로 바로 옆까지 정원이 나 있는 집도 있었다. 어느 집 정원에는 빨랫줄에 하얀 침대보가 널려 있고, 어느 집 정원에는 그네가 세워져 있었다. 11월이라 날씨가 쌀쌀해서 그런지 정원에 나와 있는 사람은 하나도 없었다. "당신, 휴가를 좀 다녀오는 게 좋을 것 같아." 끌레르가 말했다. "그냥 한 일주일 정도 집을 떠나 보는 거야." 그녀는 내가 매사에 너무 충동적이고 조그만 일에도 격한 반응을 보인다면서, 요즘 좀 이상해 보인다고 했다. "분명 학교 일이 너무 고돼서 그럴 거야. 나는 가끔 당신은 대체 그 스트레스를 어떻게 견딜까, 혼자 묻곤 해." 그녀가 말했다. "나한테 미안해할 필요는 전혀 없어." 미헬은 아직 네 살밖에 안 됐으니 아마 아내 혼자서도 돌볼 수 있을 것이다. 또 일주일에 사흘은 유치원에 가니까 낮 시간을 자유롭게 쓸 수도 있을 테고.

처음에는 로마나 바르셀로나를 생각했다. 야자수와 테라스 같은 것들을. 그런데 결국 베를린으로 결정했다. 가장 큰 이유는 베를린에 한 번도 가 본 적이 없다는 것이었다. 출발 전에는 왠지 열정 같은 게 솟구쳤다. 짐은 작은 가방 하나에 전부 꾸렸다. 최소한의 짐만 가지고 가벼운 마음으로 다녀올 작정이었다. 하지만 기차 역 선로에 정차해 있는 베를린행 열차를 보는 순간 열정은 사라졌다. 처음에는 그런대로 괜찮았다. 나는 주택과 산업단지가 천천히 시야에서 사라지는 광경을 무덤덤한 표정으로 지켜봤다. 소들이 하나둘씩 나타나고 배수로와 전신주를 지날 때까지만 해도 나는 창밖에 펼쳐지는 광경에, 그리고 앞으로 나타날 광경에 집중했다. 하지만 열정이 사라진 자리를 금세 다른 것이 차지했다. 끌레르와 미헬이었다. 두 사람과 나 사이가 점차 멀어지고 있다는 생각이 들었다. 유치원 문 앞에 우리 아들과 함께 서 있는 아내의 모습이 보였다. 아내가 자전거에 미헬을 태우고 가는 모습, 이어서 현관문에 열쇠를 꽂는 아내의 손이 보였다.

기차가 독일 땅에 들어섰을 때는 벌써 맥주를 사기 위해 식당 칸에 서너 번쯤 다녀온 뒤였다. 돌아가기에는 너무 늦었다. 나는 이미 더 이상 물러설 수 없는 곳에 도달해 있었다.

바로 그 순간 주택과 정원이 나타났다. 눈길이 미치는 곳 어디에나 사람들로 북적거렸다. 저렇게 사람들이 많으니 선로 옆에까지 집들을 짓는구나 싶었다.

호텔방에 들어서자마자 나는 끌레르한테 전화를 걸었다. 최대한 평소 목소리를 유지하려 애썼다.

"혹시 무슨 일 있어?" 끌레르는 대뜸 그렇게 물었다. "당신, 전부 괜찮은 거지?"

"미헬은 어때?"

"좋아. 유치원에서 찰흙으로 코끼리를 만들었어. 그 소식은 미헬한테 직접 듣는 게 나을 거야. 미헬, 아빠한테 전화 왔다……."

아니, 라고 말하고 싶었다. 전화 바꾸지 말라고.

"아빠……."

"안녕, 사랑하는 아들. 엄마가 아빠한테 무슨 얘기한 줄 알아? 네가 코끼리를 만들었다고 자랑하던데?"

"아빠?"

무슨 말인가 해야 하는데, 아무 생각도 나지 않았다.

"아빠, 감기 걸렸어요?"

그다음 며칠 동안 나는 즐거운 여행객을 가장하느라 몹시 힘들었다. 베를린 장벽의 잔해를 따라 산책도 하고, 안내자 말에 의하면 진짜 평범한 베를린 시민만 찾는다는 레스토랑에 들러 식사도 했다. 하지만 저녁때가 문제였다. 그건 정말이지 끔찍한 시간이었다. 나는 호텔방 창문 앞에 서서 창밖을 내다보았다. 지나가는 차량, 천여 개의 네온사인 불빛들, 어딘가로 바삐 걸어가고 있는 사람들이 보였다.

내가 선택할 수 있는 것은 두 가지였다. 계속 창문 앞에 서서 그 광경을 내려다보는 것, 아니면 사람들 사이로 섞여 들어가는 것. 사람들 사이로 섞여 들어가 나 역시 어딘가로 바삐 가고 있는 척하는 것.

"여행 어땠어?" 일주일 뒤 다시 아내를 품에 안았을 때 그녀는 그렇게 물었다. 나는 마음먹었던 것보다 훨씬 더 세게 아내를 껴

안았다. 그런데도 왠지 충분한 느낌이 들지 않았다.

며칠 뒤 다시 학교에 나갔을 때도 계속 그런 기분이었다. 처음에는 그냥 멀리 떠났다 돌아와서 그런 거라고 생각했다.

하지만 마음속에서 분명 무슨 일이 일어났고, 나는 그걸 안고 집으로 돌아온 것이다.

"선생님이 질문을 하나 해보겠다. 만약 2차 세계 대전이 일어나지 않았다면 세계 인구는 지금 얼마나 될까?" 그 질문을 던진 다음 나는 '55,000,000'이라는 숫자를 칠판에 썼다. "만약 이 사람들이 모두 살아서 계속 열심히 아이를 낳았다면 과연 어떻게 됐을지 다음 시간까지 계산해 오도록 해라."

평소보다 훨씬 많은 아이들이 내 얼굴을 뚫어져라 쳐다본다는 것을 나도 분명히 의식했다. 어쩌면 아이들 전부 나를 보고 있었는지도 모르겠다. 칠판과 나를 번갈아가면서 말이다. 나는 애써 미소를 지으며 창밖을 내다봤다. 학교 건물은 환기를 포함해 모든 게 중앙 통제 시스템으로 관리되기 때문에 창문을 열 수 없었다. "잠시 바람 좀 쐬고 와야겠다." 그렇게 말한 다음 나는 교실을 나왔다.

30

당시에 학생들이 학교에 직접 항의했는지 아니면 부모를 통해 우회적으로 교장에게 이의를 전달했는지는 모르겠다. 정확한 상황은 모르겠지만 어느 날 나는 교장실로 오라는 호출을 받았다.

교장은 요즘은 거의 찾아보기 힘든 그런 타입의 인물이었다. 가르마를 옆으로 탄 머리 모양에다가 생선 뼈 무늬의 갈색 양복을 즐겨 입는 남자였다.

"선생의 역사 수업과 관련해서 여기저기서 항의가 빗발치고 있소." 나에게 책상 맞은편에 있는 의자에 앉으라고 말한 뒤 교장이 입을 열었다.

"누구한테서요?"

교장은 나를 쳐다봤다. 그의 머리 뒤쪽에 열세 개 주로 구성된 네덜란드 지도가 걸려 있었다.

"지금 그런 건 중요하지 않소." 교장이 말했다. "문제는 오히려…….."

"중요할 수도 있지요. 학부모들이 항의한 건가요, 아니면 학생들이 직접 이의를 제기한 건가요? 학부모들은 대부분 매우 성급하게 불평을 늘어놓는 편이고, 학생들은 보통 그런 일에 별로 관심이 없거든요."

"파울, 지금 제일 큰 문제는 당신이 전쟁에서 희생된 사람들에 관해서 언급한 내용이오. 혹시 내 지적이 잘못된 거라면 잘못됐다고 말하시오. 그러니까 2차 세계 대전 희생자들 말이오."

나는 뒤로 몸을 기댔다. 뒤로 몸을 기대려 했다는 표현이 더 정확하겠다. 하지만 의자 등받이 재질이 딱딱한데다가 직각 형태라서 뒤로 젖혀지지 않았다.

"선생이 희생자들을 조롱하는 발언을 했다고 하더군요." 교장이 말했다. "그 사람들이 희생된 건 전적으로 본인들 책임이라고."

"저는 절대 그렇게 표현하지 않았습니다. 다만 희생자라고 해서 모두가 저절로 무죄가 되는 것은 아니라고 말했을 뿐입니다."

교장은 책사 위에 놓인 종이를 내려다보았다.

"여기 적혀 있기로는……." 교장은 말을 시작했다. 하지만 금세 고개를 가로저으며 안경을 벗은 뒤 엄지와 검지로 코를 만지작거렸다. "이걸 이해해야 하오, 파울. 실은 학부모들로부터 이의 제기가 있었소. 학부모들이야 늘 불평불만을 늘어놓는 존재라는 건 나도 잘 알고 있소. 그러니 그들이 얼마나 속이 배배 꼬인 존재인지 설명할 필요는 없소. 대부분 학교 식당에 왜 사과를 안 가져다 놓느냐, 생리 중일 때 체육 수업을 시켜도 되는 것이냐 같은 그냥 무시해 버리면 그만인 문제들이니까. 솔직히 수업 내용에 대한 이의 제기는 아주 드물지. 그런데 이번이 바로 그런 경우에 해당되는 거요. 학교 입장에서는 별로 달갑지 않은 일일 거라는 거, 선생도 충분히 짐작할 거요. 그래서 말인데, 내 생각에는 선생이 수업 중에 정도(正道)를 지켜 주는 게 우리 모두에게 최선일 듯싶은데."

대화를 시작하고 나서 나는 처음으로 목덜미에서 찌릿찌릿 전기가 통하는 느낌이 들었다. "대체 무슨 근거로 그런 말씀을 하시는 거죠? 지금 제 수업이 정도에서 벗어났다고 말씀하시는 건가요?" 나는 차분한 목소리로 따졌다.

"여기 적힌 바로는……." 교장이 다시 책상 위에 놓인 종이를 만지작거렸다. "그렇다면 어디 본인 입으로 한번 말해 보시오. 대체 수업 시간에 정확히 뭐라고 한 거요, 파울?"

"특별한 내용은 전혀 없었습니다. 저는 그냥 계산을 한번 해 보라고 했을 뿐입니다. 인구가 총 10만 명인 사회를 가정해 보자. 과연 그중에서 비열한 인간은 몇 명이나 될까? 자식들한테 호통만 치는 아버지들은 몇 명이나 될까? 심한 구취 때문에 주변 사람들을 괴롭히면서도 정작 본인은 그걸 해결할 아무런 조치도 취하지 않는 남자들은 몇 명이나 될까? 한평생 일어나지도 않은 일에 불평만 늘어놓으면서 무위도식하는 날건달은 또 몇 명이나 될까? 반 친구들 가운데 당장 내일부터라도 학교에 안 나왔으면 소원이 없겠다 싶은 아이들은 몇 명이나 될까, 한번 생각해 보라고 했습니다.

또 여러분 가족이나 일가친척들을 떠올려 봐라. 그중에는 분명 되도 않는 자기 얘기만 줄기차게 떠들어 대는 신경질적인 삼촌이나 고양이를 마구 학대하는 사촌이 있을 것이다. 만약 그런 삼촌이나 사촌이 지하 탄광에 매몰되거나 비행기를 타고 가다가 폭탄 테러를 당했다면 너희의 기분은, 혹은 너희 일가친척의 기분은 어떨까? 아마 못된 친척이 이 세상에서 영원히 사라졌으니 더할 나위 없이 홀가분할 것이다.

그럼 이제 인류 역사에서 일어난 모든 전쟁에서 희생된 사람들을 생각해 보자. 이때 저는 특별히 2차 세계 대전이라고 못 박지는 않았습니다. 다만 2차 세계 대전을 하나의 사례로 언급했을 따름입니다. 일단 그것부터 시작해 보자는 의미 정도였지요. 죽든지 살든지 너희하고는 아무 상관없는 천 명 내지 만 명 정도 되는 희생자들을 생각해 보자. 통계적으로 따져볼 때 비록 그 가능성을 완전히 배제할 수는 없겠지만 죽은 사람들 전부가 착한 사람들이었을 가능성은 거의 제로에 가깝다. 만약 그렇다면 못된 사람들의 이름이 무고한 희생자의 명단에 올라가 있는 것은 정말 천부당만부당한 일이 아니겠느냐. 그런 사람들의 이름까지 전쟁 기념비에 새겨져 있다면, 그것만큼 불공평한 일은 없지 않을까, 라고요."

나는 호흡을 가다듬기 위해 잠시 말을 멈췄다. 문득 내가 교장이라는 사람을 얼마나 알고 있을까 하는 의문이 들었다. 그는 지금 나 혼자 떠들어 대도록 그냥 내버려두고 있었다. 이건 무슨 의미일까? 어쩌면 이미 나를 정직(停職)시키는 데 필요한 증거 자료를 충분히 갖고 있어서 직접 해명을 들을 필요가 없을지도 모른다.

"파울……." 교장이 다시 입을 열었다. 그는 벗었던 안경을 다시 쓰고 내 얼굴이 아니라 종이 위의 어떤 지점을 응시했다. "혹시 개인적인 질문 하나만 해도 되겠소, 파울?"

나는 아무 대답도 하지 않았다.

"혹시 일이 힘들어서 그런 거요?" 교장이 물었다. "가르치는 거 말이오. 제발 내 말을 오해하지는 마시오. 비난하려는 뜻으로 꺼낸 말은 아니오. 단지 시기의 문제일 뿐. 이건 우리 모두에게 한 번씩은 닥치는 일이오. 우리 일에 더 이상 아무런 의욕도 느끼지 못하고, 우리 일의 가치에 대한 회의에 빠지는 거 말이오."

나는 어깨를 으쓱 들어 올렸다. "아하……." 내가 말했다.

"아이들을 직접 가르치던 시절에 나 역시 그런 적이 있었소. 상당히 불쾌한 감정이었소. 삶의 의미를 앗아갈 만큼 찜찜하고 기분 나쁜 감정이었지. 그동안 내가 발을 디디고 서 있었던 모든 토대가 한꺼번에 무너지는 느낌이었소. 지금 당신 감정도 혹시 그것과 비슷하지 않을까, 파울? 당신은 자신의 직업에 확신이 있소?"

"저는 늘 학생들을 최우선으로 생각해 왔습니다." 그건 진실에 입각한 대답이었다. "그래서 저는 아이들을 위해 역사 수업을 최대한 흥미진진하게 구성하려고 애썼고요. 저는 그 출발점을 저 자신의 경험에서 찾았습니다. 이게 무슨 말이냐 하면, 논쟁의 여지가 없는, 모두가 인정하는 이야기만으로 수업을 진행하지 않겠다고 생각해 왔다는 뜻입니다. 그건 제 고등학교 시절 기억 때문입니다. 그 시절 진정으로 내 관심을 끌었던 건 뭐였지? 그 질문이 바로 제 수업의 출발점이었습니다.”

교장은 미소를 지으면서 의자 깊숙이 몸을 파묻었다. 아, 저 의자는 뒤로 젖혀지는구나. 그런데 나는 양초처럼 꼿꼿하게 앉아 있어야 하는 거로군.

“고등학교 시절의 역사 수업에서 제 기억에 가장 깊이 남아 있는 것은 특히 고대 이집트와 그리스, 로마 사람들에 대한 내용입니다.” 내가 말했다. “알렉산더 대왕, 클레오파트라, 줄리어스 시저, 한니발, 트로이의 목마, 코끼리 떼를 이끌고 알프스 너머까지 원정 나간 일, 각종 해전, 검투사들의 전투, 마차 경주, 스펙터클한 살인과 자살, 베수비오산의 화산 폭발 같은 거 말입니다. 한편으로는 아름다운 것들도 기억납니다. 사원이나 원형 투기장, 혹은 원형 경기장의 아름다움, 프레스코 벽화들, 목욕탕들, 모자이크들, 그건 정말 영원히 지속될 아름다움이지요. 오늘날 우리가 맨체스터나 브레멘이 아니라 늘 지중해에서 휴가를 보내는 이유는 아마도 그 아름다운 색채들 때문일 테니까요. 그리고 이어서 기독교 문명이 나타나고, 모든 게 점차 붕괴되지요. 그런데도 사람들은 소위 말하는 바바리아인들이 모든 것을 한꺼번에 무너뜨렸을 때 환호성을 지릅니다. 아 참, 이것도 생각나네요. 그 후로 정말 아주 오랫동안 아무 일도 일어나지 않았던 거요. 좀 더 자세히 고찰

해 보면, 중세는 정말 퇴행적이고 또 고약할 정도로 아무 일도 일어나지 않은 시대였습니다. 몇 번에 걸친 잔혹한 포위 공격이 전부였죠. 그 후에 비로소 네덜란드의 역사가 시작되지요! 80년 전쟁 말입니다. 저는 아직도 생생하게 기억합니다. 내심 스페인이 이기기를 바랐거든요. 오렌지의 윌리엄 공이 살해됐을 때 잠시 희망의 불꽃이 타오르기도 했습니다. 하지만 결국에는 광신적인 종교 동맹이 승리를 거두고 말았지요. 그로 인해 네덜란드와 벨기에는 절대적인 암흑기로 접어들게 됐고요.

제가 특히 생생하게 기억하고 있는 것은 우리 역사 선생님이 늘 2차 세계 대전을 마치 커다란 소시지처럼 우리 코앞에 디밀었다는 사실입니다. '나는 12학년 때 2차 세계 대전에 참전했었다.' 고 그분은 말했습니다. 하지만 정작 12학년에 올라갔을 때도 우리는 여전히 빌헬름 1세와 벨기에의 분리에 대해 배웠을 뿐, 단 한 번도 2차 세계 대전까지 진도를 나가지 못했습니다. 맛보기였던 참호에 대한 몇 마디 언급이 전부였죠. 1차 세계 대전은 대규모 학살만 제외하면 지루했고요. 솔직히 그건 아무런 감동도 주지 못했어요. 별다른 감흥이 없었다는 말입니다. 나중에 들어보니, 그 후로도 역사 수업은 늘 그런 식이었다고 하더군요. 지난 500년 동안의 역사에서 가장 흥미로운 시기인데도 불구하고 2차 세계 대전까지는 한 번도 진도를 나가지 못했단 말입니다. 물론 네덜란드 사람들한테도 그렇지요. 네덜란드가 로마인들의 관심권에서 벗어난 이후로 1940년 5월 이전까지 이 나라에서는 주목할 만한 사건이 일어난 적이 없었으니까요. 저는 이렇게 생각합니다. 외국인들이 네덜란드라는 나라에 대해 생각할 때 제일 먼저 떠올리는 게 뭘까요? 렘브란트나 빈센트 반 고흐 같은 화가들입니다. 이런 표현이 적절할지 어떨지 모르겠지만, 국제적인 명성을 얻은 유일한 네덜란드 사람은 안네 프랑크뿐입니다."

교장이 책상 위에 있던 종이를 옆으로 밀친 다음 다시 뭔가를 뒤적이기 시작했다. 내 눈에도 익숙한 자료였다. 투명한 셀로판지 표지의 서류철인데, 보통 학생들이 수업 중에 필기한 내용이나 과제로 제출했던 것들을 묶어 놓은 파일이다.

"혹시 XXX라는 이름을 알고 있소, 파울?" 교장이 물었다.

내 수업을 듣는 여학생의 이름이었다. 그 이름도 굳이 여기서 밝힐 필요는 없을 것 같다. 나는 그 이름을 듣는 순간 잊어야겠다고 결심했고, 또한 잊는 데 성공했다.

나는 고개를 끄덕였다.

"그럼 당신이 그 여학생한테 한 말도 기억하고 있소?"

"대충은요." 내가 대답했다.

교장이 서류철을 다시 덮은 다음 책상 위에 내려놓았다.

"그 아이한테 최하 점수를 주었더군요." 그가 말했다. "그리고 학생이 자기가 왜 그런 점수를 받았느냐고 묻자 당신은 이렇게 대답했소……."

"제 평가는 아주 공정했습니다." 나는 교장의 말을 중간에 끊었다. "정말로 과제가 형편없었으니까요. 그런 수준 미달의 과제로는 제 수업에서 좋은 점수를 얻을 수 없습니다."

교장은 미소를 지었다. 왠지 기분 나쁜 미소였다. 마치 상한 우유를 삼킨 것처럼 얼어붙은 미소였다. "이쯤에서 나도 고백 하나 해야겠소. 그 과제의 수준에 대해서는 나도 당신과 같은 의견이오. 허나 문제는 그게 아니오. 뭐가 문제냐 하면…….”

“저는 2차 세계 대전 말고도 역사의 커다란 부분을 그 다음 수업에서 다루었습니다.” 나는 다시 교장의 말을 자르면서 끼어들었다. “한국, 베트남, 쿠웨이트, 중동 지역과 이스라엘, 6일 전쟁, 욤 키푸르[15] 전쟁, 팔레스타인 사람들. 모두 제가 수업에서 다룬 내용들입니다. 그런 수업을 듣고서 이스라엘에 대해 오렌지 수확이나 캠프파이어 같은 것을 들먹이면서 ‘샌들을 신고 춤을 추는 나라’라는 식의 과제물을 제출할 수는 없는 법이지요. ‘즐겁고 행복하게 사는 사람들이 넘쳐 나는 나라’, ‘황무지에서 다시 꽃을 피운 나라’라는 식의 황당한 내용 말입니다. 저는 이스라엘에서 날마다 총격전이 벌어지고 버스 폭탄 테러가 자행되고 있다고 말했습니다. 그런데 그게 지금 무슨 문제가 되는 건가요?”

“그 여학생이 엉엉 울면서 나를 찾아왔었소, 파울.”

“그 정도로 멍청한 짓거리를 했으면 저 같아도 부끄러워서 엉엉 울었을 겁니다.”

교장은 내 얼굴을 빤히 쳐다봤다. 그의 눈길에서 이전에는 보지 못했던 뭔가가 느껴졌다. 왠지 태도가 중립적으로 돌아선 것도 같고, 속내를 내비치지 않으려고 장막을 친 것도 같았다. 생선 뼈 무늬 양복으로 아무것도 알아낼 수 없는 것과 대충 비슷했다. 그는 다시 의자에 몸을 기댔다. 아까보다 훨씬 더 깊숙이.

나랑 거리를 두려는 수작이로군. 아니, 거리를 두려는 게 아니었다. 내 말을 수정하겠다. 그건 작별 인사였다.

---

15 유대인의 축제일, 화해의 날.

"파울, 열다섯 살짜리 아이한테 그런 말을 해서는 안 되지요."
교장이 말했다. 목소리에서도 이제 중립적인 태도가 느껴졌다. 그는 나하고 논쟁을 벌이려는 게 아니라 단지 자신의 의견을 통고하려는 거였다. 어째서 그런 말을 해서는 안 되느냐고 반문했을 때 그는 '그냥' 안 된다고 대답했다.

아주 잠깐 그 여학생을 떠올렸다. 예쁜 아이였고 지나치게 명랑했다. 터무니없을 만큼 밝고 명랑한 아이. 섹시함과는 약간 거리가 있는 기쁨이라고나 할까. 오렌지 수확에 대한 묘사에 무려 한 페이지 반을 할애한 과제물만큼이나 그 아이 역시 유쾌하기만 한 얼굴이었다.

"축구장에서라면 그런 문제에 대해 고래고래 소리 지를 수 있소." 교장이 말을 계속했다. "하지만 학교에서는, 아무튼 우리 학교에서는 절대 해서는 안 되는 일이오. 교사로서도 당연히 해서는 안 될 일이고."

그 여학생한테 내가 정확히 뭐라고 했는지는 이제 정말 아무런 의미도 없군요, 라는 말이 목구멍까지 치밀어 올랐다. 그래야 화제가 바뀌고 더 이상 여기서 무의미한 말을 들을 필요가 없을 테니까. 하지만 그렇게 하면 나중에 분명히 후회할 것 같았다. 아니, 어쩌면 후회는 아닐지도 모르겠다. 한평생 그 사실을 떨쳐 내지 못하고 계속 안고 갈 거라는 게 보다 정확한 표현일 것이다.

그 여학생의 명랑한 얼굴을 떠올렸다. 내가 문제점을 지적했을 때 그 여학생은 무참하게 깨어졌다. 꽃병처럼. 어쩌면 '유리처럼'이라는 말이 더 적절할 것이다. 귀청을 찢을 정도의 고음에 산산조각나 버린 유리 같았다.

교장의 얼굴을 지켜보고 있으려니. 손에 힘이 들어가면서 자연스레 주먹이 쥐어졌다. 그리고 점차 이 상황이 조금 지겹다는 생각이 들었다. 나는 교장과 논쟁을 벌이고픈 마음이 추호도 없었다. 내가 보기에는 그랬다. 우리의 관계는 벌써 벌어져 있었다. 자꾸 대화가 끊어졌다. 그럴 때마다 움켜쥐고 있는 주먹을 교장의 얼굴에 한 방 먹이고 싶은 욕구가 솟구쳤다. 정확히 인중 한가운데, 콧구멍과 윗입술 사이에. 그럼 아마 이가 나가고 코피가 터질 것이다. 그 광경이 눈앞에 생생하게 그려졌다. 하지만 그런다고 해서 우리의 갈등이 해소될 수는 없었다. 한 대로 그쳐서도 안 될 것 같은 기분이 들었다. 무표정한 교장의 낯짝을 완전히 뭉개 버려야 직성이 풀릴 것 같았다. 그래야 교장의 추악한 본색이 드러날 테니까. 내가 아무리 좋은 말로 사과한다 해도 학교에서 쫓겨나는 건 이제 기정사실이었다. 물론 지금 이 순간 그런 건 전혀 걱정되지 않았다. 정확히 판단해 보건대, 나는 벌써 오래전부터 일을 할 수 없는 상태였다. 내가 이 학교의 정문을 들어선 바로 그날부터 그랬다. 그 이후의 나날은 단지 유예 기간이었을 뿐이다. 교실에 서 있던 그 많은 시간은 유예가 아닌 그 어떤 말로도 설명할 수 없었다.

이제 남은 문제는 하나뿐이었다. 교장이 과연 때릴 만한 가치가 있는가, 하는 점이었다. 그렇게 되면 오히려 교장을 희생자로 만들어 사람들의 동정심을 유발하는 건 아닐까, 하는 의문이 들었다. 교장이 구급차에 실려 나갈 때 한꺼번에 창문 앞으로 모여들 아이들이 떠올랐다. 맞다. 일단 발동이 걸리면 나는 아마 구급차가 올 때까지 매질을 멈추지 못할 것이다. 아이들 입장에서 그건 정말 곤혹스러운 일이 될 것이다.

"파울?" 교장이 나를 불렀다. 그런 다음 의자를 좌우로 흔들었다. 뭔가 낌새를 챈 눈치였다. 위험을 감지한 것이다. 언제 날아올지 모르는 첫 번째 주먹을 최대한 막아 보자는 심산이 분명했다.

혹시 구급차가 제때 도착하지 않으면 어떻게 될까? 구급차가 비상등을 켜지 않고 느긋하게 달려온다면 어떻게 될까? 나는 숨을 깊이 들이마셨다 내쉬었다. 속히 결단을 내려야만 했다. 안 그러면 모든 게 틀어질 테니까. 어쩌면 정신없이 구타하다 교장을 죽게 만들 수도 있다. 당연히 맨주먹으로. 그건 상당히 고약한 일이 될 것이다. 하지만 짐승 배 속에서 내장을 꺼내는 것만큼 역겹기야 하려고. 아, 칠면조 배 속으로 수정하겠다. 내가 알기로 교장은 결혼했다. 게다가 이미 장성한 자식들도 있다. 어쩌면 교장을 죽이는 게 그들을 도와주는 일이 될지 누가 알겠는가. 자식들이 아버지의 회색빛 얼굴을 역겨워했을 가능성도 충분했다. 물론 장례식에서는 애써 슬픔을 표현하겠지만, 장례식 직후에 이어진 식사 자리에서는 훨씬 더 홀가분해진 표정으로 과자를 집어들 수도 있다.

"파울?"

교장을 쳐다보며 나는 미소를 지었다.

"뭐 개인적인 질문 하나 해도 되겠소?" 교장이 물었다. "내가 보기에는 당신한테 뭔가 다른 일이 있는 것 같은데…… 이왕 말이 나와서 묻는 건데, 요즘 집안은 어떻소, 파울? 집에 별일 없는 거요?"

집이라. 나는 계속 미소를 지었다. 그리고 미헬을 생각했다.

미헬은 좀 있으면 만 네 살이 된다. 어림짐작건대, 네덜란드에서는 고의적 살인에 대한 형량은 아마 팔 년 내지 십 년쯤 될 것이다. 생각해 보면 그리 긴 시간은 아니다. 감옥 뒷마당의 잡초를 뽑으면서 착실한 수감 생활을 하면 아마 오 년 후쯤에는 석방될 수 있을 것이다. 그때쯤이면 미헬은 아홉 살이 된다.

"부인은 어떻게 지내고 있소……? 칼라 말이오."

끌레르야. 내 아내의 이름은 끌레르라고. 나는 머릿속으로 교장의 말을 수정했다.

"아주 잘 지냅니다." 내가 대답했다.

"아이들은 어떻소? 아무 문제없는 거요?"

아이들이라고? 이 작자는 대체 나에 대해 아는 게 뭐야? 물론 타인에 대해 모든 것을 알 수는 없다. 프랑스어 여선생이 여자 애인과 동거하고 있다는 비밀은 모두가 알고 있다. 눈에 띄는 일이니까. 하지만 다른 사람들은? 다른 사람들은 별로 눈에 띄지 않았다. 그 사람들한테는 남편이나 아내, 혹은 아이들이 있었다. 아이가 없는 사람도 있고. 아이가 한 명 있는 사람도 있다. 미헬은 지금 보조 바퀴가 달린 어린이 자전거를 탄다. 그런데 나는 아들이 보조 바퀴를 떼어 내는 순간을 감옥에서 맞고 싶지는 않았다. 절대 이야기로만 그 사실을 전해 듣지는 않을 것이다.

"아주 잘 지냅니다." 내가 말했다. "아이들 크는 걸 보면 정말 시간이 놀랄 만큼 빨리 지나간다는 것을 실감합니다."

교장이 손깍지를 긴 다음 얌전하게 책상 위에 내려놓았다. 방금 자기가 얼마나 위급한 상황에서 빠져나왔는지 전혀 모르는 눈치였다.

그래. 미헬을 위해서야. 미헬을 위해서 그에게 손을 대지 않을 거야.

"파울, 지금은 아마 어떤 말도 귀에 들어오지 않을 거라는 거 잘 알고 있소. 그럼에도 불구하고 한마디 안 할 수가 없군. 우리 학교 정신과 의사 반 디렌을 찾아가 상담을 한번 받아 보도록 하시오. 그리고 건강을 회복할 때까지 당분간 수업은 쉬도록 하시오. 내가 보기엔 그게 꼭 필요할 것 같소. 병가(病暇)를 내는 데 부담을 느낄 필요는 없소. 누구나 사용하는 거니까."

나는 이상할 정도로 마음이 평온했다. 평온하면서도 피곤했다. 이제 무력을 쓸 일은 없을 듯했다. 이건 마치 폭풍이 일었다 가라앉는 것과 흡사했다. 테라스 의자들이 넘어지고 차양들이 둘둘 말려 올라갔을 뿐, 더 이상의 피해 없이 지나가 버린 폭풍 같았다. 그런데 한편으로는 일이 이런 식으로 끝나는 게 상당히 유감스러웠다. 건물 지붕이 떨어져 나가고 나무들이 뿌리째 뽑혀 허공을 마구 날아다니는 광경을 구경하고 싶은 마음도 있었으니까. 그런 면에서 토네이도, 허리케인, 쓰나미 등에 관한 다큐멘터리는 우리에게 상당히 큰 위안을 준다. 맞다. 그건 아주 끔찍한 현상이다. 우리 모두 그게 얼마나 끔찍한 일인지 잘 알고 있다. 하지만 불행과 폭력이 없는 세상은 — 자연의 폭력이든 인간의 폭력이든 상관없이 — 도저히 참을 수 없을 것이다.

교장은 이제 곧 상처 하나 없이 성한 몸으로 집으로 돌아갈 것이다. 그리고 오늘 저녁 아내와 자식들과 함께 식탁에 둘러앉겠지. 무표정한 얼굴로 하루 종일 비어 있던 의자에. 그럼 결국 아무도 중환자실로 찾아갈 필요는 없을 것이다. 내가 그렇게 하기로 했다는 우회적인 표현이었다. "식사 맛있었어?"라고 물어볼 때처럼 그냥 의례적인 인사말인 것이다.

내가 아무런 이의도 제기하지 않고 학교 정신과 의사를 만나러 가겠다고 하자 교장은 진심으로 놀란 듯했다. 맞다, 나는 그에게 스캔들의 빌미가 될 만한 짓은 할 생각이 없었다. 그래서 군말 없이 그의 지시를 따를 작정이었다. 나는 자리에서 일어섰다. 나로서는 이제 더 이상 할 말이 없다는 신호였다. 문 앞에서 교장에게 손을 내밀었다. 교장이 내 손을 붙잡았다. 조금 전까지만 해도 그의 목숨이 이 손에 달려 있었다는 것을 과연 알기나 할까?

"정말 기쁘오. 이렇게 흔쾌히 내 제안을……." 교장이 말을 시작했다. 하지만 그는 문장을 끝맺지 못했다.

"안부 인사 좀 전해 주시오……. 부인한테." 그가 말했다.

"칼라한테요? 알겠습니다." 내가 말했다.

31

며칠 뒤 나는 학교 정신과 의사 반 디렌을 찾아갔다. 집에다가도 상황을 솔직히 털어놓았다. 끌레르한테 그렇게 하면 마음이 좀 편안해질 것 같다고 말했다. 물론 채 삼십 분도 걸리지 않은 대화가 끝날 때쯤 학교 정신과 의사가 가정 주치의를 통해 처방해준 약에 대해서도 말했다.

"그래, 맞아." 나는 끌레르한테 말했다. "의사가 나한테 선글라스를 써 보라고 권하더군."

"선글라스?"

"의사 말로는 주변 상황이 나를 너무 압박한다는 거야. 선글라스를 쓰면 그런 압박감이 조금 줄어들 거라고 했어."

하지만 숨긴 게 딱 하나 있었다. 진실의 아주 작은 파편 한 조각. 나는 거짓말쟁이가 되지 않으려고 이 작은 진실에 대해서는 침묵했다.

정신과 의사는 내게 어떤 이름 하나를 거론했다. 독일사람 이름처럼 들렸는데, 정신과 전문의의 이름이라고 했다. 그가 발견한 어떤 질병 때문에 아주 유명해진 이름이었다. "지속적인 치료를 통해 조절할 수 있을 것 같습니다." 닥터 반 디렌이 아주 진지한 표정으로 내 얼굴을 쳐다보며 말했다. "하지만 우선은 이게 일종의 신경 질환이라는 사실을 인정하셔야 합니다. 적절하게 처방된 약을 꾸준히 복용하시면 잘 치료할 수 있을 겁니다."

의사는 그 말끝에 혹시 가족 중에 나와 비슷한 증세로 고통을 호소한 사람이 없었느냐고 물었다. 맨 먼저 부모님을 떠올렸다. 그다음에는 할아버지와 할머니. 계속해서 친척들의 얼굴을 하나씩 떠올려 보았다. 숙부님과 숙모님, 그리고 사촌 형제까지. 반 디렌의 말을 계속 염두에 두면서 그들의 행동들을 비교했다. 반 디렌은 그 증상은 때로는 거의 인지할 수 없다고 했다. 대부분 행동이 아주 정상적이며 기껏해야 다른 사람들보다 약간 더 은둔형 기질을 가진 것처럼 보일 뿐이라고 설명했다. 약간 규모가 큰 사교 모임 같은 데서는 때로 허풍을 떨거나 입을 꽉 다무는 방식으로 증세가 나타날 수 있다고도 했다.

마침내 나는 고개를 가로저었다. 그런 모습과 일치하는 사람이 전혀 떠오르지 않았기 때문이다. "제 가족에 대해 물어보셨는데," 내가 말했다. "그건 이 질환이 유전병이라는 뜻인가요?"

"그럴 수도 있고 아닐 수도 있습니다. 아무튼 우리는 항상 가족력을 살펴봅니다. 혹시 자녀분이 있으신가요?"

그 질문이 아주 천천히 내 마음속 깊은 곳으로 파고들었다. 그 질문을 받기 전까지 나는 내게 그런 유전 형질을 물려줄 수 있는 선조 쪽 혈통만 생각했다. 그러다 그제야 미헬이 떠올랐다.

"로만 씨?"

"아, 잠깐만요."

이제 만 네 살이 되는 아들을 생각했다. 그의 방, 사방에 흩어져 있는 자동차들도 떠올랐다. 난생처음으로 그 아이가 자동차를 갖고 어떻게 노는지 곰곰이 생각해 봤다. 그 아이의 모든 행동을 질병의 관점에서 다시 떠올려 보았다.

유치원에서는? 유치원 사람들은 그 아이한테서 이상한 낌새를 한 번도 눈치챈 적이 없을까? 혹시 언젠가 누구한테 무슨 말을 들은 기억이 있는지 머리를 쥐어짜며 생각해 봤다. "미헬이 아이들과 잘 어울리려 하지 않네요." 내지는 "미헬이 종종 이상한 행동을 해요." 같은 말을 들은 적이 있던가. 하지만 그런 기억은 없었다.

"자녀가 있느냐는 질문에 대답을 고민을 해 보셔야 하나요?" 정신과 의사가 미소를 지으며 물었다.

"아닙니다." 내가 말했다. "다만……."

"아마 앞으로 아이를 가져야 할지 말아야 할지 고민하시는 거겠지요?"

의사의 그 질문에 눈 한 번 깜빡거리지 않고 그렇다고 대답했던 것을 나는 아직도 아주 선명하게 기억한다.

"네." 내가 말했다. "만약 선생님이 제 입장이라면 낳지 말라고 충고하시겠습니까?"

닥터 반 디렌이 앞으로 몸을 숙이더니 손깍지를 끼어 턱밑에 괴고 팔꿈치를 테이블 위에 올려놓았다. "아닙니다. 요즘은 출산 전에 양수 검사를 통해 질환 유무를 사전에 진단할 수 있습니다. 물론 그 검사가 무슨 의미인지 사전에 미리 생각해 두셔야 합니다. 중절은 결코 쉽게 내릴 수 있는 결정이 아니니까요."

그때 나는 이미 대응책을 전부 생각해 놓았다. 그리고 질문이 나올 때마다 한마디 한마디 신중하게 대답해야 한다고 스스로에게 경고했다. 의사의 질문에 "네."라고 대답했을 때 그건 거짓말이 아니었다. 다만 우리에게는 벌써 아이가 하나 있다는 사실을 밝히지 않은 것뿐이다. 미헬이 태어나고 한 이삼 년 동안 끌레르는 아이를 더 낳자는 이야기를 몹시 꺼렸다. 하지만 최근에는 그 문제에 대해 가끔 이야기를 나눴다. 조만간 결정을 내려야 한다는 사실을 우리 둘 다 너무나 잘 알고 있었다. 안 그러면 미헬과 동생의 터울이 너무 멀어지기 때문이다. 물론 터울 같은 것을 무시한다면 상관없는 일일 테지만.

"자식이 어떤 유전 질환을 물려받았는지 그런 검사를 통해 확인할 수 있다는 말인가요?" 내가 물었다. 몇 분 전보다 훨씬 더 입술이 바짝바짝 타는 느낌이었다. 오죽하면 말을 하기 전에 혀끝으로 입술을 적셨겠는가.

"아무래도 제 말을 약간 수정해야겠군요. 양수 검사를 통해 유전 질환을 확인할 수 있는 건 맞습니다. 하지만 백 퍼센트 완벽한 건 아닙니다. 찾아내지 못하는 질환도 있을 수 있거든요. 양수 검사를 통해 뭔가 이상이 있다는 것을 알아낼 수는 있습니다. 하지만 보다 정확히 말하면 그건 또 다른 검사를 통해 확인해야만 합니다."

말을 하다 보니 그건 어느새 질병이 되어 있었다. 일탈 행동에서 시작된 증세가 고통과 증후군을 거쳐 결국 하나의 질병으로 굳어져 버린 것이다.

"게다가 그게 임신 중절의 충분한 사유가 된다는 말이로군요." 내가 물었다. "추가 검사 없이도?"

"이렇게 말씀드릴 수 있겠네요. 예를 들어 다운 증후군이나 소위 연골무형성증의 경우, 양수 검사만으로도 충분히 확인 가능합니다. 그럴 경우 우리들은 대부분 낙태를 권유하지요. 하지만 이런 질병은 입장이 좀 애매합니다. 우리들 역시 아이들의 부모니까요. 하지만 실제로 대부분 병원에서는 모험을 하지 않도록 유도하는 편입니다."

닥터 반 디렌은 급기야 '우리'라는 표현까지 사용했다. 마치 자신이 의사들 전체를 대변한다는 투였다. 하지만 그는 일개 정신과 전문의일 뿐이다. 그것도 학교 상담실에서 일하는 의사. 그런 사람이 유전 질환에 대한 세세한 내용까지 알 수는 없는 노릇이다.

끌레르가 양수 검사를 받았던가? 내가 정확한 사실을 모르고 있다는 것에 나는 몹시 화가 났다. 나는 거의 모든 곳에 끌레르와 함께 다녔다. 1차 초음파 검사 때도, 임시 체조교실 첫날에도. 다행스럽게도 체조교실은 하루로 그쳤다. 끌레르는 남편까지 같이 호흡해야 하는 그런 억지스러운 체조를 나보다 더 한심하다고 생각했기 때문이다. 조산원에 처음 가던 날도 나는 따라갔다. 그런데 그게 처음이자 마지막이었다. "어떤 조산사도 내 몸에 손대지 못하게 할 거야!" 그때 끌레르는 그렇게 말했다.

하지만 그 뒤로 끌레르는 혼자서 몇 번 더 병원을 찾았다. 정기검진 날, 산부인과에 나도 동행하겠다고 했더니 아내는 그까짓 일로 반나절을 허비하는 것은 말도 안 된다고 하면서 내 제안을 단박에 물리쳤다.

나는 하마터면 임신부들은 전부 양수 검사를 받는지, 아니면 위험군에 속한 특정 임신부들만 양수 검사를 받는지 닥터 반 디렌에게 물어볼 뻔했다. 목구멍까지 차올라 온 그 질문을 재빨리 꿀꺽 삼켜 버렸다.

"삼사십 년 전에도 양수 검사가 있었나요?" 내가 물었다.

의사는 잠시 생각을 더듬었다. "아닐 거예요. 아니에요. 그 시절에는 아니었어요. 백 퍼센트 확실해요. 그때는 아직 그런 게 없었어요. 장담합니다."

우리는 서로의 얼굴을 쳐다보았다. 그 순간 반 디렌도 나랑 똑같은 생각을 하고 있다는 것을 깨달았다.

하지만 그는 그걸 입 밖으로 꺼내지 않았다. 아마 그럴 만한 용기가 없었을 것이다. 결국 그는 그 문제에 대해서는 아무 말도 하지 않았다.

"그러니까 오늘 내가 이렇게 선생님 앞에 앉아 있게 된 것은 당시에는 아직 그 정도로 과학이 발달하지 않은 덕분이라는 말이군요?" 내가 말했다. "나라는 인간이 세상에 존재하게 된 거 말입니다." 물론 그 말은 좀 심했다. 하지만 내 입으로 직접 그렇게 말하면 어떤 기분이 들지 궁금했다.

반 디렌은 천천히 고개를 끄덕였다. 흥미롭다는 듯 그의 입가에 미소가 번졌다.

"뭐 그럴 수도 있겠죠." 그가 말했다. "그 시절에 이미 그런 검사가 존재했다면 선생님의 부모님께서 위험을 감수하지 않았을 가능성을 완전히 배제할 수는 없으니까요."

32

나는 약을 복용하기 시작했다. 처음 며칠 동안은 아무 일도 일어나지 않았다. 복용 설명서에도 약효는 몇 주 지나야 나타난다고 적혀 있었다. 그럼에도 불구하고 끌레르는 사나흘 정도 지났을 때부터 뭔가 다른 눈빛으로 나를 쳐다봤다.

"지금 기분 어때?" 그녀는 하루에도 몇 번씩 그 질문을 했다. "좋아." 그럼 나는 늘 똑같이 대답했다. 거짓말이 아니었다. 정말 기분이 좋다고 느꼈다. 일단 생활의 변화가 즐거웠다. 특히 더 이상 매일같이 교실 앞에, 나를 바라보는 수많은 아이들 앞에 서지 않아도 된다는 사실이 아주 기뻤다. 다음 시간이면 새로운 얼굴들이 나타나고, 시간이 바뀔 때마다 똑같은 일이 반복되는 곳, 그게 학교였다. 교실 앞에 한 번도 서 보지 못한 사람은 그게 얼마나 힘든 일인지 절대 알 수 없을 것이다.

일주일쯤 지났을 때부터 서서히 약효가 나타나기 시작했다. 예상보다 상당히 이른 시점이었다. 약효가 그런 식으로 나타날 거라고는 짐작조차 못 했다. 그래서 나 자신이 깨닫지 못하는 어떤 변화, 이를테면 성격 변화 같은 게 나타날까 봐 정말 두려웠다. 혹시 내 성격에 변화가 오면 어떡하나, 조마조마한 심정으로 하루하루를 보냈다. 그게 내게는 제일 큰 두려움이었다. 주변 사람들 입장에서는 나의 괴팍한 성향이 줄어든다는 것이니 나쁠 게 없겠지만, 그 과정에서 나라는 사람의 정체성은 완전히 사라지는 셈이었다. 복용 설명서를 자세히 읽어 보았다. 상당히 기분 나쁜 부작용들이 구체적으로 언급되어 있었다. '불쾌감', '피부건조', '식욕부진' 등은 그나마 경미한 증상에 속했고, '불안감', '과호흡증후군', '기억력 감퇴'등의 부작용도 있었다.

"정말 너무 충격적이야." 나는 끌레르한테 속마음을 털어놓았다. "그래도 받아들여야겠지. 다른 선택의 여지는 없으니까. 하지만 당신, 나한테 약속해 줘. 만약 뭔가 이상하다 싶으면 꼭 나한테 미리 경고해 주겠다고. 내가 기억력이 떨어지거나 이상한 행동을 한다 싶으면 바로 나한테 말해 줘야 해. 그럼 당장 약을 끊을 테니까."

하지만 그런 두려움은 근거 없는 기우인 듯했다. 약을 처방받고 닷새쯤 지난 어느 일요일 오후, 나는 무릎 위에 일요 스페셜 판 신문을 펼쳐놓은 채 거실 소파에 누워 있었다. 거실 유리창을 통해 정원이 내다보였다. 막 비가 내리기 시작했다. 파란 하늘에 흰 구름이 두둥실 떠다니는 그런 날이었는데, 바람이 좀 세차게 불었다. 지금 여기서 덧붙이고 싶은 말은 지난 몇 달 동안 우리 집과 거실, 그리고 그 안에서의 내 존재가 종종 나를 불안하게 만들었다는 사실이다. 그건 내 주변의 존재, 이를테면 이웃집이나 이웃집의 거실과 직접적인 연관이 있었다. 자꾸 비교가 됐기 때문이다.

특히 어두운 저녁때 '집'에 있을 때면 불안감이 더 커졌다. 거실 소파에 누워 있으면 관목 숲과 나무 울타리 사이로 길 건너편에 있는 집들의 불 켜진 창문이 보였다. 사람들이 보이는 경우는 아주 드물었다. 하지만 불 켜진 우리 집 창문이 내 존재를 알려 주는 것처럼, 길 건너편에 환하게 불을 밝힌 창문도 그 안에 사람이 있다는 증거였다.

여기서 한 가지 분명히 해 둘 것은, 사람 자체에 대해서도 두려움을 느꼈다는 점이다. 그렇다고 뭐 사람들 사이에 섞여 있을 때 발작을 일으키거나 공포를 느낀다는 뜻은 아니다. 파티를 할 때도 나는 절대 외톨이가 아니었다. 사람들로부터 멀찍이 떨어져서 '제발 날 좀 그냥 내버려 둬' 달라고 온몸으로 외치는 사람, 그래서 아무도 말조차 걸 수 없는 그런 기인은 절대 아니었다. 사람들에 대해 내가 느끼는 두려움은 그런 것과는 약간 성격이 달랐다. 내 두려움은 나의 주거지인 집, 그리고 거실이라는 한정된 공간 속에 갇혀 있는 유한한 존재로서의 인간 자체에 대한 것이다. 비슷비슷한 주거지, 비슷비슷한 도로, 도로 양편에 쭉 늘어선 비슷비슷한 집에 살고 있는 우리 인간이라는 존재. 저녁에 거실 소파에 누워 있을 때면 나는 종종 그 생각에 깊이 빠져들었다. 마음 한켠에서는 그래선 안 된다고, 그러지 말라고 나 자신에게 계속 경고했지만 단 한 번도 생각을 멈추지 못했다. 같은 시각, 비슷한 형태의 거실 소파에 누워 있는 사람들이 자꾸 떠올랐기 때문이다.

이 사람들은 곧 잠자리에 들겠지. 잠들기 전에 잠시 더 침대에서 뒹굴거나 다정한 말을 속삭일 거야. 어쩌면 별거 아닌 일로 다툰 뒤라 고집스럽게 입을 꾹 다물고 있는 커플들도 있을 거야. 서로 상대방이 먼저 사과해 주기를 기다리면서. 그런 생각들을 이어 가다 유리창의 불이 꺼지면 나는 시간을 생각했다. 끊임없이 흘러 가는 시간에 대해. 더 정확히 말하면 시간이란 게 얼마나 예측 불 가능한지, 또 얼마나 길고 어둡고 공허한지 생각했다. 그런 의미 에서 광년(光年)이라는 개념은 생각할수록 무시무시했다. 그다음 에는 사람들을 생각했다. 인구 폭발이나 환경 오염, 혹은 미래의 식량 부족 같은 걸 걱정했다는 뜻이 아니고 그냥 사람들 자체를 생각했다. 그러니 300만 명을 생각하든 60억 명을 생각하든 큰 차 이는 없었다. 생각이 이 지점에까지 이르면 내 마음속에 스멀스멀 불쾌감이 올라오기 시작했다. 그럼 나는 마음을 진정시키기 위해 주문을 외웠다. 사람들이 조금 많은 정도지, 차고 넘칠 정도로 많 은 건 아니라고. 그다음에는 학교 교실을 생각했다. 아이들은 일 단 태어났으니 끝까지 살아남아야 한다는 생각에 사로잡혀 있었 다. 그러니 한 시간의 수업이 얼마나 지루하고 길게 느껴졌을 것 인가. 장차 일자리도 찾아야 하고, 결혼도 해야 하고, 아이도 낳아 야 하는데. 그럼 아마 그들이 낳은 아이들도 학교에서 역사 수업 을 들어야 할 것이다. 물론 내가 하는 수업은 아니겠지만. 나는 아 주 멀리 떨어진 전망대 같은 곳에 서서 개개의 인간이 아니라 인 간이라는 존재 자체를 총체적으로 인식하려 애썼다. 그런데 그게 나한테는 심한 압박감으로 다가왔다. 아마 겉모습으로는 아무도 눈치채지 못했을 것이다. 읽지도 않는 신문이 계속 무릎 위에 펼 쳐져 있다는 사실 말고는 이상할 게 전혀 없었으니까.

"당신 맥주 한잔 할래?" 끌레르가 와인 잔을 들고 거실로 오면 서 그렇게 물으면, 나는 늘 최대한 자연스럽게 들리도록 신경 쓰면서 이렇게 대답했다. "그거 좋지." 나는 혹시라도 방금 잠에서 깨어난 사람의 목소리처럼 들릴까 봐 몹시 두려웠다. 어딘가 이상한 목소리, 전혀 내 목소리 같지 않은 목소리, 이를테면 두려움에 벌벌 떠는 그런 목소리일까 봐. 그럼 아마 끌레르는 눈썹을 찡그리며 이렇게 물을 것이다. "혹시 무슨 일 있어?" 나는 즉각 고개를 가로저으며 부인하겠지만, 필요 이상 격렬하게 고개를 젓는 바람에 오히려 속마음을 들키고야 말 것이다. 그럴 때는 원래 내 목소리와는 전혀 다른 목소리로 아마 이렇게 대답할 것이다. "아니, 일은 무슨 일이 있겠어?"

그다음에는? 아마 끌레르가 소파 가까이 다가와 내 옆자리에 앉을 것이다. 그러고는 두 손으로 내 손을 감싸 쥐겠지. 어쩌면 아이에게 열이 있나 없나 확인할 때처럼 한 손으로 내 이마를 짚어 볼 수도 있다. 그러면 나는 금세 다시 정상으로 돌아온다. 물론 끌레르는 정말 아무 일도 없는 거냐고 다시 한번 물어볼 것이다. 그럼 당연히 나는 다시 고개를 저을 것이다. 이번에는 너무 격렬하게 흔들지 않도록 조심하면서. 그녀도 처음에는 걱정을 좀 하겠지만 그런 마음은 금세 사라질 것이다. 나는 계속해서 평소와 다름없는 태도로, 또 평소와 다름없는 정상적인 목소리로 대답할 테니까. 그때쯤 되면 나는 정말 긴장을 풀고 아내의 질문에 대답할 수 있을 것이다. "어, 내가 꿈을 꾸고 있었나 봐. 무슨 꿈이었더라? 정확한 내용이 기억 안 나네." "여보, 당신이 무릎 위에 신문을 펼쳐 놓은 채로 얼마나 오랫동안 누워 있었는지 알아?" "글쎄, 한 시간 반? 어쩌면 두 시간이었을지도 모르겠다. 정원 생각을 좀 하느라 그랬어. 우리 집 정원에다가 작은 온실을 하나 만들면 어떨까, 생각하는 중이었어." "파울……." "응?" "정원을 한 시간 반씩이나 생각하는 사람이 어디 있어?" 맞다. 그녀의 말을 듣고 보니 어쩌면 정원 생각은 한 십오 분쯤 한 것 같은 생각이 들었다. 그렇다면 그 전에는 대체 무슨 생각을 했던 걸까?

학교 정신과 의사와 상담한 지 꼭 일주일이 되는 어느 일요일 오후, 나는 처음으로 정원을 내다보았다. 아무 생각 없이 그냥 무심히. 끌레르가 부엌에서 일하는 소리가 들렸다. 그녀는 라디오에서 흘러나오는 노래를 나지막하게 따라 부르는 중이었다. 모르는 노래였다. 그런데 똑같은 표현이 반복됐다. "오, 나의 작은 꽃이여."라는 후렴구였다.

"뭐가 좋아서 그렇게 웃는 거야, 당신?" 잠시 뒤 그녀가 양손에 커피 잔을 들고 거실로 들어오면서 물었다.

"그냥." 내가 말했다.

"그냥이라니. 그게 무슨 뜻이야? 지금 당신 모습이 얼마나 이상한지 알아? 마치 방금 개종한 힌두교도 같아. 은총의 기쁨이 넘쳐나는 사람 말이야."

아내의 얼굴을 쳐다보았다. 나는 깃털 이불이라도 덮고 있는 것처럼 이상하게도 마음이 편안하고 포근해졌다. "방금 이런 생각이 들었어……." 말을 시작했는데 문득 다른 생각이 떠올랐다. 아이를 하나 더 갖는 문제에 대해 의논하고 싶다는 말을 하고 싶었다. 사실 지난 몇 달 동안 우리는 그 문제에 대해 대화를 피해 왔다. 지금 둘째를 가진다 해도 최소한 터울이 다섯 살은 될 텐데. 지금보다 더 늦어지면 안 되겠다는 생각이 들었다. 맞아, 지금이 아니면 안 된다. 그런데 문득 마음 깊은 곳에서 어떤 목소리가 들렸다. 그 목소리가 지금은 타이밍이 좋지 않다고 내게 말했다. 며칠 후라면 모를까, 약효가 나타나기 시작한 오늘 같은 일요일 오후에는 어울리지 않는다고.

"우리 집 정원에 작은 온실을 하나 만들면 어떨까 하는 생각을 하던 중이었어." 내가 말했다.

33

지금 생각해 보니 그 일요일이 클라이맥스였다. 끊임없이 부적절하고 비정상적인 생각에 매달리던 것에서 벗어나, 나도 이제 정상적으로 살아갈 수 있을 것 같은 기분이 들었던 것이다. 그건 정말 유쾌하고 새로운 경험이었다. 이전에 비해 내 생활이 좀 더 균형 잡히고 좀 더 차분해진 것은 사실이지만 그 기분은 금세 시들해졌다. 나는 마치 축제에 참가해서 사람들의 대화와 행동을 유심히 지켜보았으나 도무지 이해할 수 없을 때와 비슷한 기분에 사로잡혔다. 그렇다고 하루에 열두 번씩 기분이 이랬다저랬다 변덕을 부리지는 않았다. 하지만 뭔가가 사라진 느낌이었다. 후각과 미각을 잃어버린 사람한테 산해진미가 그득한 식탁이 아무런 의미가 없는 것처럼 내 일상생활에서도 그와 유사한 일이 종종 벌어졌다. 방금 차려진 따뜻한 식탁이 천천히 식어 가는 상황이 벌어진 것이다. 물론 음식을 먹어야 한다는 사실은 알고 있었다. 안 그러면 죽을 테니까. 하지만 나는 도무지 입맛이 당기지 않았다.

몇 주가 흐른 뒤, 약 복용 후 첫 번째 일요일 오후에 느꼈던 쾌감을 다시 맛보기 위해 나는 마지막 시도를 했다. 미헬은 막 잠자리에 들었고, 끌레르와 나는 나란히 소파에 누워 TV를 보고 있었다. 미국에서 사형 선고를 받은 사람에 대한 프로그램이었다. 우리 집 소파는 폭이 넓고 깊어서 베개를 치우고 자세를 바로잡으면, 두 사람이 몸을 꼭 포갠 채 누울 수 있었다. 그때 우리는 그렇게 나란히 누워 있었고, 그래서 나는 아내의 얼굴을 마주 볼 필요가 없었다.

"생각을 좀 해 봤는데 말이야." 내가 말을 꺼냈다. "지금 우리가 아이를 가진다 해도, 미헬 동생이 태어날 때쯤이면 미헬은 이미 다섯 살이야."

"나도 지난번에 그 문제에 대해 생각해 봤어." 끌레르가 말했다. "그런데 아무래도 아이를 더 갖는 건 별로 좋은 생각이 아닌 것 같아. 나는 그냥 지금 우리가 가진 것에 만족하고 싶어."

아내 몸에서 온기가 느껴졌다. 아내의 어깨를 감싸고 있던 내 팔이 어쩌면 아주 잠깐 움찔했던 것 같다. 학교 정신과 의사와 나눴던 대화가 떠올랐다.

당신 혹시 전에 양수 검사 받았어? 그냥 지나가는 말처럼 그렇게 물어볼 수도 있었다. 그 질문을 하는 순간 아내의 눈을 들여다볼 수 없을 거라는 것이 단점인 동시에 장점이었다.

하지만 그 순간 나는 행복을 생각했다. 우리 가정의 행복. 현재 가진 것에 만족해야 하는 우리 가정의 행복을.

"주말에 드라이브나 갈까?" 내가 물었다. "작은 펜션 하나를 빌리는 거야. 아니면 다른 것도 좋고. 그냥 우리 셋이서 떠나는 거 어때?"

그 후에는? 끌레르가 병에 걸렸다. 한 번도 아파 본 적이 없던, 기껏해야 감기로 사나흘 정도 앓았을까, 고열로 침대에 누워 본 적도 없던 끌레르가 병원에 입원했다. 느닷없이 닥친 일이었다. 입원이라니. 상상도 못 했던 일이다. 입원 준비 같은 것도 전혀 없이 병원에 갔다가 그 자리에서 곧바로 입원했다. 본인 말대로 아침에 몸이 안 좋아 보이기는 했다. 그런데도 그녀는 내게 키스까지 하고 자전거를 타고 외출했었다. 내가 그녀를 다시 본 것은 낮이었는데, 그때 이미 그녀는 팔에 주삿바늘을 여기저기 꽂고 있었다. 침대 머리맡에서는 모니터가 계속 삑삑 울렸다. 아내는 나를 보자 애써 미소를 지으려 했다. 하지만 기운만 빼앗겼을 뿐, 소용없었다. 복도에서 의사가 내게 밖으로 나오라는 신호를 보냈다. 둘이서만 할 이야기가 있다는 표정이었다.

여기서 끌레르가 무슨 병에 걸렸는지 털어놓을 필요는 없을 것이다. 그건 지극히 개인적인 문제니까. 누가 무슨 병에 걸렸느냐는 문제는 제삼자에게는 아무런 관심거리도 못 된다. 아무튼 끌레르의 병에 대해 뭔가 털어놓을 것이냐 말 것이냐는 내가 아니라 전적으로 그녀한테 달려 있다. 그래서 일단 이렇게만 말해 두겠다. 목숨을 앗아갈 만큼 중병은 아니었다고. 하지만 처음에는 그걸 정확히 알 수 없었다. "목숨이 위태로운 거야?" 이 질문이 수많은 사람들 입에 오르내렸다. 전화를 걸어온 친구들, 가족들, 일가친척들, 동료들의 입에서 늘 이 질문이 튀어나왔다. 비록 차분하게 가라앉은 목소리였지만 자세히 들여다보면 호기심도 조금 들어 있었다. 자기 문제만 아니라면 사람들은 죽음에 가까워질 기회가 왔을 때 절대 놓치는 법이 없다. 그 질문을 받을 때마다 내가 마음속으로 얼마나 환호성을 질렀는지 아무도 모를 것이다. "응, 목숨이 위태롭대." 그럼 순간적으로 전화선 너머에서 침묵이 흘렀다. 물론 호기심에 가득 찬 침묵이었다.

아무튼 지금 여기서는 끌레르의 병에 대한 상세한 설명은 피하고 그냥 간단하게만 언급하겠다. 2차 수술에 대해 진지하게 설명한 뒤 의사는 이렇게 말했다. "맞습니다. 절대 만만하게 볼 질병이 아닙니다." 끌레르의 병세를 설명해 주던 의사는 내가 이해할 수 있도록 잠시 말을 끊었다가 이렇게 덧붙였다. "완벽했던 인생이 하루아침에 무너질 수도 있으니까요. 하지만 우리는 최선을 다하겠습니다." 그는 표정과는 전혀 어울리지 않는 아주 명랑한 톤으로 최선이라고 말했다.

그다음에는 어떻게 됐냐고? 그때부터 모든 게 어긋나기 시작했다. 더 정확히 말하면 우리에게 닥칠 수 있는 최악의 상황이었다. 수술은 한 번으로 끝나지 않고 두 번째, 세 번째로 이어졌다. 끌레르 침대 머리맡에 놓인 모니터도 자꾸 늘어갔다. 그녀의 몸 곳곳에서 삐져나온 호스들이 다시 몸 안 어딘가로 들어갔다. 그나마 그 호스와 모니터들이 그녀의 목숨을 지탱해 주었다. 첫날 그토록 명랑했던 의사의 목소리는 그사이 완전히 바뀌었다. 여전히 자신들은 최선을 다하고 있다고 말했다. 끌레르는 벌써 체중이 20킬로그램이나 줄어 있었다. 베개의 도움 없이는 똑바로 앉아 있을 수도 없는 상태였다.

미헬이 그런 엄마의 모습을 보지 않은 게 차라리 다행이다 싶었다. 면회 시간에 아내를 만나러 갈 때마다 미헬한테 아빠랑 같이 가겠느냐고 물어봤지만, 그 아이는 늘 내 말을 못 들은 척했다. 앞에서 이미 강조했다시피 아침에 외출한 엄마가 저녁에 집에 돌아오지 않은 건 정말 우리한테는 이례적이고 낯선 상황이었다. 당일치기가 아니라 며칠 예정의 여행이나 현장 견학을 떠난 거나 마찬가지였다. 그날 저녁, 나는 식사를 하러 미헬을 데리고 우리의 그 단골 식당으로 갔다. 그리고 미헬한테 현재 우리의 상황과 앞으로 우리가 해야 할 일에 대해 설명해 주었다. 다만 한 가지, 나의 '불안감'에 대해서는 말하지 않았다. 식사 후에 우리는 비디오 가게에 들러 영화를 한 편 빌렸다. 다음 날 아침 유치원에 가야 했지만 그날만은 늦게 자도 좋다고 허락해 주었다. "엄마는 돌아올 거지요?" 굿나잇 키스를 했을 때 미헬은 그렇게 물었다. "아빠가 멀리서도 너를 지켜볼 수 있도록 방문을 살짝 열어 놓을게." 내가 대답했다. "그럼 너도 아빠 소리를 들을 수 있을 거야."

첫날 저녁 나는 아무에게도 전화하지 않았다. 끌레르는 내게 이렇게 부탁했다. "제발 겁먹지 마." 그녀가 말했다. "크게 나빠지지는 않을 거야. 삼사 일 후면 아마 다시 집으로 돌아갈 수 있을 거야." 하지만 나는 그때 이미 담당 의사와 병원 복도에서 이야기를 나눈 뒤였다. "알았어." 내가 말했다. "절대 겁먹지 않을게."

다음 날 오후, 유치원 수업이 끝나고 집에 돌아왔을 때 미헬은 엄마에 대해 묻지 않았다. 그리고 내게 자전거 보조 바퀴를 떼어 달라고 말했다. 몇 달 전에 벌써 한 번 바퀴를 떼낸 적이 있었다. 하지만 그때는 좌우로 비틀비틀하다가 결국 공원의 낮은 산울타리에 가서 부딪치고 말았다. "정말 그러고 싶어?" 내가 물었다.

5월의 어느 화창한 날이었다. 미헬은 단 한 번도 균형을 잃지 않고 자전거를 타고 다음번 모퉁이까지 갔다가 돌아왔다. 내 앞을 스쳐 지나갈 때는 심지어 핸들에서 손을 떼어 두 팔을 허공으로 들어올리기까지 했다.

"의사들이 내일 수술을 하겠대." 끌레르는 저녁에 그렇게 말했다. "근데 그 사람들, 정확히 무슨 수술을 하려는 거야? 혹시 나한테 비밀로 하는 거 있어?"

"내 말 좀 들어 봐 끌레르. 글쎄 미헬이 오늘 자전거에서 보조 바퀴를 떼어 달라고 하지 뭐야." 내가 말했다.

끌레르는 잠시 눈을 감았다. 그녀는 머리를 베개 깊숙이 파묻고 있었다. 전보다 머리가 더 무거워진 것 같았다. "미헬은 어때?" 그녀가 작은 소리로 물었다. "엄마 보고 싶어 하지?"

"당신을 정말 만나러 오고 싶어 해." 나는 거짓말을 했다. "하지만 내 생각에는 좀 더 기다렸다가 오는 게 나을 것 같아."

끌레르가 입원했던 병원 이름을 지금 여기서 밝히지는 않겠다. 우리 집에서 그리 멀지 않은 곳에 있는 병원이다. 자전거로 오갈 수도 있고 날씨가 나쁘면 자동차를 이용할 수도 있다. 아무튼 우리 집에서 십 분이면 도착하는 거리다. 나는 면회 시간에는 미헬을 아이가 있는 이웃집 부인한테 맡겼다. 가끔 아이 돌보미를 고용할 때도 있었다. 열다섯 살 난 여학생이었는데, 우리 집에서 몇 블록 떨어진 거리에 사는 아이였다. 병원 일이 어떻게 됐는지 지금 상세하게 털어놓고 싶은 마음은 없다. 다만 한 가지, 목숨이 아깝거든 ─ 자기 목숨이든 가족의 목숨이든 ─ 절대 그 병원에서 수술받지 말라고 충고하는 바이다. 사실 이건 내 딜레마이기도 하다. 끌레르가 입원했던 병원 이름은 밝힐 생각이 없지만 사람들한테 절대 그 병원 근처에도 가지 말라고 충고하고 싶은 것 또한 솔직한 내 심정이기 때문이다.

"당신 괜찮은 거야?" 어느 날 오후 끌레르가 그렇게 물었다. 두 번째 아니면 세 번째 수술을 받고 난 뒤였던 거 같다. 그런데 목소리가 어찌나 작던지 무슨 말을 하는지 알아듣기 위해서 입술을 귀에 바짝 가져가야 할 정도였다. "혹시 도움이 필요하지 않아?"

아내의 입에서 도움이라는 단어가 튀어나왔을 때 내 왼쪽 눈 밑의 근육 하나가 혹은 신경 하나가 움찔거리기 시작했다. 아니, 나는 도움 같은 것은 원하지 않았다. 나 혼자서도 아주 잘 해내고 있었으니까. 내가 일을 이렇게 잘 처리했으나, 스스로도 깜짝 놀랄 정도였다. 나는 미헬이 유치원에 지각하지 않도록 신경 쓰면서 꼬박꼬박 등원시켰다. 양치질도 시키고 비교적 옷도 깨끗하게 입혀서. 물론 미헬의 바지에 얼룩 하나 묻히지 않았다는 말은 아니다. 그런 면에서는 끌레르보다 약간 무심하긴 했다. 하지만 나는 그 애 아빠였다. 어느 날 오후 TV 토크쇼에 나온 어느 싱글 대디가 했던 말처럼 "아빠와 엄마의 역할을 동시에 수행하려는 시도" 같은 것은 하지 않았다. 멍청해 보이던 그 남자는 직접 뜬 스웨터를 입고 있었다. 아무튼 나는 할 일이 아주 많았고 그건 내게 오히려 아주 긍정적인 의미였다. 의도까지는 정확히 모르지만 내 일을 덮어 주려고 나서는 사람들이 주변에 별로 없었다는 뜻이다. 나는 한가한 시간을 전혀 원치 않았다. 오히려 일분일초까지 전부 일로 채워지는 게 나는 고마웠다.

저녁에 미헬을 침대에 눕히고 굿나잇 키스까지 하고 재우고 나면 나는 종종 맥주병을 들고 부엌에 웅크리고 앉았다. 옆에서는 식기세척기가 윙윙거리며 돌아가고 있고 내 앞에는 온종일 펼치지도 못한 신문이 놓여 있었다. 그럴 때면 갑자기 하늘로 붕 떠오를 것 같은 기분이 들었다. 맞다, 딱 그런 기분이었다. 마음이 아주 가벼워졌다는 뜻이다. 그 순간 누가 나를 향해 아주 세게 입김을 불면 아마 그 자리에서 내 몸이 둥둥 떠올랐을 것이다. 베갯잇에서 나온 새의 깃털처럼. 맞다, 정말 그랬다. 무중력 상태. 굳이 그 기분을 행복감이나 만족감으로 부르고 싶지는 않다. 대부분의 부모는 힘들고 지친 일과가 끝났을 때 '자신만을 위한 시간'에 대한 강렬한 욕구를 느낀다는 말을 들은 적이 있다. 그 마법 같은 시간은 아이들이 모두 잠자리에 들었을 때나 가능하지, 그전에는 일분일초도 낼 수가 없다고 했다. 나는 늘 그게 이상하다고 생각했다. 나한테는 그 마법의 순간이 오히려 미헬이 유치원에서 집으로 돌아와 모든 게 아주 정상적으로 돌아갈 때 찾아왔으니까. 그때는 목소리까지 변했다. 미헬한테 버터 빵을 먹겠냐고 물어보는 내 목소리는 아주 정상적으로 들렸다. 우리 집에는 모든 게 준비되어 있었다. 장은 이미 오전에 봐 두었다.

외출할 때면 나는 늘 미리 거울을 보며 나 자신을 점검했다. 옷은 깨끗한지, 면도는 했는지, 거울도 안 들여다보고 사는 사람처럼 머리카락이 마구 엉클어져 있지는 않은지, 세세한 것까지 전부 확인했다. 슈퍼마켓 사람들이 이상한 낌새를 채는 것이 싫어서였다. 나는 술 냄새를 폴폴 풍기는 이혼남이 아니었다. 살림을 엉망진창으로 하는 그런 아빠도 아니었다. 그때 내가 머릿속으로 무슨 생각을 했는지 지금도 생생하게 떠오른다. 나는 모든 게 정상적으로 돌아가고 있다는 걸 사람들한테 보여 주고 싶었다. 엄마가 집에 없는 동안에도 미헬을 위해 모든 게 평소와 똑같이 유지돼야 했다. 그중 제일 중요한 것은 날마다 따뜻한 식사를 하는 거였다. 하지만 그것 말고, 아이를 혼자서 키우는 집에서 보통 일어나는 몇 가지 변화는 우리 집이라고 해서 예외일 수는 없었다. 사실 나는 원래 면도를 매일 하지 않았다. 며칠씩 수염이 덥수룩한 얼굴로 살아도 별로 거북하지 않았기 때문이다. 끌레르는 그걸로 잔소리를 한 적이 없었다. 하지만 이 특별한 몇 주 동안 나는 날마다 면도했다. 아들은 분명히 깔끔하게 면도한 얼굴, 상큼한 애프터셰이브 냄새를 풍기는 아빠와 식탁에 앉고 싶을 테니까. 아빠가 상큼한 냄새를 풍겨야만 아들이 이상한 생각을 하지 않을 테고, 그래야 아빠 혼자 하는 살림이 영구적으로 계속되는 건 아닐 거라고 믿을 테니까.

맞다. 겉으로만 보면 나는 아무것도 변한 게 없었다. 나는 삼위일체로 구성된 우리 가정의 확실한 부속품이었다. 우리 가정의 다른 한 부속품은 (한시적으로! 한시적으로! 한시적으로!) 병원에 있었다. 나는 모터가 세 개 달린 여객기의 비행사였다. 지금 그 비행기의 모터 하나가 떨어져 나갔다. 하지만 불안해 할 필요는 없었다. 비상 착륙을 하면 된다. 그 정도는 아무 문제가 되지 않았다. 나는 비행사로서 천여 시간의 비행 경험이 있다. 그러니 나는 분명히, 비행기를 안전하게 지상에 착륙시킬 것이다.

35

어느 날 저녁 세르게와 바베테가 우리 집에 들렀다. 끌레르의 재수술을 하루 앞둔 날이었다. 그날 저녁 식사로 마카로니를 만들었던 게 지금도 또렷하게 기억난다. 마카로니 알라 카르보나라. 사실 만들 줄 아는 게 그것뿐이었다. 게다가 우리 단골 식당의 스페어 립과 함께 미헬이 좋아하는 메뉴이기도 해서 끌레르가 병원에 입원해 있는 몇 주 동안 나는 날마다 그걸 만들었다.

마카로니를 접시에 나눠 담고 있는데, 현관에서 초인종 소리가 들렸다. 들어가도 되느냐고 물어보지도 않고, 또 주인의 안내도 받지 않고 세르게와 바베테는 거실로 성큼성큼 걸어 들어왔다. 바베테가 먼저 거실을 빠르게 훑은 다음 온 집 안을 힐끔거리는 게 느껴졌다.

그 주에도 우리는 그 전 주와 마찬가지로 식당에서 밥을 사 먹지 않았다. 나는 막 거실 TV로 시선을 돌렸다. 몇 분 후면 「스포츠 저널」이 시작될 예정이었다. 그 순간 어떤 말로도 정확한 묘사가 불가능할 만큼 복잡 미묘한 눈빛으로 바베테가 나를 쳐다봤다.

그 눈길을 보는 순간 내 마음속에서 저절로 방어 본능이 작동했다. 일단 나는 지금 우리는 저녁 만찬을 즐기려던 참이었다며 너스레를 떨었다. 다른 때 같았으면 절대 나올 수 없는 행동이었다. 하지만 그때 상황은 평상시의 우리 만남과 상당히 달랐기 때문에 나도 모르게 불쑥 그런 행동이 튀어나온 것이다.

중요한 것은 그들이 우리 집 어디에서도 몰락의 흔적을 찾아내선 안 된다는 것이었다.

물론 끌레르가 살림할 때와 똑같을 필요는 없었다. 그래도 어쩌면 바베테의 입에서 '주부(主夫)'라는 단어가 튀어나올지도 모르겠다고 내심 기대했다. 그 단어를 들으면 마치 휴가를 온 느낌이 들 것 같았다.

하지만 그건 나의 순진한 착각이었다. 나중에 돌이켜 생각해 봐도 어쩌면 그렇게 바보 같은 생각을 할 수 있었는지, 머리라도 한 대 쥐어박고 싶은 심정이다. 물론 다른 사람들한테 해명할 필요는 없었다. 하지만 바베테는 어느새 벌써 2층 계단을 통해 미헬의 방으로 들어갔다. 미헬은 방바닥에 앉아 장난감을 갖고 노는 중이었는데, 100개의 도미노 칩을 일렬로 쭉 세워 놓는 일에 한참 정신이 팔려 있었다. '월드 도미노 데이'의 짝퉁이었다. 그런데 방에 들어선 숙모의 얼굴을 보는 순간 미헬은 자리에서 벌떡 일어나 그녀의 품 안으로 뛰어들었다.

어? 이건 좀 심한데, 하는 생각이 들 정도로 미헬은 정신없이 숙모의 품을 파고들었다. 미헬이 바베테를 아주 좋아하기는 했다. 하지만 지금 두 팔로 숙모의 다리를 꽉 붙잡고 절대 놓치지 않으려는 모습은 그동안 집에서 여자의 손길이 몹시 그리웠다는 확실한 증거였다. 엄마의 손길 말이다. 바베테는 미헬의 머리카락을 흐트러뜨리며 머리를 쓰다듬었다. 그러면서 눈으로 방 안을 둘러보았다. 나도 모르게 그녀의 눈길이 가는 대로 따라갔다.

방바닥에는 도미노 칩만 널려 있는 게 아니었다. 사방에 장난감들이 흩어져 있었다. 아니, 장난감들이 날아다닌 것 같았다. 더 이상 발 디딜 틈조차 남아 있지 않은 미헬의 방은 카오스 그 자체였다. 어쩌면 그마저도 완곡한 표현일지 모르겠다. 바베테의 눈으로 방을 둘러보자 정말 그런 생각이 들었다. 사방으로 날아다닌 것은 장난감만이 아니었다.

두 개의 의자와 소파, 그리고 미헬의 침대는 온통 옷가지로 뒤덮여 있었다. 깨끗한 옷과 입었던 옷이 마구 뒤섞인 채로. 게다가 책상과 어질러진 침대 옆에 놓인 보조 의자에는 과자 부스러기만 남은 접시와 빈 우유 컵, 그리고 레모네이드 잔이 놓여 있었다.

그중에서도 제일 눈에 거슬린 것은 접시가 아니라 축구 유니폼이었다. 클라위버르트라는 이름이 쓰여 있는 암스테르담 아약스 AFC 축구 유니폼 위에 사과가 떨어져 있었다. 알다시피 사과는 깎은 뒤 오 분 이상 빛과 공기에 노출되면 갈색으로 변한다. 낮에 미헬한테 사과 한 개와 레모네이드 한 컵을 가져다준 게 기억났다. 하지만 사과는 겨우 서너 시간이 아니라 벌써 며칠째 축구 유니폼 위에서 뒹굴고 있었던 것처럼 보였다.

아침에 미헬한테 오늘 저녁에는 네 방을 좀 치워야겠다고 말한 게 분명하게 기억났다. 하지만 이런저런 이유로 방을 치우지 못했다. 솔직히 말하면 나중에도 방 치울 시간은 충분해, 라는 안이한 생각 때문이었다.

바베테가 여전히 내 아들을 두 팔로 붙잡고서 귀엽다는 듯이 손으로 등을 토닥이는 동안 나는 그녀의 눈을 쳐다봤다. 눈빛이 다시 복잡 미묘해져 있었다. 나도 방을 치우고 싶었어! 만약 당신들이 내일 들렀더라면 방바닥에서 식사를 해도 좋을 만큼 깨끗했을 거야, 라고 비명이라도 지르고 싶은 심정이었다. 하지만 침묵했다. 대신 그녀를 쳐다보며 단지 어깨만 으쓱 들어 올렸다. 이 방이 돼지우리처럼 보이기는 할 거야. 내 어깨가 바베테를 향해 그렇게 말했다. 하지만 설사 그렇다고 한들, 대체 뭐가 문제란 말인가. 지금 당장 방을 치우거나 정돈하는 것보다 중요한 일이 얼마나 많은데.

뭔가 또 변명해야 할 것처럼 기분이 찜찜했다. 하지만 나는 그럴 마음이 전혀 없었을 뿐만 아니라 그럴 이유도 없었다.

느닷없이 들이닥친 것은 오히려 너희라고 내 쪽에서 선제공격을 하면 어떻게 될까? 만약 우리가 사전 연락도 없이 세르게와 바베테 집 현관문 초인종을 누르면 과연 무슨 일이 벌어질까? 어쩌면 다리털을 깎느라 정신없는 바베테와 발톱을 깎다가 우리를 맞이하는 세르게를 보게 되지 않을까. 사람들 눈에 띄지 않게 꼭꼭 숨겨 놓은 개인적인 물건들을 보게 될 수도 있다. 때늦은 후회가 밀려왔다. 그들을 집에 들여놓는 게 아니었다. 지금은 우리 집에 들어올 수 없다고 아까 분명히 말했어야 했다.

바베테는 미헬한테 도미노를 완성해 놓으면 금방 다시 구경하러 올라오겠다고 약속했다. 나는 바베테와 같이 방을 나섰다. 복도를 걸어가다 욕실 앞을 지나쳤다. 끌레르와 나의 침실도 지나쳤다. 바베테는 우리 침실을 힐끗 들여다보았다. 이제 바베테는 아예 대놓고 힐끔거렸다. 빨랫감이 수북이 쌓여 있는 바구니와 신문이 여기저기 펼쳐져 있는 흐트러진 침대가 유난히 눈에 띄었다. 이제 그녀는 더 이상 내 얼굴을 쳐다보지 않았다. 복잡 미묘한 눈길보다 오히려 그게 더 마음에 상처가 되고 모욕적이었다.

나는 분명히 또렷한 목소리로 미헬한테 곧 저녁을 먹자고 말했다. 우리 둘이서만. 세르게와 바베테는 저녁 식사의 초대 손님이 아니라는 사실을 분명히 해 두기 위해서였다.

그들은 정말 최악의 타이밍에 남의 집에 쳐들어왔다. 그러니 이제 그들이 떠나줘야 할 때였다.

아래층 거실에 내려가니 세르게가 두 손을 바지 주머니에 찌른 채 TV 앞에 서 있었다. 그 사이에 벌써 「스포츠 저널」이 시작되었다. TV 소리가 거실에 찌렁찌렁 울려 퍼졌다. 세르게는 마치 내 집 거실이 아니라 자기 집 거실에 서 있는 것 같았다. 바지 주머니에 두 손을 찌른 채 그는 다리를 약간 벌린 자세로 위풍당당하게 서 있었다. 미헬의 방과 내 침실, 그리고 빨랫감 바구니를 쳐다보던 형수의 복잡 미묘한 눈빛 역시 당당함에서는 밀리지 않았다.

「스포츠 저널」에서는 햇살이 쏟아지는 축구장에서 훈련을 마친 한 무리의 선수들 모습이 화면에 잡혔다. 그 사람들이 내게 당신이 세운 저녁 일정은 전부 틀어질 거야, 아니 이미 틀어져 버렸어, 라고 말하는 듯했다. TV를 보면서 미헬과 저녁을 먹으려던 계획은 틀어져 버렸다. 무릎에 마카로니 알라 카르보나라 접시를 올려놓고 보내는 평범한 저녁 시간은 물거품이 되어 버렸다. 비록 엄마와 아내는 집에 없지만 그럼에도 축제 같은 그런 저녁 시간은 이제 완전히 사라졌다.

"세르게……." 바베테가 남편 곁으로 다가가 어깨에 한 손을 올려놓았다.

"응." 두 손을 여전히 바지 주머니에 찌른 채 세르게는 대답과 함께 뒤돌아서서 나를 쳐다봤다. "파울……." 그는 말을 꺼내려다가 멈추고 당혹스러운 표정으로 아내의 얼굴을 쳐다봤다.

바베테는 한숨을 푹 내쉬었다. 그런 다음 길고 아름답고 우아한 손으로 내 손을 마주 잡았다. 복잡 미묘하던 눈빛은 어느새 사라지고 이제 그녀는 다정하면서도 단호한 눈빛으로 나를 쳐다봤다. 이 집안의 모든 카오스의 유발자는 바로 당신이야, 라는 눈빛이었다. 빨랫감이 수북이 쌓인 바구니나 흐트러진 침대를 쳐다보듯이 바베테가 나를 쳐다봤다. 그녀는 바구니의 빨랫감은 빨리 세탁기에 넣어 돌리고, 흐트러진 침대는 한시바삐 최고급 호텔의 스위트룸 침대처럼 정돈해야 할 사명감을 느낀 듯했다.

"파울." 그녀가 입을 열었다. "당신과 미헬이 얼마나 힘든지 잘 알고 있어요. 끌레르가 병원에 있으니 그럴 만도 해요. 우리도 최선의 결과가 있기를 바라지만 지금 당장은 입원이 얼마나 오래 지속될지 예상할 수 없는 일이잖아요. 그래서 미헬이 당분간 우리 집에 와 있는 게 당신한테도, 또 미헬한테도 좋을 거라고 생각해요."

그 말을 듣는 순간 나는 뜨거운 분노가 솟구쳤다. 얼음장처럼 차가운 공포도 파도처럼 밀려왔다. 늘 그랬듯이 내 감정들이 얼굴에 그대로 드러난 게 분명했다.

바베테는 내 손을 부드럽게 누르면서 말했다. "진정해요, 파울. 오늘 우리는 당신을 도와주러 온 거예요."

"맞아." 세르게가 그렇게 말하며 한 걸음 앞으로 걸어 나왔다. 혹시 내 한쪽 팔을 붙잡거나 어깨에 손을 올려놓으려는 건가? 다행스럽게도 그런 일은 없었다.

"당신은 끌레르를 간호하는 일만으로도 벅찰 거예요." 바베테는 만면에 미소를 짓고 손가락으로 내 손등을 쓰다듬으며 그렇게 말했다. "한동안 미헬을 한동안 우리가 데리고 있는 게 당신한테도 좋을 거예요. 그럼 미헬도 마음이 좀 안정될 테고요. 미헬은 지금 꿋꿋하게 잘 버티고 있어요. 하지만 아이들은 입 밖으로 잘 표현하지 않아도 사실 모든 것을 알고 있어요."

나는 몇 번 심호흡을 했다. 내 목소리가 떨리는 걸 절대 들키면 안 된다. 내겐 그게 제일 중요했다.

"같이 식사하자고 말하고 싶은데." 마침내 내가 입을 열었다. "유감스럽게도 양이 충분치 않네."

그 순간 내 손을 잡고 있던 바베테의 손이 멈칫했다. 얼굴에서 미소가 완전히 사라진 것은 아니지만 감정의 변화까지 감출 수는 없었다. 혹시 감정이란 게 있었다면 말이다.

"우리도 식사하러 온 건 아니에요, 파울." 그녀는 나를 똑바로 쳐다보면서 말했다. "우린 다만 끌레르가 내일 수술을 받으니까 미헬을 오늘 저녁 우리 집으로 데려가는 게…… 미헬을 위한 최선이 아닐까 생각한 것뿐이에요."

"나는 방금 내 아들과 저녁을 먹으려던 참이었어." 내가 말했다. "당신들은 정말 타이밍 한 번 기가 막히게 맞추는군. 아무튼 이제 나는 당신들이 내 집에서 나가줬으면 해."

"파울……." 바베테가 내 손을 지그시 눌렀다. 미소는 완전히 사라졌다. 그리고 갑자기 간청하는 눈빛으로 나를 쳐다보았다. 도무지 어울리지 않는 표정이었다.

"파울." 세르게가 말했다. "이제 너도 이곳이 네 살짜리 아이한테 최선의 환경이 아니라는 것을 깨달을 때가 되지 않았어?"

나는 바베테한테서 손을 확 빼냈다. "대체 그게 무슨 말이지?" 내가 물었다. 목소리는 차분했다. 떨림이라곤 없었다. 지나칠 정도로 차분했다고 말하는 게 더 적절할 것이다.

"파울!" 바베테의 목소리가 경고음처럼 들렸다. 무슨 낌새를 차린 게 분명했다. 나 자신도 느끼지 못한 뭔가를, 어쩌면 내가 세르게한테 무슨 위해(危害)라도 가할까 봐 두려웠던 건지도 모르겠다.

하지만 나는 절대 그런 즐거움을 선사할 생각이 없었다. 공포의 차가운 전율을 불타오르는 분노의 불길이 녹여 버렸다. 하지만 그들은 지금 나와 내 아들의 운명을 좌지우지하지 못해 안달이 나 있는 사람들 같았다. 이 고상한 낯짝에 정통으로 주먹을 한 대 날리고 싶었지만, 그것은 자신의 감정도 제대로 통제하지 못하는 사람이라는 결정적인 증거가 될 게 뻔했다. 자신의 감정을 제대로 통제하지 못하는 사람은 설사 한시적이라도 아이를 혼자서 키울 수 없는 법이다.

일 분 사이에 그들은 벌써 내 이름을 다섯 번이나 불렀다. 경험으로 미루어 볼 때, 이름을 자주 부른다는 것은 그 이름의 주인에게 뭔가를 요구한다는 것이다. 그것도 당사자가 원치 않는 것을 요구할 때. "세르게의 말은 당신이 너무 힘들어질 수 있다는 뜻이에요, 파울." 여섯 번째다. "우리는 당신이 미헬을 위해 집 안을 평상시하고 똑같이 유지하려고 애쓴다는 걸 잘 알고 있어요. 하지만 이건 정상이 아니에요. 지금 이 상황은 정상이 아니라고요. 끌레르도 보살피고 아들도 보살펴야 하는 이 상황에서는 정상적으로 생활할 수 없는 게 당연해요. 누구도 그걸 요구할 수 없고요."

바베테는 팔을 들더니 손가락을 약간 떨며 위쪽을 가리켰다. 사방에 흩어져 있는 장난감, 빨랫감이 수북이 쌓인 바구니, 신문이 널려 있는 흐트러진 침대가 있는 2층 말이다. "미헬을 위해 지금 제일 중요한 것은 아빠가 있다는 사실이에요. 지금 엄마가 아픈데, 아빠까지 무너지고 있다는 느낌을 받아서는 안 되잖아요."

나는 곧 집 안을 치울 작정이었다고 말하고 싶었다. 당신들이 한 시간만 늦게 왔으면 그랬을 거라고……. 하지만 그 말을 입 밖으로 꺼내지는 않았다. 그런 식으로 수세적인 태도를 취할 필요는 없었다. 미헬과 나는 우리가 필요할 때 청소할 것이다.

"다시 한번 부탁하는데, 제발 돌아가 줘." 내가 말했다. "미헬과 나는 벌써 십오 분 전에 저녁을 먹었어야 해. 식사 시간은 꼭 지켜야 한다는 것이 내 원칙이야. 이런 상황에서는 더더욱."

바베테의 입에서 다시 한숨이 터져 나왔다. 한순간 그녀가 또 "파울……." 하고 이름을 부를 것 같았다. 하지만 그녀는 세르게 쪽으로 눈길을 돌렸다. 그러더니 다시 나를 쳐다봤다. TV에서는 「스포츠 저널」의 엔딩 시그널이 흘러나왔다.

갑자기 나는 가슴이 먹먹해질 정도로 기분이 가라앉았다. 두 사람은 남의 집안일에 간섭할 마음을 먹고 사전 약속도 없이 무작정 쳐들어왔다. 하지만 이제 상황이 달라졌다. 돌이킬 수 없는 일이 벌어진 것이다. 이건 정신 나간 짓이고, 무의미한 짓이다. 하지만 나는 아들과 내가 오늘 저녁 「스포츠 저널」을 볼 수 없었다는 단순한 사실 때문에 거의 눈물을 쏟을 지경이었다.

병원에 있는 끌레르를 떠올렸다. 다행스럽게도 아내는 며칠 전부터 병실을 혼자 썼다. 그전까지는 악취는 기본이고 시도 때도 없이 방귀를 뀌어 대는 어느 노파랑 같이 있었다. 아내의 병문안을 갔을 때 우린 둘 다 처음에는 시종일관 아무 소리도 못 들은 척 했다. 하지만 며칠 지나자 끌레르는 방귀에 넌더리가 났는지 소리가 날 때마다 보란 듯이 사방팔방으로 방향제를 뿌려 댔다. 그러면서 동시에 비명을 지르거나 크게 웃음을 터뜨렸다. 면회 시간이 끝난 뒤에 나는 간호사실에 들러 제발 1인실로 바꿔 달라고 간청했다.

아내의 병실은 건물 중앙에 있어서 건물 양쪽 날개에 있는 병실이 한눈에 들어왔다. 날이 어두워지고 전등불이 켜지면 병실에 있는 환자들이 침대에 누워 있는 광경이 그대로 보였다. 가끔 베개에 등을 기댄 채 따뜻한 식사를 하는 환자도 있었다. 수술을 하루 앞둔 오늘 저녁, 나는 병문안을 가지 않고 미헬 곁에 있기로 아내와 합의했다. 최대한 평소처럼 보내기로 결정한 것이다.

그런데 지금 끌레르가 생각났다. 혼자 병실에 있을 아내, 어둠이 깔리면 전등이 켜진 창문과 다른 환자를 하염없이 바라보고 있을 내 아내. 우리의 결정이 정말 옳았을까 하는 의문이 들었다. 아이를 봐 주는 사람을 고용해서라도 병문안을 가서 오늘 저녁 아내 곁에 머물러야 하지 않았을까.

아내한테 전화를 걸어 봐야겠다고 생각했다. 세르게와 바베테를 보내고 미헬을 재운 다음 곧바로. 맞다, 원래 계획은 어긋났지만 미헬과 내가 저녁 식사를 시작할 수 있도록 이제 그들은 정말 떠나야 했다.

그 순간 완전히 다른 생각이 퍼뜩 뇌리를 스쳤다. 악몽처럼, 한밤중에 잠에서 깨어 보니 온몸에 식은땀이 줄줄 흐르고 침대 시트는 바닥에 떨어져 있고 베개는 내가 흘린 땀으로 완전히 젖어 있고 가슴은 쿵쾅쿵쾅 뛸 때처럼. 그러나 막상 불을 켜 보면 실제로는 아무 일도 없고, 모든 게 그저 꿈에 불과했을 때처럼.

"혹시 오늘 끌레르한테 갔었어?" 내가 물었다. 최대한 친절하고 다정하게, 평소와 다름없이 명랑한 목소리를 유지하려 애썼다. 무슨 일이 있어도 지금 내 상태가 최악이라는 것을 그들이 눈치채는 것만은 막고 싶었다.

세르게와 바베테는 나를 쳐다봤다. 표정을 보아하니 내 질문에 몹시 당황한 게 분명했다.

하지만 그 이상은 알 수 없었다. 어쩌면 갑작스러운 내 태도 변화에 놀란 것일 수도 있었다. 조금 전까지만 해도 내 집에서 나가 달라고 집요하게 요구하지 않았던가.

"아니에요." 바베테가 말했다. "사실은……." 그녀가 눈빛으로 남편에게 도움을 요청했다. "끌레르하고 통화했어요. 오늘 오후에."

그러고 보니 내 짐작이 맞았다. 상상도 못했던 일이 정말 일어난 것이다. 결코 꿈이 아니었다. 미헬을 내 집에서 데리고 나가겠다는 생각은 아내의 머리에서 나온 게 분명했다. 오늘 오후에 아내는 바베테와 통화를 했고, 그때 자신의 생각을 전한 것이다. 어쩌면 아내가 먼저 그 말을 꺼내지 않았을 수도 있다. 아마 바베테가 제안했을 것이다. 병마와 싸우느라 심신이 미약해진 끌레르는 압박감 때문에 동의했을 테고. 설사 그렇다고 해도 이런 결정을 내리기 전에 나와 상의는 했어야 하지 않는가.

그러다 아내가 나와 상의할 생각조차 못할 정도로 내 상태가 심각할지 모른다는 의구심이 생겼다. 아내가 우리 아들에 관한 중요한 결정을 나와 의논하지 않고 내리는 게 더 낫다고 생각했다면, 그렇게 만든 장본인은 나 자신이었을 것이다.

미헬의 방을 청소해 놓았어야 해. 후회가 밀려왔다. 세르게와 바베테가 우리 집 초인종을 누르기 전에 빨랫감 바구니를 비우고 세탁기를 돌렸어야 해. 침대 위에 널려 있던 신문들도 곧장 폐휴지 수거함에 가져갈 수 있도록 비닐봉투에 차곡차곡 담아서 현관문 앞에 내놓았어야 해. 하지만 후회해도 이미 때는 늦었다.

설사 그렇게 했더라도 상황은 바뀌지 않았을 것이다. 세르게와 바베테는 이미 결심을 굳히고 우리 집에 들이닥쳤다. 그러니 미헬과 내가 설사 정장을 빼입고 깨끗한 식탁보 위에 은 식기를 차려 놓고 식사하고 있었다 해도 달라질 건 없었을 것이다. 그때는 분명 다른 방법을 강구했을 테니까.

그러니까 오늘 오후 당신들끼리 내 새끼 미헬을 놓고 이러쿵저러쿵 이야기를 했다는 거지? 목구멍까지 그 질문이 치밀어 올랐으나 꾹 참았다. 오히려 계속 침묵함으로써 바베테 스스로 사실을 털어놓도록 압박을 가했다.

"대체 왜 미헬을 병원에 한 번도 안 데려갔어요?" 바베테가 물었다.

"뭐라고요?" 내가 반문했다.

"대체 왜 미헬이 엄마 병문안을 한 번도 안 갔느냐고요. 끌레르가 병원에 입원한 지 벌써 며칠이 지났잖아요. 아들이 엄마를 보고 싶어 하지 않는 것은 아무리 생각해도 이상해요."

"그건 끌레르하고 벌써 끝낸 이야기예요. 처음에는 끌레르 본인이 원치 않았어요. 미헬이 자신의 아픈 모습을 보는 게 싫다면서."

"처음에는 그럴 수 있어요. 하지만 나중에는? 나중에는 기회가 있었잖아요. 내 말은 그러니까 끌레르 스스로 이 상황을 더 이상 납득하지 못한다는 거예요. 끌레르는 아들이 자신을 벌써 잊어버린 거라고 생각하고 있어요."

"제발 그런 식으로 과장 좀 하지 말아요. 미헬은 엄마를 절대 잊지 않았어요 그 아인……." 계속해서 엄마 이야기를 한다고 말할 작정이었다. 하지만 그건 사실이 아니었다. "그 아인 그냥 엄마를 안 보고 싶어 해요. 병원에 가는 걸 싫어하는 것뿐이라고요. 물론 나도 여러 번 미헬한테 물었어요. 우리 내일 엄마한테 가 볼까? 하고. 하지만 그럴 때마다 미헬은 걱정이 가득한 얼굴로 그냥 이렇게 대답했어요. '글쎄…….' 다음 날 나는 다시 한번 물었어요. 그랬더니 이번에는 고개까지 흔들면서 거절했어요. '글쎄……. 아마 내일…….' 이러면서 말이에요. 이런 문제에 관한 한 아이한테 강요해선 안 된다는 게 내 입장이에요. 아니, 내 말을 수정할게요. 나는 특히 이런 상황에서는 미헬한테 뭔가를 절대 강요하고 싶지 않아요. 아이가 원치 않는데 억지로 병원에 끌고 가고 싶지 않다는 뜻이에요. 나쁜 기억으로 남을 수 있으니까. 단지 표현하지 못할 뿐, 미헬한테도 분명 그럴 만한 이유가 있을 거라고 믿어요. 그 아인 이제 겨우 네 살이지만, 이런 상황에서 자신이 어떻게 행동해야 할지 제일 잘 아는 것은 본인일 거예요. 만약 지금 미헬의 이런 행동이 엄마가 병원에 누워 있다는 사실을 잊기 위한 노력의 일환이라면, 우린 그걸 있는 그대로 받아들여야 한다고 생각해요. 그건 상당히 어른스러운 행동이니까. 어른들은 늘 모든 것을 잊으려 애쓰잖아요."

바베테가 마치 무슨 냄새를 맡는 것처럼 코를 킁킁거리더니 눈썹을 찡그렸다.

"이거 혹시……?"

그녀가 그 말을 하는 순간 나도 냄새를 맡았다. 느낌이 좋지 않았다. 냄새를 맡자마자 나는 바로 뒤돌아서 부엌으로 달려갔지만 복도에는 이미 연기가 자욱했다. 낭패였다.

"젠장!" 가스레인지를 끄고 정원으로 통하는 부엌문을 열었을 때 왈칵 눈물이 솟구쳤다. "젠장! 젠장! 젠장!" 나는 두 팔을 마구 휘둘렀다. 하지만 연기는 밖으로 빠져나가기는커녕 점점 더 부엌 안쪽으로 퍼졌다.

나는 눈물이 가득 고인 눈으로 냄비를 쳐다봤다. 퓌레는 이미 시커멓게 타 버렸다. 찬장에서 나무숟가락을 꺼내 눌러 붙은 시커먼 퓌레 덩어리를 저었다.

"파울……."

두 사람은 부엌문 앞에 서 있었다. 세르게의 한 발은 부엌 문지방을 넘어서 있었고, 바베테는 남편의 어깨에 한 손을 올려놓고 있었다.

"그래, 이 꼴을 보니 속이 시원해?" 나는 소리를 질렀다. "속이 시원하냐고!"

나는 찬장을 향해 죽을힘을 다해 나무숟가락을 집어던졌다. 그리고 눈물이 흘러내리지 않도록 이를 꽉 물었다. 하지만 절반밖에 성공하지 못했다.

"파울……." 세르게는 나머지 한 발까지 부엌 안으로 들어섰다. 허공을 향해 손을 내저으며 부엌 안으로 들어서던 세르게가 한 걸음 옆으로 비켜서는 게 보였다.

"파울, 네가 이러는 건 아주 당연해. 직장 일에다가 끌레르 일까지. 이럴 때는 그냥 스스로 힘든 상황이라는 것을 인정하면 돼."

나도 모르게 벌겋게 달아오른 뜨거운 냄비 손잡이를 움켜쥐었다. 쉭쉭거리는 소리와 함께 피부가 새빨갛게 익어 가던 기억이 아직도 생생하다. 통증은 전혀 못 느꼈다. 아무튼 그 순간에는 그랬다.

바베테는 비명을 질렀고 세르게는 고개를 뒤로 젖혔다. 하지만 허공을 날아간 냄비 바닥의 일부가 그의 얼굴에 정통으로 맞았다. 세르게의 몸이 뒤로 넘어갔다. 내가 다시 한번 그의 얼굴을 향해 냄비를 던졌을 때 그의 몸은 반쯤 바베테 쪽으로 기울었다. 탁하는 소리와 함께 이번에는 부엌 벽의 흰색 타일과 가스레인지 옆에 있는 조리대 위로 피가 튀었다.

"아빠."

세르게는 부엌 바닥에 뻗어 있었다. 입과 코 주위로 피가 줄줄 흘러내렸다. 내가 다시 냄비를 집어 들고 피가 흥건하게 고여 있는 그의 얼굴을 향해 냄비를 막 집어 던지려던 순간 미헬의 목소리가 들렸다.

미헬이 문가에 서 있었다. 그 아인 바닥에 누워 있는 삼촌이 아니라 나를 쳐다보고 있었다.

"미헬."

나는 억지로 미소를 지으며 냄비를 내려놨다. "미헬." 그리고 다시 한번 아들의 이름을 불렀다.

디저트

36

"이 딸기는 저희 레스토랑 정원에서 재배한 겁니다." 총지배인이 설명했다. "파르페에는 레스토랑에서 직접 만든 수제 초콜릿이 들어갔고, 거기에 고급 아몬드 조각과 땅콩 가루를 섞었습니다."

총지배인이 새끼손가락으로 브라운소스로 살짝 덮여 있는 몇몇 울퉁불퉁한 부스러기를 가리켰다. 내가 보기에는 브라운소스가 너무 얇게 덮여 있는 것 같았다. '보통 파르페'보다 훨씬 층이 얇았다. 그마저도 딸기 사이사이로 빠져나와 작은 접시의 바닥까지 스며들어 있었다.

바베테는 그 작은 접시를 뚫어져라 쳐다보고 있었다. 눈빛에 실망감이 역력했다. 총지배인이 디저트에 대해 설명하는 동안 실망감은 아주 노골적인 혐오감으로 바뀌었다.

"나는 이건 먹지 않겠어요." 총지배인이 설명을 마치자마자 그녀가 말했다.

"네?" 총지배인이 물었다.

"안 먹겠다고 했어요. 도로 가져가세요."

나는 그녀가 그 작은 디저트 접시를 옆으로 밀어 놓을 줄 알았다. 그런데 접시를 밀어 놓는 대신 오히려 제 '몸'과 마음에 안 드는 '디저트' 사이에 거리라도 확보하려는 것처럼 몸을 의자 깊숙이 파묻었다.

"하지만 부인께서 주문하신 디저트가 맞는데요."

종업원들이 우리 앞에 디저트를 내려놓은 뒤 바베테는 처음으로 고개를 들고 총지배인의 얼굴을 올려다봤다. "내가 뭘 주문했는지는 잘 알고 있어요. 하지만 먹고 싶은 생각이 사라졌어요. 그러니 도로 가져가도록 하세요."

세르게는 냅킨을 만지작거리기 시작했다. 그는 냅킨 한쪽 끝으로 입 가장자리에 혹시 묻어 있을지도 모를 얼룩을 콕콕 찍으며 닦아 냈다. 그러면서 계속 바베테와 눈빛을 교환하기 위해 무진 애를 썼다. 디저트로 푸딩을 선택한 세르게는 아내의 태도가 몹시 못마땅한 표정이었다. 한 가지 확실한 것은 지금 그는 디저트 먹는 시간이 지체되는 것 때문에 몹시 화가 났다는 것이다. 방금 그는 막 디저트를 먹으려던 참이었다. 언제나 그는 생크림을 끼얹은 바닐라 아이스크림이나 시럽을 얹은 크레페처럼 제일 인기 있는 디저트를 골랐다. 그 기준을 절대 넘어서는 법이 없었다. 그래서 종종 예기치 못한 순간 느닷없이 그를 위험에 빠뜨릴 수 있는 혈당 수치 때문에 그런 건가 생각했다. 하지만 한편으로 그건 그의 상상력 결핍과 분명 연관이 있었다. 그에게 있어 투르네도와 푸딩은 늘 동일 선상에 놓여 있었던 것이다. 사실 이런 고급 레스토랑 메뉴에 그런 평범한 후식이 포함되어 있다는 사실 자체가 나로서는 기이할 만큼 놀라웠다.

"이렇게 귀한 딸기는 어디에서도 맛보지 못하실 텐데요." 총지배인이 말했다.

빌어먹을 자식아, 이 후식 접시 치우고 너도 빨리 꺼져 버려! 이 말이 내 목구멍까지 차올랐다. 평범한 식당이었다면 당연히 그렇게 말했을 것이다. 유럽인들이 괜찮다고 인정하는 레스토랑이었다면 말이다. 하지만 여긴 네덜란드였다. 다른 나라에서는 총지배인이나 수석 웨이터 정도 되면 쓸데없이 이런 문제로 손님과 토론하려고 덤비지 않는다. 당연히 접객 매뉴얼에 따라 고객을 대했을 것이다. "손님, 디저트가 마음에 안 드십니까? 그럼 즉시 가져가도록 하겠습니다." 물론 그중에는 이유도 없이 트집을 잡는 손님들도 더러 있을 것이다. 예를 들어 자기가 무슨 미식가라도 되는 양 어설픈 지식을 마구 늘어놓으면서 메뉴에 있는 음식 하나하나에 대해 꼬치꼬치 캐묻는 사람들, "탈리아텔레와 스파게티의 차이는 뭐죠?" 같은 질문을 던지는 손님들. 말도 안 되는 질문을 던지는 무례한 손님들의 주둥아리에 주먹을 한 대 날려 윗니를 완전히 부러트리느냐 마느냐 하는 것은 전적으로 수석 웨이터에게 달려 있다. 어쩌면 법적인 보호 규정이 있을 수도 있다. 서비스업에 종사하는 사람이 정당방위를 인정받는 사례들 말이다. 하지만 대부분 그들은 정반대의 태도를 보인다. 보통은 그럴 만한 용기가 없기 때문이다. 그리고 손님들이 별거 아닌 일로 트집을 잡으면 연신 죄송하다며 허리를 숙인다. 하지만 네덜란드 레스토랑에서는, 예를 들어 시큼한 냄새가 나는 암갈색 풋콩, 힘줄 때문에 씹기도 힘든 갈비찜, 빵과 치즈 사이에 녹색 곰팡이가 피어 있는 유통 기한이 지난 치즈 빵 같은 게 나와도 손님은 아무 말 없이 음식을 목구멍으로 넘겨야 한다. 그리고 만약 수석 웨이터가 다가와 맛있냐고 물어보면, 미처 음식을 삼키지도 못해 입안에서 상한 음식 찌꺼기와 곰팡이 냄새를 혀끝으로 느끼면서도 맛있다고 연신 고개를 끄덕여야 한다.

자리 배치는 다시 원래대로 돌아갔다. 바베테는 내 왼쪽, 세르게는 바베테의 맞은편, 그리고 끌레르는 내 맞은편 자리였다. 접시에서 고개만 살짝 들었는데도 그들의 모습이 한눈에 들어왔다. 끌레르가 날 마주보며 눈썹을 찌푸렸다.

"아, 그냥 놓아두시오." 세르게가 말했다. "그 딸기도 내가 다 먹을 테니까." 손으로 배를 문지르면서 세르게는 처음에는 총지배인을 향해, 그다음에는 바베테를 향해 히죽 웃어 보였다.

일순 침묵이 흘렀다. 나는 잠시 시선을 내렸다. 아무도 쳐다보지 않은 게 상책일 것 같아서 나는 아직 손도 대지 않은 내 디저트 접시만 쳐다봤다. 내 디저트는 삼각형 모양의 치즈 세 쪽이었다. 총지배인의 새끼손가락이 삼각형 모양의 치즈를 하나씩 전부 가리킨 다음 치즈에 대해 장황한 설명이 이어졌다. 솔직히 나는 그의 설명에 전혀 귀를 기울이지 않았다. 접시는 확실히 애피타이저와 메인 요리 접시보다 두 치수 정도 작았다. 디저트 접시는 유난히 빈자리가 눈에 띄었다. 삼각형 모양의 치즈는 뾰족한 끝이 서로를 향하도록 배열되어 있었다. 그러고 보면 장식에 꽤 신경을 쓴 듯했다.

나는 달콤한 디저트가 싫어서 치즈를 선택했다. 어렸을 때부터 나는 이상하게 단 게 싫었다. 하지만 디저트 접시를 — 그중에서도 특히 빈자리를 — 쳐다보고 있자니 갑자기 무력감이 확 몰려왔다. 저녁 내내 그렇게 떨쳐 버리려고 애썼는데도 소용없었다.

나는 당장 집으로 돌아가고 싶었다. 물론 끌레르하고 같이. 하지만 그게 안 되면 혼자서라도. 집에 돌아가 소파에 드러누울 수만 있다면 몇 가지쯤은 포기할 수 있었다. 나는 드러누워야 생각이 더 잘되는 사람이었다. 빨리 집에 돌아가 소파에 누운 채 오늘 저녁에 일어난 일련의 사건들을 반추해 보고 싶었다. 이른바 '리뷰'라는 거 말이다.

"당신은 끼어들지 마." 바베테가 세르게를 향해 크게 소리쳤다. "다른 디저트를 주문하는 게 그렇게 힘들면 내가 직접 토니오한테 부탁하죠."

'토니오'는 분명 흰색 라운드 넥 스웨터를 입은 남자 이름일 것이다. 로만 부부 같은 유명 인사가 자신의 레스토랑을 찾아준 것에 감격해 직접 입구까지 나와 손님을 맞이한 그 사람 말이다.

"그러실 필요 없습니다." 총지배인이 황급히 대답했다. "제가 직접 토니오 씨께 전하겠습니다. 주방에서 분명 다른 디저트를 제공해 드릴 거라고 확신합니다."

"여보……." 세르게는 아내를 달래려 했지만 무슨 말을 해야 할지 잘 모르는 듯했다. 그는 총지배인을 향해 다시 한번 억지 미소를 지으면서 손바닥을 위로 한 채 자기도 어쩔 수 없다는 동작을 취했다. '정말 여자들이란. 나는 가끔 여자들을 정말 이해 못 하겠어.'라는 뜻이었다.

"당신, 그 멍청한 미소는 대체 뭐야?" 바베테가 물었다.

세르게는 잽싸게 두 손을 내리면서 애원하는 눈빛으로 바베테를 쳐다봤다. "여보……." 그리고 다시 한번 아내를 불렀다.

그러고 보니 미헬도 달콤한 디저트를 좋아하지 않았다. 아직 어렸을 때, 웨이터가 아이스크림이나 막대사탕 같은 것으로 유혹해도 미헬은 늘 단호한 표정으로 고개를 저었다. 우린 미헬이 원하는 거라면 어떤 디저트도 허용했으니 절대 교육으로 형성된 습관은 아니었다. 결국 그건 유전인 셈이다. 그래, 그것 말고 다른 가능성은 없었다. 만약 우리 핏속에 희미하게나마 뭔가 똑같은 게 흐른다면, 그 안에 달콤한 디저트에 대한 거부감은 반드시 있을 것이다.

마침내 총지배인이 테이블에서 작은 접시를 집어 들었다. "곧 다시 오겠습니다." 그 말을 남기고 그는 재빨리 사라졌다.

"남자들은 정말 대책 없는 멍청이들이야!" 바베테는 신음을 토하듯 말한 다음 흥분한 얼굴로 접시가 남겨 놓았을지도 모를 흔적을 말끔히 지워 버리고 싶은 것처럼 방금 디저트 접시가 놓여 있던 자리를 손으로 문질렀다.

"바베테, 제발 이러지 좀 마." 세르게가 간청하듯 말했다. 어느새 그의 목소리에는 분노도 함께 담겨 있었다.

"당신도 봤잖아, 아까 저 남자의 눈빛이 어땠는지." 바베테가 테이블 위로 끌레르의 손을 붙잡으면서 물었다. "사장 이름을 들먹였을 때 저 남자가 얼마나 빨리 태도를 바꿨는지 당신도 봤잖아?"

끌레르가 웃음을 터뜨렸다. 하지만 진심에서 우러나온 웃음은 아니었다.

"바베테!" 세르게가 끼어들었다. "제발 그만 좀 해. 당신답지 않게 왜 이래? 여긴 우리가 앞으로도 자주 와야 할 곳이야. 그러니 제발⋯⋯."

"아, 당신은 무서운가 보지?" 바베테는 남편의 말을 가로막았다. "다음번에 왔을 때 혹시 테이블을 얻지 못할까 봐?"

세르게는 나를 쳐다봤다. 하지만 나는 재빨리 그의 눈길을 피했다. 유전 이야기를 꺼내면 세르게는 어느 정도까지 대화에 참여할 수 있을까? 친자식들은 세르게한테서 피와 살을 물려받았으니 당연히 포함될 것이다. 하지만 베아우는? 세르게는 아이가 태어날 때 다른 누군가로부터 분명히 무언가를 물려받았다는 사실을 어느 정도까지 인정할 수 있을까? 아프리카에 남아 있는 아이의 친부모로부터 말이다. 또한 자신이 입양한 아들의 행동에 세르게는 과연 어느 정도까지 거리를 둘 수 있을까?

"나는 아무것도 무섭지 않아." 세르게가 말했다. "내가 참을 수 없는 건 당신의 그 무례한 행동이야. 우린 저 사람들한테 절대 이런 식으로 행동해선 안 돼. 저 사람은 단지 자신의 일을 열심히 하고 있는 것뿐이라고."

"대체 먼저 목소리를 높인 사람이 누군데?" 바베테가 말했다. "말해 봐, 누가 먼저 시작했냐고?" 목소리가 좀 전보다 더 커졌다. 주변을 둘러보니 다른 테이블에 앉아 있는 사람들이 벌써 우리 테이블 쪽으로 시선을 돌렸다. 당연한 일이다. 우리의 차기 수상이 앉아 있는 테이블에서 어떤 여자가 목소리를 높이는데, 이것보다 더 흥미로운 광경이 어디 있겠는가.

다급한 상황임을 인식했는지 세르게가 테이블 위로 몸을 숙였다. "바베테, 제발." 기어 들어가는 목소리였다. "우리, 이쪽에서 끝내도록 하지. 나중에 다시 이야기하자고."

가족 간에 말다툼이 벌어졌을 때 — 전투나 전쟁에서도 마찬 가지다. — 상황이 최악으로 치닫는 것을 막기 위해 양쪽 다, 혹은 어느 한 쪽이 물러서야 할 때가 반드시 있는데, 지금이 딱 그 시점 이었다. 지금 내가 제일 하고 싶은 게 뭔지 생각해 봤다. 가족의 일 원으로서, 또 함께 식사하는 사람으로서 내게 부여된 역할은 아마 도 중재에 나서 두 사람을 화해시키는 일이었을 것이다.

하지만 정말 내게 그럴 마음이 있었는지 의심스럽다. 끌레르 를 쳐다보려는데, 때마침 끌레르도 나를 보고 있었다. 그녀의 입 가가 살짝 씰룩거렸다. 모르는 사람들이 보면 절대 미소라고 생각 하지 못할 움직임이었지만 나는 그게 미소라는 것을 알 수 있었 다. 자세히 들여다보지 않으면 거의 눈치챌 수 없을 정도의 미세 한 떨림이었지만 나는 그게 무슨 의미인지 알아차렸다. 끌레르 역 시 나와 마찬가지로 이 싸움에 끼어들 생각이 없다는 뜻이었다. 우리는 두 사람을 말리려는 아무런 노력도 하지 않을 것이다. 아 니, 할 수만 있다면 오히려 진짜 충돌이 일어나도록 최선을 다하 고 싶었다. 그게 이 순간 우리한테 제일 어울리는 일이었다.

내가 아내한테 눈빛으로 신호를 보내자 그녀도 눈빛으로 대 답했다.

"바베테, 제발……." 그 말을 한 사람은 세르게가 아니라 바베 테 자신이었다. 과장된 톤으로 남편의 말을 흉내 낸 것이다. 마치 아이스크림을 사 달라고 떼쓰는 아이 같은 목소리였다. 세르게는 그런 식으로 칭얼대지 않는 편이 나았을 것이다. 그는 푸딩에 코를 거의 처박다시피 하고 있었다. 벌써 아이스크림은 다 먹은 상태였다. 나는 터져 나오려는 웃음을 간신히 참았다. 그런 내 모습을 봤는지 끌레르가 고개를 저으면서 그러면 안 된다는 눈빛으로 신호를 보냈다. 지금 웃으면 안 돼! 그럼 모든 것을 망치게 돼. 그건 우리가 싸움의 불씨를 꺼뜨리는 거야.

"당신은 비겁한 겁쟁이야!" 바베테가 소리를 질렀다. "아내가 디저트를 보고 구역질을 하면 이미지를 생각하기 전에, 다른 사람들 눈치를 살피기 전에, 먼저 내 편부터 들어줘야 하는 거 아냐? 그런데 당신은 친구가 뭐라고 할까부터 고민했지? 토니오 말이야! 돈인지 안톤인지한테는 이런 일이 처음이 아닐 거야. 아까 그 디저트는 양배추하고 완두콩 수프 냄새가 정말 지독했다고." 바베테는 그 말을 하면서 냅킨을 테이블 위로 내팽개쳤다. 얼마나 세게 던졌던지 냅킨에 맞은 와인 잔이 옆으로 넘어졌다. "나는 이 레스토랑에 다시는 안 올 거야!" 바베테가 소리를 질렀다. 비명까지는 아니었지만 우리 근처에 있던 네 테이블의 손님들은 그녀의 목소리를 들었을 것이다. 심지어 포크와 나이프를 떨어뜨린 사람도 있었다. 그들은 노골적으로 우리 테이블을 힐끔거렸다. 이보다 더 재미있는 광경이 어디 있겠는가. "집으로 돌아갈래." 바베테가 말했다. 이번에는 약간 누그러진 목소리였다. 어찌 보면 거의 평상시 수준이었다.

"바베테." 끌레르가 그녀에게 한 손을 내밀면서 이름을 불렀다. "진정해요……"

끌레르의 타이밍은 완벽했다. 내 얼굴에 저절로 미소가 떠올랐다. 아내는 정말 대단한 여자다. 와인이 테이블 위로 번지면서 많은 양이 세르게 쪽으로 흘러내렸다. 곧 의자에서 벌떡 일어나 겠군. 처음에는 그렇게 생각했다. 바지에 와인이 떨어지면 곤란할 테니까. 하지만 그는 의자를 뒤로 민 다음 자리에서 일어섰다.

"이제 더 이상 식욕이 없군." 세르게가 말했다.

세 사람이 동시에 세르게를 쳐다보았다. 그는 무릎에 있던 냅킨을 집어 들어 테이블 위에 내려놓았다. 푸딩의 아이스크림이 녹기 시작했다. 액체가 되어 가장자리로 흘러내린 바닐라 아이스크림이 유리잔 바닥에 도달했다. "잠시 나갔다 올게." 세르게가 말했다. "바람 좀 쐬어야겠어."

세르게는 테이블 옆으로 한 걸음 비켜선 다음 다시 뒤로 물러났다. "미안해." 처음에는 끌레르한테, 그다음에는 나를 향해 그렇게 말했다. "이럴 생각은 아니었는데, 아무튼 다시 돌아왔을 때는 우리가 좀 더 차분하게 대화를 나눌 수 있었으면 해."

내심 나는 바베테가 더 큰 소리로 비명을 지르고 남편의 머리를 향해 뭔가 던지기를 기대했다. 예를 들어 "그래. 당신은 꺼져, 꺼져 버려! 그거 아주 잘됐네." 하고 말이다. 하지만 바베테는 아무 말도 하지 않았고, 나는 솔직히 그게 약간 실망스러웠다. 그 정도는 돼야 스캔들이 완성될 텐데. '유명 정치인, 고개를 숙인 채 레스토랑을 떠나다. 그의 아내는 남편의 등에다 대고 멍청이 또는 겁쟁이라고 소리 지르다.' 비록 신문에까지 그런 기사가 실리지는 않겠지만 그대로 아마 사람들이 입을 거치면서, 이 이야기는 요원의 불길처럼 퍼져갈 것이다. 수십 명, 수백 명의 사람들에게, 어쩌면 수천 명의 유권자들 귀에 들어갈지도 모른다. 정치인 세르게로만도 당신이나 나처럼 평범한 사람들이 갖고 있는 결혼 생활의 문제점을 똑같이 갖고 있더라, 그도 우리 같은 보통 사람들하고 똑같더라, 라고.

　문제는 그들의 부부 싸움 소식이 표를 떨어뜨릴지, 아니면 새로운 표를 끌어올지 아무도 모른다는 것이다. 어쩌면 부부 싸움이 그의 인간적인 면모를 더 부각시킬 수도 있다. 불행한 결혼 생활이 유권자들로 하여금 그에게 동질감을 느끼게 하는 계기가 될 수도 있다는 뜻이다. 푸딩을 바라보았다. 녹아내린 아이스크림이 이번에는 유리잔을 넘어 테이블보 위로 흘러내렸다.

　"분위기 좀 바꿔 볼까?" 그렇게 말하며 나는 세르게의 디저트를 가리켰다. 이쯤에서 시시껄렁한 농담 하나 정도 던지는 게 최선이라는 생각이었다. "이걸 좀 보라고. 이건 단순한 문제가 아니야. 정말 심각한 거야."

　"파울……."

　나를 쳐다보던 끌레르는 바베테 쪽으로 눈길을 돌렸다. 그녀가 울음을 터뜨렸기 때문이다. 아내의 눈길을 따라가다 나도 그 광경을 목격했다. 처음에는 그냥 어깨만 살짝 들썩였을 뿐 소리 없는 울음이었는데 어느새 첫 번째 울음이 터져 나왔다.

　일부 테이블에서 사람들이 다시 식사를 중단했다. 빨간색 셔츠를 입은 남자가 맞은편에 앉아 있는 노부인(혹시 어머니인가?)을 향해 몸을 굽히고는 뭐라고 속삭였다. 아마 이런 말을 했을 것이다. "너무 그렇게 정색하고 쳐다보지 마세요." 하지만 이 비슷한 말도 했을 것이다. "그런데 울음을 터뜨린 여자는 분명 세르게 로만의 아내예요……."

　세르게는 아직도 테이블을 떠나지 못하고 두 손으로 의자 등받이를 꽉 붙잡은 채 그냥 서 있었다. 아내가 울음까지 터뜨린 마당에 방금 말한 대로 밖으로 나가야 할지, 아니면 그냥 여기 머물러 있어야 할지 결정을 못 내렸기 때문이다. 어느 쪽이 더 나을지 누가 알겠는가.

"세르게." 끌레르는 형의 얼굴을 쳐다보지도 않고 고개를 들지도 않고 말했다. "자리에 앉아요."

"파울." 끌레르가 내 손을 살짝 잡아당겼다. 그게 무슨 뜻인지 이해하는 데 시간이 좀 걸렸다. 자기가 바베테 옆에 앉을 수 있도록 자리를 비켜 달라는 뜻이었다.

우리는 동시에 의자에서 일어섰다. 서로 자리를 바꿔 앉는 동안 끌레르가 다시 내 손을 붙잡았다. 그녀의 손가락이 내 손목을 꽉 움켜쥐고 살짝 눌렀다. 아내의 얼굴이 10센티미터 앞에 있었다. 나는 아내보다 키가 아주 크지는 않았다. 그래서 머리를 살짝만 숙여도 아내의 머리카락 속에 내 얼굴을 파묻을 수 있었다. 이 순간 내가 간절히 바라는 것은 바로 그거였다.

"우리한테 문제가 하나 있어." 끌레르가 말했다.

나는 아무 말 없이 그냥 짧게 고개만 끄덕였다.

"바로 당신 형이야." 끌레르가 말했다.

아내가 무슨 말인가 더 해 주기를 기다렸다. 하지만 우리가 너무 오래 한 자리에 서 있었다고 생각했는지 끌레르는 내 옆을 지나 울고 있는 바베테 옆자리에 앉았다.

"음식은 맛있게 드셨습니까?"

고개를 돌려 보니 흰색 라운드 넥 스웨터를 입은 남자였다. 토니오! 세르게는 의자를 뒤로 밀고 다시 자리에 앉는 중이고, 나는 그대로 서 있었기 때문에 유독 나한테 말을 건 듯했다. 이유가 뭐든 상관없었다. 남자는 나보다 머리 하나 정도 키가 작았다. 그의 태도에서 뭔가 비굴함 같은 게 느껴졌다. 그는 약간 몸을 숙인 자세로 두 손을 맞잡은 채 고개를 살짝 옆으로 돌리고 있었다. 그리고 비스듬하게 고개를 들어 필요 이상으로 아주 오랫동안 나를 올려다보았다.

"디저트 선택에 문제가 생겼다는 말을 들었습니다." 그가 말했다. "그래서 원하시는 대로 다른 디저트로 제공해 드리려고 합니다."

"비용은 레스토랑에서 부담하는 건가요?" 내가 물었다.

"네?"

레스토랑 사장은 몇 가닥 안 남은 머리카락으로 아주 조심스럽게 귀를 가렸는데 거의 대머리나 마찬가지였다. 흰색 라운드 넥스웨터 위로 올라와 있는 옅은 갈색의 두상이 등껍질 속에서 나온 거북이 같았다.

세르게하고 바베테가 레스토랑 안으로 들어섰을 때 마중 나온 그를 보며 누군가를 떠올렸던 일이 문득 기억났다. 이제야 그게 누구였는지 깨달았다. 몇 년 전, 우리 집에서 건물 몇 채 정도 떨어진 곳에 살던 어떤 남자였다. 지금 이 레스토랑 사장만큼 겸손한 사람이었다. 그러고 보니 키도 '토니오'와 얼추 비슷했다. 그 남자는 혼자 살았다. 미헬이 여덟 살쯤이었던 걸로 기억하는데, 어느 날 저녁 그 애가 레코드를 한 아름 안고 집으로 들어서더니 레코드 플레이어를 찾았다.

"대체 그것들은 어디서 났니?" 내가 물었다.

"브레드벨트 씨한테서요." 미헬이 대답했다. "아빠, 그 아저씨 집에 레코드가 아마 500장도 넘을 거예요. 이건 나한테 가져가도 좋다고 했어요."

'브레드벨트'라는 이름을 몇 건물 떨어진 이웃집 앞에 혼자 서 있던 키 작은 남자와 연결하기까지는 시간이 꽤 걸렸다. "우리는 가끔 그 아저씨 집에 놀러 가요." 미헬이 말했다. 이웃에 사는 아이들 몇 명이 옛날 레코드를 듣기 위해 브레드벨트 씨 집으로 놀러 간다고 했다.

그 말을 듣는 순간 내 관자놀이가 뛰기 시작했던 것이 생생하게 기억난다. 처음에는 두려움 때문이었고, 다음에는 분노 때문이었다. 최대한 평소의 목소리 톤을 유지하면서 아이들이 레코드를 듣는 동안 브레드벨트 씨는 뭘 하느냐고 물었다.

"그냥 뭐. 우리는 소파에 앉아 있어요. 아저씨 집에는 늘 땅콩, 감자 칩, 콜라 같은 게 있거든요."

저녁때, 날이 벌써 어둑어둑해졌을 무렵 나는 브레드벨트 씨 집의 초인종을 눌렀다. 집 안으로 들어가도 되냐고 물어보지도 않고 나는 그를 옆으로 확 밀친 다음 곧장 거실로 들어섰다. 그리고 커튼이 쳐져 있는지 확인했다.

그로부터 몇 주 뒤 브레드벨트는 이사를 갔다. 내가 아직까지 기억하는 마지막 장면은 사내아이들이 부서진 레코드가 들어 있는 종이 상자 속에서 온전한 레코드를 찾아 뒤적거리던 모습이다. 브레드벨트가 이사 가기 하루 전날, 길가에 내놓은 상자였다.

나는 '토니오'를 쳐다보며 한 손으로 의자 등받이를 꽉 붙잡았다.

"당장 꺼져. 이 쓰레기 같은 자식아!" 내가 말했다. "꺼지라니까, 안 그러면 지금 내가 무슨 짓을 할지 나도 몰라."

<h1 style="text-align:center">37</h1>

세르게는 헛기침을 한 뒤 가운데에 푸딩이 놓인 테이블에 팔꿈치를 올려놓고 손깍지를 끼었다.

"지금쯤이면 무슨 일이 벌어졌는지 우리 모두 알고 있을 거라고 생각해." 세르게가 말했다. "우리 네 사람 모두 사실을 알고 있단 뜻이야." 그 말을 하면서 그는 먼저 끌레르의 얼굴을, 다음에는 바베테의 얼굴을 쳐다봤다. 바베테는 울음은 멈췄지만 아직 냅킨을 뺨에 대고 있었다. 눈 바로 아래쪽, 시커먼 선글라스 안쪽으로.

"파울?" 세르게는 내 쪽으로 고개를 돌리고 나를 쳐다봤다. 근심이 가득한 눈빛이었다. 하지만 그게 인간 세르게 로만의 근심인지, 정치인 세르게 로만의 근심인지 의심스러웠다.

"응, 왜?" 내가 말했다.

"너도 모든 사실을 알고 있을 거라 생각한다."

모든 사실이라. 억지 미소도 지을 수 없었다. 나는 애써 진지한 표정을 유지하며 끌레르를 쳐다보았다. "당연하지." 내가 말했다. "물론 형이 말하는 '사실'이라는 게 뭔지에 달렸겠지만."

"그건 곧 알게 될 거야. 문제는 우리가 이 일을 어떻게 처리할 거냐 하는 거야. 사람들한테 이걸 어떻게 알릴 것인가 하는 문제 말이야."

혹시 내가 잘못 들은 건가? 그래서 나는 다시 끌레르 쪽을 건너다보았다. 아까 우리한테 문제가 하나 있다고 했지. 이게 바로 그 문제야. 그녀의 눈빛이 그렇게 대답했다.

"잠깐만." 내가 이의를 제기했다.

"파울." 세르게가 한 손을 내 팔에 올려놓았다. "먼저 내 입장을 밝힐 테니 그다음에 네가 말하도록 해."

바베테가 헛기침을 했다. 한숨과 흐느낌이 뒤섞인 헛기침이었다. "바베테." 경고하는 말투지, 애원하는 목소리가 아니었다. "당신이 무슨 생각을 하고 있는지 알아. 내 말이 끝나고 나면 당신한테도 말할 기회를 줄 거야." 주변 테이블의 손님들은 다시 자신들의 접시 위로 고개를 숙였다. 하지만 개방형 주방 쪽은 약간 소란스러운 듯했다. '토니오'와 총지배인을 여종업원 셋이 둘러싸고 있었다. 그들은 단 한 번도 우리 쪽을 쳐다보지 않았다. 하지만 주방 쪽의 술렁거림과 소란은 우리 때문인 게 — 정확하게 말하면 나 때문인 게 — 확실했다. 내 치즈를 걸고 내기해도 좋다.

"바베테와 나는 오늘 오후에 릭과 대화를 나눴어." 세르게가 말했다. "릭은 그 일로 무척 괴로워하고 있어. 그 아인 지금 자신이 저지른 짓을 아주 끔찍하게 후회하고 있어. 릭은 지금 잠을 통 못 자. 얼굴도 많이 상했고, 당연히 학교 성적도 엉망진창이야."

나는 뭔가 한마디 하고 싶었지만 참았다. 언중유골이라고, 세르게는 지금 그냥 하는 말이 아니었다. 그는 자신의 아들을 우리와 분리하려는 게 분명했다. '릭은 지금 잠을 통 못 자. 얼굴도 많이 상했고.' '그 아인 지금 자신이 저지른 짓을 아주 끔찍하게 후회하고 있어.' 그런 말을 듣고 있으려니 끌레르와 나도 적극적으로 미헬을 옹호하고 나서야 할 것 같은 기분이 들었다. 하지만 무슨 말을 할 것인가? 미헬은 릭보다 잠을 더 못 잔다고 할까?

하지만 그건 사실이 아니었다. 미헬은 지금 ATM기 부스 안에서 불에 타 죽은 노숙자가 아니라 다른 문제로 골머리를 썩이는 중이었다. 또 학교 생활에 대해 세르게가 무슨 헛소리를 지껄였더라? 생각이란 것을 제대로 하는 사람의 입에서는 절대 나올 수 없는 말이었다.

끌레르가 먼저 항의하면 나는 그때 나서기로 했다. 만약 아내가 먼저 그 사건과 관련해 지금 여기서 학교 성적까지 언급하는 것은 적절치 않다고 말하면, 이어서 내가 미헬의 학교 성적은 여기서 말하고 싶지 않다고 덧붙여야겠다고 생각했다.

혹시 미헬의 성적이 떨어졌던가? 그런 느낌은 받지 못했는데. 이것만 봐도 미헬은 확실히 사촌보다는 훨씬 냉정한 녀석이었다.

"처음부터 나는 이 모든 일을 나의 정치적 미래와는 분리시켜 보려고 애썼어." 세르게가 말했다. "뭐 그렇다고 그걸 전혀 고려하지 않겠다고 주장하려는 건 아니고."

이제 바베테는 아주 드러내 놓고 흐느끼기 시작했다. 소리는 애써 참으면서. 있어서는 안 될 자리에 참석한 기분이었다. 클린턴 부부가 생각났다. 오프라 윈프리 쇼의 한 장면이 오버랩됐다.

그 쇼가 어떻게 진행됐더라? 그게 아니면 혹시 기자 회견 리허설을 해보는 건가? 세르게 로만, 「사건파일 XY」에 나온 소년이 자신의 아들이라는 사실을 고백하는 기자 회견? 그런 사건에도 불구하고 내심 계속 유권자들의 신뢰를 붙잡아둘 수 있기를 기대하면서 하는 기자 회견? 하지만 그건 터무니없는 기대였다.

"나한테 무엇보다 중요한 것은 바로 릭의 미래야." 세르게가 말했다. "물론 최선은 그 사건이 밝혀지지 않는 거겠지. 하지만 그런 상태로 계속 살아갈 수 있을까? 릭이 그런 상태로 살아갈 수 있을까? 또 그걸 알면서 우리는 그냥 살아갈 수 있을까?" 그 말을 하면서 세르게는 처음에는 끌레르를, 다음에는 나를 쳐다봤다. "두 사람은 그 사실을 알면서도 그냥 살아갈 수 있어?" 세르게가 물었다. "나는 그럴 수 없어." 세르게는 우리 대답을 기다리지도 않고 말을 이었다. "현재 추세대로라면 나는 수상 자리가 거의 보장된 셈이야. 조만간 여왕님을 모시고 각료들과 함께 취임식 사진을 찍게 되겠지. 하지만 정확한 시점은 모르겠지만 언젠가는 분명 어느 기자 회견에서 기자가 손을 번쩍 들고 이렇게 물을 거야. '로만 씨, 아드님이 노숙자 살인에 가담했다는 소문이 사실인가요?'라고."

"살인이라니요?" 끌레르가 외쳤다. "그게 정말 살인인가요? 어떻게 말이 갑자기 그쪽으로 튀는 거죠?"

잠시 침묵이 흘렀다. '살인'이라는 말은 네 테이블쯤 떨어진 곳에서도 분명히 들릴 정도로 컸다. 세르게가 먼저 레스토랑을 둘러본 다음 끌레르를 쳐다보았다.

"미안해요." 끌레르가 말했다. "나도 모르게 목소리가 커졌네요. 하지만 지금 그게 문제인가요? 정말이지 '살인'이라는 표현은 핵심에서 한참 벗어난 거라고 생각해요. 아니, 한 걸음이 아니라 열 걸음쯤 벗어난 거예요."

나는 깜짝 놀라 아내를 쳐다보았다. 그녀는 흥분할 때가 더 아름다웠다. 특히 그녀의 눈. 남자들을, 물론 다른 남자들을 당황하게 만드는 그 눈빛이.

"그럼 끌레르 당신은 그걸 어떻게 부르겠소?" 세르게는 디저트용 스푼을 집어 들고 벌써 다 녹아 버린 아이스크림을 몇 번 헤집었다. 상당히 긴 스푼이었는데도 손가락 끝에 아이스크림이 묻었다.

"불운이죠." 끌레르가 말했다. "온갖 재수 없는 상황들이 얽히고설키면서 만들어진 불운이요. 제정신 박힌 사람이라면 그 두 아이가 그날 저녁 노숙하는 여자를 살해할 의도를 갖고 밖으로 나갔다고 주장할 수는 없을 거예요."

"하지만 CCTV 화면상으로는 그게 사실이오. 또 그걸 네덜란드 국민들 전부가 봤고. 내 입장에서는 살인보다는 단순한 폭행치사라고 부르고 싶소. 아무튼 그 여자가 일방적으로 당했다는 사실만큼은 부인할 수 없을 거요. 전기 스탠드에 맞았고, 의자에도 맞았고, 마지막으로는 석유통에까지 맞았으니까. 하지만 그 여자는 아이들한테 아무 짓도 안 했소."

"대체 그 여자는 ATM기 부스 안에서 뭘 하고 있었던 거죠?"

"그걸 문제 삼을 수는 없소. 유감스럽게도 노숙자는 사방천지 어디든 널려 있으니까. 온기가 약간이라도 있는 곳이면 노숙자의 잠자리가 되는 법이지. 젖은 곳만 아니라면 어디든 그들의 잠자리가 될 수 있단 말이오."

"하지만 그 여자는 길을 방해했어요. 그런 여자가 자기 집 현관문 앞에 누워 있다고 생각해 보세요. 거기도 분명 물기도 없고 따뜻한 곳이니까요."

"지금 우리는 보다 근본적인 문제에 집중해야 해요." 바베테가 말했다. "나는 정말 믿을 수가 없어……."

"지금 이건 아주 본질적인 문제예요." 글레르가 한 손을 바베테의 팔에 올려놓았다. "제발 나한테 화내지 말아요. 하지만 세르게의 말을 들었을 때 문득 이런 생각이 들었어요. 지금 우리가 동정할 만한 가치가 충분한 어린아이에 대해 이야기하고 있는 듯한 느낌이요. 둥지에서 떨어진 어린 새 같은 거요. 하지만 지금 우리가 얘기하고 있는 건 다 큰 성인이에요. 성인 여자라고요. 그 여자는 상황을 뻔히 알면서도 ATM기 부스를 차지하고 있었던 거란 말이에요. 제발 내 말을 제대로 이해해 줘요. 나는 지금 그들의 입장이 한번 돼보자는 거예요. 노숙자 말고 미헬하고 릭, 바로 우리 자식들의 입장이요. 그 아이들은 술에 취하지 않았어요. 마약을 한 것도 아니었고요. 그냥 돈을 인출하려던 것뿐이에요. 그런데 지독한 악취를 풍기는 여자가 부스를 독차지하고 누워 있었던 거란 말이에요. 그런 상황에 부딪치면 누구라도 자동적으로 욕설이 튀어나왔을 거예요. '젠장, 꺼져 버려!' 같은 욕설이."

"다른 ATM기에 가서 돈을 찾을 수도 있었잖소?"

"다른 ATM기요?" 글레르는 웃기 시작했다. "다른 ATM기? 맞아요. 그럴 수도 있었겠죠. 사방팔방으로 헤매고 다니면서. 내 말은 세르게, 당신이라면 어떻게 했겠느냐는 거예요. 현관문을 열었는데 문 앞을 노숙자가 가로막고 누워 있었다면? 밖으로 나가려면 잠든 여자 몸을 밟고 지나갈 수밖에 없었다면? 그럴 때 당신이라면 어떻게 했을까요? 다시 집 안으로 들어갔을까요? 다른 예를 들어 보죠. 누군가 현관문 앞에 오줌을 싸 놓았어요. 그럼 다시 현관문을 닫을 건가요? 그리고 그대로 물러설 건가요?"

"글레르……." 바베테가 말했다.

"오케이, 오케이." 세르게가 말했다. "당신이 무슨 말을 하고 싶어 하는지 다 이해했소. 내 말은 전혀 그런 뜻이 아니었는데. 물론 그런 상황에 부딪혔을 때 달아나는 것만이 최선은 아닐 테지. 하지만 나는 그 상황에서는 다른 해결책을 찾았어야 한다고 생각하오. 노숙하는 여자의……." 여기서 세르게는 잠시 망설였다. "목숨을 빼앗는 것은 결코 올바른 해결책이었다고 할 수 없소."

"미안하지만 세르게!" 끌레르가 말했다. "나는 지금 노숙자 문제 전반의 해결책에 대해 말하려는 게 아니에요. 어느 특정한 노숙자에 대해 이야기를 하고 있는 거라고요. 내 생각에 우린 지금 그 여자에 대해 많은 이야기를 하기보다는 오히려 릭과 미헬한테 초점을 맞춰야 해요. 나는 그 사건 자체에 대해 입씨름할 생각은 없어요. 아이들의 행동이 전부 옳았다고 주장하려는 것도 아니고요. 하지만 우린 올바른 관점에서 상황을 파악해야 해요. 그건 우발적인 사고였어요. 그 우발적인 사고가 우리 아이들의 남은 인생, 아이들의 미래에 엄청난 영향을 미칠 수도 있어요."

세르게는 한숨을 내쉬며 두 손으로 디저트 그릇을 감싸 쥐었다. 그는 바베테와 눈길을 마주치려 애썼지만 그녀는 가방을 무릎에 올려놓고 뒤적거리며 뭘 찾느라 남편이 보내는 신호를 알아차리지 못했다.

"내가 하려던 말이 바로 그거요." 세르게가 말했다. "미래. 제발 내 말을 제대로 이해해 줘요, 끌레르. 나도 당신하고 똑같이 우리 아이들의 미래를 걱정하고 있소. 다만 나는 아이들이 그런 비밀을 지닌 채 평생을 살아갈 수는 없다고 생각하는 것뿐이오. 장기적인 관점에서 그건 결국 아이들을 파멸로 이끌 거요. 릭은 벌써부터 망가지고 있소." 세르게는 다시 한숨을 내쉬었다. "나 또한 망가지고 있고."

또다시 나는 현실이 아닌 어떤 자리에 앉아 있는 듯한 느낌이 들었다. 아이들 문제를 의논하기 위해 저녁 식사 약속을 잡은 두 쌍의 부부, 형제와 그들의 아내들, 이건 엄연한 우리의 현실이었다.

"내 결정은 우리 아들의 미래와 직결되어 있소." 세르게가 말했다. "나중에, 그러니까 우리가 모든 문제를 처리하고 나면, 그 아이는 자신만의 인생을 살아가야 하오. 이 결정은 전적으로 나 혼자 내렸다는 것을 강조하고 싶소. 아내는…… 바베테는……." 바베테가 가방에서 포장을 뜯지 않은 말보로 담뱃갑을 꺼내더니 투명한 셀로판지를 뜯어 냈다. "바베테는 나하고 의견이 다르지만 내 결심은 확고하오. 아내한테는 벌써 오늘 오후에 내 결심을 밝혔소."

세르게는 심호흡을 한 다음 우리들의 얼굴을 차례차례 응시했다. 그제야 나는 내 눈가가 촉촉하게 젖어 있다는 사실을 깨달았다.

"내 아이를 위해서, 또한 국가를 위해서 나는 수상 후보직에서 사퇴할 생각이오." 그가 말했다.

바베테가 입에 물었던 담배를 다시 뺐다. 그녀는 끌레르와 나를 쳐다봤다.

"사랑하는 끌레르." 바베테가 말했다. "사랑하는 파울……. 제발 세르게한테 정신 차리라고 말해 줘요. 제발 그래서는 안 된다고 해 줘요. 지금 세르게는 제정신이 아니에요."

"있을 수 없는 일이에요." 끌레르가 말했다.

"그렇지?" 바베테가 말했다. "그거 봐요, 세르게. 파울, 이 문제에 대해 당신은 어떻게 생각해요? 당신도 형님의 계획을 정신 나간 짓이라고 생각하죠? 이건 정말 말도 안 되는 짓이에요."

솔직히 나는 세르게의 결심에 정말이지 깜짝 놀랐다. 그가 자신의 정치 생명을 이걸로 끝장내려 하다니, 믿기지 않았다. 하지만 한편으로는 모두를 위해 그게 최선일 수도 있겠다는 생각이 들었다. 세르게 로만 수상이 이끄는 사 년간의 정권은 네덜란드를 위해서는 차라리 없는 편이 나을 것이다. 사 년이 얼마나 귀한 시간인가. 머릿속에서 충분히 몰아낼 수 있었던 장면, 절대 떠올릴 일이 없었던 장면들이 파노라마처럼 눈앞에 스쳐 지나갔다. 왕궁 계단에서 세르게 로만이 여왕 앞에 선 채 수상 취임 기념사진을 찍고 있다. 새로 구성된 정부 각료들과 조지 부시 대통령도 같이 있다. 세르게가 벽난로 앞에 놓인 흔들의자에 앉아 있다. 세르게가 볼가강 변에서 푸틴 대통령과 함께 작은 보트를 타고 있다……. 뉴스 장면들도 떠올랐다. "유럽 정상들과의 회담에서 로만 수상은 프랑스 대통령……." 이 뉴스를 들은 나는 형을 몹시 부끄럽게 생각한다. 세계 각국의 정상들이 세르게 형처럼 멍청한 존재와 만난다는 사실이 참을 수 없기 때문이다. 백악관이나 엘리제궁에서 식탐을 참지 못하는 형이 투르네도를 세 번만에 꿀꺽 삼키는 광경을 생각해 보라. 그걸 보면 각국 수상들은 분명 의미심장한 눈빛을 교환할 것이다. 어쩌면 이렇게 말할 수도 있다. "네덜란드 사람이잖아요." 아니면 입 밖으로는 꺼내지 않고 그냥 생각만 할 수도 있다. 물론 후자가 훨씬 더 나쁘겠지만. 아마 국민들은 그런 수상이 창피해서 쥐구멍이라도 찾고 싶을 것이다. 하지만 그게 오히려 약이 될 수도 있다. 수상에 대한 수치심 덕분에 네덜란드 정부의 정권 교체가 아주 순조롭게 이루어질 테니까.

"형도 아마 한 번쯤은 더 고민해 볼 거예요." 바베테한테 그렇게 말한 뒤 나는 어깨를 으쓱 들어 올렸다. 제일 끔찍한 상상은 세르게가 우리 집에 와서 함께 식사하는 광경이다. 사실 이건 얼마 전까지만 해도 가능성이 아주 높았지만 다행히도 급속도로 가능성이 희박해지고 있다. 우리 집 식탁에 앉아 각국 정상들과의 만남에 대해 허풍을 떨어 댈 세르게의 모습이 그려졌다. 그건 분명 공허한 이야기와 상투적 표현의 성찬이 될 것이다. 물론 끌레르와 나는 그 진부함을 꿰뚫어 볼 테고. 하지만 미헬은? 우리 집 저녁 식사에 참석한 기념이라면서 세르게가 잠시 세계 극장 무대의 막을 걸어 올리고 베일 뒤에 감춰진 추한 이면을 폭로한다면, 미헬은 삼촌의 이야기에 홀딱 넘어갈까? "파울, 대체 뭘 고민하는 거야? 네 아들이 그런 일에 흥미가 아주 많다는 건 너도 이미 알잖아?"

내 아들, 미헬. 그리고 미래에 대해 생각했다. 대체 미래라는 것이 존재하기나 하는지 모르겠지만.

"한 번쯤 더 고민해 볼 거라고요?" 바베테가 말했다. "맞아요. 그는 한 번쯤 생각을 더 해 봐야 돼요!"

"나는 생각이 달라요." 끌레르가 말했다. "세르게 혼자 그런 결정을 내릴 권리가 없다는 것이 내 생각이에요."

"최소한 아내인 나하고는 미리 의논했어야 해." 바베테가 소리를 지르더니 다시 흐느끼기 시작했다.

"내 말은 그런 뜻이 아니에요, 바베테." 끌레르가 세르게를 쳐다보며 말했다. "내 말은 그건 우리 모두와 관련되어 있다는 뜻이에요. 그건 우리 전부의 문제예요. 우리 네 사람 전부."

"그래서 이렇게 만난 거잖소." 세르게가 말했다. "그 문제를 대체 어떻게 처리해야 좋을지 함께 의논해 보자고."

"우리가 대체 그 문제를 어떻게 처리해야 하나요?" 끌레르가 반문했다.

"이미 우리가 알고 있는 대로, 우리 아이들한테 진정한 기회를 주는 방식으로 처리해야겠지."

"하지만 그건 아이들한테 기회를 주는 게 아니에요, 세르게. 단지 당신이 정치에서 물러난다는 사실을 알리는 거죠. 당신은 수상이 되기를 원치 않는다는 거요. 당신 말대로 세르게 당신은 그 사실을 마음에 품고서는 살아갈 수 없으니까요."

"그럼 끌레르 당신은 그렇게 살아갈 수 있다는 거요?"

"내가 살아갈 수 있느냐 없느냐는 중요하지 않아요. 문제는 미헬이에요. 미헬은 그런 채로 살아갈 수 있어야 해요."

"대체 어떻게 그럴 수 있지?"

"세르게, 제발 내 말이 무슨 뜻인지 모르는 척하지 말아요. 당신은 결정을 내렸어요. 그리고 그 결정으로 당신 아들의 미래도 결정한 셈이죠. 하지만 그 결정이 어떤 결과를 가져올지 당신은 알아야만 해요. 자신이 지금 무슨 짓을 저지르고 있는지 분명하게 깨달아야 한다는 말이에요. 당신의 결정은 내 아들의 미래까지도 망쳐 버릴 수 있으니까요."

내 아들. 끌레르는 내 아들이라고 말했다. 이쯤에서 그녀는 나를 힐끗 쳐다봐야 했다. 지원을 요청하기 위해서. 아니면 단지 동의를 구하기 위해서라도. 그런 다음 '우리 아들'이라고 자신의 말을 수정해야 했다. 하지만 그녀는 그러지 않았다. 시선을 세르게한테 고정한 채 그녀는 내 쪽을 단 한 번도 쳐다보지 않았다.

"제발 그만해요, 끌레르." 세르게가 그만두라는 뜻으로 손을 내저었다. "앞으로 벌어질 일과 상관없이 미래는 이미 망가졌소. 내가 어떤 결정을 내리든, 그것과는 완전히 별개로 물은 이미 엎질러졌단 말이오."

"아직은 아니에요, 세르게. 당신이 고상한 정치인이라는 것을 입증하겠다고 고집을 피울 때, 그때 아이들 미래가 망가지는 거예요. 자신이 그걸 품에 안고 살아갈 수 없다는 이유만으로 당신은 그게 내 아들한테도 아주 중요한 결정이라는 사실을 외면하고 있어요. 릭과는 의견의 일치를 봤을 수도 있겠죠. 당신을 위해서도 그랬기를 바라요. 아버지가 자신의 인생을 어떻게 하려는 건지 아들한테 충분히 설명해 줬기를 바란다고요. 하지만 제발 미헬은 거기서 빼 줘요."

"어떻게 그럴 수 있소, 끌레르? 이 문제에서 어떻게 미헬을 제외할 수 있단 말이오? 그게 어떻게 가능하지? 내가 알기로 그 두 아이는 현장에 함께 있었소. 그게 아니라는 거요? 지금 그 문제를 놓고 논쟁을 벌이자는 거요?" 세르게는 잠시 말을 멈췄다. 정리되지 않은 채 마구 튀어나오는 말 때문에 세르게 본인도 놀란 듯했다. "지금 그러자는 말이오?" 그가 물었다.

"세르게, 제발 사실을 좀 직시해요. 그건 정말 별일 아니에요.

체포된 사람도 없을 뿐만 아니라 용의선상에 올라 있지도 않아요. 사실을 알고 있는 사람은 우리뿐이에요. 그건 열다섯 살짜리 두 소년의 미래를 완전히 희생시킬 만큼 대단한 일이 아니라고요. 나는 지금 당신의 미래를 말하는 게 아니에요. 당신은 자신이 옳다고 생각하는 일을 하면 돼요. 하지만 그 일에 다른 사람들까지 끌고 들어갈 권리는 없어요. 자식이라 해도 마찬가지예요. 내 아들까지 끌어들이는 건 더더욱 가당찮은 일이고요. 당신은 자신의 행동을 마치 숭고한 자기희생인 양 포장하고 있어요. 개혁적인 정치인이자 우리의 새로운 수상 후보자 세르게 로만이 자신의 정치 생명을 포기하는 것으로 말이죠. 단지 자신은 그런 비밀을 평생 품에 안고 살아갈 수 없다는 이유만으로. 하지만 사실은 비밀 때문이 아니라 스캔들 때문이죠. 어찌 생각하면 아주 고상한 것처럼 보일 수도 있어요. 하지만 그건 정말 이기적인 생각이에요."

"끌레르." 바베테가 말했다.

"잠깐 기다려." 세르게가 아내한테 입을 다물라는 신호를 보냈다. "내 말부터 들어. 나는 아직 말을 끝내지 않았어." 세르게는 다시 끌레르를 쳐다보았다. "자기 아들한테 정직해질 기회를 주는 게 이기적이란 거요? 아버지가 아들을 위해 자신의 미래를 포기하는 게 이기적이란 거요? 대체 당신이 사용하는 이기적이라는 단어의 의미가 뭔지 알고 싶군."

"먼저 당신이 사용하는 미래라는 말의 의미부터 묻고 싶군요. 자식을 피고석에 앉히려는 아버지가 사용하는 미래라는 단어는 대체 무슨 뜻인가요? 훗날 그 아버지는 자식한테 뭐라고 설명할 건가요? 아버지 때문에 자식이 감옥에 들어가게 된 사실에 대해서요."

"그래봤자 그건 몇 년이면 끝나게 돼 있소. 우리나라에서는 우발적으로 일어난 폭행치사 사건의 형량은 그리 높지 않아. 백 퍼센트 장담은 못하겠지만 몇 년 후면 그 아이들은 형기를 마칠 테고, 그럼 다시 조심스럽게 새로운 삶을 살아갈 수 있을 거요. 그럼 대체 당신은 어쩌자는 거요, 끌레르?"

"아무것도 하지 않는 거예요."

"아무것도 하지 않는다?" 물어보는 게 아니라 무슨 뜻인지 곰곰이 생각하는 것처럼 세르게가 끌레르의 말을 반복했다.

"이런 일은 금방 지나가게 되어 있어요. 처음에는 다들 여기저기서 떠들어 대겠죠. 하지만 자기 살기도 바쁜 사람들이 그걸 언제까지 기억하겠어요? 아마 두세 달만 자나면 이 사건은 쑥 들어가 버릴 거예요."

"나는 약간 다른 측면으로 접근하고 싶소, 끌레르. 나는…… 우리는 릭이 그 일 때문에 점점 무너지고 있다고 느끼고 있소. 어쩌면 사람들은 그걸 잊을지도 모르지. 하지만 릭은 그럴 수 없을 거요."

"그렇게 되도록 우리가 아이들을 도와줄 수 있어요, 세르게. 잊어버릴 수 있도록 말이에요. 나는 다만 그런 결정들을 너무 성급하게 내려서는 안 된다고 말하려는 거예요. 몇 달 지나면, 아니, 몇 주만 지나면 상황은 달라질 수 있어요. 그러니까 그때 가서 더 침착하게 그 문제에 대해 함께 논의할 수 있을 거예요. 우리 넷이서. 물론 릭과 미헬도 함께."

나는 '베아우도 함께'라고 덧붙이려다가 참았다.

"유감스럽게도 그건 불가능하오." 세르게가 말했다.

침묵이 찾아왔다. 바베테가 나지막하게 흐느끼는 소리만 간간이 들릴 뿐 아무도 입을 열지 않았다.

"내일 기자 회견을 열어 사퇴 의사를 밝힐 거요." 세르게가 다시 입을 열었다. "내일 정오에 생중계될 예정이오. 아마 내일 정오 뉴스는 그 소식으로 시작되겠지." 세르게는 손목시계를 들여다보았다. "이런, 시간이 벌써 이렇게 됐나?" 그가 말했다. 폭탄 발언을 한 사람치고는 너무 평온한 얼굴이었다. "나는 이제 가봐야 해……. 약속이 있거든." 그가 말했다. "바로 삼십 분 뒤에."

"약속이라고요?" 끌레르가 물었다. "하지만 우린 아직……. 대체 무슨 약속이죠?"

"감독이 잠시 내일 기자 회견 장소를 둘러보고 싶다고 해서 말이오. 그리고 나눌 이야기도 좀 있다고 하는군. 이런 기자 회견을 헤이그 프레스센터 같은 데서 하는 것은 적절치 않다는 게 내 생각이오. 하긴, 그런 공식적인 기자 회견이 나한테 어울렸던 적은 한 번도 없었지만. 아무튼 비교적 덜 공식적인 장소가 좋을 것 같아서 다른 곳을 골랐소."

"그게 어딘데요?" 끌레르가 물었다. "설마 이 레스토랑은 아니겠죠?"

"아니오. 저기 길 맞은편에 있는 그 식당, 너도 알지, 파울? 몇 달 전에 너희가 우리 부부를 불러 같이 식사했던 곳. 거기 이름이 뭐였더라……?" 세르게는 한참 동안 식당 이름을 떠올리려 애쓰더니 정말 그 식당 이름을 언급했다. "어디 적당한 장소가 없을까 고민하는데 문득 그 식당이 떠오르는 거야. 거긴 보통 사람들이 주로 찾는 보통 식당이잖아. 비록 몹시 언짢은 기자 회견이기는 해도 그곳이라면 훨씬 나답게 처신할 수 있을 것 같아서 말이야. 그래서 내가 너한테 식사 전에 그곳에서 맥주나 한잔 하자고 했는데 네가 싫다고 했잖아."

39

"커피 드릴까요?"

느닷없이 총지배인이 두 손으로 뒷짐을 지고 상체는 앞으로 약간 숙인 자세로 우리 테이블에 불쑥 나타났다. 그는 폭삭 주저앉은 세르게의 푸딩에 잠시 눈길을 두었다가 대답을 기다리는 눈빛으로 한 사람씩 돌아가면서 얼굴을 살폈다.

어쩌면 내 착각이었는지 모르겠지만 표정이나 태도에서 몹시 서두르고 있다는 인상을 받았다. 고급 레스토랑에서 종종 경험하는 일이다. 식사도 끝났고 와인을 추가로 주문할 가능성도 사라졌을 때, 이제 그만 가주십사 하는 그런 분위기 말이다. 세상인심이라는 게 다 그렇기는 하지만 일곱 달 뒤면 새 수상이 될 사람한테 약간 심하다는 생각이 들었다.

세르게는 다시 시계를 들여다봤다.

"기왕 말이 나와서 하는 말인데⋯⋯." 세르게는 먼저 바베테를, 이어서 끌레르를 쳐다보며 말했다. "나는 우리가 그쪽으로 자리를 옮겨서 커피를 마시면 어떨까 싶은데."

나는 마음속으로 내 말을 직접 수정했다. 전(前) 수상이라고.

아니, 그건 아니었다……. 사람들이 벌써부터 그렇게 부르기는 하지만 사실 그는 아직 수상 자리에 오른 게 아니지 않는가. 그럼에도 불구하고 그걸 포기하겠다고? 그럼 어떻게 되는 거지? 전 후보자라고 해야 하나?

내용이 뭐든 아무튼 전(前)이라는 접두어는 어감이 별로 좋지 않았다. 전 축구 선수와 전 사이클링 선수는 아마 그런 쪽으로 불쾌한 경험을 많이 해 봤을 것이다. 내일 기자 회견이 끝난 뒤에도 세르게가 이 레스토랑을, 그리고 이 테이블을 예약할 수 있을지 의심스러웠다. 그것도 당일에. 아마도 전 수상 후보자는 빨라야 석 달쯤 뒤에나 예약자 명단에 이름을 올릴 수 있을 것이다.

"계산서 좀 갖다 주겠소?" 세르게가 말했다. 그 말을 듣는 순간 나도 모르게 적개심이 타올랐다. 하지만 세르게는 정말로 바베테와 끌레르가 자신의 제안을 받아들일 거라고 기대하는 것 같지는 않았다.

"나는 커피 한 잔 마셨으면 싶은데." 내가 말했다. "에스프레소 한 잔 갖다 주세요. 샷 추가해서." 나는 잠시 내가 정말로 원하는 건 뭘까, 생각했다. 저녁 내내 나는 뒤로 물러나 있었다. 그럼에도 불구하고 나는 지금 내가 진정으로 원하는 게 뭔지 알 수 없었다.

"나도 에스프레소 한 잔 갖다 줘요." 끌레르가 말했다. "그라파[16]도 같이."

내 아내. 온기가 전해졌다. 이제 나는 아내 옆에 가서 앉고 싶었다. 그리고 그녀를 만지고 싶었다. "나도 그라파 한 잔 추가." 내

---

16   와인을 증류해서 만든 술로, 이탈리아의 대표적인 식후주이다.

가 말했다.

"그럼 손님께서는?" 처음에는 약간 당황한 듯했던 총지배인은 이제 아예 대놓고 세르게를 쳐다보며 물었다. 세르게는 고개를 저었다. "계산서만 갖다 주시오." 그가 말했다. "내 아내와 나는…… 우리는……." 그는 패닉에 빠진 눈빛으로 바베테를 쳐다보았다. 옆으로 힐끗 쳐다봤음에도 나는 분명히 알아차릴 수 있었다. 바베테까지 에스프레소를 주문한다 해도 결코 놀랄 일은 아니라는 것을.

바베테는 울음을 멈추고 냅킨으로 코를 닦았다. "나는 아무것도 필요 없어요. 고마워요." 그녀는 총지배인 쪽을 쳐다보지도 않고 그렇게 말했다.

"그럼 에스프레소 두 잔하고 그라파 두 잔 가져다 드리겠습니다." 총지배인이 말했다. "그런데 그라파는 어떤 걸로? 저희 레스토랑에는 일곱 종류의 그라파가 있습니다. 주령(酒齡)이 아주 오래된 그라파, 나무속에서 숙성시킨 그라파, 최근에 생산된 그라파……."

"그냥 보통으로." 끌레르가 그의 말을 잘랐다. "중간 정도로 줘요."

총지배인은 육안으로는 거의 알아차릴 수 없을 만큼 살짝 몸을 굽혀 인사했다. "부인께는 최근에 생산된 그라파를 가져다 드리도록 하겠습니다." 그가 말했다. "그럼 손님께서는?"

"나도 똑같은 걸로 주세요." 내가 말했다.

"그리고 계산서." 세르게가 다시 한번 독촉했다.

총지배인이 사라진 뒤 바베테가 내 쪽으로 고개를 돌렸다. 그녀는 힘들게 미소를 지으며 물었다. "그런데 파울, 우린 당신 의견을 전혀 듣지 못했어요. 당신 생각은 뭐예요?"

"형이 우리 단골 식당을 기자 회견 장소로 선택했다는 게 무척 희한하다는 생각이 드네." 내가 말했다.

나는 미소를 지었다. 드디어 내가 나설 때가 되었다. 바베테의 얼굴에서 미소가 사라졌다.

"파울, 제발." 세르게는 끌레르를 쳐다보았다.

"맞아, 나는 그게 정말 이상해." 내가 말했다. "그 식당에 당신들을 데려간 건 우리였어. 그곳은 끌레르와 내가 종종 식사하러 가는 단골 식당이야. 그런 곳에서 형이 느닷없이 기자 회견을 할 수는 없어."

"파울." 세르게가 말했다. "지금 농담할 때가 아니야. 제발 진지하게 생각 좀 하고 말해."

"그의 말을 끊지 말아요." 바베테가 말했다.

"내가 하고 싶은 말은 이게 전부야." 내가 대답했다. "제대로 이해도 못 하는 사람한테 구구절절 설명해 봤자 내 입만 아프지."

"우리는 그 식당이 무척 마음에 들었어요." 바베테가 말했다. "그날 저녁은 정말 기분 좋은 기억들로 남아 있어요."

"그 집 스페어 립은 정말 최고였지!" 세르게가 말했다.

나는 혹시 다른 말이 이어질까 잠시 기다렸지만 그게 끝이었다. "맞아." 내가 말했다. "기분 좋은 기억들. 그럼 끌레르와 나는 어떤 기억이 남아 있을까?"

"파울, 제발 이상하게 좀 굴지 마." 세르게가 말했다. "우린 지금 우리 아이들의 미래에 대해 이야기하고 있어. 내 미래가 다시 화제에 오르는 건 바람직하지 않아."

"하지만 그이 말이 옳아요." 끌레르가 말했다.

"오, 제발 이러지 말라니까." 세르게가 말했다.

"아니, 그렇게 말하지 말아요." 끌레르가 말했다. "뭐가 그렇게 쉽죠? 이건 우리 모두의 일인데, 당신 혼자 그렇게 쉽게 결정 내려 버리면 안 되죠. 파울의 말은 그런 뜻이에요. 당신은 우리 아이들의 미래를 운운하지만 실상 당신이 관심 있는 건 그게 아니잖아요. 당신은 지금 아이들의 미래를 자신의 미래로 만들어 버리려고 하고 있어요. 단지 그쪽이 좀 더 그럴듯하게 보일 거라는 이유만으로. 우리 단골 식당을 기자 회견이 열리는 연극 무대로 꾸미는 것도 마찬가지예요. 당신은 우리한테 의견을 물어볼 생각조차 하지 않았어요!"

"대체 지금 무슨 말들을 하는 거예요?" 바베테가 말했다. "지금 그 기자 회견이 당연하다고 말하는 거예요? 나는 당신들이 세르게가 멍청한 생각을 포기하도록 설득해 줄 줄 알았는데. 그런데 이게 뭐야, 끌레르? 대체 정원에서 나한테 했던 말들은 다 뭐였어?"

"지금 그게 문제인 거야? 그 식당?" 세르게가 말했다. "나는 그게 너희 부부 단골 식당인 줄 전혀 몰랐어. 그냥 개방된 장소니까 아무나 갈 수 있는 식당으로 생각한 것뿐이야. 제발 나를 이해해 줘."

"이건 우리 아들의 문제이자 우리 단골 식당의 문제예요." 끌레르가 말했다. "물론 우리가 그 식당에 대해 독점권을 갖고 있다고 주장할 수는 없겠지요. 하지만 마음으로는 충분히 그럴 수 있다고 생각해요. 파울이 제대로 이해도 못 하는 사람한테 구구절절 설명해 봤자 입만 아프다고 한 것은 그런 뜻이에요. 그냥 이해하든가, 아니면 절대 이해 못 하든가, 둘 중 하나인 거죠."

세르게가 주머니에서 휴대폰을 꺼내 화면을 들여다봤다. "미안, 꼭 받아야 할 전화라서." 그가 휴대폰을 귀에 대고 의자를 뒤로 밀친 다음 엉거주춤 자리에서 일어섰다. "네, 세르게 로만입니다……. 여보세요?"

"빌어먹을!" 바베테가 냅킨을 테이블 위로 집어던졌다. "빌어먹을." 그녀는 다시 한번 욕설을 내뱉었다. 세르게가 테이블에서 몇 걸음 멀어졌다. 그는 휴대폰을 들지 않은 다른 손으로 반대쪽 귀를 막았다. "아니, 그렇지 않습니다." 대충 그런 말이 들렸다. "일이 약간 복잡해져서요." 그 말을 끝으로 세르게는 테이블들 사이로 사라졌다. 화장실, 아니면 출입문 쪽이었다.

끌레르는 가방에서 휴대폰을 꺼냈다. "미헬한테 전화 좀 해 봐야겠어." 그 말을 하면서 끌레르는 나를 쳐다봤다. "지금 몇 시야? 혹시 잠들었으면 깨우고 싶지는 않은데."

나는 시계가 없었다. 학교를 그만둔 이후로 태양을 시계 삼아 살았다. 나는 지구의 자전과 빛의 강도 등을 보고 대충 시간을 짐작했다.

끌레르는 나한테 시계가 없다는 사실을 알고 있었다.

"모르겠는데." 내가 말했다. 뭔가 눈치가 이상했다. 갑자기 목덜미에 전기기 찌르르 통하는 느낌이었다. 아내가 나를 바라보았을 때 ― 더 정확히 말하면 아내가 나를 응시했을 때 ― 정확한 사정은 알 수 없지만 분명 나도 이 일에 관여하고 있는 것 같은 느낌이 들었다.

관여하지 않는 것보다는 이게 훨씬 나을 거라고 생각했다. '아빠는 아무것도 몰라.'보다는 당연히 이쪽이 더 나을 것이다.

끌레르가 옆을 쳐다봤다.

"왜 그러는데?" 바베테가 물었다.

"지금 몇 시예요?" 끌레르가 물었다.

바베테는 가방에서 휴대폰을 꺼내 화면을 들여다봤다.

시간을 알려 준 다음 그녀는 휴대폰을 테이블 위에 내려놓았다. 끌레르한테 "자기 휴대폰으로도 시간을 확인할 수 있잖아."라는 말은 하지 않았다.

"우리 아들이 저녁 내내 집에서 혼자 죽치고 있어요." 끌레르가 말했다. "뭐, 내일모레면 열여섯 살이니 다 컸다고도 할 수 있지만, 내 눈에는 아직도 어린애로 보여서……."

"우리 애들도 이제 아주 어린 나이는 아니야." 바베테가 이의를 제기했다.

끌레르는 아무 말 없이 혀끝으로 아랫입술을 핥았다. 약간 흥분했을 때 나오는 아내의 버릇이었다. "나는 가끔 이런 생각이 들어요. 어쩌면 그게 우리 잘못일지 모른다고. 우린 그 아이들이 아직 어리다는 것을 알고 있어요. 하지만 다른 사람들 눈에 그 애들은 벌써 다 컸어요. 어른들 시각에서 범죄라고 간주되는 일을 저질렀으니까요. 하지만 내가 보기엔 우리 애들은 그 일을 그냥 어린아이처럼 처리한 것뿐이에요. 내가 세르게한테 하고 싶었던 말도 바로 그거예요. 우리는 그 애들한테서 어린 시절을 빼앗을 권리가 없다는 거. 우리 어른들 규범에 범죄라는 이유 하나만으로 아이들한테 평생을 속죄하면서 살라고 강요할 권리는 없다는 말이에요."

바베테는 한숨을 푹 내쉬었다. "유감스럽게도 나 역시 그 말이 옳다고 생각해, 끌레르. 하지만 뭔가가 사라져 버렸어. 사라진 건 아마 여유일 거야. 릭은 늘…… 당신들도 알고 있잖아요. 릭이 어떤 아이였는지. 이제 그런 릭은 영영 사라져 버렸어. 지난 몇 주 동안 릭은 자기 방에만 틀어박혀 있었어. 밥 먹을 때도 거의 입을 다물고 있고, 얼굴에는 온통 그늘이 뒤덮여 있어. 아주 짙은 그늘이. 심각하게 뭔가를 계속 고민하고 있다는 증거지. 전에는 고민 같은 거 절대 하지 않던 아이였는데 말이야."

"그건 당신들 두 사람이 그 일을 대하는 태도와도 관련이 있어요. 릭이 그 정도로 심각하게 고민하는 것은 내가 보기엔 당신들 탓이 커요. 당신들이 릭한테 그걸 기대하고 있기 때문이에요."

바베테는 한참 동안 아무 대꾸도 하지 않았다. 그녀는 한 손을 테이블 위에 내려놓고서 손가락 끝으로 냅킨 위에 있던 자기 휴대폰을 2~3센티미터 정도 살짝 밀었다.

"나는 잘 모르겠어, 끌레르. 애 아빠가…… 나보다는 애 아빠가 더 그 애한테 그런 것을 기대하고 있는 것 같기는 해. 고민하는 거 말이야. 어떻게 들릴지 모르겠지만 사실 릭한테는 아빠의 사회적 지위 자체가 늘 문제였어. 학교에서, 또 친구들 사이에서 항상 그랬지. 열다섯 살밖에 안 됐지만 릭은 상당히 강한 아이야. 그럼에도 날마다 TV에 나오는 유명 인사의 아들이라는 게 버거울 거야. 그래선지 릭은 가끔 우정을 의심하곤 해. 아빠가 유명 인사라서 아이들이 자기에게 친절을 베푸는 거라고 생각하는 거야. 또 거꾸로 선생님은 그런 면 때문에 오히려 자기를 더 엄격하게 다룬다고 생각해. 사람들 눈을 의식해서 그런다는 거지. 그 애가 김나지움에 입학했을 때 했던 말이 아직도 생생하게 기억나. 릭은 그때 이렇게 말했어. '엄마, 나는 처음부터 완전히 새로 시작하는 느낌이에요!' 그때 릭이 얼마나 행복해했는지 당신들은 모를 거야. 하지만 전교에 릭이 누구 아들인지 알려지는 데는 일주일도 채 걸리지 않았어."

"그다음에는 세르게가 사람들의 화제에 오를 때마다 온갖 다른 사실들도 알려졌겠죠."

"나도 세르게한테 그 문제를 여러 번 호소했어. 릭이 아빠 때문에 정도 이상으로 어려움을 겪고 있다고. 그런데도 지금 세르게는 다시 릭을 무대에 세우려 하고 있어. 릭은 절대 이 상황을 극복하지 못할 거야."

"우리 미헬의 경우에는 방금 말한 그 '여유'라는 것을 항상 갖고 있었다고 생각해요. 물론 미헬의 아빠는 유명한 사람이 아니에요. 하지만 설사 그렇다고 해도 그런 문제가…… 미헬한테는 큰 부담이 안 됐을 거예요. 가끔 나는 미헬의 그런 여유 있는 태도가 오히려 불안하게 느껴져요. 자신의 미래를 위해 중요한 의미가 있는 문제들에 대해 너무 초연하거든요. 그런 면에서 미헬은 거의 어린애나 다름없어요. 미헬은 미래 같은 것은 전혀 생각하지 않는 아이예요. 몸만 어른이지 생각은 딱 어린애인 거예요. 파울과 나한테는 그게 또 딜레마예요. 어떻게 해야 미헬의 그 어린아이 같은 순수함을 파괴하지 않으면서 동시에 그 애한테 책임감을 심어 줄 수 있을까가 고민인 거죠."

나는 아내를 쳐다보았다. 파울과 나한테라……. 우리가 언제부터 이 '사고'에 대해서 함께 고민했다고 할 수 있을까? 한 시간 전부터? 오십 분 전부터? 손도 대지 않고 남은 푸딩이 보였다. 나이테를 보고 수령(樹齡)을 측정하거나 탄소연대 측정법을 활용해 어떤 물체의 연대를 알아내는 것처럼 바닐라 아이스크림이 녹는 속도를 보면 시간 측정이 가능할 것 같았다.

　나는 끌레르의 눈을 쳐다봤다. 늘 내게 행복을 안겨 주는 아내의 눈을. 남자들은 종종 감상에 빠진 목소리로 말한다. 아내 없이는 자기는 아무것도 못한다고 스스로 미숙한 사람을 자처하는 남자들 말이다. 하지만 속내를 살펴보면 그건 단지 아내가 평생 자신의 뒤치다꺼리를 해 왔다는 의미이다. 다시 말해 그의 아내는 눈을 뜨고 있는 동안에는 남편이 부르면 언제든지 커피를 대령했다는 뜻이다. 비록 끌레르 없이 뭐 하나 제대로 하는 게 없기는 하지만 나는 그 정도까지 끌레르를 괴롭히지는 않을 것이다.

　이런 생각을 하면서 나는 입을 열었다. "끌레르와 나는 미헬이 자신의 삶을 계속 살아 나갈 수 있기를 원해요. 우리는 그 애가 죄책감 같은 걸 느끼게 하고 싶지 않아요. 물론 그 애가 어느 정도 책임이 있는 건 사실이죠. 하지만 그걸 인정한다고 해도 ATM기 부스 안에서 사람들을 방해한 그 노숙자가 갑자기 순수한 희생양이 될 수는 없어요. 그런데 지금 돌아가는 상황을 보면 일이 그렇게 흘러가고 있어요. 정의에 대한 우리 사회의 통념이 그러니까요. 지금 여기저기에서 불량 청소년들에 대한 우려의 목소리가 넘쳐 나고 있어요. 하지만 자기 멋대로 아무 데나 자리를 차지하고 사람을 방해하는 비정상적인 노숙자나 부랑아들에 대해서는 다들 침묵하고 있어요. 사람들은 지금 우리 아이들을 본보기로 삼으려는 거예요. 생각해 봐요. 판사들은 아마 우리 아이들을 보면서 통제할 수 없는 자기 자식들을 떠올릴 겁니다. 이런 상황에서 우리는 미헬을 피를 요구하는 대중들의 희생양이 되도록 내버려둘 수는 없어요. 사형 제도의 부활을 소리쳐 외치는 성난 대중들에게 던져 줄 수 없다는 말이에요. 그러기에는 우리 아이는 너무 지적이에요. 미헬은 보통 사람들을 훨씬 뛰어넘는 영리한 아이라고요."

내가 일장 연설을 늘어놓는 동안 끌레르는 계속 내 얼굴을 보고 있었다. 그녀의 눈빛과 미소는 우리 가정의 행복에서 가장 중요한 요소였다. 우리의 행복은 결코 외부적인 요인에 의해 쉽게 무너질, 그런 행복이 아니었다.

"당신 말이 전부 맞아!" 그렇게 말한 다음 끌레르는 휴대폰을 꼭 쥐고 있던 손을 허공으로 뻗었다. "미헬한테 전화를 해야겠어. 그런데 지금 몇 시라고 했죠?" 끌레르는 휴대폰 버튼을 누르면서 바베테에게 물었다.

그런데 질문은 바베테한테 했으면서 그녀의 시선은 계속해서 내 얼굴에 머물러 있었다.

바베테는 다시 휴대폰 화면을 보고 시간을 확인해 주었다.

그때가 정확히 몇 시였는지 지금 밝힐 생각은 없다. 시간을 정확하게 밝히면 나중에 또 문제가 생길 수도 있으니까.

"안녕, 내 새끼!" 끌레르가 말했다. "기분은 좀 어때? 심심하지 않니?"

나는 아내의 표정을 살폈다. 아들과 통화할 때마다 그녀의 얼굴, 특히 눈에서는 늘 빛이 뿜어져 나왔다. 지금 그녀는 웃고 있다. 긴장이 확 풀린 편안한 목소리였다. 하지만 지금 그녀의 얼굴에서는 빛을 찾아볼 수 없었다.

"아니야. 우린 지금 커피 마시는 중이야. 한 시간 후면 집에 도착할 거야. 그 사이 어질러 놓은 집을 정리할 시간은 충분해. 그런데 너 저녁은 먹었니……?"

아내의 얼굴에서 빛이 퍼져 나오지 않는 것을 알아챈 것이 그녀의 표정 때문이었는지, 아니면 통화하면서 조금 전 레스토랑 정원에서 미헬과 만났던 사실을 언급하지 않았기 때문이었는지는 잘 모르겠다. 아무튼 나는 그 순간 문득 지금 아내가 연극을 하고 있고, 나는 그 연극의 증인이 되었다는 사실을 깨달았다.

대체 아내는 누굴 위해 이런 연극을 하는 걸까 하는 의문이 들었다. 나를 위해서? 그럴 가능성은 희박했다. 바베테를 위해서? 대체 무슨 목적으로? 끌레르는 바베테한테 일부러 두 번씩이나 시간을 물었다. 나중에 바베테가 그 사실을 분명히 떠올릴 수 있게 하려는 게 확실했다.

아빠는 아무것도 몰라.

그 순간 어떤 예감이 문득 뇌리를 스쳤다.

"에스프레소 나왔습니다……." 비스트로 앞치마를 두른 여종업원이었다. 그녀의 손에 에스프레소 잔과 작은 그라파 잔이 두 개씩 놓인 쟁반이 들려 있었다.

여종업원이 잔을 우리 앞에 내려놓는 동안 아내는 키스라도 하려는 것처럼 입술을 내밀었다.

그리고 나를 바라봤다.

그런 다음 그녀는 우리 사이에 있는 허공에 대고 뽀뽀했다.

디제스티프[*]

* Digestif. 서양 요리의 정찬에서 식사 후 소화를 돕기 위한 용도로 마시는 식후주.

디제스티프[*]

* Digestif. 서양 요리의 정찬에서 식사 후 소화를 돕기 위한 용도로 마시는 식후주.

40

오래전 일은 아니고 얼마 전에 미헬이 사형 제도에 관한 리포트를 쓴 적이 있었다. 역사 수업의 과제였다. 수형 생활을 마치고 자유를 얻어 사회로 복귀하자마자 다시 사람을 죽인 살인자들에 대한 다큐멘터리에 관련된 것이었다. 다큐멘터리는 사형 제도에 대한 찬반 입장을 모두 다루었는데, 미국의 어느 정신과 전문의의 인터뷰도 포함되어 있었다. 그 의사는 절대 풀어 주어선 안 되는 사람도 있다고 강력하게 주장했다. "이 세상에는 괴물들이 돌아다니고 있다는 사실을 인정해야 합니다. 그런 괴물들은 그 어떤 상황에서도 절대 감형(減刑)해서는 안 됩니다."

며칠 뒤 나는 우연히 미헬의 책상에서 준비 중인 리포트를 발견했다. 표지로 쓸 예정인 듯 인터넷에서 다운받은 사진도 한 장 있었다. 흰색 철제 침대 사진이었는데, 미국 몇몇 주에서 시행하고 있는 약물을 이용한 사형 집행 장면이었다.

"필요하면 아빠한테 도움을 요청해……." 내가 말했다. 며칠 뒤 미헬이 한번 읽어 보라며 리포트 초고를 내밀었다.

"아빠가 먼저 확인해 줘야 할 것은 정말 이런 식으로 해도 되느냐, 하는 거예요." 미헬이 말했다.

"뭘 이런 식으로 한다는 거지?" 내가 물었다.

"잘 모르겠지만, 나는 가끔 이런 생각을 하곤 하는데…… 정말 이런 생각을 해도 되는 건지 잘 모르겠어요."

미헬의 글을 읽고 나는 아주 깊은 인상을 받았다. 범죄와 처벌에 관련된 다양한 문제들에 대해 이런 견해를 갖고 있는 사람이, 즉 미헬이 이제 겨우 열다섯 살이라는 게 믿기지 않을 정도였다. 그건 관습이나 상투성을 상당히 넘어선 수준이었다. 미헬은 몇 가지 도덕적 딜레마를 끝까지 파고들었는데, 미헬이 이런 생각을 해도 되는지 잘 모르겠다고 한 말이 무슨 뜻인지 알 것 같았다.

"아주 훌륭해." 나는 리포트를 돌려주며 그렇게 말했다. "아빠라면 그런 걱정은 안 할 거야. 어떤 생각도 할 수 있어. 미리부터 겁먹고 생각을 중단할 필요는 없어. 네 주장은 아주 논리 정연해. 그러니 만약 너와 의견이 다른 사람이 있다면, 네 주장에 맞설 반대 논리를 열심히 찾아야 할 거야."

며칠 뒤 미헬은 다시 읽어 보라며 수정본을 건넸다. 그리고 우리는 도덕적인 딜레마에 대해 이야기를 나눴다. 그 대화는 내게 아주 좋은 기억으로 남았다.

그런데 리포트를 제출하고 일주일 정도 지났을 때 미헬 학교의 교장이 나를 호출했다. 그는 전화로 날짜와 시간을 지정해 방문을 요청했다. 아드님인 미헬에 대해 할 이야기가 있다고 했다. 마음속으로는 이미 짐작되는 바가 있었지만 무슨 일이 있느냐고 전화상으로 물었다. 분명 사형 제도에 관한 리포트 때문이라는 것을 알았지만 교장의 입으로 그 사실을 확인하고 싶었기 때문이다. 그런데 교장은 구체적인 언급을 피했다. "아버님과 상의하고 싶은 문제가 몇 가지 있어서요. 하지만 전화상으로는 말씀드리기가 좀 곤란하군요."

약속한 날 오후에 나는 교장실을 찾았다. 교장은 내게 책상 맞은편에 놓인 의자에 앉으라고 권했다.

"미헬에 대해 아버님과 의논을 좀 하고 싶어서요." 교장은 단도직입적으로 말을 시작했다. 미헬이 아니면 대체 누구 얘기를 할까요, 라고 대꾸하고 싶은 충동을 억눌렀다. 나는 두 다리를 꼬고 앉아서 경청하겠다는 자세를 취했다.

교장의 머리 뒤쪽으로 어느 구호 단체의 대형 포스터가 걸려 있었다. 옥스팜인지 유니세프인지 정확히 모르겠는데, 아무튼 풀 한 포기 자랄 수 없는 불모의 땅을 찍은 사진이었다. 사진 아래쪽 한구석에 누더기 옷을 걸친 어린아이가 웅크리고 앉아서 비쩍 마른 손을 내밀고 있었다.

포스터를 보고 있으니 왠지 야단맞고 있는 듯한 기분이 들었다. 교장은 지구 온난화와 정의롭지 않은 모든 일을 반대하는 사람이 분명했다. 어쩌면 고기를 전혀 안 먹는 채식주의자이자 반미주의자일 가능성도 있었다. 아무튼 교장은 최소한 부시에 대해서 적대 감정을 품고 있는 사람인 듯했다. 그렇게 생각해서인지 교장이 좀 달라 보였다. 부시를 싫어하는 사람들은 대부분 자기는 제

멋대로 행동해도 되는 특권을 가진 줄 안다. 그래서 그들은 주변 사람들한테 거침없이 무례한 짓을 할 수 있다.

"지금까지 미헬은 매우 착실한 학생이었습니다." 교장이 입을 열었다. 어디선가 이상한 냄새가 나는 것 같았다. 땀 냄새는 아니고, 쓰레기 분리 수거함에서 나는 냄새와 흡사했다. 더 정확히 말하면 음식물 수거함에 들어 있는 음식 쓰레기 냄새에 가까웠다. 그 냄새의 진원지가 교장이라는 인상을 떨쳐 버릴 수 없었다. 지구 오존층을 보호하기 위해 구취 제거제 사용을 피하는 건가? 어쩌면 자신의 아내한테도 친환경 세제로 빨래하라고 시킬지도 모르겠군. 시간이 흐르면 흰색 빨랫감을 회색으로 변하게 하는 그런 세제, 절대 원래의 흰색으로는 되돌리지 못하는 그런 세제 말이다.

"그런데 최근에 아드님이 제출한 역사 리포트가 우리를 좀 불안하게 만들어서요." 교장이 말을 이었다. "그걸 본 우리 역사 선생님이, 그러니까 헬제마 선생님이 몹시 충격을 받고 저를 찾아왔지 뭡니까?"

"사형 제도에 관한 리포트 말이로군요." 나는 말이 자꾸 겉도는 것을 참지 못하고 중간에 끼어들었다.

교장은 순간 내 얼굴을 쳐다봤다. 그의 눈동자는 흐릿한 회색이었다. 아무 표정 없는 회색. 엄청나게 부당한 일도 일단은 따르고 보는 평범한 지식인의 지루한 눈빛이었다. "맞습니다." 교장은 그렇게 대답한 뒤 책상 위에 있는 뭔가를 뒤적거리기 시작했다. "사형 제도." 까만색 표지에 눈에 익은 글씨체로 그렇게 적혀 있었다. 제목 밑에 흰색 철제 침대 사진이 있었다.

"내가 보기에 특히 문제가 되는 것은 이런 문구들입니다." 교장이 말했다. "여기 있네요……. 비록 국가에 의해 집행되는 사형 제도가 비인간적이라 해도 몇몇 범죄자들의 경우에는 사형을 집행하는 것이 차라리 낫지 않을까 하는 의문을 가질 수 있다. 즉 이전 단계부터 벌써……."

"무슨 내용인지 이미 잘 알고 있으니까 저한테 내용을 일일이 읽어 줄 필요는 없습니다."

교장은 제 말이 자꾸 끊기는 것에 익숙하지 않다는 것을 표정으로 여실히 보여 주었다. "알겠습니다." 그가 다시 한번 말했다. "그러니까 아버님께서는 이미 내용을 알고 있다는 말씀이군요."

"그냥 알고 있는 정도가 아닙니다. 약간 도움을 주기도 했으니까요. 제가 이런저런 조언을 해 줬습니다. 물론 대부분의 내용은 미헬이 직접 쓴 게 맞습니다."

"그랬다면 분명 이 대목에서 미헬한테 충고하고픈 생각이 들었을 것 같은데요? 이 부분, 한마디로 '사적제재(私的制裁)'라는 말로 요약할 수 있는 이 부분 말입니다."

"아뇨, 그런 적 없습니다. 그런데 '사적제재'라는 말은 왠지 거부감이 드는군요."

"그럼 아버님은 이걸 어떻게 표현하고 싶으신가요? 여기서 말하는 건 분명히 정상적인 법적 절차를 밟기 전에 개인적으로 행하는 사적 사형 집행인데요."

"문제는 사형 제도 자체죠. 국가가 무슨 임상 실험처럼 약물을 주입하거나 전기의자에 앉혀서 집행하는 비인간적이고 잔혹한 살인 말입니다. 사형 선고를 받은 사형수가 직접 선택할 수 있도록 되어 있는 마지막 만찬은 또 얼마나 끔찍한 일입니까. 샴페인을 곁들인 캐비어든 버거킹의 더블 와퍼든 제일 좋아하는 메뉴를 선택하라니요?"

　지금 나는 시기상의 차이는 있지만 학부모라면 언젠가 한 번쯤 맞닥뜨리게 되어 있는 딜레마에 빠졌다. 부모라면 당연히 제 자식을 변호하고 아이의 입장을 옹호하려 들 것이다. 하지만 이럴 때 죽자사자 달려들어서는 안 된다. 또 너무 뛰어난 언변으로 상대방을 궁지로 몰아넣어서도 안 된다. 선생님들을 말로 제압할 수는 있다. 하지만 그다음에는? 결국은 앙갚음이 고스란히 아이한테 돌아가게 될 것이다. 부모의 논리가 선생님의 논리보다 더 뛰어날 수는 있다. 그건 그리 어려운 일이 아니다. 하지만 그 대가를 치러야 하는 것은 바로 아이이다. 부모의 논리에 밀린 선생님은 결국 그 좌절감을 아이한테서 보상받으려 드는 법이다.

　"그 생각에는 우리 모두 동의합니다." 교장이 말했다. "건강한 정신을 가진 정상적인 사람이라면 사형 제도가 비인간적이라는 사실을 어찌 모르겠습니까? 하지만 지금 나는 그 말씀을 드리려는 게 아닙니다. 그 문제에 관해서 미헬은 아주 훌륭하게 설명했습니다. 내가 문제 삼는 것은 딱 한 부분입니다. 불행하게도 용의자들을 법적으로 기소하기 전에 살해하는 것을 정당화하는 부분 말입니다."

　"나는 스스로를 정상적이고 건강한 사람이라고 믿습니다. 또한 사형 제도를 비인간적이라고 생각하는 사람이고요. 하지만 우리가 살아가는 이 세상에는 유감스럽게도 인간이라고 생각할 수 없는 사람들이 존재하고 있습니다. 수감 중 행실이 좋았다고 해서 그런 사람들을 형기를 단축해 다시 사회로 돌려보내야 할까요?

미헬이 리포트에서 문제 삼은 것은 바로 그 점인 것 같은데요."

"설사 그렇다고 해도 그런 사람들을 무작정 총으로 쏘아 죽이거나……. 아 또 뭐라고 했더라……?" 교장은 미헬의 리포트를 뒤적거렸다. "창문 밖으로 내던져도 된다는 건가요? 경찰서 10층에서 창문 밖으로요. 법치 국가에서 그건 절대 있을 수 없는 일이지요."

"맞습니다. 하지만 그렇게 전후 문맥을 싹둑 잘라 내고 말씀하시면 안 되지요. 문제는 아주 질이 나쁜 인간 말종들입니다. 미헬이 예로 든 어린이 성폭행범 같은 녀석들, 몇 년씩 아이들을 감금해 놓는 남자들 말입니다. 하지만 더 심각한 문제는 '정당한 재판'이라는 핑계로 재판정에서 그들이 저지른 비열한 짓거리들이 속속들이 알려진다는 겁니다. 대체 그런 게 누구한테 도움이 될까요?"

혹시 아이들 부모한테? 이게 그들이 숨기고 있는 약점이었다. 교양 있는 인간이라면 당연히 사람을 창밖으로 내던지는 짓은 하지 않는다. 경찰서에서 구치소로 범인을 호송하는 길에 실수로 총을 발사하지도 않는다. 하지만 지금 문제 삼고 있는 사람은 그런 교양 있는 인간이 아니다. 지금 우리가 말하는 것은, 이 세상에서 사라질 경우 남아 있는 사람들이 안도할 수 있는 그런 인간들이다.

"맞아요. 바로 그 구절입니다. 피의자의 머리에 실수로 총을 발사한다는 말, 그것도 경찰차 뒷좌석에서." 교장은 리포트를 다시 책상 위에 내려놓았다. "혹시 이게 아버님이 하신 '조언들' 중 하나인가요, 로만 씨? 아니면 미헬의 머리에서 나온 완전히 독자적인 생각인가요?"

교장의 목소리에서 정체 모를 적의가 느껴졌다. 목덜미의 솜털이 곤두서고 손가락 끝까지 찌릿찌릿 전기가 통하는 느낌이었다. 아니, 손가락이 전부 마비된 것 같았다. 교장은 지금 미헬이 제출한 리포트를 지적하고, 나를 질책하고 있다. 하지만 나는 기꺼이 내 아들에게 월계관을 씌워 주고 싶었다. ── 늘 그랬지만 아무튼 우리 아들 미헬은 지금 책상 건너편에 앉아 거름 냄새 풀풀 풍기는 저 멍청이보다 훨씬 더 지적이었다. ── 그리고 동시에 아들을 학교의 횡포로부터 막아 주어야 했다. 어쩌면 그들은 미헬한테 정학 처분을 내릴 수도 있다. 심한 경우 완전히 퇴학시킬 수도 있다. 미헬은 지금 이 학교에 잘 다니고 있다. 친구들도 다 여기 있고. 나는 고민했다.

"인정합니다. 아들 녀석이 이 문제에 대한 내 관점에 어느 정도 영향을 받았을 수도 있겠군요." 내가 말했다. "범죄 혐의자한테 가할 수 있는 보복과 관련된 부분은 내 의견이었습니다. 아마 나도 모르게 그런 내 생각을 어느 정도 강요한 것 같군요."

교장은 매의 눈초리로 나를 살펴보았다. 지적 능력이 떨어지는 사람한테도 그런 눈초리가 가능한지는 모르겠지만. "방금 아버님께서 미헬의 리포트는 대부분 직접 작성한 거라고 말씀하셨는데요."

"맞습니다. 특히 그 부분, 국가가 집행하는 사형 제도를 비인간적이라고 묘사한 부분은 전적으로 미헬의 의견입니다."

나는 경험을 통해 지적 능력이 떨어지는 사람한테는 거짓말을 할 때 아주 강력하게 밀어붙여야 한다는 것을 이미 알고 있었다. 그렇게라도 해서 바보 멍청이들한테 체면을 구기지 않고 뒤로 물러설 기회를 부여해야 한다는 것을. 그런데 사형 제도에 대한 리포트에서 뭐가 내 머리에서 나온 의견이고, 뭐가 미헬의 머리에서 나온 의견인지 과연 나 자신은 정확히 구별할 수 있을까? 미헬 방에서 나누었던 대화가 떠올랐다. 복역 중에 특별 휴가를 나온 어느 살인자에 대한 대화였다. 그 살인자는 며칠 동안 마음대로 돌아다닐 수 있는 자유를 얻었는데, 여러 가지 정황상 다시 누군가를 죽였을 가능성이 아주 높았다. "그런 인간은 사실 특별 휴가 같은 걸로 풀어 주면 안 되는 거였어요." 미헬이 그렇게 말했을 때 나는 영원히 풀어 주면 안 된다는 뜻인지, 아니면 더 이상 가둬 놓으면 안 된다는 뜻인지 미헬한테 되물었다. 미헬은 겨우 열다섯 살이었고, 열다섯 살짜리 아이와 나는 거의 주제를 가리지 않고 모든 이야기를 나눴다. 미헬은 모든 것에 흥미가 있었다. 이를테면 이라크 전쟁, 테러리즘, 중동 문제 같은 주제들. 학교에서는 이런 문제들을 그냥 한쪽으로 밀쳐 놓고 다루지 않는다고 말했다. "그런데 더 이상 가둬 놓으면 안 된다는 게 무슨 뜻이에요?" 미헬이 물었다. "말 그대로야." 내가 대답했다. "아빠가 방금 말한 그대로."

나는 교장을 쳐다보았다. 지구 온난화, 전쟁, 불평등 같은 문제들을 완벽히 해결할 수 있다고 믿는 사람 같았다. 이 구역질나는 작자는 아마도 성폭행범과 연쇄살인마도 치유할 수 있다고 확신하고 있을 것이다. 몇 년 동안 꾸준히 정신과 전문의의 상담 치료를 받으면 그런 악질들도 천천히 다시 사회화할 수 있을 거라고 말이다.

조금 전까지만 해도 의자 깊숙이 몸을 기댄 채 앉아 있던 교장이 몸을 약간 앞으로 숙이더니 두 팔을 — 손깍지를 낀 채로 — 책상에 올려놓았다.

"내 기억이 맞는지 모르겠는데, 미헬 아버님도 한때는 교직에 몸담고 계셨다지요?" 그가 물었다.

그 말을 듣는 순간 나는 다시 목덜미의 솜털이 곤두서면서 손가락에서 찌르르 전기가 흘렀다. 지적 능력이 떨어지는 사람들은 토론에서 수세에 몰리면 반격하기 위해 다른 수단을 동원하는 법이다.

"네, 몇 년간 아이들을 가르쳤습니다." 내가 말했다.

"재직하셨던 학교가 XXX였던 걸로 아는데, 맞습니까?" 교장이 내가 재직했던 학교명을 언급했다. 그 이름을 들을 때면, 완치 선언을 받았으나 언제든지 다른 부위에서 재발할 수 있는 질병의 이름을 듣는 것처럼 나는 늘 심정이 복잡했다.

"네." 내가 말했다.

"그리고 권고사직을 받으셨고요."

"꼭 그런 건 아닙니다. 한동안 좀 조용히 쉬고 싶어서 당시 내 쪽에서 먼저 그만두겠다고 했으니까요. 나중에 모든 게 다시 정상으로 돌아오면 복직할 생각이었습니다."

교장은 잔기침을 하면서 앞에 놓여 있는 종이를 보았다. "하지만 실제로는 다시 학교로 돌아가지 못했죠. 실제로 그 이후로 구 년간 실직 상태고요."

"휴직 상태입니다. 하지만 언제든지 다른 곳에서 다시 시작할 수 있었어요."

"하지만 자료에 의하면, 그러니까 XXX 학교에서 내게 보내준 자료에 의하면, 복직 문제, 즉 학교로 돌아갈 수 있느냐 없느냐 하는 문제는 아버님 본인의 의지가 아니라 정신과 전문의의 진료 소견서에 달려 있었더군요."

예전에 일했던 학교의 이름이 다시 거론됐다! 왼쪽 눈의 시신경이 수축되는 것을 느꼈다. 사실 아무 의미 없는 동작이었지만 사람들로부터 틱 장애로 오해받을 수도 있었다. 그래서 나는 눈에 뭔가가 들어간 척하려고 손가락으로 눈가를 문질렀다. 하지만 경련이 점점 더 심해지는 것 같았다.

"뭐, 그 점에 대해서는 별로 드릴 말씀이 없습니다." 내가 말했다. "아무튼 내가 교직에 돌아가는 데 정신과 의사의 허락 같은 것은 필요하지 않다는 말씀만 드리도록 하지요."

교장은 다시 서류를 들여다보았다. "하지만 그 말씀은 이 서류의 내용과는 좀 다르군요……. 여기 적힌 바에 의하면……."

"지금 보고 있는 게 뭔지 나도 한번 봐도 될까요?" 내 목소리가 날카로워졌다. 명령이라고밖에 생각할 수 없는 강압적인 말투였다. 그런데도 교장은 내 요구를 들어줄 생각이 없어 보였다.

"일단 내 말을 끝까지 들어 보십시오." 교장이 말했다. "몇 주 전 우연히 옛 동료하고 이야기를 나눌 기회가 있었습니다. 예전에 XXX 학교에서 근무했던 동료지요. 어쩌다 이야기가 그쪽으로 흘러갔는지는 모르겠지만, 아무튼 우리는 교사라는 직업이 주는 압박감에 대해 이야기하게 됐습니다. 번아웃 증후군이나 스트레스 같은 거요. 그때 동료가 어떤 이름을 언급했는데, 얼핏 아는 이름 같다는 생각이 들었습니다. 처음에는 누군지 몰랐는데, 다음 순간 퍼뜩 미헬이 떠올랐습니다. 이어서 아버님 생각이 났고요."

"그게 유행병이기는 하지만 나는 번아웃 증후군 같은 것은 한 번도 경험하지 못했습니다. 스트레스를 많이 받았던 것도 아니고요."

이번에는 교장의 왼쪽 눈이 움찔거렸다. 아무리 우겨 봐도 틱 장애처럼 보이지는 않았다. 갑자기 심리적으로 위축된 게 분명했다. 두려움의 표식이었다. 스스로 의식하지 못했지만 아마도 내 목소리가 — 특히 마지막 문장을 말할 때는 앞의 문장들보다 더 속도를 늦췄다. — 교장한테는 경고로 들린 것 같았다.

"나도 미헬 아버님이 번아웃 증후군을 겪었다고 주장한 건 아닙니다." 교장이 말했다.

교장은 손가락으로 책상을 톡톡 두드리고는 다시 눈을 깜빡거렸다! 맞다. 뭔가 분위기가 바뀌어 있었다. 유식한 척 사형 제도에 대해 자신의 견해를 늘어놓던 태도는 어느새 온데간데없이 사라졌다.

거름 냄새 사이로 공포의 냄새가 풍기고 있었다. 개코가 된 나는 공포의 냄새를 분명히 포착했다. 방금까지만 해도 없던 냄새, 불확실하고 모호하고 불쾌한 냄새였다.

내가 의자에서 벌떡 일어선 것은 아마 그 순간이었을 것이다. 정확한 것은 더 이상 기억나지 않는다. 대체 어떤 부분이 기억에서 사라졌는지는 정확히 알 수 없다. 시간의 공백이 있는 것이다. 늘 그랬듯 더 많은 말이 오갔을 수도 있다. 아무튼 어느 순간 나는 갑자기 자리에서 일어섰고, 의자에서 몸을 일으킨 다음 교장을 내려다봤다.

그 이후 벌어진 일련의 사건은 전부 키 차이에서 비롯되었다. 교장은 여전히 앉아 있고 나는 서 있었다. 막상 의자에서 일어서고 보니 내가 완전히 위압적으로 교장을 내려다보는 구도가 됐다. 무릇 모든 역학 관계는 물이 위에서 아래로 흐르는 이치와 흡사하다. 교장은 앉아 있는 자세기 때문에 상당히 불리한 입장, 어찌 보면 나한테 피해를 입을 수도 있는 위치에 있었다. 개와 주인의 관계와 비교해 보면, 수년간 주인이 주는 대로 먹고, 주인이 이끄는 대로 이리저리 따라다닌 개들은 보통 주인의 털끝 하나 건드리지 못한다. 아주 얌전하게 충복 노릇을 하는 것이다. 하지만 어느 날 주인이 갑자기 균형을 잃고 쓰러졌다고 가정해 보자. 그 순간 개들은 이빨을 드러내고 으르렁거리며 일단 주인이 기를 꺾은 다음 주인을 물어 죽인다. 심지어 갈기갈기 물어뜯어 버리는 경우도 있다. 그건 본능이 시키는 짓이다. 쓰러지는 것은 약하다는 증거니까. 결국 바닥에 쓰러진 자가 희생자가 되는 것이다.

"분명히 말하는데, 지금 당장 나한테 그 종이를 보여 주시오." 나는 최대한 예의를 지키려 애쓰면서 교장 앞에 있는 종이를 가리켰다. 교장은 지금 두 손으로 종이를 가리고 있었다. 물론 이건 단지 예의상 하는 발언이었다. 분노의 폭발을 막기에는 이미 때가 늦었다.

"로만 씨." 교장은 다급하게 외쳤지만 이미 그의 얼굴로 내 주먹이 날아간 뒤였다. 사방으로 피가 튀었다. 꽤 많은 양이었다. 교장의 코에서 흘러나온 피가 셔츠와 책상으로 튀었다. 코를 틀어막고 있는 그의 손등으로 피가 줄줄 흘러내렸다.

그사이에 나는 책상을 한 바퀴 빙 돌아 다시 한번 그의 얼굴을 향해 주먹을 날렸다. 아까보다 좀 더 세게. 이빨들이 부러지면서 우두둑 소리가 들렸다. 주먹 관절이 화끈거렸다. 교장은 비명을 지르면서 알아들을 수 없는 소리로 웅얼거렸다. 나는 교장을 의자에서 잡아 일으켰다. 비명 소리가 났으니 삼십 초 안에 분명 사람들이 몰려올 것이다. 좋아, 삼십 초 안에 모든 것을 끝장내 주지.

나는 마음속으로 그렇게 결심했다. 삼십 초면 충분한 시간이었다.

"더럽고 역겨운 이 뚱땡이 돼지 새끼야." 그렇게 외친 뒤 나는 주먹을 날리는 동시에 교장의 무릎을 힘껏 걷어찼다. 바로 그 순간 전혀 예상하지 못한 일이 벌어졌다. 뜻밖에도 교장이 저항한 것이다. 나는 내심 선생님들이 몰려와 우리를 떼어 놓기 전에 교장을 완전히 묵사발 낼 거라고 자신하고 있었다. 그런데 갑자기 교장의 머리가 번개같이 위로 솟구치면서 내 턱을 정통으로 들이받았다. 그런 다음 두 팔로 내 장딴지를 끌어안고 힘껏 잡아당기는 바람에 나는 균형을 잃고 뒤쪽으로 벌러덩 자빠지고 말았다. "젠장!" 내 입에서 욕설이 터져 나왔다. 교장은 문이 아니라 창문 쪽으로 달려갔다. 그리고 내가 일어나기도 전에 창문을 열고 소리쳤다. "사람 살려! 사람 살려!"

하지만 다음 순간 나는 재빨리 그의 옆으로 다가가 머리카락을 움켜쥐고 머리통을 뒤로 젖힌 다음 창문틀에다가 힘껏 처박았다. "아직 다 안 끝났어, 새끼야!" 교장의 귀에 대고 나는 그렇게 소리쳤다.

운동장에는 사람들이 많았다. 대부분 학생들이었다. 쉬는 시간이 분명했다. 학생들이 동시에 위를 — 그러니까 우리를 — 올려다보았다.

학생 무리 속에서 한 아이가 금세 눈에 들어왔다. 까만색 모자를 쓰고 있는 아이, 무리 속에서 아는 얼굴을 발견하니 왠지 편안해지면서 마음이 좀 가라앉았다. 그 아이는 친구들과 함께 서 있었다. 약간 떨어진 곳, 건물 입구로 통하는 계단 위였다. 여학생 서너 명과 스쿠터를 타고 있는 남학생 한 명과 함께. 검은색 모자를 쓰고 있는 그 소년의 목에 헤드폰이 걸려 있었다.

나도 모르게 손을 흔들었다. 지금도 그때 일이 생생하게 기억 난다. 나는 미헬을 향해 손을 흔들며 애써 미소를 지었다. 그 손짓과 미소를 통해 나는 미헬한테 지금 보고 있는 광경은 실제보다 훨씬 과장돼 있다는 것을 알려 주고 싶었다. 미헬, 네 리포트 문제로 교장 선생님과 약간의 의견 차이가 있었지만 이제 다 해결됐어, 라고.

Ⅲ

"수상 각하한테서 온 전화였어." 세르게는 휴대폰을 주머니에 집어넣고 다시 자리에 앉았다. "대체 기자 회견에서 무슨 이야기를 할 거냐고 묻더군."

한 사람쯤은 이렇게 물어볼 수도 있다. "그래서 뭐라고 대답했는데?" 하지만 우리 테이블에는 오로지 침묵뿐이었다. 가장 뻔한 길을 택하고 싶지 않을 때 사람들은 보통 침묵으로 말을 대신하는 법이다. 혹시 세르게가 '왜 중국인은 절대 둘이서 같이 미용실에 안 가는 줄 알아?' 같은 질문으로 시작되는 농담을 하려 했다면 분명 지금과 같은 침묵이 흘렀을 것이다.

그는 예의상 아직 치우지 않고 식탁에 그대로 놓아둔 자신의 푸딩을 쳐다보았다. "오늘 저녁에 말씀드리겠다고 했었거든. 수상 각하는 후보직 사퇴 같은 심각한 일이 아니기를 바란다고 하셨어. 그분 말씀을 그대로 옮기자면, '선거가 겨우 일곱 달 남은 시점에

서 우리의 희망을 꺾으면서까지 사퇴를 결심한다면 그건 정말이
지 우리 두 사람 모두에게 유감스러운 일이 될 겁니다.'라고 하셨
어." 세르게는 수상의 악센트까지 그대로 흉내 내면서 말을 전했
다. 하지만 흉내를 내려다가 자기 꼴만 더 우스워졌다. "아무튼 나
는 사실대로 말씀드렸어. 아직 가족들과 상의가 덜 끝났다고. 그
리고 몇 가지 선택 사항들도 검토해야 된다고."

현재의 수상이 취임했을 때 사람들 사이에 떠돌던 농담은 전
혀 근거 없는 말은 아니었다. 볼품없는 외모, 오리처럼 뒤뚱거리
는 걸음걸이, 끊임없이 이어지는 말실수까지 온갖 조롱이 잇따랐
지만 우린 어느새 그런 수상에 적응했다. 그래서 지금은 오히려
그런 모습이 안 보이면 이상할 정도였다. 시간이 흐르면서 자연스
럽게 양탄자의 일부가 되어 버린 얼룩처럼 느껴진 것이다.

"오, 그거 참 흥미롭네요." 끌레르가 말했다. "아직 선택의 여
지가 있다는 말인가요? 저는 이미 모든 결심이 확고한 줄 알았는
데, 우리 모두를 위해서요."

세르게는 아내와 눈빛을 교환하려 애썼다. 하지만 바베테의
관심은 테이블 위에 놓여 있는 휴대폰에만 쏠려 있었다.

"맞소. 아직까지는 선택의 여지를 남겨 놓고 있소." 세르게는
한숨을 내쉬며 말했다. "나는 우리가 다 같이 결정을 내렸으면 하
오. 그러니까…… 가족으로서…… 말이오."

"늘 그래 왔던 것처럼 말이지." 내가 말했다. 세르게가 나한테
서 미헬을 빼앗아 가려 했을 때 그의 얼굴을 향해 던졌던 마카로
니 알라 카르보나라가 담긴 냄비를 떠올리며 한 말이었다. 하지만
세르게의 얼굴에 진심 어린 미소가 떠오른 것을 보면 그의 기억력

은 그다지 좋지 않은 듯했다.

"맞아." 세르게가 시계를 보면서 대답했다. "나는 이제 그만……. 우리는 이제 정말 가 봐야 해. 바베테……. 대체 계산서는 왜 아직 안 가져오는 거야?"

바베테가 자리에서 일어섰다.

"우리는 먼저 가볼게요." 그런 다음 그녀는 끌레르 쪽으로 고개를 돌리며 물었다. "당신들도 올 거예요?"

끌레르는 바베테를 향해 반쯤 남은 그라파 잔을 들어 올렸다.

"먼저 가요. 우리도 금방 따라갈게요."

세르게는 아내에게 손을 내밀었다. 처음에 나는 그녀가 남편이 내민 손을 뿌리칠 거라고 생각했다. 그런데 뜻밖에도 그녀는 남편의 손을 붙잡았다. 심지어 세르게를 향해 팔까지 내밀었다.

"우리……." 세르게는 그 말을 하며 미소를 지었다. 맞다. 아내의 팔꿈치를 붙잡았을 때 그의 얼굴에서 거의 빛이 퍼져 나왔다. "우리 이 문제에 대해 다시 한번 이야기하도록 하지. 식당에 가서 뭐 좀 마신 다음에."

"좋아요, 세르게." 끌레르가 대답했다. "일단 먼저 가세요. 파울과 나는 그라파를 마신 뒤에 따라갈게요."

"계산서." 세르게가 지갑이나 신용카드를 찾는지 재킷 주머니를 두드리며 말했다.

"그냥 두세요. 계산은 우리가 할게요." 끌레르가 말했다.

나는 그들이 레스토랑 출입문을 빠져나가는 뒷모습을 지켜보았다. 세르게는 아내의 팔짱을 끼고 있었다. 그들이 지나갈 때 고개를 돌려 쳐다보는 손님은 한 사람뿐이었다. 레스토랑 손님들도 그사이에 벌써 적응이 된 듯했다. 한곳에 오래 있다 보면 주변의 다른 사람들이 별로 눈에 띄지 않는 법이다.

개방형 주방에서 흰색 라운드 넥 스웨터를 입은 남자가 모습을 드러냈다. 토니오. 그의 신분 증명서에는 분명 이름이 안톤이라고 적혀 있을 것이다. 세르게와 바베테가 걸음을 멈추었고, 그들은 악수를 했다. 그사이에 종업원들은 서둘러 코트를 꺼내왔다.

"갔어?" 끌레르가 물었다.

"거의." 내가 대답했다.

아내는 남은 그라파를 단숨에 들이킨 다음 내 손에 한 손을 올려놓았다.

"당신이 해 줄 일이 있어." 끌레르는 짧고 강하게 내 손가락을 누르면서 말했다.

"알아. 우리가 세르게를 막아야 한다는 거." 내가 말했다.

끌레르는 내 손가락을 움켜쥐었다.

"당신이 형님을 막아야만 해." 그녀가 말했다.

나는 아내를 쳐다봤다.

"내가?" 절대 거절할 수 없는 말이 나오리라는 것을 분명히 눈치챘음에도 나는 그렇게 반문했다.

"응, 당신이 해야 할 일이 있어." 끌레르가 말했다.

나는 계속해서 아내를 쳐다봤다.

"내일 기자 회견을 절대 못하게 만들어야 해." 끌레르가 말했다.

바로 그 순간 어딘가 아주 가까운 곳에서 휴대폰 소리가 들렸다. 처음에는 몇 번 삑삑거리더니 소리가 점차 커지면서 멜로디로 바뀌었다.

끌레르가 뭐지? 하는 표정으로 나를 쳐다봤다. 나 역시 같은 표정이었다. 우린 동시에 고개를 가로저었다.

바베테의 휴대폰이었다. 그녀의 휴대폰이 냅킨에 반쯤 덮인 채 테이블 위에 놓여 있었다. 약간 찜찜한 기분으로 출입문 쪽을 쳐다봤지만 세르게와 바베테의 모습은 전혀 보이지 않았다. 내가 휴대폰을 집기 위해 손을 뻗었지만 끌레르가 더 빨랐다.

그녀는 폴더를 열고 내용을 읽었다. 그런 다음 다시 휴대폰을 닫았다. 삑삑거리던 소리가 멈췄다.

"베아우야." 끌레르가 말했다.

42

"베아우의 엄마는 지금 그 애한테 신경 쓸 시간이 없어." 끌레르는 그렇게 말하면서 휴대폰을 원래 놓여 있던 자리에 다시 내려놓고는 아예 냅킨으로 덮어 버렸다.

나는 아무 말도 하지 않고, 아내 쪽에서 먼저 무슨 말인가 꺼내기를 기다렸다.

끌레르는 한숨을 깊게 내쉬었다. "당신 알지, 그……." 그녀는 미처 문장을 끝맺지 못했다. "아, 파울." 그녀가 말했다. "파울……." 그녀는 머리카락을 뒤로 쓸어 넘겼다. 눈가가 약간 촉촉해져 있었다. 눈물방울이 반짝거렸다. 슬픔이나 절망의 눈물이 아니라 바로 분노의 눈물이었다.

"당신 알지, 그……?" 내가 말했다. 나는 저녁 내내 끌레르는 그 동영상에 대해 아무것도 모를 거라고 생각했다. 그리고 아직도 내 생각이 옳기를 바랐다.

"베아우가 아이들을 협박하고 있어." 끌레르가 말했다.

누군가 내 심장에 차가운 비수를 꽂은 것 같았다. 혹시라도 얼굴이 새빨갛게 달아올랐을까 봐 나는 두 뺨을 열심히 문질렀다.

"그래?" 나는 말했다. "뭐 때문에?"

끌레르는 다시 한숨을 내쉬었다. 그녀는 두 손으로 주먹을 쥐고 테이블을 두드렸다.

"아, 파울." 그녀는 말했다. "정말이지 나는 당신만은 이 일에 끌어들이고 싶지 않았어. 당신이 또다시…… 이성을 잃게 되는 걸 원치 않았거든. 하지만 이제 모든 게 달라졌어. 그러기에는 이미 너무 늦었어."

"대체 왜 베아우가 아이들을 협박하냐고 묻잖아. 베아우가 대체 뭐 때문에 그런 짓을 해?"

냅킨 밑에서 휴대폰이 한번 삑 하고 울렸다. 이번에는 한 번뿐이었다. 바베테의 휴대폰에서 파란 불빛이 반짝거렸다. 베아우가 메시지를 남긴 게 분명했다.

"베아우도 그 자리에 있었어. 적어도 그 아이 주장으로는 그래. 처음에는 집으로 돌아가려고 했는데 생각을 바꿔서 다시 그곳으로 돌아갔대. 그리고 현장에서 아이들을 목격했대. 아이들이 ATM기 부스에서 빠져나오는 모습 말이야. 그게 베아우의 주장이야."

심장에서 한기가 사라지고 새로운 감정이 그 자리를 채웠다. 행복감이었다! 나는 얼굴에 미소가 번지지 않도록 조심했다.

"그리고 지금 그 애는 돈을 요구하고 있어. 천사의 얼굴을 한 위선자 새끼! 나는 늘 그 애가……. 당신도 그랬지? 당신도 그 애가 싫다고 했잖아. 당신이 그런 말을 했던 게 지금도 똑똑히 기억나."

"하지만 목격했다는 증거가 있어? 그 애가 우리 아이들을 봤다는 걸 증명할 수 있느냐고? 석유통을 던진 게 미헬과 릭이었다는 사실을 입증할 증거가 있느냔 말이야?"

마지막 질문은 솔직히 내 마음을 진정시키기 위한 것이었다. 일종의 최종 점검인 셈이다.

그 순간 내 머릿속에서 문 하나가 열렸다. 아주 작은 틈새가 벌어지더니 그 틈새를 통해 빛이 들이비쳤다. 따뜻한 빛이었다. 그리고 그 문 뒤편에 행복한 가정이 있는 방이 있었다.

"아니, 베아우는 증거가 전혀 없어." 끌레르가 말했다. "하지만 어쩌면 증거 같은 건 필요 없을지도 몰라. 경찰서에 가서 미헬과 릭을 용의자로 지목하면 될 테니까……. CCTV 화면은 너무 흐릿해서 구별이 어려워. 하지만 만약 그 화면을 우리 아이들과 비교하면……. 나는 잘 모르겠어."

아빠는 아무것도 몰라. 너희는 반드시 오늘 저녁에 그 일을 처리해야 해. 아내가 미헬의 휴대폰에 남긴 메시지가 떠올랐다.

"미헬은 집에 없었던 거지, 그렇지?" 내가 물었다. "아까 미헬한테 전화했을 때. 바베테한테 계속해서 시간을 물어보면서 전화했을 때 말이야."

끌레르의 얼굴에 미소가 번졌다. 그녀는 다시 내 손을 꼭 쥐었다.

"나는 미헬한테 전화했어. 아까 내가 그 애하고 통화하는 거 당신도 들었잖아. 정말 그 애하고 이야기를 나눴다니까. 바베테가 증인이야. 바베테는 내가 몇 시에 아들하고 통화했는지 정확히 알고 있어. 내 휴대폰 통화 목록에도 남아 있어. 그러니까 사람들은 정말로 통화를 했다는 걸 확인할 수 있어. 얼마나 오래 통화했는지도. 이제 우리한테 남은 일은 우리 집 자동 응답기에 남아 있는 내용을 지우기만 하면 돼."

나는 아내의 얼굴을 쳐다봤다. 내 눈이 놀라 휘둥그레졌을 것이다. 놀라움을 일부러 감추고 싶지는 않았다. 아내는 정말 대단한 여자였다.

"지금 미헬은 베아우 집에 있는 거로군." 내가 말했다.

아내는 고개를 끄덕였다. "릭하고 같이. 하지만 베아우 집은 아니야. 그들은 지금 어딘가에서 만나고 있어. 집이 아닌 다른 곳에서."

"대체 아이들은 베아우하고 무슨 이야기를 하려는 거지? 베아우의 마음을 돌려 보려는 거야?"

아내는 이제 두 손으로 내 손을 감싸 쥐었다.

"파울." 그녀가 말했다. "좀 전에도 말했다시피 나는 정말 당신만큼은 이 일에 끌어들이고 싶지 않았어. 하지만 이미 모든 게 돌이킬 수 없는 지경에 이르렀어. 이건 우리 아이들의 미래가 달린 문제야. 나는 미헬한테 베아우하고 한번 이성적으로 대화를 해 보라고 했어. 하지만 만약 대화가 순조롭게 풀리지 않으면, 그때 어쩔 수 없이 미헬이 최선이라고 생각하는 방법을 써도 좋다고 했어. 하지만 더 이상 자세한 건 알고 싶지 않다고 덧붙였어. 이제 그애도 다음 주면 열여섯 살이야. 엄마가 나서서 이래라저래라 간섭

할 나이는 지났잖아. 그 애는 이제 자기 스스로 충분히 결정을 내릴 수 있는 나이야. 또 충분히 그럴 수 있을 만큼 똑똑하고."

나는 아내의 얼굴을 바라봤다. 내 눈빛에는 여전히 감탄의 감정이 배어 있었다. 하지만 방금 전과는 다른 의미의 감탄이었다.

"늘 그랬던 것처럼 우리가 할 일은 나중에 미헬은 오늘 저녁 내내 집에 있었다고 주장하는 것뿐이야." 끌레르가 말했다. "물론 바베테가 그 사실을 입증해 줄 수 있어."

43

나는 손짓으로 총지배인을 불렀다.

"계산서를 아직 안 가져왔는데." 내가 말했다.

"로만 씨가 벌써 다 계산하셨습니다." 총지배인이 말했다.

그랬을 거라고 벌써 짐작하고 있었지만 총지배인에게 그 소식을 전해 줄 기회를 주는 것도 그리 나쁘지 않았다. 그의 눈빛에서 왠지 나를 비웃는 듯한 인상을 받았다.

끌레르는 핸드백을 뒤적거리더니 휴대폰을 꺼내 화면을 확인한 다음 다시 핸드백 속에 집어넣었다.

"정말 대단해." 총지배인이 사라졌을 때 내가 말했다. "처음엔 우리한테서 단골 식당을 빼앗아 가더니 그다음에는 우리 아들, 이제는 여기 이곳까지. 그까짓 밥값이 얼마나 나온다고. 그 정도는 우리도 충분히 계산할 수 있는 일인데 말이야."

끌레르가 처음에는 내 오른손을, 그다음에는 내 왼손을 붙잡왔다.

"당신은 그냥 세르게한테 상처만 입히면 돼." 그녀가 말했다. "상처 입은 얼굴로는 기자 회견을 하지 못할 거야. 팔을 부러뜨려 깁스하게 만들어도 좋고. 어쩌다 그렇게 된 건지 본인 스스로 해명을 해야 할 테니까."

나는 아내의 눈을 들여다봤다. 방금 아내는 내게 형의 팔을 부러뜨리라고 부탁했다. 아니면 그의 얼굴에 상처를 내든지. 이 모든 건 아들에 대한 사랑에서 비롯되었다. 우리 아들 미헬을 위해. 몇 년 전 독일 법정에서 자기 아이를 죽인 살인범에게 총을 쏜 어머니가 떠올랐다. 끌레르 역시 그런 엄마였다.

"나, 약 안 먹었어." 내가 말했다.

"알아." 끌레르는 내 말에 전혀 놀라지 않았다. 그리고 부드럽게 손가락 끝으로 내 손등을 쓸었다.

"내 말은 약 안 먹은 지 꽤 됐다는 얘기야. 몇 달 전부터 약을 먹지 않았어."

맞는 말이었다. 「사건파일 XY」를 본 이후로 나는 약 복용을 중단했다. 매일 감정이 꺼진 상태로 있으면 아들이 내게서 멀어질 것 같아서였다. 내 감정과 내 반사 신경. 미헬을 완벽하게 도와주려면 일단 예전의 내 온전한 정신부터 되찾아야 했다.

"알고 있어." 나는 그렇게 말하는 끌레르를 쳐다봤다.

"아무도 눈치 못 챈 줄 알았겠지." 끌레르가 말했다. "다른 사람들은 그럴 수 있다 쳐도…… 나는 당신 아내잖아. 아내가 눈치 못 채면 대체 누가 그걸 알아차리겠어. 많은 게…… 달라. 예를 들어 나를 쳐다보는 당신의 눈길, 웃는 모습 같은 거. 언젠가 당신이 신분증을 찾지 못했던 적 있지? 당신이 책상 서랍을 걷어차던 그때부터 내가 당신을 주목했던 거 알아? 외출할 때 당신이 약을 갖고 나가더니 어딘가에 버리고 들어왔어. 맞지? 한 번은 당신 바지를 세탁기에 넣고 돌렸는데, 바지 주머니가 완전히 새파랗게 물든 거 있지! 당신이 약 버리는 걸 깜빡했던 거야."

끌레르는 웃음을 터뜨렸다. 아주 짧게. 그리고 다시 진지한 표정으로 바뀌었다.

"그런데도 당신은 계속 모른 척했군." 내가 말했다.

"처음에는 당신이 왜 그러는지 잘 몰랐어. 하지만 나는 금세 깨달았어. 당신의 옛날 모습이 되돌아오고 있다는 걸. 그리고 나도 예전의 파울을 되찾고 싶다는 걸 알게 됐어. 내가 원하는 건 예전의 파울뿐이었어. 자신의 책상 서랍을 걷어차는 남자, 인도에 바짝 붙어서 질주하는 오토바이를 보면 그 오토바이를 붙잡으려고 끝까지 쫓아가는 남자……."

그다음에는 '미헬의 학교 교장을 병원에 실려 갈 정도로 흠씬 두들겨 팬 남자'라고 말할 줄 알았다. 하지만 끌레르는 그 말 대신 다른 말을 했다.

"그게 내가 사랑했던 파울이었어……. 나는 그런 파울을 사랑해. 그게 내가 사랑하는 파울이야. 나는 이 세상 그 무엇보다, 또 그 누구보다 더 그 남자를 사랑해."

끌레르의 눈에서 눈물이 반짝였다. 아니, 눈에서 불꽃이 타오르고 있는 것 같았다.

"당신, 그리고 미헬." 끌레르는 말했다. "이 두 사람이 나를 가장 행복하게 만들어."

"그래." 내가 말했다. 목소리가 약간 가라앉고 목이 메어 나는 헛기침을 했다.

"그래." 나는 다시 한번 말했다.

한동안 우리는 아무 말 없이 마주 앉아 있었다. 아내는 여전히 두 손으로 내 손을 감싸 쥐고 있었다.

"바베테한테는 대체 무슨 약속을 한 거야?" 내가 물었다.

"뭐라고?"

"아까 정원에서 산책할 때 바베테가 나를 보더니 이상할 정도로 반갑게 내 이름을 불렀잖아. 그때 당신 뭐라고 했던 거야?"

끌레르는 숨을 크게 들이마셨다. "바베테한테 당신이 문제를 해결해 줄 거라고 했어. 기자 회견이 열리지 않도록 손을 써 줄 거라고."

"바베테는 그렇게 해도 괜찮대?"

"당신 형수는 세르게가 선거에서 이기기를 원해. 게다가 세르게는 오늘 이 레스토랑에 오는 길에서 비로소 기자 회견 이야기를 꺼냈어. 바베테는 그것 때문에 마음에 아주 큰 상처를 입었어. 멍청한 짓거리를 말릴 시간을 주지 않으려는 속셈이 너무 분명하니까."

"하지만 아까 식사 때는 그런 말을 안……."

"바베테는 영악한 여자야, 파울. 나중에 무슨 일이 벌어져도 세르게한테 의심을 사지 않으려고 그런 거야. 아마 일단 수상 부인이 되고 나면 바베테는 노숙자 보호시설에서 무료 급식 봉사라도 할걸. 나처럼."

나는 아내한테서 손을 뺐다. 그리고 이번에는 내 쪽에서 아내의 두 손을 감싸 쥐었다.

"그건 좋은 생각이 아니야." 내가 말했다.

"파울······."

"아니, 내 말부터 들어 봐. 나는 환자야. 그리고 약도 먹지 않았어. 당분간은 당신하고 나만 그 사실을 알겠지. 하지만 그런 건 금세 들통 나게 돼 있어. 사람들은 여기저기 정보를 캐러 다닐 테고, 그럼 알아내는 건 시간문제야. 학교 정신과 의사부터 해서 해직, 미헬 학교의 교장하고 있었던 사건까지······ 모든 게 다 드러나게 돼 있단 말이야. 세르게하고의 관계는 말할 것도 없고. 어쩌면 세르게는 일련의 이 사건들이 전혀 놀랍지 않다고 공식 기자 회견을 해야 할지도 몰라. 뭐 형이 직접 자기 입으로 떠벌리지 않더라도 그가 문제가 있어서 약을 복용해야 하는 동생한테 예전부터 위협받아 왔다는 사실이 다 알려질 거야. 게다가 내가 약을 화장실에 버렸다는 사실까지도."

끌레르는 아무 말도 하지 않았다.

"나는 세르게의 그 어떤 행동도 막을 수 없어, 끌레르. 그건 오히려 문제를 키우는 거야."

나는 제발 눈이 깜박거리지 않기를 바라면서 잠시 말을 멈추고 기다렸다.

"만약 내가 그런 짓을 하면 오히려 문제가 더 커질 수 있어." 내가 말했다.

끌레르가 레스토랑을 떠나고 약 오 분쯤 지났을 때 냅킨 밑에서 다시 바베테의 휴대폰이 삑삑거렸다.

방금 우리는 동시에 자리에서 일어났다. 나는 아내의 팔을 붙잡았고 아내는 나를 붙잡았다. 나는 아내의 머리카락에 얼굴을 깊이 파묻고는 아주 천천히, 그리고 소리 없이 그녀의 체취를 흠뻑 들이마셨다.

그런 다음 나는 다시 자리에 앉아 그녀가 스탠딩 데스크를 지나 내 시야에서 완전히 사라질 때까지 그 뒷모습을 지켜보았다.

바베테의 휴대폰을 집어 들어 폴더를 열고 화면을 보았다.

수신 메시지 2통

'확인' 버튼을 눌렀다. 첫 번째는 베아우한테서 온 문자 메시지였다. 첫 철자를 대문자로 쓰지도 않고, 구두점도 없이 그냥 딱 한 단어였다.

엄마

'삭제' 버튼을 눌렀다.

두 번째는 메일함에 음성 메시지가 하나 도착했다는 내용이었다.

바베테의 휴대폰은 KPN 통신사였다. 음성 메시지를 듣기 위해 어떤 버튼을 눌러야 할지 알 수 없었다. 모든 걸 운에 맡기고 목록을 뒤져 무작정 M이라는 항목으로 이동했다. 입가에 저절로 미소가 떠올랐다.

새로운 음성 메시지가 도착했음을 알리는 안내 음성에 이어 베아우의 목소리를 들을 수 있었다.

귀를 기울여 메시지를 들었다. 메시지를 듣는 동안 딱 한 번, 잠깐 눈을 감았다 떴다. 그런 다음 폴더를 덮었다. 나는 바베테의 휴대폰을 다시 테이블에 내려놓지 않고 그냥 주머니에 집어넣었다.

"아드님께서는 이런 레스토랑을 별로 좋아하지 않나 봅니다?"

나는 너무 놀란 나머지 의자에서 벌떡 일어섰다.

"아, 죄송합니다." 총지배인이었다. "선생님을 놀라게 할 의도는 아니었습니다. 다만 아까 밖에서 아드님과 이야기를 주고받는 모습을 봤거든요. 저는 그 아이가 분명 아드님일 거라고 생각했습니다."

한순간 대체 이 남자가 지금 무슨 이야기를 하는 건지 이해할 수 없었다. 하지만 금세 상황을 파악했다.

담배 피우던 남자. 레스토랑 출입문 앞에서 담배를 피우던 그 남자였다. 총지배인이 오늘 저녁 레스토랑 정원에서 미헬과 나를 본 것이다.

나는 패닉 상태에 빠지지는 않았다. 정확히 말하면 아예 아무런 감정도 느끼지 못했다.

그제야 총지배인의 손에 작은 접시가 들려 있는 게 눈에 들어왔다. 접시 위에 영수증이 놓여 있었다.

"로만 씨가 깜빡하고 영수증을 안 가져가서 대신 선생님께 가져왔습니다. 곧 로만 씨를 만날 것 같아서요."

"알겠습니다." 내가 말했다.

"아까 아드님과 함께 있는 선생님을 봤습니다." 총지배인이 입을 나불거렸다. "멀리서 봐도 두 사람의 몸짓이 정말 닮았더군요. 아버지와 아들이 아니라면 도저히 그럴 수가 없을 정도로요. 그래서 아드님이 분명할 거라고 생각했습니다."

나는 눈을 내리깔며 눈빛으로 영수증이 든 접시를 내려놓으라는 신호를 보냈다. 대체 이 남자는 뭘 기대하는 거지? 왜 몸짓 운운해 가며 테이블을 안 떠나는 거지?

"그랬군요." 내가 말했다. 예의상 침묵을 깨려는 의도였을 뿐, 총지배인의 추측에 확답을 준 건 아니었다. 하지만 더는 할 말이 없었다.

"저도 아들이 하나 있습니다." 총지배인이 말했다. "이제 겨우 네 살이지요. 그런데도 가끔 아들 녀석 때문에 깜짝깜짝 놀라곤 한답니다. 그 아이한테서 제 모습을 발견할 때요. 뭐, 사소한 행동들이지만 대부분이 저랑 판박이거든요. 예를 들어 지루할 때나 뭔가에 흥분했을 때 머리카락을 빙빙 돌려서 꼬는 걸 좋아한다든지 말이죠……. 저는 딸도 하나 있습니다. 딸은 지금 세 살인데, 모든 면에서 정말이지 제 엄마를 쏙 빼닮았답니다."

작은 접시 위에 놓인 영수증을 집어 들고 총액을 살펴보았다. 그 돈으로 얼마나 많은 일을 할 수 있는지는 언급하지 않겠다. 보통 사람들이 그 정도 돈을 벌려면 며칠이나 일을 해야 하는지, 흰색 라운드 넥 스웨터를 입은 멍청이 사장이 있는 그 개방형 주방에서 몇 주 동안 접시를 닦아야 하는지도. 금액 자체는 말하지 않겠다. 다만 그걸 보통 사람들이 봤다면 입에서 저절로 헛웃음이 터져 나올 만한 금액이라는 것만 밝혀 둔다. 나 역시 그랬다.

"즐거운 저녁 시간이 되셨기를 바랍니다." 총지배인이 말했다. 그런데 그는 인사를 마치고도 여전히 테이블을 떠나지 않았다. 비어 있는 접시에 손가락 끝을 살짝 가져다 대고는 냅킨 위로 몇 센티미터 정도 민 후 접시와 냅킨을 한꺼번에 집어 들고서야 비로소 자리를 떴다.

115

"끌레르?"

여자 화장실의 문을 열고 아내의 이름을 부르는 게 오늘 저녁에만 벌써 두 번째였다. 하지만 아무 대답도 없었다. 바깥쪽 어딘가에서 경찰차 사이렌 소리가 들렸다. "끌레르?" 나는 다시 한번 아내의 이름을 부른 다음 화장실 안으로 몇 발짝 걸어 들어갔다. 흰색 수선화가 담겨 있는 꽃병 앞을 지나갔다. 먼저 화장실 안에 사람이 하나도 없는지 확인했다. 그런 다음 옷 보관소를 거쳐 스탠딩 데스크를 지나 출입문 쪽으로 달려갔을 때 두 번째 사이렌 소리가 들렸다. 나무들 사이로 우리 단골 식당 꼭대기에 달린 파란색 네온사인 간판이 보였다.

이 상황에서는 당연히 뛰어가야 했지만 나는 그러지 않았다. 심장이 있어야 할 자리를 무거운 납덩이가 꾹 짓누르고 있는 기분이었다. 압박감을 느꼈다. 하지만 침착해야 한다. 가슴에서 느껴지는 이 압박감은 예상했던 일이 벌어졌을 거라는 확신 때문이었다.

아내였다!

나는 다시 뛰어가고픈 충동을 느꼈다. 식당을 향해 숨 가쁘게 뛰어가고 싶었다. 하지만 문 앞에서 제지당할 게 뻔했다.

내 아내예요! 나는 숨을 헐떡이며 그렇게 소리칠 것이다. 내 아내가 저 안에 있어요!

하지만 그곳에서 벌어졌을 사건의 생생한 장면들이 내 발길을 붙잡았다.

다리로 이어지는 조약돌 오솔길에 도착하자 내 발걸음은 더욱더 느려졌다. 구두가 조약돌에 부딪혀 뿌드득 소리가 났다. 걸음 사이사이 간격을 두면서 나는 아주 느린 속도로 움직였다.

나는 한 손을 다리 난간 위에 올려놓고 걸음을 멈췄다. 파란색 네온사인 불빛이 발밑에 있는 어두운 수면에 반사되었다. 이제 나무들 사이로 도로 맞은편에 있는 식당의 모습이 시야에 들어왔다. 식당 테라스 앞, 보도 위에 경찰 차 세 대와 구급차 한 대가 비스듬히 멈춰서 있었다.

구급차는 두 대가 아니라 하나뿐이었다.

나는 일단 마음을 진정시켰다. 그리고 그 모든 광경을 — 마치 나하고는 아무 상관없는 일이라는 듯 — 지켜보면서 내 나름대로 결론을 내렸다. 위기가 닥친 게 이번이 처음은 아니었다.(끌레르의 입원, 결국은 실패로 끝났지만 나한테서 아들을 빼앗아 가려 했던 세르게와 바베테, CCTV 영상.) 그때마다 나는 침착하게 대응했다. 그러니 이번에도 당연히 침착하고 적절하게 행동할 수 있을 것이다.

옆쪽을 쳐다봤다. 레스토랑 입구에 벌써 여종업원 몇 명이 모여들었다. 사이렌 소리와 경찰차 경광등에 대한 호기심 때문일 것이다. 사람들 사이에 총지배인도 있는 듯했다. 얼핏 양복을 입은 남자가 담배에 불을 붙이는 모습이 보였다.

처음에 나는 레스토랑 입구에 서 있는 사람들이 나를 알아보지 못할 거라고 생각했다. 하지만 문득 몇 시간 전, 다리 위로 자전거를 타고 오던 미헬을 분명히 알아본 기억이 떠올랐다.

그러니 사람들 눈에 안 띄려면 계속 걸어가야 했다. 여기 이대로 있다가는 분명 사람들에게 들킬 것이다. 지금 나는 위험을 감수할 처지가 아니었다. 혹시 나중에라도 어느 여종업원이 어떤 남자가 다리 위에 서 있었다고 진술할 수도 있는 노릇이다. "이상했어요. 어떤 남자가 그냥 계속 거기 서 있었거든요." 그런 진술이 나중에 어디에 어떻게 쓰일지 누가 알겠는가.

나는 주머니에서 바베테의 휴대폰을 꺼내 물 위로 떨어뜨렸다. 텀벙, 하는 소리에 이끌렸는지 오리 한 마리가 헤엄쳐 왔다. 나는 다리 난간에서 손을 떼고 다시 걷기 시작했다. 느린 동작이 아니라 최대한 자연스러운 걸음걸이와 속도로. 너무 느리지도, 그렇다고 너무 빠르지도 않게. 나는 다리 반대쪽 끝에서 자전거 도로를 건너간 다음 왼쪽을 쳐다보면서 계속해서 전차 정류장 쪽으로 걸어갔다. 벌써 구경꾼들이 모여 있었다. 하지만 늦은 시각이라 그런지 사람이 그리 많지는 않았다. 기껏해야 스무 명 남짓했다. 호기심이 많은 사람들이겠지. 나는 식당 왼쪽으로 나 있는 좁은 골목길을 향해 걸어갔다.

그런데 내가 미처 인도에 다다르기 전에 식당 문이 두 번의 큰 소음과 함께 열리더니 들것 하나가 밖으로 나왔다. 바퀴 달린 들것이었다. 한쪽에 구조대원이 두 명씩 붙어서 끌고 있었다. 제일 뒤쪽에 있는 구조대원이 약물이 든 비닐 팩을 높이 치켜들고 있었다. 들것 뒤로 바베테가 선글라스를 벗고 손수건으로 눈을 가린 채 따라 나왔다.

들것에 실린 사람은 초록색 시트 밖으로 머리만 살짝 삐져나와 있었다. 일이 어떻게 진행됐을지는 이미 충분히 짐작하고 있었다. 하지만 들것을 보고 나서야 비로소 안도의 한숨을 내쉴 수 있었다. 들것에 실린 사람의 머리는 거즈와 붕대로 감싼 상태였다. 거즈와 붕대 곳곳에 핏자국이 선명했다.

열려 있던 구급차 안으로 들것이 실렸다. 구급대원 두 명이 먼저 올라타고 나머지 두 명은 바베테와 함께 나중에 탔다. 뒷문이 닫히자마자 구급차가 재빨리 시동을 걸더니 오른쪽으로 꺾어져 시내로 향했다.

사이렌 소리가 울렸다. 그건 아직 희망이 있다는 뜻이다.

물론 아닐 가능성도 있었다. 그건 상황을 어떤 측면에서 접근하느냐에 달려 있었다.

하지만 나한테는 지금 당장 눈앞에 보이는 상황에 대해 생각할 수 있는 시간적 여유가 없었다. 식당 문이 다시 열렸기 때문이다.

끌레르가 두 명의 경찰관 사이에 끼어 밖으로 끌려나왔다. 수갑은 안 채웠다. 아직까지는 경찰관들이 끌레르의 팔을 꽉 붙잡지도 않았다. 그녀는 주변을 둘러보았다. 모여 있는 구경꾼들 사이에서 아는 얼굴을 찾고 있는 게 분명했다.

마침내 그녀는 그 얼굴을 발견했다.

나는 그녀를 보았고, 그녀는 나를 보았다. 나는 앞으로 한 발자국 내디뎠다. 최소한 마음속으로는 앞으로 뛰쳐나가고 싶다는 것을 보여주고 싶었다.

그 순간 끌레르가 고개를 저었다.

아무것도 하지 마, 라는 신호였다. 그녀는 벌써 경찰차에 이르렀다. 또 다른 경찰관이 그녀에게 문을 열어 주었다. 나는 재빨리 사방을 둘러보았다. 혹시 모여든 구경꾼들 중에서 끌레르가 고개 젓는 것을 이상하게 생각한 사람이 있는지 확인하고 싶었다. 하지만 사람들의 관심은 오로지 경찰차에 실려 가는 여자한테로 쏠려 있었다.

차에 올라타기 직전, 끌레르는 잠시 걸음을 멈추고 다시 내 눈을 찾았다. 그녀는 살짝 고개를 숙였다. 내막을 모르는 사람들 눈에는 차에 탈 때 머리를 부딪치지 않으려고 몸을 숙인 것처럼 보였을 것이다. 하지만 나는 끌레르의 머리가 특정한 방향을 가리키는 것을 알아차렸다.

내 뒤쪽 대각선 방향에 있는 골목길이었다. 우리 집으로 통하는 지름길이었다.

집으로 가. 그게 아내의 메시지였다. 집으로 가.

나는 경찰차가 출발할 때까지 기다리지 않고 그대로 돌아서서 그곳을 떠났다.

팁

46

영수증을 보는 순간 헛웃음이 터져 나오는 그런 레스토랑에서 팁은 보통 얼마를 줄까? 세르게 부부와 함께한 식사 자리뿐 아니라 우리가 네덜란드 레스토랑에서 함께 식사했던 다른 친구들하고도 가끔 이런 것을 화제 삼아 이야기한 적이 있다. 일단 이렇게 가정해 보자. 네 사람 식비로 400유로를 지불할 때 ― 우리 식비가 400유로였다고 말하는 게 아니다. ― 일반적으로 팁은 식비의 약 10~15퍼센트 정도를 지불한다. 따라서 산술적으로 계산해 보면 테이블에 남겨놓아야 할 돈이 최소 40유로, 최대 60유로가 된다.

팁이 60유로라니, 기가 막혀 말문이 막힐 지경이다. 자칫 넋놓고 있다가는 자기도 모르게 엄숙해야 할 장례식이나 예배 시간에 터져 나오는 그런 신경질적인 웃음을 터뜨릴 수도 있다.

하지만 우리 친구들은 절대 웃지 않았다. "팁으로 살아가야 하는 사람들도 있어!" 언젠가 어느 근사한 레스토랑에서 식사할 때 마음씨 착한 여자친구는 그렇게 말했다.

저녁 식사 약속이 있던 그날 아침, 나는 은행에서 500유로를 인출했다. 그 정도면 식사비를 전부 충당할 수 있을 거라고 생각했다. 당연히 팁도 포함되었다. 오늘은 내가 먼저 계산해야지 하는 결심까지 했다. 세르게가 신용카드를 꺼내기 전에 내가 50유로짜리 지폐 열 장을 재빨리 작은 접시 위에 올려놓을 작정이었다.

그날 저녁, 식사가 끝난 뒤 내가 주머니에 남아 있던 450유로를 작은 접시에 올려놓자 총지배인은 처음에 내가 뭔가 잘못 이해한 거라고 생각했는지 작은 소리로 뭐라 뭐라 중얼거렸다. 식비와 똑같은 금액의 팁이라니, 정말 고맙습니다, 라고 말하고 싶었을지도 모르겠다. 하지만 내가 먼저 선수를 쳤다. "당신 팁이요. 아들과 함께 있는 내 모습을 절대로 본 적이 없다고 맹세해 주는 대가요. 전에도 본 적 없고, 지금도 본 적 없는 거요. 일주일 뒤에도, 또 일년 뒤에도."

세르게는 선거에서 패배했다. 처음에는 유권자들 사이에 얼굴에 부상을 입은 후보자에 대한 동정 여론이 상당히 컸다. 와인 잔은 — 받침이 똑 부러진 와인 잔이라고 해야 정확한 표현이다. — 세르게의 얼굴에 꽤 기묘한 형태의 흉터를 남겼다. 상처가 아무는 과정에서 피부가 마치 얽은 것처럼 우묵하게 패었을 뿐 아니라 그 자리에는 수염까지 나지 않았다. 세르게의 얼굴은 영영 예전으로 돌아갈 수 없게 되었다. 사고 직후 그는 두 달 동안 무려 세 번의 수술을 받았다. 마지막 수술 이후에는 한동안 수염을 길렀다. 지금 돌이켜 생각해 보니, 뭔가 분위기의 반전을 가져온 게 바로 그 수염이었다. 당시 그는 수염이 덥수룩한 얼굴로 바람막이 점퍼를 입고 시장으로, 공사장으로, 공장 정문 앞으로 돌아다니면서 홍보물을 나눠 주었다.

그런데 여론 조사에서 세르게 로만은 어떻게 그럴 수 있지, 싶게 인기가 곤두박질쳤다. 몇 달 전까지만 해도 다 이긴 게임으로 보였는데 순식간에 상황이 역전된 것이다. 선거를 한 달 앞두고 세르게는 다시 수염을 깎았다. 절망적 상황에서 던진 마지막 승부수였다. 유권자들은 그의 얼굴에 생긴 상처를 보는 동시에 그의 맨얼굴도 보게 되었다. 그러자 일이 이상하게 꼬이기 시작했다. 흉터에 대한 알 수 없는 반감이 생긴 것이다. 사람들은 그의 맨얼굴을 보며 대체 예전에는 저 자리에 뭐가 있었지? 하는 의문을 갖게 되었다.

그 상황에서 치명타를 날린 것은 바로 수염이었다. 더 정확히 말하면 수염이 자라도록 그냥 내버려뒀다가 다시 깎아 버린 행위였다. 후회해 봤자 이미 때는 늦었다. 유권자들이 세르게 로만은 자신이 원하는 바가 정확히 뭔지 모르는 사람이라는 결론을 내린 것이다. 그리고 자신들을 표를 양탄자의 얼룩처럼 보다 친숙한 얼굴을 한 후보자에게 던졌다.

세르게는 당연히 고소 같은 것은 하지 않았다. 제수씨, 즉 동생 아내를 고소하는 것은 그야말로 볼썽사나운 일이 아니겠는가.

"지금쯤은 세르게도 그때 내가 왜 그랬는지 이해했을 거라고 믿어." 식당에서의 사건이 있고 나서 몇 주 지났을 때 끌레르는 그렇게 말했다. "세르게 본인 입으로도 그렇게 말했잖아. 가족으로

서 그 문제를 해결하고 싶다고. 때로는 가족들만 알고 그냥 덮어두어야 하는 일도 있다는 것을 그도 이젠 알 거야."

아무튼 세르게와 바베테는 지금 그 일 말고 다른 문제로 골치를 썩이는 중이다. 바로 입양아인 베아우의 실종 사건이다. 그들은 베아우를 찾기 위해 대대적인 조치를 취했다. 신문과 잡지에 베아우의 사진을 실은 광고도 냈고, 전국적으로 현수막도 내걸었으며, 「실종자 찾기」 TV 프로그램에도 출연했다.

마지막 방송에서 베아우는 실종 직전 엄마 휴대폰에 음성 메시지를 남겼다는 뉴스가 나왔다. 바베테의 휴대폰은 발견되지 않았다. 메시지는 그대로 남아 있었다. 하지만 그의 메시지는 우리가 저녁 식사를 했던 그날 밤과는 약간 다른 의미로 해석되었다.

"엄마, 무슨 일이 생기든 저는 괜찮아요……. 그래도 엄마한테 이 말만은 꼭 전하고 싶어요. 엄마 사랑해요……."

사람들은 일단 세르게 부부가 베아우를 찾기 위해 최선을 다했다는 점을 인정했다. 하지만 이런저런 의혹이 제기된 것 또한 사실이었다. 먼저 한 주간지에서는 베아우가 양부모한테 넌덜머리가 나서 태어난 고향으로 돌아갔을 가능성이 있다는 의혹을 제기했다. 이런 식의 논조였다. '입양아들은 보통 사춘기 때 자신을 낳아준 친부모를 찾아 나선다. 그게 아니면 적어도 태어난 나라에 대한 호기심이 발동한다.'

어떤 신문은 그 사건에 지면 전체를 할애했다. 그리고 처음으로 신문지상에서 공개 토론이 이루어졌다. '낳아 준 부모와 길러 준 부모 중 과연 누가 실종된 아이를 더 열심히 찾을까'가 토론 주제였다. 탈선한 입양아를 가진 양부모들의 사례도 언급되었다. 아이가 떠나는 것을 허락한 사람들의 의견도 있었다. 이유는 몹시 다양했지만, 이질적인 문화 속에서 아무런 뿌리도 내릴 수 없었던 것이 제일 중요한 이유로 언급되었다. 유전적 측면들이 그 뒤를 이었다. 생물학적 부모로부터 물려받은 '정신적인 결함들' 말이다. 또한 어느 정도 나이가 들어 입양된 경우에는 새로운 가족에 편입되기 전에 이미 그 아이들한테 문제가 발생한 경우들도 있었다.

그걸 읽으면서 프랑스에서 보낸 며칠간의 휴가가 생각났다. 특히 세르게의 별장 정원에서 열린 파티 때 프랑스 농부들이 닭을 훔치는 베아우를 붙잡아 왔던 일이 떠올랐다. 그때 세르게는 자기 자식들은 절대 그런 일을 하지 않는다고 강변했다. 그는 정말 릭과 베아우를 전혀 차별하지 않고 '자기 자식들'이라고 말했다.

신문을 읽으면서 또다시 유기동물 보호소가 떠올랐다. 사람들은 버려진 반려동물을 집으로 데려갈 때 그 강아지나 고양이한테 과거에 무슨 일이 있었는지 심각하게 고민하지 않는다. 예를 들어 그 동물이 날마다 매를 맞고 살았든, 며칠씩 어두컴컴한 지하실에서 거의 굶다시피 방치되어 있었든, 그런 건 아무 문제도 안 된다. 강아지나 고양이가 거칠게 반항하면 그냥 되돌려 보내면 되니까.

기사 말미에는 친부모 쪽이 통제 불능의 자식을 더 늦게 포기할까 아닐까? 하는 질문이 달려 있었다.

나는 답을 알고 있었다. 하지만 먼저 끌레르한테 그 기사를 한 번 읽어 보라고 건넸다.

"이 질문에 대해 당신은 어떻게 생각해?" 끌레르가 기사를 다 읽었을 때 내가 물었다. 마침 우리는 아침 식사를 하고 아직 치우지 않은 음식 접시들이 그대로 놓여 있는 작은 식탁에 앉아 있었다. 정원으로, 그리고 부엌 싱크대 위로 햇살이 쏟아졌다. 미헬은 정원에서 축구를 하고 있었다.

"나도 가끔 베아우가 정말 우리 아이들하고 피가 섞였다면 동생이나 사촌에게 그런 협박을 했을까? 하는 질문을 해 봤어." 끌레르가 말했다. "물론 진짜 피를 나눈 형제자매들도 싸운다는 거 나도 알아. 평생 다시는 안 볼 것처럼 싸우는 사람들도 가끔 있고. 하지만…… 목숨이 걸린 그런 상황이라면…… 그럴 때는 서로 도움을 줄 거라고 생각해."

그렇게 말한 뒤 끌레르는 웃기 시작했다.

"왜 웃는 거야?" 내가 물었다.

"응, 갑자기 내 말이 좀 웃긴 것 같아서." 끌레르는 여전히 웃으면서 말했다. "내 입으로 형제애를 말하는 거. 지금 내가 당신한테 그런 이야기를 하는 게 너무 웃겨서!"

"그렇지." 내가 대답했다. 그리고 나도 그녀를 따라 웃었다.

잠시 침묵이 흐르는 동안 우리는 상대방의 얼굴을 힐끔거렸다. 남편과 아내로, 행복한 가정의 두 기둥으로서 나는 생각했다. 행복한 가정은 배가 난파되어도 살아남는다. 난파된 후에도 그 가정은 계속 행복할 거라고 주장하고 싶지는 않다. 그렇다 해도 불행하지는 않을 것이다.

끌레르와 나. 끌레르와 미헬과 나. 우리 세 사람은 뭔가를 공유하고 있다. 전에는 없던 뭔가를. 물론 우리 세 사람이 똑같은 것을 공유하고 있는 건 아니다. 하지만 꼭 똑같을 필요는 없다. 서로에 대해 모든 것을 알 필요도 없다. 비밀이 반드시 행복의 걸림돌이 되는 건 아니다.

그날 레스토랑에서 저녁 식사가 끝난 이후의 일들이 생각났다. 미헬은 내가 집에 돌아오고 나서도 한참 시간이 흐른 뒤에야 집에 돌아왔다. 우리 집 거실에는 앤티크 서랍장이 하나 있는데, 끌레르는 자기 물건들을 그곳에 보관했다. 나중에 분명 후회하게 될 거라는 것을 예감하면서도 나는 서랍장의 첫 번째 서랍을 열었다.

끌레르가 병원에 입원했을 때가 떠올랐다. 어느 날 내시경 검사를 했는데, 마침 그때 나도 그 자리에 있었다. 나는 침대 옆에 있는 의자에 앉아 그녀의 손을 꼭 붙잡았다. 아내의 몸에 뭔가를 ─ 호스나 탐침, 혹은 카메라였을 것이다. ─ 삽입하는 동안 의사는 내게 모니터를 같이 봐 달라고 요청했다. 하지만 나는 아주 잠깐 모니터를 들여다보다가 금세 눈길을 돌리고 말았다. 모니터 화면을 들여다보는 게 역겹거나 두려워서가 아니라, 계속 보고 있다가는 기절할 것 같아서였다. 아니, 그것도 아니었다. 나한테는 그럴 권리가 없다는 생각이 들어서였다.

찾으려던 것을 발견했을 때 나는 이미 마음속으로 후회하고 있었다. 첫 번째 서랍에는 낡은 선글라스와 머리띠, 귀고리 등 아내가 지금은 사용하지 않는 액세서리들이 들어 있었다. 두 번째 서랍에는 각종 서류가 보관되어 있었다. 테니스 클럽 회원증과 자전거 보험증서, 왼쪽 구석에 병원 이름과 함께 주소창이 있는 서류 봉투, 그리고 시한이 만료된 주차증이 있었다.

끌레르가 수술을 받은 병원이었다. 또한 그곳은 미헬이 태어난 곳이기도 하다. 서류 봉투에서 꺼낸 종이 맨 위쪽에 '양수 검사'

라고 쓰여 있었다. 그리고 바로 밑에 '아들'과 '딸'이라고 적혀 있는 두 개의 자그마한 네모 칸이 있었다.

'아들'이라고 쓰여 있는 네모 칸에 체크가 되어 있었다.

끌레르는 우리 아이가 아들이라는 사실을 미리 알고 있었군. 그게 내 뇌리를 스쳐 간 첫 번째 생각이었다. 아내는 그 사실을 내게 말한 적이 없었다. 더 화나는 것은 출산 직전까지 우리는 여자아이라면 어떤 이름으로 지을까 상상의 나래를 펼쳤다는 사실이다. 끌레르가 임신하기 몇 년 전부터 우린 아들이 태어나면 '미헬'이라는 이름으로 부르기로 정해 두었다. 하지만 여자아이의 경우에는 '로라'와 '율리아'라는 이름 사이에서 계속 오락가락하는 중이었다.

서류에는 손으로 직접 쓴 숫자들이 꽤 많이 있었다. 또 '정상'이라는 단어도 꽤 여러 번 등장했다.

종이 아래쪽에 가로 5센티미터, 세로 3센티미터 크기의 작은 네모상자가 있고, '특이 사항'이라는 제목이 붙어 있었다. 네모상자 안에는 깨알 같은 글씨가 적혀 있었다. 숫자와 '아들'이라는 네모 칸에 체크한 것과 똑같은 글씨체였다. 상당히 읽기 힘든 글씨였다.

나는 내용을 읽기 시작했으나 금세 중단했다. 이번엔 나한테 그걸 읽을 권리가 없다고 생각해서 그런 게 아니었다. 이번에는 뭔가 다른 감정이 개입했다. 여기 적힌 내용을 내가 꼭 알 필요가 있나 하는 생각이 나를 붙잡았다. 나는 정말 이 내용을 꼭 알고 싶은 건가? 그게 우리 가정을 더 행복하게 해 줄까?

손으로 깨알같이 적혀 있는 네모상자 아래쪽에 체크할 수 있는 두 개의 작은 네모 칸이 있었다. 첫 번째 네모 칸 옆에는 '의사의 결정'이라고 적혀 있었고, 두 번째 네모 칸 옆에는 '부모의 결정'이라고 적혀 있었다.

'부모의 결정' 네모 칸에 체크가 되어 있었다.

부모의 결정. 그곳에는 '부모 중 1인' 혹은 '어머니의 결정'이 아니라 '부모의 결정'이라고 적혀 있었다.

종이를 다시 서류 봉투에 넣고 시한이 만료된 주차증 밑에 집어넣었을 때 이제부터 내가 마음에 새겨 두어야 할 말은 딱 두 마디라고 생각했다.

"부모의 결정." 서랍을 닫으면서 나는 소리 내어 그렇게 말했다.

미헬이 태어났을 때 끌레르의 부모님을 포함해 일가친척들 전부 미헬은 나를 쏙 빼닮았다고 했다. 간호사가 신생아실 요람에서 미헬을 들어 올렸을 때 면회객들 전부 이렇게 말했다. "아빠하고 완전 붕어빵이네."

그때 끌레르도 웃었던 것 같다. 아무튼 미헬과 내가 어찌나 닮았던지 엄마의 존재는 거의 무시당할 정도였다. 나중에서야 상황이 약간 호전되었다. 자라면서 미헬의 얼굴에서 엄마의 어떤 특징들을 찾아낼 수 있었던 것이다. 물론 그러려면 상당한 노력이 필요했고, 노력의 결과 찾아낸 것은 겨우 눈하고 윗입술과 코 사이의 인중이 닮았다는 정도였다.

붕어빵. 서랍을 닫은 다음 나는 자동 응답기에 녹음된 내용을 지웠다.

"안녕, 내 새끼!" 끌레르의 목소리가 들렸다. "기분은 좀 어때? 심심하지 않니?" 그 뒤로 이어지는 침묵 속에서 레스토랑의 소음이 뚜렷하게 들렸다. 사람들의 왁자지껄한 목소리, 접시 위에 다른 접시를 올려놓는 소리. "아니야, 우린 지금 커피 마시는 중이야. 한 시간 후면 집에 도착할 거야. 그 사이 어질러 놓은 집을 정리할 시간은 충분해. 그런데 너 저녁은 먹었니⋯⋯?"

다시 침묵. "그래⋯⋯." 침묵. "아니⋯⋯." 침묵. "그래."

우리 집 자동 응답기의 조작법은 이미 알고 있었다. 메시지 삭제는 3번이었다. 어느새 내 엄지손가락이 3번 버튼 위에 놓여 있었다.

"이따가 보자. 내 새끼. 뽀뽀 쪽."

나는 버튼을 눌렀다.

미헬이 집으로 돌아온 것은 그로부터 삼십 분쯤 뒤였다. 미헬은 내 뺨에 입을 맞춘 다음 엄마를 찾았다. 엄마는 좀 늦을 거라고, 곧 사정을 다 설명해 주겠다고 대답했다. 미헬의 왼손에 상처가 나 있었다. 그 아이도 나처럼 왼손잡이였다. 손등에 피가 말라 붙어 있었다. 그제야 나는 미헬을 머리끝에서 발끝까지 살펴보았다. 왼쪽 눈썹에도 핏자국이 있었다. 재킷에는 말라버린 진흙이 묻어 있고, 흰색 운동화 역시 진흙투성이였다.

나는 미헬한테 일이 어떻게 됐느냐고 물었다.

미헬이 설명했다. '맨 인 블랙 III'는 유튜브에서 삭제되었다고 했다.

이야기를 하는 동안 우리는 계속 복도에 서 있었다. 정확한 시간은 모르겠지만 미헬은 중간에 잠시 말을 멈추고 나를 쳐다봤다.

"아빠!" 미헬이 말했다.

"응? 왜?"

"아빠, 지금 또 그런다!"

"뭐가?"

"그렇게 서서 웃는 거요! 아빠한테 처음으로 ATM기에 대해 말했을 때도 아빠는 그렇게 웃었어요. 아빠, 그거 알아요? 내 방에서 탁상용 스탠드 이야기를 했을 때 아빠가 웃기 시작했던 거? 석유통 이야기가 나왔을 때도 여전히 웃었던 거?"

미헬은 나를 쳐다봤다. 나도 미헬을 쳐다봤다. 그리고 아들의 눈을 들여다봤다.

"그런데 지금 또 아빠는 거기 서서 웃고 있어요." 아들이 말했다. "계속 이야기해도 돼요? 정말 모두 알고 싶은 게 확실해요?"

나는 아무 대답도 하지 않고 그냥 미헬의 얼굴을 쳐다봤다.

그 순간 미헬이 한 걸음 앞으로 다가왔다. 그리고 두 팔로 나를 감싸 안았다.

"사랑해요, 아빠." 미헬이 말했다.

옮긴이의 말

네덜란드의 각종 문학상 수상에 빛나는 베스트셀러 작가 헤르만 코흐를 국내에 소개할 수 있는 기회를 갖게 되어 몹시 기쁘다. 2009년 발표된 장편 소설 『더 디너』는 네덜란드에서만 42만 부 이상 판매되며 사회적으로 커다란 반향을 불러일으킨 화제작으로, 네덜란드 독자들에 의해 '2009년 가장 좋은 책'에 선정되었을 뿐만 아니라 그해 유럽 베스트셀러 목록에서 당당하게 7위를 차지하면서 작가를 세계적인 인기 작가로 부상시켰다. 작가 헤르만 코흐는 소설가이기 이전에 인기 칼럼니스트이자 TV 프로그램 제작자이며 또한 희곡 작가이다. 그런 다양한 경험과 이력을 통해 얻은 '사회와 인간에 대한 날카로운 통찰력', 특히 '인간의 이면에 감추어진 허위와 모순을 간파하는 예리한 시각'은 이 소설에서도 여실히 드러나고 있다.

소설은 일견 진부하다 느껴질 만큼 편안하고 가벼운 분위기에서 시작된다. 남부러울 것 없어 보이는 네덜란드의 한 중산층 부부가 형님 부부와 최고급 레스토랑에서 저녁 약속을 잡았다. 식사를 하려면 몇 달 전에 전화 예약을 해야 하는, 소위 말하는 스타 레스토랑에서. 이쯤에서 독자는 근사한 디너 자리에서 이루어지는 한 편의 훈훈한 가족 드라마를 보게 될 거라는 기대감을 갖게 된다. 기대에 걸맞게 처음에는 아주 가벼운 대화가 오간다. 최근에 본 영화 이야기, 휴가 계획 같은 일상적 대화들 말이다. 하지만 아페리티프에서 애피타이저로, 또 메인 요리로 디너 코스가 이어지는 동안, 어찌 보면 한 편의 경쾌한 블랙코미디 같던 분위기가 아주 섬세한 심리 스릴러로 분위기가 반전되면서 본격적으로 소설의 주제가 드러나게 된다. '부모의 자식 사랑의 한계는 어디까지인가' 즉 '자식을 보호하기 위한 부모의 행동은 어디까지 허용되는가' 하는 문제 말이다.

두 부부의 아들들, 즉 열다섯 살짜리 동갑내기 사촌 형제가 무슨 짓을 저질렀다. 진실이 밝혀지는 경우 아이들의 미래가 영영 사라질 수도 있는 꽤 심각한 범죄 행위를. 다행스러운(?) 것은 아직까지는 부모들 밖에 그 사실을 모른다는 점이다. 현재 차기 수상이 유력한 유명 정치인인 형 부부와 한때 교직에 몸담았던 동생 부부는 머리를 맞대고 자식들 문제의 해결책을 찾기 위해 이 자리에 모인 것이다. 하지만 상황은 그리 간단치 않다. 자신이 처해 있는 입장에 따라 원하는 방향이 각기 다를 뿐만 아니라 의견을 주고받는 과정에서 그동안 감추고 있었던 비밀스러운 사연들이 드러나고 서로에 대한 애증과 피해 의식 같은 묵은 감정들이 연쇄적으로 폭발하면서 오히려 일이 점점 더 꼬여 간다.

주인공들이 겪는 내면의 지옥은 세련되고 고급스러운 레스토랑의 분위기와 묘한 대비를 이루면서 점차 긴장감을 고조시킨다. 간간이 등장하는 회상 장면을 빼놓고는 거의 레스토랑이라는 한정된 공간에서만 진행되는 이야기임에도 불구하고 작가는 풍자와 아이러니를 아주 풍부하게 사용함으로써 인물들을 입체적으로 그려 내는 데 성공했다. 그로 인해 독자들은 마치 영화나 드라마 속에서 직접 작품 속 인물들을 보고 있는 듯한 착각이 들 만큼 생생한 주인공들의 모습과 대면하게 되고, 그들의 심리 변화를 따라가는 동안 긴장의 끈을 놓칠 수 없다.

다시 작품의 주제로 돌아와 보자. 자식을, 그것도 범죄를 저지른 자식을 부모는 과연 어디까지 보호해야 하는가. 또 그런 행동은 진정으로 자식을 위한 것일까, 아니면 부모 본인을 위한 것일까. 그 과정에서 우리가 정말로 잃어버리는 것은 없을까. 도덕이나 양심보다 혹은 사회적인 정의보다 자식에 대한 부모의 사랑이 더 우월한 가치를 지니는 걸까. 그런 맹목적 사랑이 진정으로 자식을 위한 것일까. 이 폭발력 있는 질문들 앞에서 작가는 잔인할 만큼 노골적으로 인간의 이기적인 속성들을 드러낸다. 아무튼 우여곡절 끝에 주인공들은 다시 평온한 일상으로 돌아간다. 외견상으로는 그렇다.

하지만 작가가 제시한 해결책이 과연 최선일까 하는 의문이 책을 덮은 다음에도 계속 머릿속을 맴돌 것이다. 앞으로 그들은 어떤 삶을 살아갈까, 그 후로도 정말 그들은 행복했을까 하는 의문도 남을 것이다. 근사한 디너를 먹었는데 왠지 소화불량에 걸린 것처럼 속이 더부룩할지도 모르겠다. 어쩌면 바로 그게 작가의 노림수일 것이다. 작가가 던져 놓은 질문에 우리 모두 스스로의 해답을 찾아볼 일이다. 물론 해답을 찾는 것이 쉽지는 않겠지만…….

강명순

더 디너

1판 1쇄 펴냄 2024년 8월 30일
1판 3쇄 펴냄 2024년 11월 4일

지은이 헤르만 코흐
옮긴이 강명순
발행인 박근섭, 박상준
펴낸곳 (주)민음사

출판등록 1966. 5. 19. 제16-490호
주소   서울특별시 강남구 도산대로1길 62(신사동)
          강남출판문화센터 5층 (우편번호 06027)
대표전화 02-515-2000 | 팩시밀리 02-515-2007
홈페이지 www.minumsa.com

한국어 판 ⓒ (주)민음사, 2024. Printed in Seoul, Korea

ISBN 978-89-374-4590-3 03890